A CI
DADE
E AS
ST
RAS

A CIDADE E AS SERRAS

eça de queirós

textos informativos: fátima mesquita

© Panda Books

Diretor editorial
Marcelo Duarte

Diretora comercial
Patth Pachas

Diretora de projetos especiais
Tatiana Fulas

Coordenadora editorial
Vanessa Sayuri Sawada

Assistentes editoriais
Olívia Tavares
Camila Martins

Projeto gráfico e capa
Casa Rex

Diagramação
Carla Almeida Freire

Fotos
p. 15: Honoré de Balzac © Louis-Auguste Bisson/Domínio público;
Alfred de Musset © Charles Landelle/Musée d'Orsay
p. 47: © Ank Kumar/CC BY-SA 4.0
p. 113: © Arielinson/CC BY-SA 4.0
p. 186: © Ptkfgs/Domínio público

Estabelecimento de texto
Ronald Polito

Notas
Fátima Mesquita

Mapa de personagens e preparação
Mayara Freitas

Revisão
Cristian Clemente

Impressão
BMF

Este livro foi estabelecido com base na primeira edição, de 1901, publicada por Livraria Chandron, Porto, Portugal.

CIP-BRASIL. CATALOGAÇÃO NA PUBLICAÇÃO
SINDICATO NACIONAL DOS EDITORES DE LIVROS, RJ

Q43c

Queirós, Eça de, 1845-1900
A cidade e as serras / Eça de Queirós. – 1. ed. – São Paulo: Panda Books, 2021. 256 pp. il.

ISBN: 978-65-5697-093-6

1. Ficção portuguesa. I. Título.
Bibliotecária: Camila Donis Hartmann – CRB-7/6472

21-72399   CDD: P869.3
                            CDU: 82-3(469)

2021
Todos os direitos reservados à Panda Books.
Um selo da Editora Original Ltda.
Rua Henrique Schaumann, 286, cj. 41
05413-010 – São Paulo – SP
Tel./Fax: (11) 3088-8444
edoriginal@pandabooks.com.br
www.pandabooks.com.br
Visite nosso Facebook, Instagram e Twitter.

Nenhuma parte desta publicação poderá ser reproduzida por qualquer meio ou forma sem a prévia autorização da Editora Original Ltda. A violação dos direitos autorais é crime estabelecido na Lei nº 9.610/98 e punido pelo artigo 184 do Código Penal.

O QUE É UM CLÁSSICO?

Não sei você, mas pra mim "clássico" mesmo é jogo de futebol, tipo Fla X Flu, Coringão X Porco, Brasil X Argentina. Só que, na escola, os professores de português e de literatura cismavam em dizer que "clássico" eram os livros chatos que eles queriam porque queriam que a turma toda lesse. Ah, e não bastava empurrar pra cima da gente livro velho de fala complicada que a gente mal entendia. Além disso, eles ainda queriam que a gente fizesse exercício e prova sobre os textos. Pode haver castigo maior? E por que é assim?

Na minha aventura para tentar entender esse grande mistério da humanidade, comecei checando no dicionário o que quer dizer a palavra "clássico". A definição varia de A a Z, mas lá pelas tantas diz mais ou menos assim: "Obra que se mantém ao longo dos tempos, que se tornou um modelo de inspiração, que pela sua qualidade obteve consagração definitiva".

Beleza. Pra mim, saber melhor o que é considerado um "clássico" já ajudava a entender muita coisa, mas não mudava a minha opinião de que os clássicos eram uns chatos de galocha! E eu segui batendo nessa tecla por muito tempo, até que resolvi reler livros que eu havia empurrado com a barriga na escola pra ver se dava para acabar com essa conversa de sempre: de que os tais "clássicos da literatura brasileira" eram uns livros mais chatos que bêbado contando sonho. E, galera, vou admitir: quanto mais eu lia, mais eu gostava do que eu lia e mais eu me espantava com isso :)

SAIU MEIO MAL NA LARGADA

As coisas começaram meio tortas pro nosso José Maria de Eça de Queirós. Quando ele nasceu, no finalzinho de novembro de 1845, lá no interior de Portugal, a mãe o deixou para ser criado por uma ama. A certidão de nascimento do guri também saiu sem o nome dela – esse perrengue só foi ajeitado depois dos quarenta anos de idade do sujeito. O rolo era que a mãe dele era de uma família metida a fina, que não aprovava o candidato a marido, que era brasileiro e vinha de uma camada social mais baixa.

O casamento dos pombinhos, então, só se desenrolou quando a mãe da mãe do Ecinha morreu. Naquela altura, o garoto já tinha quatro anos de idade. Mas se engana quem acha que com o casório Eça passou a viver com uma família toda fofa feito aquelas de anúncio de margarina. Que nada! O menino cresceu mesmo foi com os avós paternos, que botavam alguns criados para cuidar do moleque. E, assim que possível, os avós o despacharam de boa para um colégio interno, de onde o guri saiu só quando fez dezesseis anos.

Do internato, nosso autor foi direto para a Universidade de Coimbra. Lá, seguindo os passos do pai, estudou direito. O rapaz chegou até a montar um escritório de advocacia depois de formado, mas assim que deu ele mudou de carreira e se tornou um diplomata.

Ainda na facul, Eça virou amigo de uns parças interessados em fazer literatura e começou a publicar seus escritos em jornais e revistas de Portugal e também do Brasil. Nosso autor até fundou umas duas publicações, mas foi a diplomacia que, de fato, sustentou o cara ao longo de sua vida.

Eça passou outras longas temporadas longe de Portugal. Por conta do trabalho como diplomata, morou em Cuba, na Inglaterra e na França. Foi lá em Paris, aliás, que ele, já quarentão, casou com a irmã de um amigo seu. Com a dona Emília, ele teve quatro filhos. Foi também na França que Eça morreu, no dia 16 de agosto de 1900. Hoje seus livros – inclusive este aqui, que foi publicado após a morte do autor – estão em quase toda parte do mundo, tendo sido traduzidos em cerca de vinte línguas.

DANDO A REAL

O Realismo foi um movimento, uma nova levada que surgiu na literatura da segunda metade do século XIX e que se opunha à fase literária anterior, que era o Romantismo. No Realismo, os escritores davam a real das coisas. A treta deles era observar e analisar o mundo tal como ele se apresentava e depois passar isso tudo direitinho para o papel.

Autores realistas adoravam meter ciência no meio de tudo e curtiam dissecar mais o ambiente social que a natureza. Eles também não eram chegados a fru-fru. O amor para eles era menos suspiros e palpitações e muito mais um desejo do corpo e/ou um jogo de aparências sociais, por exemplo. Na literatura deles não havia espaço para ninguém posar de herói. As descrições falavam de coisas fedidas, quebradas e sujas. De gente normal, com verruga no nariz, espinha na testa, gulosa, barriguda, que mentia, que tinha defeitos.

Satírico, crítico, implacável e muitas vezes genial, Eça causou polêmica no Portugal caretão daquela época. A Igreja Católica, em especial, vivia descendo o sarrafo nele. Governantes e até a intelectualidade tradicional também faziam biquinho de "não curti" para os textos dele. Mas a verdade é que o público gostava e, mais ainda, a obra dele resistiu ao tempo. Tanto que, ainda agora, quase duzentos anos depois, cá estamos nós falando dele, né, não?

ESSE EÇA...

Esse Eça nosso, que veio de um Portugal mais rural e atrasadão, morou em Paris quando a cidade era uma espécie de centro do mundo, ditando moda para todo lado. O que estourasse por lá – no teatro, na literatura, na pintura, na escultura, na música, na culinária... – estourava no mundo todinho e mais além. Gente de tudo quanto era canto do globo copiava o que rolava na Cidade Luz: manias, novidades, vocabulário... tudo!

Pois Eça estava ali, bem no miolo do babadão e bem quando o mundo parecia girar mais depressa que nunca, com novidades tecnológicas pipocando sem parar, metamorfoseando a maneira como as pessoas viviam. As carruagens puxadas a cavalo, *boom*: agora ganhavam motores. Telefone, telégrafo, engenhocas movidas a vapor, eletricidade nas casas e nas ruas, elevadores, máquinas, máquinas e mais máquinas! Todas elas barulhentas, exigindo atenção, mudando o ritmo do dia a dia.

E ele se perguntava: mas tudo isso, tanta novidade, e as pessoas? Como elas estão? Mais felizes? A vida ficou mais legal? Eça, então, pega na mão da gente e vai mostrando que não. Ele nos avisa até que está é com saudade daquele Portugal meio paradão que ele também conhece bem. Está com saudade da comida simples, da vida sem pressa, da calma do campo.

Este livro, então, é isso. É como se o autor fizesse uma lista de prós e contras, comparando a cidade e o campo, o urbano e o rural. E, no final, dissesse pra gente: "Ué, talvez seja melhor um pouco de cada mundo, sem o novo matar e se esquecer do velho. Com o moderno respeitando e aprendendo com o tradicional". E esse é um papo antigo, de dois séculos atrás, mas também atual, porque estamos aqui e agora vivendo questões semelhantes: como vivemos neste aglomerado high-tech chamado cidade grande sem acabar com a natureza? O que vai ser dos bichos, das plantas, da água, do clima? Como é que faz para curtir o conforto da vida, mas garantindo ar não poluído?

Eça lança também perguntas legais sobre a felicidade. Smartphone, TV de duas mil polegadas, aplicativo disso e mais daquilo, a última versão do console mais titibumba total, do game mais irado, o relóginho que acompanha seus exercícios físicos, séries e filmes novos toda hora, toda hora... Está tudo aí. Mas quem está feliz?

Resumindo, o livro pode parecer chato por usar um português antigo e longe do padrão nosso, o brasileiro. Mas se você driblar esse detalhe – e a gente encheu o texto de **ajudas turbinadas** para que sua leitura fique mais tranquila –, vai ver que a conversa que a trama provoca continua relevante. Vai também se divertir com as trapalhadas de dois *brôs* muito chegados, o narrador Fernandes e o protagonista Jacinto. Bora lá?

Fátima Mesquita

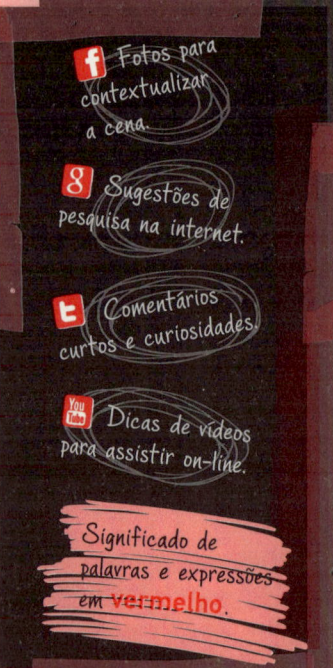

SUMÁRIO

I	11
II	25
III	36
IV	51
V	71
VI	84
VII	97
VIII	113
IX	153
X	187
XI	199
XII	206
XIII	212
XIV	224
XV	232
XVI	235
Advertência	251

Sebe: cerca.

Entulhar é encher um vão, no caso a terra.

Cepa: caule da videira.

O meu amigo Jacinto nasceu num palácio, com 109 contos de renda em terras de semeadura, de vinhedo, de cortiça e d'olival.

No Alentejo, pela Estremadura, através das duas Beiras, densas **sebes** ondulando por colina e vale, muros altos de boa pedra, ribeiras, estradas, delimitavam os campos desta velha família agrícola que já **entulhava** grão e plantava **cepa** em tempos d'el-rei **D. Dinis**. A sua quinta e casa senhorial de **Tormes**, no Baixo Douro, cobriam uma serra. Entre o Tua e o Tinhela, por cinco fartas léguas, todo o torrão lhe pagava **foro**. E cerrados pinheirais seus negrejavam desde Arga até ao mar d'Âncora. Mas o palácio onde Jacinto nascera, e onde sempre habitara, era em Paris, nos Campos Elísios, nº 202.

Seu avô, aquele gordíssimo e riquíssimo Jacinto a quem chamavam em Lisboa o *D. Galião*, descendo uma

Dom Dinis I virou rei de Portugal em 1279 e reinou dos 17 aos 46 anos de idade. Ele escrevia poesia e deu a maior força para a agricultura, por isso era chamado de Rei Poeta ou Rei Lavrador. Também decretou que a língua oficial deixasse de ser o latim para o que batizou de "português" – que era a utilizada pelo reino.

Já a casa de Tormes existe mesmo na vida de Eça. Era de sua mulher Emília de Castro, que a herdou de seus pais. Eça passou algumas temporadas na casa, mas foi sua filha, Maria Eça de Queirós, quem morou por lá. A residência e a região teriam servido de inspiração para este livro e o local depois virou sede da Fundação Eça de Queirós.

Foro é um tipo de aluguel das antigas cobrado pelo uso de terra ou imóvel.

8 O infante é filho do rei, mas não o herdeiro da coroa.

Miguel, filho do rei João VI e irmão de Pedro I do Brasil queria o trono e tinha seus partidários (os miguelistas). Já os liberais, lutavam pelo fim do absolutismo e eram apoiados pelos maçons (os pedreiros-livres). Ao tentar arrancar a coroa de seu pai, Miguel foi exilado (desterrado) em 1824, indo para Viena, Áustria. Após a morte do rei, o herdeiro era dom Pedro I, mas ele havia declarado a Independência do Brasil e, não querendo largar o osso, enviou sua filha, Maria da Glória, ainda pequena, assumir o reino português. Miguel, então, arquitetou um trelelê para ficar noivo da sobrinha. Assim, voltaria a Portugal como regente até que a menina alcançasse a maioridade. Logo que chegou lá, ele se livrou do noivado e se aboletou no cargo de rei de 1828 a 1832. Pedrão, furioso, passou o comando do Brasil para o filho, Pedro II, e se picou para a Europa, onde iniciou uma guerra civil para tirar seu irmão do trono. Em 1834, Miguel dançou de vez e abdicou em favor de Maria que, de cara, baixou uma lei expulsando o tio e proibindo qualquer descendente dele de pisar em Portugal.

tarde pela travessa da Trabuqueta, rente dum muro de quintal que uma parreira toldava, escorregou numa casca de laranja e desabou no lajedo. Da portinha da horta saía nesse momento um homem moreno, escanhoado, de grosso casaco de baetão verde e botas altas de picador, que, galhofando e com uma força fácil, levantou o enorme Jacinto – até lhe apanhou a bengala de castão d'ouro que rolara para o lixo. Depois, demorando nele os olhos pestanudos e pretos:

– Ó Jacinto Galião, que andas tu aqui, a estas horas, a rebolar pelas pedras?

E Jacinto, aturdido e deslumbrado, reconheceu o snr. **Infante D. Miguel**!

Desde essa tarde amou aquele bom Infante como nunca amara, apesar de tão guloso, o seu ventre, e apesar de tão devoto o seu Deus! Na sala nobre da sua casa (à Pampulha) pendurou sobre os damascos o retrato do "seu Salvador", enfeitado de palmitos como um retábulo, e por baixo a bengala que as magnânimas mãos reais tinham erguido do lixo. Enquanto o adorável, desejado Infante penou no desterro de Viena, o barrigudo senhor corria, sacudido na sua sege amarela, do botequim do Zé-Maria em Belém à **botica** do Plácido nos Algibebes, a gemer as saudades do *anjinho*, a tramar o regresso do *anjinho*. No dia, entre todos bendito, em que a *Pérola* apareceu à barra com o Messias, engrinaldou a Pampulha, ergueu no Caneiro um monumento de papelão e lona onde D. Miguel, tornado S. Miguel, branco, d'auréola e asas de Arcanjo, furava de cima do seu corcel d'Alter o Dragão do Liberalismo, que se estorcia vomitando a Carta. Durante a guerra com o "outro, com o pedreiro-livre" mandava **recoveiros** a Santo Tirso, a S. Gens, levar ao Rei fiambres, caixas de doce, garrafas do seu vinho de Tarrafal, e bolsas de **retrós** atochadas de peças que ele ensaboava para lhes avivar o ouro. E quando soube que o snr. Miguel, com dois velhos baús amarrados sobre um **macho**, tomara o caminho de Sines e do final desterro – Jacinto *Galião* correu pela casa, fechou todas as janelas como num luto, berrando furiosamente:

– Também cá não fico! Também cá não fico!

Não, não queria ficar na terra perversa donde partia, **esbulhado** e escorraçado, aquele Rei de Portugal que levantava na rua os Jacintos! Embarcou para França com a mulher, a snra. D. Angelina Fafes (da tão falada casa dos Fafes da Avelã); com o filho, o Cintinho, menino amarelinho, molezinho, coberto de caroços e **leicenços**; com a aia e com o moleque. Nas costas da Cantábria o **paquete** encontrou tão rijos mares que a snra. D. Angelina, esguedelhada, de joelhos na enxerga do beliche, prometeu ao Senhor dos Passos d'Alcântara uma coroa d'espinhos, de ouro, com as gotas de sangue em rubis do **Pegu**. Em **Baiona**, onde arribaram, Cintinho teve icterícia. Na estrada d'Orleães, numa noite agreste, o eixo da **berlinda** em que jornadeavam partiu, e o nédio senhor, a delicada senhora da casa da Avelã, o menino, marcharam três horas na chuva e na lama do exílio até uma aldeia, onde, depois de baterem como mendigos a portas mudas, dormiram nos bancos duma taberna. No "Hotel dos Santos Padres", em Paris, sofreram os terrores dum fogo que rebentara na cavalariça, sob o quarto de *D. Galião*, e o digno fidalgo, rebolando pelas escadas em **camisa**, até ao pátio, enterrou o pé num numa lasca de vidro. Então ergueu amargamente ao Céu o punho cabeludo, e rugiu:

– *Irra!* É demais!

Botica: farmácia.

Recoveiro é aquele que transportava carga em animais.

Retrós: fio de seda ou algodão.

"Macho" aqui é "mula".

Esbulhar: tomar todos os bens de alguém.

Leicenço: furúnculo, infecção de pele.

Paquete: navio.

Pegu é uma cidade da antiga Birmânia (hoje chamada Miamar).

Baiona é uma cidade na costa norte da Espanha.

Berlinda: carruagem.

Aqui era a "camisa de dormir", uma roupa comprida como uma camisola.

> Cartuxo é o seguidor dos preceitos do mosteiro francês Grande Chartreuse (em português, Grande Cartuxa).

Caleça: carruagem.

> Antes da água encanada, era preciso buscá-la em fontes ou chafarizes. O Alcolena era um desses pontos e existe até hoje em Lisboa.

Círio: vela.

> Golfo Juan é um balneário da Riviera Francesa – uma região à beira do mar Mediterrâneo.

> Arcachon é a praia oposta à Riviera Francesa. Era comum enviar pessoas com tuberculose para locais de clima mais ameno, acreditando que isso ajudaria na cura.

Aferro: dedicação.

Logo nessa semana, sem escolher, Jacinto *Galião* comprou a um príncipe polaco, que depois da tomada de Varsóvia se metera frade **cartuxo**, aquele palacete dos Campos Elísios, nº 202. E sob o pesado ouro dos seus estuques, entre as suas ramalhudas sedas se enconchou, descansando de tantas agitações, numa vida de pachorra e de boa mesa, com alguns companheiros d'emigração (o desembargador Nuno Velho, o conde de Rabacena, outros menores), até que morreu de indigestão, duma lampreia de escabeche que mandara o seu procurador em Montemor. Os amigos pensavam que a snra. D. Angelina Fafes voltaria ao reino. Mas a boa senhora temia a jornada, os mares, as **caleças** que racham. E não se queria separar do seu Confessor, nem do seu Médico, que tão bem lhe compreendiam os escrúpulos e a asma.

– Eu, por mim, aqui fico no 202 (declarara ela), ainda que me faz falta a boa água d'**Alcolena**... O Cintinho, esse, em crescendo, que decida.

O Cintinho crescera. Era um moço mais esguio e lívido que um **círio**, de longos cabelos corredios, narigudo, silencioso, encafuado em roupas pretas, muito largas e bambas; de noite, sem dormir, por causa da tosse e de sufocações, errava em camisa com uma lamparina através do 202; e os criados na copa sempre lhe chamavam a *Sombra*. Nessa sua mudez e indecisão de sombra surdira, ao fim do luto do papá, o gosto muito vivo de tornear madeiras ao torno: depois, mais tarde, com a melada flor dos seus vinte anos, brotou nele outro sentimento, de desejo e de pasmo, pela filha do desembargador Velho, uma menina redondinha como uma rola, educada num convento de Paris, e tão habilidosa que esmaltava, dourava, consertava relógios e fabricava chapéus de feltro. No outono de 1851, quando já se desfolhavam os castanheiros dos Campos Elísios, o Cintinho cuspilhou sangue. O médico, acarinhando o queixo e com uma ruga séria na testa imensa, aconselhou que o menino abalasse para o **golfo Juan** ou para as tépidas areias d'**Arcachon**.

Cintinho, porém, no seu **aferro** de sombra, não se quis arredar da Teresinha Velho, de quem se tornara, através de

Paris, a muda, **tardonha** sombra. Como uma sombra, casou; deu mais algumas voltas ao torno; cuspiu um resto de sangue; e passou, como uma sombra.

Três meses e três dias depois do seu enterro o meu Jacinto nasceu.

Tardonho: lento, devagar.

Desde o berço, onde a avó espalhava **funcho** e âmbar para afugentar a ***Sorte-Ruim***, Jacinto **medrou** com a segurança, a rijeza, a seiva rica dum pinheiro das dunas.

Funcho: erva-doce.

Outro nome para Diabo.

Medrar: crescer.

Não teve sarampo e não teve lombrigas. As Letras, a Tabuada, o Latim entraram por ele tão facilmente como o sol por uma vidraça. Entre os camaradas, nos pátios dos colégios, erguendo a sua espada de lata e lançando um brado de comando, foi logo o vencedor, o Rei que se adula, e a quem se cede a fruta das merendas. Na idade em que se lê **Balzac e Musset** nunca atravessou os tormentos da sensibilidade; – nem crepúsculos quentes o retiveram na solidão duma janela, padecendo dum desejo sem forma e sem nome. Todos os seus amigos (éramos três, contando o seu velho escudeiro preto, o Grilo) lhe conservaram sempre amizades puras e certas – sem que jamais a participação do seu luxo as avivasse ou fossem desanimadas pelas evidências do seu egoísmo. Sem coração bastante forte para conceber um amor forte, e contente com esta incapacidade que o libertava, do amor só experimentou o mel – esse mel que o amor reserva aos que o recolhem, à maneira das abelhas, com ligeireza, mobilidade e cantando. Rijo, rico, indiferente ao Estado e ao Governo dos Homens, nunca lhe conhecemos outra ambição além de compreender bem as Ideias Gerais; e a sua inteligência, nos anos alegres de escolas e controvérsias, circulava dentro das Filosofias mais densas como enguia lustrosa na água limpa dum tanque. O seu valor, genuíno, de fino quilate, nunca foi desconhecido, nem desaparecido; e toda a opinião, ou mera **facécia** que lançasse, logo encontrava uma aragem de simpatia e concordância que a erguia, a mantinha embalada e rebrilhando nas alturas. Era servido pelas cousas com docilidade e carinho; – e não recordo que jamais lhe estalasse

Dois autores franceses. Balzac (à esquerda) é considerado um dos fundadores do Realismo. E Musset (à direita) foi um dos expoentes do Romantismo.

Facécia: piada.

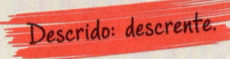

Descrido: descrente.

8 Moeda utilizada na Espanha de 1869 a 2002, quando adotou-se o euro.

um botão da camisa, ou que um papel maliciosamente se escondesse dos seus olhos, ou que ante a sua vivacidade e pressa uma gaveta pérfida emperrasse. Quando um dia, rindo com **descrido** riso da Fortuna e da sua Roda, comprou a um sacristão espanhol um Décimo de Loteria, logo a Fortuna, ligeira e ridente sobre a sua Roda, correu num fulgor, para lhe trazer quatrocentas mil **pesetas**. E no céu as Nuvens, pejadas e lentas, se avistavam Jacinto sem guarda-chuva, retinham com reverência as suas águas até que ele passasse... Ah! O âmbar e o funcho da snra. D. Angelina tinham escorraçado do seu destino, bem triunfalmente e para sempre, a *Sorte-Ruim!* A amorável avó (que eu conheci obesa, com barba) costumava citar um soneto natalício do desembargador Nunes Velho contendo um verso de boa lição:

Sabei, senhora que esta Vida é um rio...

Pois um rio de verão, manso, translúcido, harmoniosamente estendido sobre uma areia macia e alva, por entre arvoredos fragrantes e ditosas aldeias, não ofereceria àquele que o descesse num barco de cedro, bem toldado e bem almofadado, com frutas e Champagne a refrescar em gelo, um Anjo governando ao leme, outros Anjos puxando à **sirga**, mais segurança e doçura do que a Vida oferecia ao meu amigo Jacinto.

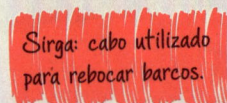

Sirga: cabo utilizado para rebocar barcos.

Por isso nós lhe chamávamos "o Príncipe da Grã-Ventura"!

Jacinto e eu, José Fernandes, ambos nos encontramos e acamaradamos em Paris, nas Escolas do Bairro Latino – para onde me mandara meu bom tio Afonso Fernandes Lorena de Noronha e Sande, quando aqueles malvados me riscaram da Universidade por eu ter esborrachado, numa tarde de procissão, na Sofia, a cara sórdida do Dr. Pais Pita.

Ora nesse tempo Jacinto concebera uma Ideia... Este Príncipe concebera a Ideia de que o "homem só é superiormente feliz quando é superiormente civilizado". E por homem civilizado o meu camarada entendia aquele que, robustecendo a sua força pensante com todas as noções adquiridas desde Aristóteles, e multiplicando a potência corporal dos seus órgãos com todos os mecanismos inventados desde **Terâmenes**, criador da roda, se torna um magnífico Adão, quase onipotente, quase onisciente, e apto portanto a recolher dentro duma sociedade, e nos limites do Progresso (tal como ele se comportava em 1875) todos os gozos e todos os proveitos que resultam de Saber e Poder... Pelo menos assim Jacinto formulava copiosamente a sua Ideia, quando conversávamos de fins e destinos humanos, sorvendo **bocks** poeirentos, sob o toldo das cervejarias filosóficas, no Boulevard Saint-Michel.

Este conceito de Jacinto impressionara os nossos camaradas de **cenáculo**, que tendo surgido para a vida intelectual, de 1866 a 1875, entre a **batalha** de Sadova e a batalha de Sedan, e ouvindo constantemente, desde então, aos técnicos e aos filósofos, que fora a **Espingarda de agulha** que vencera em Sadova e fora o Mestre de escola quem vencera em Sedan, estavam largamente preparados a acreditar que a felicidade dos indivíduos, como a das nações, se realiza pelo ilimitado desenvolvimento da Mecânica e da Erudição. Um desses moços mesmo, o nosso inventivo Jorge Carlande, reduzira a teoria de Jacinto, para lhe facilitar a circulação e lhe condensar o brilho, a uma forma algébrica:

$$\left. \begin{array}{c} \text{Suma ciência} \\ \text{X} \\ \text{Suma potência} \end{array} \right\} = \text{Suma felicidade}$$

E durante dias, do **Odeon à Sorbonne**, foi louvada pela mocidade positiva a *Equação Metafísica de Jacinto*.

Para Jacinto, porém, o seu conceito não era meramente metafísico e lançado pelo gozo elegante de exercer a razão especulativa: — mas constituía uma regra, toda de realidade e de utilidade, determinando a conduta, modalizando a vida. E já a esse tempo, em concordância com o seu preceito — ele se surtira da *Pequena Enciclopédia dos Conhecimentos Universais* em 75 volumes e instalara, sobre os telhados do

---

g Político e general grego dos mais controversos.

t Bock era um copo de cerveja de 250ml.

Cenáculo: grupo de pessoas com ideias em comum.

A Prússia entrou em guerra contra a Áustria em 1866. Em julho daquele mesmo ano garantiu a vitória na batalha de Sadova (vila que hoje fica em território tcheco). Anos mais tarde, se meteram noutra disputa, agora com a França. De novo venceram, dessa vez após uma batalha na cidade francesa de Sedan.

t A espingarda de agulha, criada pelo prussiano Johann Nikolaus von Dreyse, era carregada por trás e não mais pela frente. Corre a lenda que foi a responsável pela vitória da Prússia em Sadova.

g O Odeon é um teatro famoso de Paris, e a Sorbonne é uma respeitada universidade na mesma cidade.

Fiacre: carruagem que fazia o serviço de táxi.

Lesto: rápido, ligeiro.

8 Ernest Renan foi um francês expert em várias coisas: filosofia, história da religião, árabe e até mesmo hebraico.

202, num mirante envidraçado, um telescópio. Justamente com esse telescópio me tornou ele palpável a sua ideia, numa noite de agosto, de mole e dormente calor. Nos céus remotos lampejavam relâmpagos lânguidos. Pela Avenida dos Campos Elísios, os **fiacres** rolavam para as frescuras do Bosque, lentos, abertos, cansados, transbordando de vestidos claros.

— Aqui tens tu, Zé Fernandes, (começou Jacinto, encostado à janela do mirante) a teoria que me governa, bem comprovada. Com estes olhos que recebemos da Madre natureza, **lestos** e sãos, nós podemos apenas distinguir além, através da Avenida, naquela loja, uma vidraça alumiada. Mais nada! Se eu porém aos meus olhos juntar os dois vidros simples dum binóculo de corridas, percebo, por trás da vidraça, presuntos, queijos, boiões de geleia e caixas de ameixa seca. Concluo portanto que é uma mercearia. Obtive uma noção; tenho sobre ti, que com os olhos desarmados vês só o luzir da vidraça, uma vantagem positiva. Se agora, em vez destes vidros simples, eu usasse os do meu telescópio, de composição mais científica, poderia avistar além, no planeta Marte, os mares, as neves, os canais, o recorte dos golfos, toda a geografia dum astro que circula a milhares de léguas dos Campos Elísios. É outra noção, e tremenda! Tens aqui pois o olho primitivo, o da Natureza, elevado pela Civilização à sua máxima potência de visão. E desde já, pelo lado do olho portanto, eu, civilizado, sou mais feliz que o incivilizado, porque descubro realidades do Universo que ele não suspeita e de que está privado. Aplica esta prova a todos os órgãos e compreendes o meu princípio. Enquanto à inteligência, e à felicidade que dela se tira pela incansável acumulação das noções, só te peço que compares **Renan** e o Grilo... Claro é portanto que nos devemos cercar de Civilização nas máximas proporções para gozar nas máximas proporções a vantagem de viver. Agora concordas, Zé Fernandes?

Não me parecia irrecusavelmente certo que Renan fosse mais feliz que o Grilo; nem eu percebia que vantagem espiritual ou temporal se colha em distinguir através do espaço manchas num astro, ou através da Avenida dos Campos Elísios presuntos numa vidraça. Mas concordei, porque sou bom, e nunca desalojarei um espírito do conceito onde ele encontra segurança, disciplina e motivo de energia. Desabotoei o colete, e lançando um gesto para o lado do café e das luzes:

– Vamos então beber, nas máximas proporções, *brandy and soda*, com gelo!

Por uma conclusão bem natural, a ideia de Civilização, para Jacinto, não se separava da imagem de Cidade, duma enorme Cidade, com todos os seus vastos órgãos funcionando poderosamente. Nem este meu supercivilizado amigo compreendia que longe de Armazéns servidos por três mil caixeiros; e de Mercados onde se despejam os **vergéis e lezírias** de trinta províncias; e de Bancos em que retine o ouro universal; e de Fábricas fumegando com ânsia, inventando com ânsia; e de Bibliotecas abarrotadas, a estalar, com a papelada dos séculos; e de fundas **milhas** de ruas, cortadas, por baixo e por cima, de fios de telégrafos, de fios de telefones, de canos de gases, de canos de fezes; e da fila **atroante** dos ônibus, **tramways**, carroças, **velocípedes**, calhambeques, **parelhas** de luxo; e de dois milhões duma vaga humanidade, fervilhando, a ofegar, através da Polícia, na busca dura do pão ou sob a ilusão do gozo – o homem do século XIX pudesse saborear, plenamente, a delícia de viver!

Quando Jacinto, no seu quarto do 202, com as varandas abertas sobre os lilases, me desenrolava estas imagens, todo ele crescia, iluminado. Que criação augusta, a da Cidade! Só por ela, Zé Fernandes, só por ela, pode o homem soberbamente afirmar a sua alma!...

– Ó Jacinto, e a religião? Pois a religião não prova a alma?

Ele encolhia os ombros. A religião! A religião é o desenvolvimento suntuoso de um instinto rudimentar, comum a todos os brutos, o terror. Um cão lambendo a mão do dono, de quem lhe vem o osso ou o chicote, já constitui toscamente um devoto, o consciente devoto, prostrado em rezas ante o Deus que distribui o céu ou o inferno!... Mas o telefone! O **fonógrafo**!

– Aí tens tu, o fonógrafo!... Só o fonógrafo, Zé Fernandes, me faz verdadeiramente sentir a minha superioridade de ser pensante e me separa do bicho. Acredita, não há senão a Cidade, Zé Fernandes, não há senão a Cidade!

"Vergel" é pomar e "lezíria" é uma área próxima de rios muito boa para plantação.

Medida de comprimento: 1 milha = 1.609 metros.

Atroante: algo que causa mal-estar.

Tramway: bonde.

Velocípede: bicicleta.

Parelha: dupla de cavalos.

Inventado em 1877 por Thomas Edison, o fonógrafo foi o primeiro aparelho capaz de gravar e reproduzir sons a partir de um cilindro.

Lume: fogo, fonte de luz.

Silvado: arbusto.

Faculdade: capacidade.

Seara: campo de plantação.

Engelhar: enrugar.

E depois (acrescentava) só a Cidade lhe dava a sensação, tão necessária à vida como o calor, da solidariedade humana. E no 202, quando considerava em redor, nas densas massas do casario de Paris, dois milhões de seres arquejando na obra da Civilização (para manter na natureza o domínio dos Jacintos!), sentia um sossego, um conchego, só comparáveis ao do peregrino, que, ao atravessar o deserto, se ergue no seu dromedário, e avista a longa fila da caravana marchando, cheia de **lumes** e de armas.

Eu murmurava, impressionado:

– Caramba!

Ao contrário no campo, entre a inconsciência e a impassibilidade da Natureza, ele tremia com o terror da sua fragilidade e da sua solidão. Estava aí como perdido num mundo que lhe não fosse fraternal; nenhum **silvado** encolheria os espinhos para que ele passasse; se gemesse com fome nenhuma árvore, por mais carregada, lhe estenderia o seu fruto na ponta compassiva dum ramo. Depois, em meio da Natureza, ele assistia à súbita e humilhante inutilização de todas as suas **faculdades** superiores. De que servia, entre plantas e bichos – ser um Gênio ou ser um Santo? As **searas** não compreendem as *Geórgicas*, e fora necessário o socorro ansioso de Deus, e a inversão de todas as leis naturais, e um violento milagre para que o **lobo** de Agubio não devorasse S. Francisco de Assis, que lhe sorria e lhe estendia os braços e lhe chamava "meu irmão lobo!" Toda a intelectualidade, nos campos, se esteriliza, e só resta a bestialidade. Nesses reinos crassos do Vegetal e do Animal duas únicas funções se mantêm vivas, a nutritiva e a procriadora. Isolada, sem ocupação, entre focinhos e raízes que não cessam de sugar e de pastar, sufocando no cálido bafo da universal fecundação, a sua pobre alma toda se **engelhava**, se reduzia a uma migalha de alma, uma fagulhazinha espiritual a tremeluzir, como morta, sobre um naco de matéria; e nessa matéria dois instintos surdiam, imperiosos e pungentes, o de devorar e o de gerar. Ao cabo de uma semana rural, de todo o

> Reza a lenda que um lobo feroz vivia atormentando o povo de uma cidade na Itália. Um dia, São Francisco de Assis a visitou, ficou sabendo do lobo e resolveu ter uma conversa com o bicho. Ao encontrá-lo, viu que o lobo estava agressivo, mas Francisco disse que o pessoal topava alimentá-lo todo dia se ele parasse de matar os bichos e assustar o povo. O lobo aceitou a proposta e dali em diante vinha tranquilo, recebia a comida, dava no pé e só voltava no dia seguinte.

seu ser tão nobremente composto só restava um estômago e por baixo um falo! A alma? Sumida sob a besta. E necessitava correr, reentrar na Cidade, mergulhar nas ondas **lustrais** da Civilização, para largar nelas a crosta vegetativa, e ressurgir reumanizado, de novo espiritual e Jacíntico!

E estas requintadas metáforas do meu amigo exprimiam sentimentos reais – que eu testemunhei, que muito me divertiram, no único passeio que fizemos ao campo, à bem amável e bem sociável floresta de **Montmorency**. Ó delícias d'**entremez**, Jacinto entre a Natureza! Logo que se afastava dos pavimentos de madeira, do **macadame**, qualquer chão que os seus pés calcassem o enchia de desconfiança e terror. Toda a relva, por mais **crestada**, lhe parecia ressumar uma umidade mortal. De sob cada torrão, da sombra de cada pedra, receava o assalto de **lacraus**, de víboras, de formas rastejantes e viscosas. No silêncio do bosque sentia um lúgubre despovoamento do Universo. Não tolerava a familiaridade dos galhos que lhe roçassem a manga ou a face. Saltar uma sebe era para ele um ato degradante que o retrogradava ao macaco inicial. Todas as flores que não tivesse já encontrado em jardins, domesticadas por longos séculos de servidão ornamental, o inquietavam como venenosas. E considerava duma melancolia **funambulesca** certos modos e formas do Ser inanimado, a pressa esperta e vã dos regatinhos, a careca dos rochedos, todas as contorções do arvoredo e o seu resmungar solene e tonto.

Depois duma hora, naquele honesto bosque de Montmorency, o meu pobre amigo abafava, apavorado, experimentando já esse lento minguar e sumir d'alma que o tornava como um bicho entre bichos. Só desanuviou quando penetramos no lajedo e no gás de Paris – e a nossa vitória quase se despedaçou contra um ônibus retumbante, atulhado de cidadãos. Mandou descer pelos Boulevards, para dissipar, na sua grossa sociabilidade, aquela materialização em que sentia a cabeça pesada e vaga como a dum boi. E **reclamou** que eu o acompanhasse ao teatro das Variedades para sacudir, com os estribilhos da **Femme à Papa**, o rumor importuno que lhe ficara dos melros cantando nos choupos altos.

Este delicioso Jacinto fizera então vinte e três anos, e era um soberbo moço em quem reaparecera a força dos velhos Ja-

---

Lustral: purificador.

Montmorency é uma cidade próxima a Paris, França.

Entremez: coisa ridícula.

Macadame é um tipo de calçamento de rua feito com areia grossa e pedrinhas.

Crestado: queimado, tostado.

Lacrau: escorpião.

Funambulesco: extravagante, excêntrico.

Reclamar: pedir.

Título de uma opereta – um tipo de teatro muito popular na França à época que misturava canto, diálogo e dança.

cintos rurais. Só pelo nariz, afilado, com narinas quase transparentes, duma mobilidade inquieta, como se andasse fariscando perfumes, pertencia às delicadezas do século XIX. O cabelo ainda se conservava, ao modo das eras rudes, crespo e quase **lanígero**; e o bigode, como o dum Celta, caía em fios sedosos, que ele necessitava aparar e frisar. Todo o seu **fato**, as espessas gravatas de cetim escuro que uma pérola prendia, as luvas de anta branca, o verniz das botas, vinham de Londres em caixotes de cedro; e usava sempre ao peito uma flor, não natural, mas composta destramente pela sua **ramalheteira** com pétalas de flores dessemelhantes, cravo, azaleia, orquídea ou tulipa, fundidas na mesma haste entre uma leve folhagem de funcho.

Em 1880, em fevereiro, numa cinzenta e arrepiada manhã de chuva, recebi uma carta de meu bom tio Afonso Fernandes, em que, depois de lamentações sobre os seus setenta anos, os seus males hemorroidais, e a pesada gerência dos seus bens "que pedia homem mais novo, com pernas mais rijas" – me ordenava que recolhesse a nossa casa de Guiães, no Douro! Encostado ao mármore partido do fogão, onde na véspera a minha Nini deixara um espartilho embrulhado no *Jornal dos Debates*, censurei severamente meu tio que assim cortava em botão, antes de desabrochar, a flor do meu Saber Jurídico. Depois num Post Scriptum ele acrescentava: – "O tempo aqui está lindo, o que se pode chamar de rosas, e tua santa tia muito se recomenda, que anda lá pela cozinha, porque vai hoje em trinta e seis anos que casamos, temos cá o **abade** e o Quintais a jantar, e ela quis fazer uma **sopa dourada**".

Deitando uma **acha** ao lume, pensei como devia estar boa a sopa dourada da tia Vicência. Há quantos anos não a provava, nem o leitão assado, nem o arroz de forno da nossa casa! Com o tempo assim tão lindo, já as mimosas do nosso pátio vergariam sob os seus grandes cachos amarelos. Um pedaço de céu azul, do azul de Guiães, que outro não há tão lustroso e macio, entrou pelo quarto, alumiou, sobre a puída tristeza do tapete, relvas, ribeirinhos, malmequeres e flores de trevo de que meus olhos andavam aguados. E, por entre as **bambinelas** de sarja, passou um ar fino e forte e cheiroso de serra e de pinheiral.

Lanígero: que produz lã.

Em Portugal, "fato" é roupa. Lá se usa "fato de banho" para roupa de banho ou "guarda-fato" para guarda-roupa.

Ramalheteiro: florista.

Abade: padre.

A sopa dourada na verdade é uma sobremesa: rabanada servida em creme à base de gemas.

Acha: lenha.

Bambinela: cortina.

Peúga: tipo de meia.

Assobiando um *fado* meigo tirei debaixo da cama a minha velha mala, e meti solicitamente entre calças e **peúgas** um *Tratado de Direito Civil*, para aprender enfim, nos vagares da aldeia, estendido sob a faia, as leis que regem os homens. Depois, nessa tarde, anunciei a Jacinto que partia para Guiães. O meu camarada recuou com um surdo gemido de espanto e piedade:

– Para Guiães!... Oh Zé Fernandes, que horror!

E toda essa semana me lembrou solicitamente confortos de que eu me deveria prover para que pudesse conservar, nos ermos silvestres, tão longe da Cidade, uma pouca d'alma dentro dum pouco de corpo. "Leva uma poltrona! Leva a *Enciclopédia Geral*! Leva caixas de aspargos!..."

Mas para o meu Jacinto, desde que assim me arrancavam da Cidade, eu era arbusto desarraigado que não reviverá. A mágoa com que me acompanhou ao comboio conviria excelentemente ao meu funeral. E quando fechou sobre mim a portinhola, gravemente, supremamente, como se cerra uma grade de sepultura, eu quase solucei – com saudades minhas.

Cheguei a Guiães. Ainda restavam flores nas mimosas do nosso pátio; comi com delícias a sopa dourada da tia Vicência; de tamancos nos pés assisti à ceifa dos milhos. E assim de colheitas a lavras, crestando ao sol das eiras, caçando a perdiz nos matos geados, rachando a melancia fresca na poeira dos arraiais, arranchando a magustos, serandando à candeia, atiçando fogueiras de S. João, enfeitando presépios de Natal, por ali me passaram docemente sete anos, tão atarefados que nunca logrei abrir o *Tratado de Direito Civil*, e tão singelos que apenas me recordo quando, em vésperas de S. Nicolau, o abade caiu da égua à porta do Brás das Cortes. De Jacinto só recebia raramente algumas linhas, escrevinhadas à pressa por entre tumulto da Civilização. Depois, num setembro muito quente, ao lidar da **vindima**, meu bom tio Afonso Fernandes morreu, tão quietamente, Deus seja louvado por esta graça, como se cala um passarinho ao fim do seu bem cantado e bem voado dia. Acabei pela aldeia a roupa do luto. A minha afilhada Joaninha casou na matança do porco. Andaram obras no nosso telhado. Voltei a Paris.

Vindima: colheita de uvas.

II

Era de novo fevereiro, e um fim de tarde arrepiado e cinzento, quando eu desci os Campos Elísios **em demanda** do 202. Adiante de mim caminhava, levemente curvado, um homem que, desde as botas rebrilhantes até as abas recurvas do chapéu de onde fugiam anéis dum cabelo crespo, ressumava elegância e a familiaridade das coisas finas. Nas mãos, cruzadas atrás das costas, **calçadas d'anta branca**, sustentava uma bengala grossa com castão de cristal. E só quando ele parou ao portão do 202 reconheci o nariz afilado, os fios do bigode corredios e sedosos.

– Oh Jacinto!

– Oh Zé Fernandes!

O abraço que nos enlaçou foi tão alvoroçado que o meu chapéu rolou na lama. E ambos murmurávamos, comovidos, entrando a grade:

– Há sete anos!...

– Há sete anos!...

> Em demanda: à procura.

> 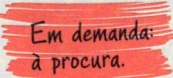 As mãos estavam vestidas com luvas brancas feitas do couro de anta.

E, todavia, nada mudara durante esses sete anos no jardim do 202! Ainda entre as duas **aleias** bem areadas se arredondava uma relva, mais lisa e varrida que a lã dum tapete. No meio o vaso coríntico esperava abril para resplandecer com tulipas e depois junho para transbordar de margaridas. E ao lado das escadas limiares, que uma vidraçaria toldava, as duas magras Deusas de pedra, do tempo de D. Galião, sustentavam as antigas lâmpadas de globos foscos, onde já silvava o gás.

Mas dentro, no **peristilo**, logo me surpreendeu um elevador instalado pôr Jacinto – apesar do 202 ter somente dois andares, e ligados por uma escadaria tão doce que nunca ofendera a asma da snra. D. Angelina! Espaçoso, tapetado, ele oferecia, para aquela jornada de sete segundos, confortos numerosos, um divã, uma pele d'urso, um roteiro das ruas de Paris, prateleiras gradeadas com charutos e livros. Na antecâmara, onde desembarcamos, encontrei a temperatura macia e tépida duma tarde de maio, em Guiães. Um criado, mais atento ao termômetro que um **piloto à agulha**, regulava destramente a boca dourada do calorífero. E perfumadores entre palmeiras, como num terraço santo de **Benares**, esparziam um vapor, aromatizando e salutarmente umedecendo aquele ar delicado e superfino.

Eu murmurei, nas profundidades do meu assombrado ser:

– Eis a Civilização!

Jacinto empurrou uma porta, penetramos numa nave cheia de majestade e sombra, onde reconheci a Biblioteca por tropeçar numa pilha monstruosa de livros novos. O meu amigo roçou de leve o dedo na parede: e uma coroa de **lumes elétricos**, refulgindo entre os lavores do teto, alumiou as estantes monumentais, todas d'ébano. Nelas repousavam mais de trinta mil volumes, encadernados em branco, em escarlate, em negro, com retoques d'ouro, hirtos na sua pompa e na sua autoridade como doutores num concílio.

Não contive a minha admiração:

– Oh Jacinto! Que depósito!

Aleia: fileira de árvores.

Peristilo: pátio rodeado por colunas.

Ou seja, igual a um piloto de navio com os olhos ligados na agulha da bússola.

Benares (Banaras, Varanasi, Varanássi ou Kashi) é uma cidade indiana considerada santa no hinduísmo e que já teve destaque como produtora de perfumes.

A luz elétrica foi uma novidade que se instalou em Paris em 1888, primeiro na iluminação pública e depois nas casas de pessoas mais ricas.

Ele murmurou, num sorriso descorado:

– Há que ler, há que ler...

Reparei então que o meu amigo emagrecera: e que o nariz se lhe afilara mais entre duas rugas muito fundas, como as dum comediante cansado. Os anéis do seu cabelo lanígero rareavam sobre a testa, que perdera a antiga serenidade de mármore bem polido. Não frisava agora o bigode, murcho, caído em fios pensativos. Também notei que **corcovava**.

Ele erguera uma tapeçaria – entramos no seu gabinete de trabalho, que me inquietou. Sobre a espessura dos tapetes sombrios os nossos passos perderam logo o som, e como a realidade. O damasco das paredes, os divãs, as madeiras, eram verdes, dum verde profundo de folha de louro. Sedas verdes envolviam as luzes elétricas, dispersas em lâmpadas tão baixas que lembravam estrelas caídas por cima das mesas, acabando de **arrefecer** e morrer: só uma rebrilhava, nua e clara, no alto duma estante quadrada, esguia, solitária como uma torre numa planície, e de que o lume parecia ser o farol melancólico. Um biombo de laca verde, fresco verde de relva, resguardava a chaminé de mármore verde, verde de mar sombrio, onde esmoreciam as brasas duma lenha aromática. E entre aqueles verdes reluzia, por sobre **peanhas** e pedestais, toda uma Mecânica suntuosa, aparelhos, lâminas, rodas, tubos, engrenagens, hastes, friezas, rigidezas de metais...

Mas Jacinto batia nas almofadas do divã, onde se enterrara com um modo cansado que eu não lhe conhecia:

– Para aqui, Zé Fernandes, para aqui! É necessário reatarmos estas nossas vidas, tão apartadas há sete anos!... Em Guiães, sete anos! Que fizeste tu?

– E tu, que tens feito, Jacinto?

O meu amigo encolheu molemente os ombros. Vivera – cumprira com serenidade todas as funções, as que pertencem à matéria e as que pertencem ao espírito...

– E acumulaste civilização, Jacinto! Santo Deus... Está tremendo, o 202!

Ele espalhou em torno um olhar onde já não faiscava a antiga vivacidade:

Corcovar: ficar corcunda, arqueado.

Arrefecer: perder o calor.

Peanha: base para estátua.

— Sim, há confortos... Mas falta muito! A humanidade ainda está mal-apetrechada, Zé Fernandes... E a vida conserva resistências.

Subitamente, a um canto, repicou a campainha do telefone. E enquanto o meu amigo, curvado sobre a placa, murmurava impaciente "**Está lá?** – Está lá?", examinei curiosamente, sobre a sua imensa mesa de trabalho, uma estranha e miúda legião de instrumentozinhos de níquel, d'aço, de cobre, de ferro, com gumes, com argolas, com tenazes, com ganchos, com dentes, expressivos todos, de utilidades misteriosas. Tomei um que tentei manejar – e logo uma ponta malévola me picou um dedo. Nesse instante rompeu d'outro canto um "tic-tic-tic" **açodado**, quase ansioso. Jacinto acudiu, com a face no telefone:

— Vê aí o **telégrafo**!... Ao pé do divã. Uma tira de papel que deve estar a correr.

E, com efeito, duma redoma de vidro posta numa coluna, e contendo um aparelho esperto e diligente, escorria para o tapete, como uma tênia, a longa tira de papel com caracteres impressos, que eu, homem das serras, apanhei, maravilhado. A linha, traçada em azul, anunciava ao meu amigo Jacinto que a fragata russa *Azoff* entrara em Marselha com avaria!

> Até hoje, os portugueses dizem "Está lá?" no lugar de "Alô!" ao atender o telefone.

> Açodado: apressado.

> No século XIX e começo do XX, o telégrafo era o principal sistema de comunicação à distância. Inventado em 1835, despachava mensagens em código Morse. Mas não era tão comum uma residência tê-lo.

Já ele abandonara o telefone. Desejei saber, inquieto, se o prejudicava diretamente aquela avaria da *Azoff*.

– Da *Azoff*?... A avaria? A mim?... Não! É uma notícia.

Depois, consultando um relógio monumental que, ao fundo da Biblioteca, marcava a hora de todas as Capitais e o curso de todos os Planetas:

– Eu preciso escrever uma carta, seis linhas... Tu esperas, não, Zé Fernandes? Tens aí os jornais de Paris, da noite; e os de Londres, desta manhã. As **Ilustrações** além, naquela pasta de couro com ferragens.

Mas eu preferi inventariar o gabinete, que dava à minha profanidade serrana todos os gostos duma iniciação. Aos lados da cadeira de Jacinto pendiam gordos tubos acústicos, por onde ele decerto soprava as suas ordens através do 202. Dos pés da mesa cordões túmidos e moles, coleando sobre o tapete, corriam para os recantos de sombra à maneira de cobras assustadas. Sobre uma banquinha, e refletida no seu verniz como na água dum poço, pousava uma Máquina de escrever; e adiante era uma imensa Máquina de calcular, com fileiras de buracos de onde espreitavam, esperando, números rígidos e de ferro. Depois parei em frente da estante que me preocupava, assim solitária, à maneira duma torre numa planície, com o seu alto farol. Toda uma das suas faces estava repleta de Dicionários; a outra de Manuais; a outra de Atlas; a última de Guias, e entre eles, abrindo um **fólio**, encontrei o Guia das ruas de **Samarcanda**. Que maciça torre de informação! Sobre prateleiras admirei aparelhos que não compreendia: – um composto de lâminas de gelatina, onde desmaiavam, meio chupadas, as linhas duma carta, talvez amorosa; outro, que erguia sobre um pobre livro **brochado**, como para o decepar, um cutelo funesto; outro avançando a boca duma tuba, toda aberta para as vozes do invisível. Cingidos aos umbrais, **liados** às cimalhas, luziam arames, que fugiam através do teto, para o espaço. Todos mergulhavam em forças universais, todos transmitiam forças universais. A Natureza convergia disciplinada ao serviço do meu amigo e entrara na sua domesticidade!...

Jacinto atirou uma exclamação impaciente:

---

8 A publicação semanal *Illustração Portugueza* existiu de verdade e foi publicada de 1884 a 1890.

Fólio: tipo de livro.

8 Samarcanda é uma cidade no Uzbequistão que foi importante nos tempos da Rota da Seda, quando os europeus iam e vinham da China onde compravam o caro tecido.

t O mesmo que "em brochura".

Liar: unir, ligar.

– Oh, estas **penas elétricas**!... **Que seca!**

Amarrotara com cólera a carta começada – eu escapei, respirando, para a Biblioteca. Que majestoso armazém dos produtos do Raciocínio e da Imaginação! Ali jaziam mais de trinta mil volumes, e todos decerto essenciais a uma cultura humana. Logo à entrada notei, em ouro numa lombada verde, o nome de Adam Smith. Era pois a região dos economistas. Avancei – e percorri, espantado, oito metros de Economia Política. Depois avistei os Filósofos e os seus comentadores, que revestiam toda uma parede, desde as escolas Pré-socráticas até as escolas Neopessimistas. Naquelas pranchas se acastelavam mais de dois mil sistemas – e que todos se contradiziam. Pelas encadernações logo se deduziam as doutrinas: Hobbes, embaixo, era pesado, de couro negro; Platão, em cima, resplandecia, numa pelica pura e alva. Para diante começavam as Histórias Universais. Mas aí uma imensa pilha de livros brochados, cheirando a tinta nova e a documentos novos, subia contra a estante, como fresca terra d'**aluvião** tapando uma **riba** secular. Contornei essa colina, mergulhei na seção das Ciências Naturais, peregrinando, num assombro crescente, da **Orografia** para a Paleontologia, e da Morfologia para a Cristalografia. Essa estante rematava junto duma janela rasgada sobre os Campos Elísios. Apartei as cortinas de veludo – e por trás descobri outra portentosa rima de volumes, todos de História Religiosa, de Exegese Religiosa, que trepavam montanhosamente até aos últimos vidros, vedando, nas manhãs mais cândidas, o ar e a luz do Senhor.

Mas depois rebrilhava, em **marroquins** claros, a estante amável dos Poetas. Como um repouso para o espírito esfalfado de todo aquele saber positivo, Jacinto aconchegara aí um recanto, com um divã e uma mesa de limoeiro, mais lustrosa que um fino esmalte, coberta de charutos, de cigarros d'Oriente, de **tabaqueiras** do século XVIII. Sobre um cofre de madeira lisa pousava ainda, esquecido, um prato de damascos secos do Japão. Cedi à sedução das almofadas; trinquei um damasco, abri um volume; e senti estranhamente, ao

---

Durante uns quinze séculos, penas de aves foram usadas para escrever. Só em 1822 surgiram as primeiras canetas de metal que, como as penas, tinham a ponta molhada em tinta para funcionar. Depois veio a caneta tinteiro, com um reservatório de tinta embutido. Já a versão esferográfica – semelhante a de hoje – foi inventada em 1888, mas só pegou mesmo no tranco lá pelo ano de 1940.

"Que seca!" é o mesmo que "Que chatice!".

Aluvião: depósito de sedimentos (terra, areia, pedra) provocado pela corrente de um rio.

Riba: rio.

Orografia: estudo das montanhas.

Marroquim: tipo de couro de bode ou de cabra.

Tabaqueira é um bolsinha para guardar o fumo.

lado, um zumbido, como de um inseto de asas harmoniosas. Sorri à ideia que fossem abelhas, compondo o seu mel naquele maciço de versos em flor. Depois percebi que o sussurro remoto e dormente vinha do cofre de mogno, de parecer tão discreto. **Arredei** uma *Gazeta de França*; e descortinei um cordão que emergia de um orifício, escavado no cofre, e rematava num funil de marfim. Com curiosidade, encostei o funil a esta minha confiada orelha, afeita à singeleza dos rumores da serra. E logo uma Voz, muito mansa, mas muito decidida, aproveitando a minha curiosidade para me invadir e se apoderar do meu entendimento, sussurrou **capciosamente**:

– ... "E assim, pela disposição dos cubos diabólicos, eu chego a verificar os espaços hipermágicos!..."

Pulei com um berro.

– Ó Jacinto, aqui há um homem! Está aqui um homem a falar dentro duma caixa!

O meu camarada, habituado aos prodígios, não se alvoroçou:

– É o Conferençofone... Exatamente como o Teatrofone; somente aplicado às escolas e às conferências. Muito cômodo!... Que diz o homem, Zé Fernandes?

Eu considerava o cofre, ainda **esgazeado**:

– Eu sei! Cubos diabólicos, espaços mágicos, toda a sorte de horrores...

Senti dentro o sorriso superior de Jacinto:

– Ah, é o coronel Dorcas... Lições de Metafísica Positiva sobre a Quarta Dimensão... Conjecturas, uma **maçada**! Ouve lá, tu hoje jantas comigo e com uns amigos, Zé Fernandes?

– Não, Jacinto... Estou ainda enfardelado pelo alfaiate da serra!

E voltei ao gabinete mostrar ao meu camarada o jaquetão de flanela grossa, a gravata de pintinhas escarlates, com que ao domingo, em Guiães, visitava o Senhor. Mas Jacinto afirmou que esta simplicidade montesina interessaria os seus convidados, que eram dois artistas... Quem? O autor do *Coração Triplo*, um Psicólogo Feminista, d'agudeza transcendente, Mestre muito experimentado e muito consultado em Ciências

---

Arredar: mover para outro local.

Capcioso: sutil, esperto.

Esgazeado: pálido, quase desmaiado.

Maçada: chatice.

Sentimentais; e Vorcan, um pintor mítico, que interpretara etereamente, havia um ano, a simbolia rapsódica do cerco de Troia, numa vasta composição, *Helena Devastadora*...

Eu coçava a barba:

– Não, Jacinto, não... Eu venho de Guiães, das serras; preciso entrar em toda esta civilização, lentamente, com cautela, senão rebento. Logo na mesma tarde a eletricidade, e o Conferençofone, e os espaços hipermágicos e o feminista, e o etéreo, e a simbolia devastadora, é excessivo! Volto amanhã.

Jacinto dobrava vagarosamente a sua carta, onde metera sem **rebuço** (como convinha à nossa fraternidade) duas violetas brancas tiradas do ramo que lhe floria o peito.

– Amanhã, Zé Fernandes, tu vens antes d'almoço, com as tuas malas dentro dum fiacre, para te instalares no 202, no teu quarto. No Hotel são embaraços, privações. Aqui tens o telefone, o teatrofone, livros...

Aceitei logo, com simplicidade. E Jacinto, embocando um tubo acústico, murmurou:

– Grilo!

Da parede, recoberta de damasco, que subitamente e sem rumor se fendeu, surdiu o seu velho escudeiro (aquele moleque que viera com *D. Galião*), que eu me alegrei de encontrar tão rijo, mais negro, reluzente e venerável na sua tesa gravata, no seu colete branco de botões de ouro. Ele também estimou ver de novo "o siô Fernandes". E, quando soube que eu ocuparia o quarto do avô Jacinto, teve um claro sorriso de preto, em que envolveu o seu senhor, no contentamento de o sentir enfim **reprovido** duma família.

– Grilo, dizia Jacinto, esta carta a Madame de Oriol... Escuta! Telefona para casa dos Trèves que os espiritistas só estão livres no Domingo... Escuta! Eu tomo uma **ducha** de jantar, tépida, a 17. Fricção com malva-rosa.

E caindo pesadamente para cima do divã, com um bocejo arrastado e vago:

Rebuço: dissimulação, falsidade.

Reprovido: reabastecido.

No começo do século XIX, havia uma invenção inglesa avó do chuveiro atual. Nela, enchia-se um tanque e, com uma bomba manual, a água era transferida para um tanque mais alto. Então, entrava-se debaixo do tanque alto, puxava-se uma cordinha que abria uma série de buraquinhos que deixava a água cair. Foi só com a chegada da água encanada, na década de 1850, que as pessoas começaram, devagarinho, a ter chuveiros em casa.

— Pois é verdade, meu Zé Fernandes, aqui estamos, como há sete anos, neste velho Paris...

Mas eu não me arredava da mesa, no desejo de completar a minha iniciação:

— Oh Jacinto, para que servem todos estes instrumentozinhos? Houve já aí um desavergonhado que me picou. Parecem perversos... São úteis?

Jacinto esboçou, com languidez, um gesto que os sublimava. — Providenciais, meu filho, absolutamente providenciais, pela simplificação que dão ao trabalho! Assim... E apontou. Este arrancava as penas velhas; o outro numerava rapidamente as páginas dum manuscrito; aqueloutro, além, **raspava emendas**... E ainda os havia para colar **estampilhas**, **imprimir** datas, **derreter** lacres, **cintar** documentos...

— Mas com efeito, acrescentou, é uma seca... Com as molas, com os bicos, às vezes magoam, ferem... Já me sucedeu inutilizar cartas por as ter sujado com dedadas de sangue. É uma maçada!

Então, como o meu amigo espreitara novamente o relógio monumental, não lhe quis retardar a consolação da ducha e da **malva-rosa**.

— Bem, Jacinto, já te revi, já me contentei... Agora até amanhã, com as malas.

— Que diabo, Zé Fernandes, espera um momento... Vamos pela sala de jantar. Talvez te tentes!

E, através da Biblioteca, penetramos na sala de jantar – que me encantou pelo seu luxo sereno e fresco. Uma madeira branca, lacada, mais lustrosa e macia que cetim, revestia as paredes, encaixilhando medalhões de damasco cor de morango, de morango muito maduro e esmagado: os aparadores, discretamente lavrados em florões e rocalhas, com a mesma laca nevada; e damascos amorangados estofavam também as cadeiras, brancas, muito amplas, feitas para a lentidão de gulas delicadas, de gulas intelectuais.

"Raspar emendas" é apagar erros de escrita.

Estampilha: selo.

Aqui "imprimir" é carimbar.

As cartas eram fechadas com cera derretida.

Os documentos eram empilhados e, como ainda não existia a pasta, recebiam uma cinta para mantê-los juntos.

Gregos e romanos da Antiguidade já apostavam nas qualidades terapêuticas da malva. Na forma de chá, era usada contra problemas digestivos. Sobre a pele, diziam que aliviava e curava picadas. Na Idade Média, ela era plantada nos jardins de mosteiros, como parte da horta de remédios dos monges.

— Viva o meu Príncipe! Sim senhor... Eis aqui um comedoiro muito compreensível e muito repousante, Jacinto!

— Então janta, homem!

Mas já eu me começava a inquietar, reparando que a cada talher correspondiam seis garfos, e todos de feitios astuciosos. E mais me impressionei quando Jacinto me desvendou que era um para as ostras, outro para o peixe, outro para as carnes, outro para os legumes, outro para as frutas, outro para o queijo! Simultaneamente, com uma sobriedade que louvaria Salomão, só dois copos, para dois vinhos: – um **Bordéus** rosado em infusas de cristal, e Champagne gelando dentro de baldes de prata. Todo um aparador porém vergava sob o luxo redundante, quase assustador d'águas – águas oxigenadas, águas carbonatadas, águas fosfatadas, águas esterilizadas, águas de sais, outras ainda, em garrafas bojudas, com tratados terapêuticos impressos em rótulos.

— Santíssimo nome de Deus, Jacinto! Então és ainda o mesmo tremendo bebedor d'água, hein?... *Un aquatico!* Como dizia o nosso poeta chileno, que andava a traduzir **Klopstock**.

Ele derramou, por sobre toda aquela garrafaria encarapuçada em metal, um olhar desconsolado:

— Não... É por causa das águas da Cidade, contaminadas, atulhadas de micróbios... Mas ainda não encontrei uma boa água que me convenha, que me satisfaça... Até sofro sede.

Desejei então conhecer o jantar do Psicólogo e do Simbolista – traçado, ao lado dos talheres, em tinta vermelha, sobre lâminas de marfim. Começava honradamente por ostras clássicas, de **Marennes**. Depois aparecia uma sopa d'alcachofras e ovas de carpa...

— É bom?

Jacinto encolheu desinteressadamente os ombros:

— Sim... Eu não tenho nunca apetite, já há tempos... Já há anos.

Do outro prato só compreendi que continha frangos e **túbaras**. Depois saboreariam aqueles senhores um filete de veado, macerado em **Xerez**, com geleia de noz. E por sobremesa simplesmente laranjas geladas com éter.

"Bordéus" é tradução de "Bordeaux", cidade francesa famosa por seu vinho de mesmo nome.

Friedrich Gottlieb Klopstock (1724-1803) foi um importante poeta alemão.

Marennes é uma cidade localizada em uma ilha no sul da França.

Túbara é um tipo de trufa, cogumelo raro e caro, de sabor acentuado.

Xerez é um vinho branco típico da região de Andaluzia, na Espanha.

– Em éter, Jacinto?

O meu amigo hesitou, esboçou com os dedos a ondulação dum aroma que s'**evola**.

– É novo... Parece que o éter desenvolve, faz aflorar a alma das frutas...

Curvei a cabeça ignara, murmurei nas minhas profundidades:

– Eis a Civilização!

E, descendo os Campos Elísios, encolhido no paletó, a cogitar neste prato simbólico, considerava a rudeza e atolado atraso da minha Guiães, onde desde séculos a alma das laranjas permanece ignorada e desaproveitada dentro dos gomos **sumarentos**, por todos aqueles pomares que ensombram e perfumam o vale, da Roqueirinha a Sandofim! Agora porém, bendito Deus, na convivência de um tão grande iniciado como Jacinto, eu compreenderia todas as finuras e todos os poderes da Civilização.

E (melhor ainda para a minha ternura!) contemplaria a raridade dum homem que, concebendo uma ideia da Vida, a realiza – e através dela e por ela recolhe a felicidade perfeita.

Bem se afirmara este Jacinto, na verdade, como Príncipe da Grã-Ventura!

Evolar: subir, levantar voo.

Sumarento: suculento.

III

Regalo: prazer.

8 Sabino era um povo habitante de onde hoje fica a Itália.

Alfanje: espada.

A Península Ibérica (pontinha da Europa onde ficam Portugal e Espanha) foi invadida no século VIII por um grupo de mulçumanos formado por árabes (do Oriente Médio) e berberes (do Norte da África). Essa turma ficou conhecida como mouros.

No 202, todas as manhãs, às nove horas, depois do meu chocolate e ainda em chinelas, penetrava no quarto de Jacinto. Encontrava o meu amigo banhado, barbeado, friccionado, envolto num roupão branco de pelo de cabra do Tibete, diante da sua mesa de *toilette*, toda de cristal (por causa dos micróbios) e atulhada com esses utensílios de tartaruga, marfim, prata, aço e madrepérola que o homem do século XIX necessita para não desfear o conjunto suntuário da Civilização e manter nela o seu Tipo. As escovas sobretudo renovavam, cada dia, o meu **regalo** e o meu espanto – porque as havia largas como a roda maciça dum carro **sabino**; estreitas e mais recurvas que o **alfanje** dum **mouro**; côncavas, em forma de telha aldeã; pontiagudas em feitio de folha de hera; rijas que nem cerdas de javali; macias que nem penugem de rola! De todas, fielmente, como amo que não desdenha nenhum servo, se utilizava o meu Jacinto. E assim, em face ao espelho emoldurado de folhedos de prata, permanecia este Príncipe passando pelos sobre o seu pelo durante quatorze minutos.

No entanto o Grilo e outro escudeiro, por trás dos **biombos de Quioto**, de sedas lavradas, manobravam, com perícia e vigor, os aparelhos do lavatório – que era apenas um resumo das máquinas monumentais da Sala de Banho, a mais estremada maravilha do 202. Nestes mármores simplificados existiam unicamente dois jatos graduados desde *zero* até *cem*; as duas duchas, fina e grossa, para a cabeça; a fonte esterilizada para os dentes; o repuxo borbulhante para a barba; e ainda botões discretos, que, roçados, desencadeavam esguichos, cascatas cantantes, ou um leve orvalho estival. Desse recanto temeroso, onde delgados tubos mantinham em disciplina e servidão tantas águas fervFentes, tantas águas violentas, saía enfim o meu Jacinto enxugando as mãos a uma toalha de felpo, a uma toalha de linho, a outra de corda entrançada para restabelecer a circulação, a outra de seda frouxa para repolir a pele. Depois deste rito derradeiro que lhe arrancava ora um suspiro, ora um bocejo, Jacinto, estendido num divã, folheava uma Agenda, onde se arrolavam, inscritas pelo Grilo ou por ele, as ocupações do seu dia, tão numerosas por vezes que cobriam duas laudas.

Todas elas se prendiam à sua sociabilidade, à sua civilização muito complexa, ou a interesses que o meu Príncipe, nesses sete anos, criara para viver em mais consciente comunhão com todas as funções da Cidade (Jacinto com efeito era presidente do Clube da *Espada e Alvo*; **comanditário** do jornal *O Boulevard*; diretor da *Companhia dos Telefones de Constantinopla*; sócio dos *Bazares Unidos da Arte Espiritualista*; membro do *Comitê de Iniciação das Religiões Esotéricas* etc.). Nenhuma destas ocupações parecia porém aprazível ao meu amigo – porque, apesar da mansidão e harmonia dos seus modos, frequentemente arremessava para o tapete, numa rebelião de homem livre, aquela agenda que o escravizava. E numa dessas manhãs (de vento e neve), apanhando eu o livro opressivo, encadernado em pelica, de um carinhoso tom de rosa murcha – descobri que o meu Jacinto devia depois do almoço fazer uma visita na rua da Universidade, outra no Parque Monceau, outra entre os arvoredos remotos da Muette; assis-

> Os portugueses pisaram pela primeira vez no Japão em 1543 e voltaram inúmeras vezes. A presença deles influenciou certos hábitos dos japoneses. Em Quioto, os tradicionais biombos – estruturas de papel de arroz e madeira que serviam para dividir ambientes – ganharam pinturas com temas e técnicas europeias.

> É o sócio de uma firma que não participa do dia a dia da empresa, entrando só como investidor.

Ecarté era um jogo de cartas muito popular no século XIX.

Tisnado: enegrecido.

Covil: casa miserável.

Rubicundo: avermelhado.

Alfarrabista: vendedor de livros usados.

Algibeira: bolso.

Zell foi um dos pioneiros da impressão de livros na Alemanha.

Lapidanus abriu a primeira gráfica na França para publicar livros.

Trabuco: tipo de arma.

Tantã: instrumento de percussão, tambor.

O jornal *Le Figaro* circula até hoje na França.

tir por fidelidade a uma votação no Club; acompanhar Madame d'Oriol a uma exposição de leques; escolher um presente de noivado para a sobrinha dos Trèves; comparecer no funeral do velho conde de Malville; presidir um tribunal de honra numa questão de roubalheira, entre cavalheiros, ao *ecarté*... E ainda se acavalavam outras indicações, escrevinhadas por Jacinto a lápis: – "Carroceiro – *ecarté* dos Efrains – A pequena das *Variedades* – Levar a nota ao jornal..." Considerei o meu Príncipe. Estirado no divã, d'olhos miserrimamente cerrados, bocejava, num bocejo imenso e mudo.

Mas os afazeres de Jacinto começavam logo no 202, cedo, depois do banho. Desde as oito horas a campainha do telefone repicava por ele, com impaciência, quase com cólera, como por um escravo tardio. E mal enxugado, dentro do seu roupão de pelo de cabra do Tibete ou de grossos pijamas de pelúcia cor d'ouro-velho, constantemente saía ao corredor a cochichar com sujeitos tão apressados, que conservavam na mão o guarda-chuva pingando sobre o tapete. Um desses, sempre presente (e que pertencia decerto aos *Telefones de Constantinopla*), era temeroso – todo ele chupado, **tisnado**, com maus dentes, sobraçando uma enorme pasta sebenta, e dardejando, de entre a alta gola duma peliça puída, como da abertura dum **covil**, dois olhinhos torvos e de rapina. Sem cessar, inexoravelmente, um escudeiro aparecia, com bilhetes numa salva... Depois eram fornecedores d'Indústria e d'Arte; negociantes de cavalos, **rubicundos** e de paletó branco; inventores com grossos rolos de papel; **alfarrabistas** trazendo na **algibeira** uma edição "única", quase inverossímil, de **Ulrich Zell** ou do **Lapidanus**. Jacinto circulava estonteado pelo 202, rabiscando a carteira, repicando o telefone, desatando nervosamente pacotes, sacudindo ao passar algum emboscado que surdia das sombras da antecâmara, estendia como um **trabuco** o seu memorial ou o seu catálogo!

Ao meio-dia, um **tantã** argentino e melancólico ressoava, chamando ao almoço. Com o *Fígaro* ou as Novidades abertas sobre o prato, eu esperava sempre meia hora pelo meu Príncipe, que entrava numa rajada, consultando o relógio, exalando com a face moída o seu queixume eterno:

– Que maçada! E depois uma noite abominável, enrodilhada em sonhos... Tomei sulforal, chamei o Grilo para me esfregar com terebintina... Uma seca!

Espalhava pela mesa um olhar já farto. Nenhum prato, por mais engenhoso, o seduzia – e, como através do seu tumulto matinal fumava incontáveis *cigarettes* que o ressequiam, começava por se encharcar com um imenso copo d'água oxigenada, ou carbonatada, ou gasosa, misturada dum conhaque raro, muito caro, horrendamente adocicado, de **moscatel de Siracusa**. Depois, à pressa, sem gosto, com a ponta incerta do garfo, picava aqui e além uma lasca de **fiambre**, uma **febra** de lagosta – e reclamava impacientemente o café, um café de **Moca**, mandado cada mês por um feitor do Dedjah, fervido à turca, muito espesso, que ele remexia com um pau de canela!

– E tu, Zé Fernandes, que vais tu fazer?

– Eu?

Recostado na cadeira, com delícias, os dedos metidos nas cavas do colete:

– Vou vadiar, regaladamente, como um cão natural!

O meu solícito amigo, remexendo o café com o pau da canela, rebuscava através da numerosa Civilização da Cidade uma ocupação que me encantasse. Mas apenas sugeria uma Exposição, ou uma Conferência, ou monumentos, ou passeios, logo encolhia os ombros desconsolado:

– Por fim nem vale a pena, é uma seca!

Acendia outra das *cigarettes* russas, onde rebrilhava o seu nome, impresso a ouro na **mortalha**. Torcendo, numa pressa nervosa, os fios do bigode, ainda escutava, à porta da Biblioteca, o seu procurador, o nédio e majestoso Laporte. E enfim, seguido dum criado, que sobraçava um maço tremendo de jornais para lhe abastecer o **coupé**, o Príncipe da Grã-Ventura mergulhava na Cidade.

Quando o dia social de Jacinto se apresentava mais desafogado, e o céu de março nos concedia caridosamente um pou-

> **8** Siracusa é uma cidade italiana com forte tradição na produção de vinho feito com a uva moscatel.

> Fiambre: presunto.

> Febra: carne sem gordura e osso.

> Moca é uma cidade portuária do Iêmen que durante séculos foi o maior mercado de café do mundo. Para o preparo à turca, pega-se o café de Moca moído e coloca-se no cezve (uma panelinha feita para isso), com água. Aí a mistura é retirada do fogo, fervida novamente e só então servida. Esse café, bem comum em todo o miolo do Oriente, é muito forte e, por não ser coado, fica com o pó no fundo.

> Mortalha: papel de seda que envolve o tabaco.

> Coupé: carruagem.

> **Estridor:** barulho desagradável.

> A guta-percha é uma árvore da Malásia e sua seiva é um tipo de látex natural que no século XIX foi utilizado como termoplástico. Os cabos telegráficos instalados no fundo do mar para permitir a comunicação entre continentes eram recobertos com guta-percha. Hoje, o material é ainda utilizado em tratamentos de dente.

> **8** Luís XV foi rei da França nos anos 1700 e dá nome a um estilo de arte e decoração detalhadas e rebuscadas da época.

co de azul aguado, saíamos depois do almoço, a pé, através de Paris. Estes lentos e errantes passeios eram outrora, na nossa idade de Estudantes, um gozo muito querido de Jacinto – porque neles mais intensamente e mais minuciosamente saboreava a Cidade. Agora porém, apesar da minha companhia, só lhe davam uma impaciência e uma fadiga que desoladoramente destoava do antigo, iluminado êxtase. Com espanto (mesmo com dor, porque sou bom, e sempre me entristece o desmoronar duma crença) descobri eu, na primeira tarde em que descemos aos Boulevards, que o denso formigueiro humano sobre o asfalto, e a torrente sombria dos trens sobre o macadame, afligiam o meu amigo pela brutalidade da sua pressa, do seu egoísmo, e do seu **estridor**. Encostado e como refugiado no meu braço, este Jacinto novo começou a lamentar que as ruas, na nossa Civilização, não fossem calçadas de **guta-percha**! E a guta-percha claramente representava, para o meu amigo, a substância discreta que amortece o choque e a rudeza das cousas! Oh maravilha! Jacinto querendo borracha, a borracha isoladora, entre a sua sensibilidade e as funções da Cidade! Depois nem me permitiu pasmar diante daquelas dourejadas e espelhadas lojas que ele outrora considerava como os "preciosos museus do século XIX"...

– Não vale a pena, Zé Fernandes. Há uma imensa pobreza e secura d'invenção! Sempre os mesmos **florões Luís XV**, sempre as mesmas pelúcias... Não vale a pena!

Eu arregalava os olhos para este transformado Jacinto. E sobretudo me impressionava o seu horror pela Multidão – por certos efeitos da Multidão, só para ele sensíveis, e a que chamava os "sulcos".

– Tu não sentes, Zé Fernandes. Vens das serras... Pois constituem o rijo inconveniente das Cidades, estes sulcos! É um perfume muito agudo e petulante que uma mulher larga ao passar, e se instala no olfato, e estraga para todo o dia o ar respirável. É um dito que se surpreende num grupo, que revela um mundo de velhacaria, ou de pedantismo, ou de estupidez, e que nos fica colado à alma, como um salpico, lembrando a imensidade da lama a atravessar. Ou então, meu filho, é uma figura intolerável pela pretensão, ou pelo mau gosto, ou pela impertinência, ou pela **relice**, ou pela dureza, e de que se não pode sacudir mais a visão repulsiva... Um pavor, estes sulcos, Zé Fernandes! De resto, que diabo, são as pequeninas misérias duma Civilização deliciosa!

Tudo isto era **especioso**, talvez pueril – mas para mim revelava, naquele **chamejante** devoto da Cidade, o arrefecimento da devoção. Nessa mesma tarde, se bem recordo, sob uma luz macia e fina, penetramos nos centros de Paris, nas ruas longas, nas milhas de casario, todo de **caliça** parda, erriçado de chaminés de lata negra, com as janelas sempre fechadas, as cortininhas sempre corridas, abafando, escondendo a vida. Só tijolo, só ferro, só argamassa, só estuque: linhas hirtas, ângulos ásperos; tudo seco, tudo rígido. E dos chãos aos telhados, por toda a fachada, tapando as varandas, comendo os muros, **Tabuletas**, Tabuletas...

– Oh, este Paris, Jacinto, este teu Paris! Que enorme, que grosseiro bazar!

E, mais para sondar o meu Príncipe do que por persuasão, insisti na fealdade e tristeza destes prédios, duros armazéns, cujos andares são prateleiras onde se apilha humanidade! E uma humanidade impiedosamente catalogada e arrumada! A mais vistosa e de luxo nas prateleiras baixas, bem envernizadas. A reles e de trabalho nos altos, nos desvios, sobre pranchas de pinho nu, entre o pó e a traça...

Jacinto murmurou, com a face arrepiada:

– É feio, é muito feio!

E acudiu logo, sacudindo no ar a luva de anta:

– Mas que maravilhoso organismo, Zé Fernandes! Que solidez! Que produção!

Onde Jacinto me parecia mais renegado era na sua antiga e quase religiosa afeição pelo **Bosque de Bolonha**. Quando moço, ele construíra sobre o bosque teorias complicadas e consideráveis. E sustentava, com olhos **rutilantes** de fanático, que no Bosque a Cidade cada tarde ia retemperar salutarmente a sua força, recebendo, pela presença das suas Duquesas, das suas Cortesãs, dos seus Políticos, dos seus

---

Relice: sem graça.

Especioso: enganador, ilusório.

Chamejante: em chamas, ardente.

Caliça: reboco, argamassa.

t Tabuletas aqui são as placas com anúncios.

8 Parque público de Paris criado por Napoleão III na década de 1850. Foi lá que Santos Dumont apresentou o 14 Bis.

Rutilante: brilhante, cintilante.

> **Deperecer:** morrer lentamente.

> 🇹 Na Europa, o fim do inverno é em março, por isso abril é considerado clemente ao trazer a primavera.

> 🇹 Carruagem aberta, sem teto, que recebe esse nome por ter sido inventada nos tempos da rainha Vitória, da Inglaterra.

> **Bandó:** penteado feminino.

> **Defumado:** exposto ao fumo, à fumaça.

> 🇹 *Phaéton* é uma carruagem leve e rápida, com quatro grandes rodas e sem capota. Seu nome faz menção a Fáeton, cavaleiro do Sol, na mitologia grega.

Financeiros, dos seus Generais, dos seus Acadêmicos, dos seus Artistas, dos seus Clubistas, dos seus Judeus, a certeza consoladora de que todo o seu pessoal se mantinha em número, em vitalidade, em função, e que nenhum elemento da sua grandeza desaparecera ou **deperecera**! "Ir ao *Bois*" constituía então para o meu Príncipe um ato de consciência. E voltava sempre confirmando com orgulho que a Cidade possuía todos os seus astros, garantindo a eternidade da sua luz!

Agora, porém, era sem fervor, arrastadamente, que ele me elevava ao Bosque, onde eu, aproveitando a **clemência d'abril**, tentava enganar a minha saudade d'arvoredos. Enquanto subíamos, ao trote nobre das suas éguas lustrosas, a Avenida dos Campos Elísios e a do Bosque, rejuvenescidas pelas relvas tenras e fresco verdejar dos rebentos, Jacinto, soprando o fumo da *cigarette* pelas vidraças abertas do *coupé*, permanecia o bom camarada, de veia amável, com quem era doce filosofar através de Paris. Mas logo que passávamos as grades douradas do Bosque, e penetrávamos na Avenida das Acácias, e enfiávamos na lenta fila dos trens de luxo e de praça, sob o silêncio decoroso, apenas cortado pelo tilintar dos freios e pelas rodas vagarosas esmagando a areia – o meu Príncipe emudecia, molemente engelhado no fundo das almofadas, de onde só despegava a face para escancarar bocejos de fartura. Pelo antigo hábito de verificar a presença confortadora do "pessoal, dos astros", ainda, por vezes, apontava para algum *coupé* ou **vitória** rodando com rodar rangente noutra arrastada fila – e murmurava um nome. E assim fui conhecendo a encaracolada barba hebraica do banqueiro Efraim; e o longo nariz patrício de Madame de Trèves abrigando um sorriso perene; e as bochechas flácidas do poeta neoplatônico Dornan, sempre espapado no fundo de fiacres; e os longos **bandós** pré-rafaelitas e negros de Madame Verghane; e o monóculo **defumado** do diretor do *Boulevard*, e o bigodinho vencedor do duque Marizac, reinando de cima do seu ***phaéton*** de guerra; e ainda outros sorrisos imóveis, e barbichas à Renascença, e pálpebras amortecidas, e olhos farejantes, e peles empoadas d'arroz, que eram todas ilustres e da intimidade do meu Príncipe. Mas, do topo da Avenida das Acácias, recomeçávamos a descer, em passo sopeado, esmagando lentamente a areia; na fila vagarosa que subia, calhambeque atrás de landau, vitória atrás de fiacre, fatalmente revíamos o binóculo sombrio do homem do *Boulevard*, e os bandós furiosamente negros de Madame Verghane, e o ventre espapado do neoplatônico, e a barba talmúdica, e todas aquelas figuras, duma imobilidade de cera, superconhecidas do meu camarada, recruzadas cada tarde através de revividos anos, sempre com os mesmos sorrisos, sob o mesmo **pó d'arroz**, na mesma imobilidade de cera; então Jacinto não se continha, gritava ao cocheiro:

– Para casa, depressa!

E era pela Avenida do Bosque, pelos Campos Elísios, uma fuga ardente das éguas a quem a lentidão sopeada, num roer de freios, entre outras éguas também delas superconhecidas, lançava numa exasperação comparável à de Jacinto.

Para o sondar eu denegria o Bosque:

– Já não é tão divertido, perdeu o brilho!...

Ele acudia, timidamente:

– Não, é agradável, não há nada mais agradável; mas...

E acusava a friagem das tardes ou o **despotismo** dos seus afazeres. Recolhíamos então ao 202, onde, com efeito, em breve embrulhado no seu roupão branco, diante da mesa de cristal, entre a legião das escovas, com toda a eletricidade refulgindo, o meu Príncipe se começava a adornar para o serviço social da noite.

E foi justamente numa dessas noites (um Sábado) que nós passamos, naquele quarto tão civilizado e protegido, por um desses brutos e revoltos terrores como só os produz a ferocidade dos Elementos. Já tarde, à pressa (jantávamos com Marizac no Club para o acompanhar depois ao **Lohengrin** na Ópera) Jacinto arrochava o nó da gravata branca – quando no lavatório, ou porque se rompesse o tubo, ou se dessoldasse a torneira, o jato d'água a ferver rebentou furiosamente, fumegando e silvando. Uma névoa densa de vapor quente abafou as luzes – e, perdidos nela, sentíamos, por entre os gritos do escudeiro e do Grilo, o jorro devastador batendo os muros, esparrinhando uma chuva que escaldava. Sob os pés o tapete ensopado era uma lama

> O pó de arroz já era usado no Japão, mas só chegou na Europa no século XVII, quando uma crise impediu o uso de farinha como cosmético. Caiu em desuso com o fim da crise, mas voltou com tudo quando foi relançado em 1879.

> Despotismo: autoritarismo, tirania.

> **8** Ópera do alemão Wagner. Em uma das cenas, é tocada uma marcha nupcial, que até hoje é tema clássico da entrada da noiva na igreja.

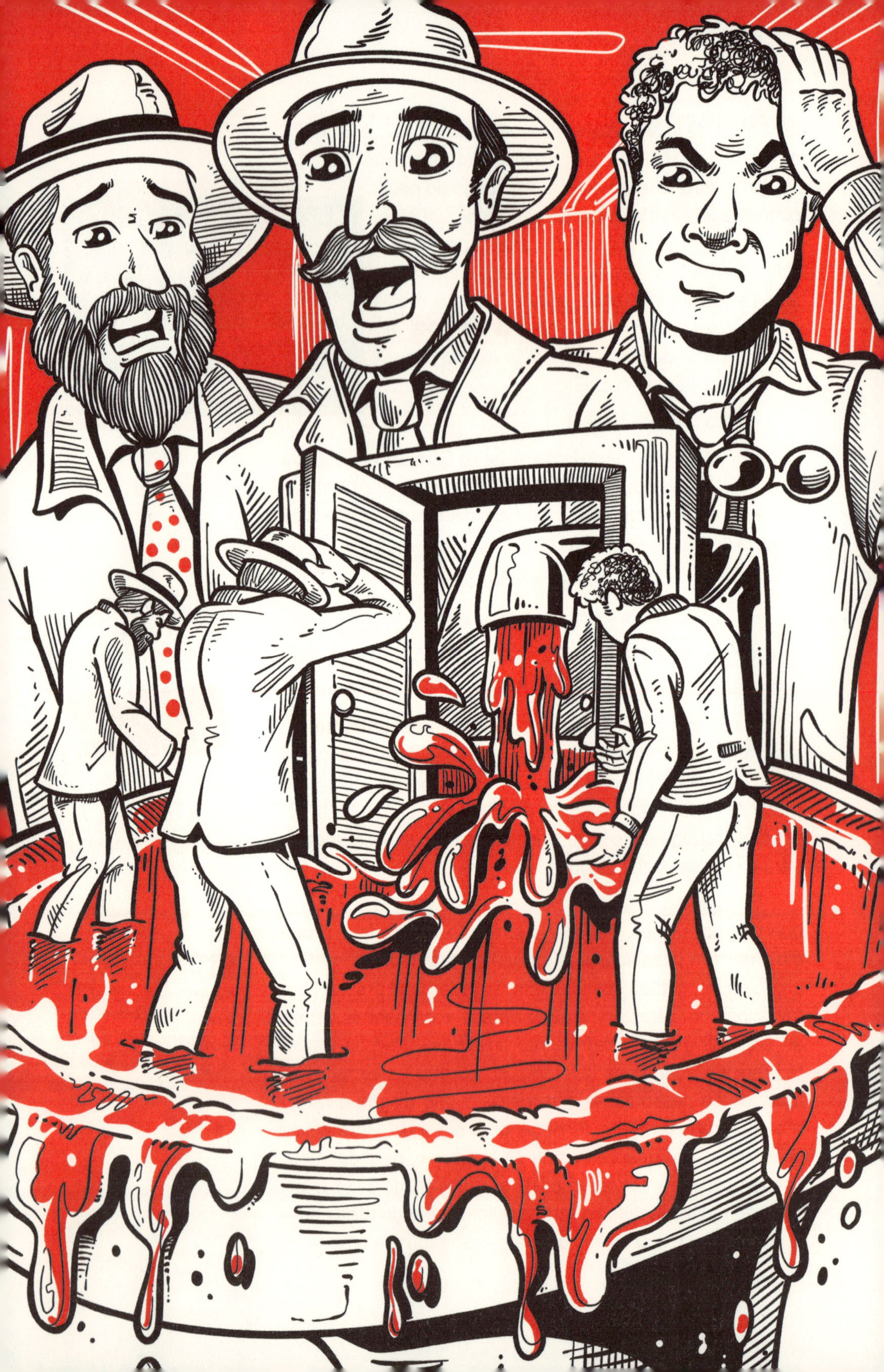

ardente. E como se todas as forças da natureza, submetidas ao serviço de Jacinto, se agitassem, animadas por aquela rebelião da água – ouvimos roncos surdos no interior das paredes, e pelos fios dos lumes elétricos sulcaram faíscas ameaçadoras! Eu fugira para o corredor, onde se alargava a névoa grossa. Por todo o 202 ia um tumulto de desastre. Diante do portão, atraídas pela fumarada que se escapava das janelas, estacionava polícia, uma multidão. E na escada esbarrei com um repórter, de chapéu para a nuca, a **carteira** aberta, gritando sofregamente "se havia mortos?"

> Essa carteira não é de dinheiro, ela é um caderninho de anotações.

Domada a água, clareada a bruma, vim encontrar Jacinto no meio do quarto, em ceroulas, lívido:

– Oh Zé Fernandes, esta nossa indústria!... Que impotência, que impotência! Pela segunda vez, este desastre! E agora, aparelhos perfeitos, um processo novo...

– E eu encharcado por esse processo novo! E sem outra casaca!

Em redor, as nobres sedas bordadas, os brocatéis Luís XIII, cobertos de manchas negras, fumegavam. O meu príncipe, enfiado, enxugava uma fotografia de Madame d'Oriol, d'ombros decotados, que o jorro bruto maculara d'**empolas**. E eu, com rancor, pensava que na minha Guiães a água aquecia em seguras panelas – e subia ao meu lavatório, pela mão forte da Catarina, em seguras **infusas**! Não jantamos com o duque de Marizac, no Club. E, na Ópera, nem saboreei Lohengrin e a sua branca alma e o seu branco cisne e as suas brancas armas – entalado, **aperreado**, cortado nos sovacos pela casaca que Jacinto me emprestara e que rescendia estonteadormente a flores de Nessari.

Empola: bolha.

Infusa: jarra feita de argila, vidro ou metal.

Aperreado: incomodado.

No domingo, muito cedo, o Grilo, que na véspera escaldara as mãos e as trazia embrulhadas em seda, penetrou no meu quarto, descerrou as cortinas, e à beira do leito, com o seu radiante sorriso de preto:

– Vem no *Fígaro*!

Desdobrou triunfalmente o jornal. Eram, nos *Ecos*, doze linhas, onde as nossas águas rugiam e espadanavam, com tanta magnificência e tanta publicidade, que também sorri, deleitado.

– E toda a manhã, o telefone, siô Fernandes! – exclamava o Grilo, rebrilhando em ébano. A quererem saber, a quererem saber... "Está lá? Está escaldado?" Paris aflito, siô Fernandes!

O telefone, com efeito, repicava, insaciável. E quando desci para o almoço, a toalha desaparecia sob uma camada de telegramas, que o meu Príncipe fendia com a faca, enrugado, rosnando contra a "maçada". Só desanuviou, ao ler um desses papéis azuis, que atirou para cima do meu prato, com o mesmo sorriso agradado com que de manhã sorríramos, o Grilo e eu:

– É do Grão-Duque Casimiro... **Ratão** amável! Coitado!

Saboreei, através dos ovos, o telegrama de S. Alteza. "O quê! o meu Jacinto inundado! Muito *chic*, nos Campos Elísios! Não volto ao 202 sem boia de salvação! Compassivo abraço! Casimiro..." Murmurei também com deferência: – "Amável! Coitado!" Depois, revolvendo lentamente o montão de telegramas que se alastrava até ao meu copo:

– Oh Jacinto! Quem é esta Diana que incessantemente te escreve, te telefona, te telegrafa, te...?

– Diana... Diana de Lorge. É uma *cocotte*. É uma grande *cocotte*!

– Tua?

– Minha, minha... Não! tenho um bocado.

E como eu lamentava que o meu Príncipe, senhor tão rico e de tão fino orgulho, por economia duma **gamela** própria **chafurdasse** com outros numa gamela pública – Jacinto levantou os ombros, com um camarão espetado no garfo:

– Tu vens das serras... Uma cidade como Paris, Zé Fernandes, precisa ter cortesãs de grande pompa e grande **fausto**. Ora para montar em Paris, nesta tremenda carestia de Paris, uma *cocotte* com os seus vestidos, os seus diamantes, os seus cavalos, os seus lacaios, os seus camarotes, as suas festas, o seu palacete, a sua publicidade, a sua insolência, é necessário que se agremiem umas poucas de fortunas, se forme um sindicato! Somos uns sete, no Club. Eu pago um bocado... Mas meramente por Civismo, para dotar a Cidade com uma *cocotte* monu-

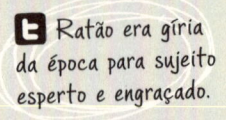

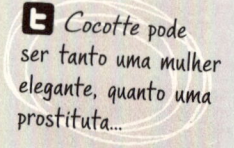

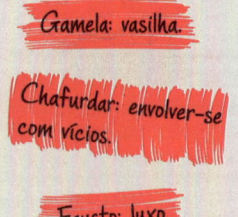

Ratão era gíria da época para sujeito esperto e engraçado.

Cocotte pode ser tanto uma mulher elegante, quanto uma prostituta...

Gamela: vasilha.

Chafurdar: envolver-se com vícios.

Fausto: luxo, ostentação.

mental. De resto não chafurdo. Pobre Diana!... Dos ombros para baixo nem sei se tem a pele cor de neve ou cor de limão.

Arregalei um olho divertido:

– Dos ombros para baixo?... E para cima?

– Oh! para cima tem pó d'arroz!... Mas é uma seca! Sempre bilhetes, sempre telefones, sempre telegramas. E três mil **francos** por mês, além das flores... Uma maçada!

E as duas rugas do meu Príncipe, aos lados do seu afilado nariz, curvado sobre a salada, eram como dous vales muito tristes, ao entardecer.

Acabávamos o almoço, quando um escudeiro, muito discretamente, num murmúrio, anunciou Madame d'Oriol, Jacinto pousou com tranquilidade o charuto; eu quase me engasguei, num sorvo alvoroçado de café. Entre os reposteiros de damasco cor de morango ela apareceu, toda de negro, dum negro liso e austero de Semana Santa, lançando com o regalo um lindo gesto para nos sossegar. E imediatamente, numa volubilidade docemente **chalrada**:

– É um momento, nem se levantem! Passei, ia para a **Madalena**, não me contive, quis ver os estragos... Uma inundação em Paris, nos Campos Elísios! Não há senão este Jacinto. E vem no *Fígaro*! O que eu estava assustada, quando telefonei! Imaginem! Água a ferver como no Vesúvio... Mas é duma novidade! E os **estofos** perdidos, naturalmente, os tapetes... Estou morrendo por admirar as ruínas!

Jacinto, que não me pareceu comovido, nem agradecido com aquele interesse, retomara risonhamente o charuto:

– Está tudo seco, minha querida senhora, tudo seco! A beleza foi ontem, quando a água fumegava e rugia! Ora que pena não ter ao menos caído uma parede!

Mas ela insistia. Nem todos os dias se gozavam em Paris os destroços duma inundação. O *Fígaro* contara... E era uma aventura deliciosa, uma casa escaldada nos Campos Elísios!

Toda a sua pessoa, desde as plumazinhas que frisavam no chapéu até a ponta reluzente das botinas de verniz, se agitava, vibrava, como um ramo tenro sob o bulício do pássaro a

> **g** Moeda francesa anterior ao euro.

> Chalrar: falar muito e com voz estridente.

> **f** Madalena é uma igreja de Paris famosa por sua arquitetura que remete aos templos gregos.

> Estofo: almofada.

chalrar. Só o sorriso, por trás do véu espesso, conservava um brilho imóvel. E já no ar se espalhara um aroma, uma doçura, emanados de toda a sua mobilidade e de toda a sua graça.

Jacinto no entanto cedera, alegremente; e pelo corredor Madame d'Oriol ainda louvava o *Fígaro* amável, e confessava quanto tremera... Eu voltei ao meu café, felicitando mentalmente o Príncipe da Grã-Ventura por aquela perfeita flor de Civilização que lhe perfumava a vida. Pensei então na apurada harmonia em que se movia essa flor. E corri vivamente à antecâmara, verificar diante do espelho o meu penteado e o nó da minha gravata. Depois recolhi à sala de jantar, e junto da janela, folheando languidamente a *Revista do Século XIX*, tomei uma atitude de elegância e d'alta cultura. Quase imediatamente eles reapareceram; e Madame d'Oriol, que, sempre sorrindo, se proclamava espoliada, nada encontrara que recordasse as águas furiosas, roçou pela mesa, onde Jacinto procurava, para lhe oferecer, tangerinas de Malta, ou castanhas geladas, ou um biscouto molhado em vinho de **Tokai**.

Ela recusava com as mãos guardadas no regalo. Não era alta, nem forte – mas cada prega do vestido, ou curva da capa, caía e ondulava harmoniosamente, como perfeições recobrindo perfeições. Sob o véu cerrado, apenas percebi a brancura da face **empoada**, e a escuridão dos olhos largos. E com aquelas sedas e veludos negros, e um pouco do cabelo louro, dum louro quente, torcido fortemente sobre as peles negras que lhe **orlavam** o pescoço, toda ela derramava uma sensação de macio e de fino. Eu teimosamente a considerava como uma flor de Civilização: – e pensava no secular trabalho e na cultura superior que necessitara o terreno onde ela tão delicadamente brotara, já desabrochada, em pleno perfume, mais graciosa por ser **flor d'esforço** e d'estufa, e trazendo nas suas pétalas um não sei quê de desbotado e de antemurcho.

No entanto, com a sua volubilidade de pássaro, chalrando para mim, chalrando para Jacinto, ela mostrava o seu lindo espanto por aquele montão de telegramas sobre a toalha.

– Tudo esta manhã, por causa da inundação?... Ah, Jacinto é hoje o homem, o único homem de Paris! Muitas mulheres nesses telegramas?

g Tokai (ou Tokay) é um vinho licoroso produzido em uma região da Hungria e também em parte da Eslováquia.

t Empoado é cheio de pó. Neste caso, pó de arroz.

Orlar: contornar.

t A flor de esforço é a do campo, natural.

Languidamente, com o charuto a fumegar, o meu Príncipe empurrou para a sua amiga o telegrama do Grão-Duque. Então Madame d'Oriol teve um *ah*! muito grave e muito sentido. Releu profundamente o papel de **S. A.** que os seus dedos acariciavam com uma reverência gulosa. E sempre grave, sempre séria:

– É brilhante!

Oh, certamente! naquele desastre tudo se passara com muito brilho, num tom muito parisiense. E a deliciosa criatura não se podia demorar, porque fizera marcar um lugar na igreja da Madalena para o sermão!

Jacinto exclamou com inocência:

– Sermão?... É já a estação dos sermões?

Madame d'Oriol teve um movimento de carinhoso escândalo e dor. O quê! pois nem na austera casa dos Trèves dera pela entrada da **Quaresma**? De resto não se admirava – Jacinto era um turco! E imediatamente celebrou o pregador, um frade dominicano, o Père Granon! Oh! duma eloquência! No derradeiro sermão pregara sobre o amor, a fragilidade dos amores mundanos! E tivera coisas duma inspiração, duma brutalidade! Depois que gesto, um gesto terrível que esmagava, em que se lhe arregaçava toda a manga, mostrando o braço nu, um braço soberbo, muito branco, muito forte!

O seu sorriso permanecia claro sob o olhar que negrejara dentro do véu negro. E Jacinto, rindo:

– Um bom braço de diretor espiritual, hein? Para vergar, espancar almas...

Ela acudiu:

– Não! infelizmente o Père Granon não confessa!

E de repente reconsiderou – aceitava um biscouto, um cálice de Tokai. Era necessário um cordial para afrontar as emoções do Père Granon! Ambos nos precipitáramos, um arrebatando a garrafa, outro oferecendo o prato de bombons. Franziu o véu para os olhos, chupou à pressa um bolo que ensopara no Tokai. E como Jacinto, reparando casualmente no chapéu que ela trazia, se curvara com curiosidade, impressionado, Madame d'Oriol apagou o sorriso, toda séria ante uma cousa séria:

> Traduzindo: Sua Alteza (neste caso, o grão-duque).

> Na Igreja Católica, é o período de quarenta dias (da Quarta-Feira de Cinzas à Páscoa) em que é feito um jejum para se distanciar dos bens materiais.

– Elegante, não é verdade?... É uma criação inteiramente nova de Madame Vial. Muito respeitoso, e muito sugestivo, agora na Quaresma.

O seu olhar, que me envolvera, também me convidava a admirar. Aproximei o meu focinho de homem das serras para contemplar essa criação suprema do luxo de Quaresma. E era maravilhoso! Sobre o veludo, na sombra das plumas frisadas, aninhada entre rendas, fixada por um prego, pousava delicadamente, feita de **azeviche**, uma Coroa de Espinhos!

Ambos nos extasiamos. E Madame d'Oriol, num movimento e num sorriso que derramou mais aroma e mais claridade, **abalou** para a Madalena.

O meu Príncipe arrastou pelo tapete alguns passos pensativos e moles. E bruscamente, levantando os ombros com uma determinação imensa, como se deslocasse um mundo:

– Oh Zé Fernandes, vamos passar este Domingo nalguma cousa simples e natural...

– Em quê?

Jacinto **circungirou** os olhares muito abertos, como se, através da Vida Universal, procurasse ansiosamente uma cousa natural e simples. Depois, descansando sobre mim os mesmos largos olhos que voltavam de muito longe, cansados e com pouca esperança:

– Vamos ao **Jardim das Plantas**, ver a girafa!

Azeviche é um mineral bem preto.

Abalar: ir embora.

Circungirar: girar ao redor.

8 O Jardin des Plantes é o principal jardim botânico de Paris. Foi criado no século XVII para cultivo de plantas medicinais, mas cresceu e abriga o Museu Nacional de História Natural, arquivos, bibliotecas e até um zoológico.

IV

Nessa fecunda semana, uma noite, recolhíamos ambos da Ópera, quando Jacinto, bocejando, me anunciou uma festa no 202.

– Uma festa?...

– Por causa da Grão-Duque, coitado, que me vai mandar um peixe delicioso e muito raro que se pesca na **Dalmácia**. Eu queria um almoço curto. O Grão-Duque reclamou uma ceia. É um bárbaro, besuntado com literatura do século XVIII, que ainda acredita em ceias, em Paris! Reúno no Domingo três ou quatro mulheres, e uns dez homens bem típicos, para o divertir. Também aproveitas. Folheias Paris num resumo... Mas é uma maçada amarga!

Sem interesse pela sua festa, Jacinto não se **afadigou** em a compor com relevo ou brilho. Encomendou apenas uma orquestra de **Tziganes** (os Tziganes, as suas jalecas escarlates, a melancolia áspera das **Czardas** ainda nesses tempos remotos emocionavam

8 A Dalmácia é uma região que fica na Europa, à beira do mar Adriático, e que atravessa países como Croácia, Bósnia e Herzegovina e Montenegro.

Afadigar: cansar.

Na Hungria, "cigány" era um grupo étnico que produzia uma música e dança chamada "czarda". Os franceses ouviram aquele "cigány" e registraram "tziganes" – no português de hoje diríamos "ciganos".

Paris); e mandou, na Biblioteca, ligar o **Teatrofone** com a Ópera, com a Comédia Francesa, com a Alcazar e com os Bufos, prevendo todos os gostos desde o trágico até ao pícaro. Depois no domingo, ao entardecer, ambos visitamos a mesa da ceia, que resplandecia com as velhas baixelas de D. Galião. E a faustosa profusão de orquídeas, em longas silvas por sobre a toalha bordada a seda, enroladas aos **fruteiros de Saxe**, transbordando de cristais lavrados e filigranados de ouro, espalhava uma tão fina sensação de luxo e gosto, que eu murmurei: – "Caramba, bendito seja o dinheiro!" Pela primeira vez, também, admirei a copa e a sua instalação abundante e minuciosa – sobretudo os dois **ascensores** que rolavam das profundidades da cozinha, um para os peixes e carnes aquecido por tubos d'água fervente, o outro para as saladas e gelados revestido de placas frigoríficas. Oh, este 202!

Às nove horas, porém, descendo eu ao gabinete de Jacinto para escrever a minha boa tia Vicência, enquanto ele ficara no toucador com o manicuro que lhe polia as unhas, passamos nesse delicioso palácio, florido e em gala, por

Entre 1889 e 1930, podia-se ter uma assinatura do *théâtrophone* e ouvir transmissões ao vivo de ópera, peças de teatro e concertos musicais.

A Comédia Francesa é um teatro parisiense, o *Comédie-Française* – mas fique ligado: em francês, *comédie* não é "piada", mas aquilo que não é vida real.

No fim do século XIV, os cafés-concertos pipocavam em Paris. Eram locais de entretenimento com preços em conta, reunindo todo tipo de gente e de apresentações. O Alcazar era um desses lugares.

Os Bufos são dois teatros diferentes de Paris e funcionam até hoje: o *Bouffes du Nord* e o *Théâtre des Bouffes-Parisiens*.

Por fim, o "trágico" aqui tem a ver com drama e "pícaro", com o estilo literário picaresco que, de forma engraçada e realista, retrata um herói pobre e malandro, que sobrevive com a inteligência.

O fruteiro era de uma famosa porcelana da Saxonia, região da Alemanha antigamente chamada de Saxe.

Ascensor: elevador.

bem corriqueiro susto! Todos os lumes elétricos, subitamente, em todo o 202, se apagaram! Na minha imensa desconfiança daquelas forças universais, pulei logo para a porta, tropeçando nas trevas, ganindo um *Aqui d'el-rei!* que tresandava a Guiães. Jacinto em cima berrava, com o manicuro agarrado aos pijamas. E de novo, como serva ralassa que recolhe arrastando as chinelas, a luz ressurgiu com lentidão. Mas o meu Príncipe, que descera, enfiado, mandou buscar um engenheiro à Companhia Central da Eletricidade Doméstica. Por precaução outro criado correu à mercearia comprar pacotes de velas. E o Grilo desenterrava já dos armários os candelabros abandonados, os pesados castiçais arcaicos dos tempos incientíficos de D. Galião: era uma reserva de veteranos fortes, para o caso pavoroso em que mais tarde, à ceia, falhassem perfidamente as forças bisonhas da Civilização. O eletricista, que acudira esbaforido, **afiançou** porém que a Eletricidade se conservaria fiel, sem outro **amuo**. Eu, cautelosamente, soneguei na algibeira dous cotos de **estearina**.

A Eletricidade permaneceu fiel, sem amuos. E quando desci do meu quarto, tarde (porque perdera o colete de baile e só depois duma busca furiosa e praguejada o encontrei caído por trás da cama!), todo o 202 refulgia, e os Tziganes, na antecâmara, sacudindo as guedelhas, atiravam as arcadas duma valsa tão arrastadora que, pelas paredes, os imensos Personagens das tapeçarias, Príamo, Nestor, o engenhoso Ulisses, arfavam, **buliam** com os pés venerandos!

Timidamente, sem rumor, puxando os punhos, penetrei no gabinete de Jacinto. E fui logo acolhido pelo sorriso da condessa de Trèves, que, acompanhada pelo ilustre historiador Danjon (da Academia Francesa), percorria maravilhada os Aparelhos, os Instrumentos, toda a suntuosa Mecânica do meu supercivilizado Príncipe. Nunca ela me parecera mais majestosa do que naquelas sedas cor de açafrão, com rendas cruzadas no peito à **Maria Antonieta**, o cabelo crespo e ruivo levantado em rolo sobre a testa dominadora, e o curvo **nariz patrício**, abrigando o sorriso sempre luzidio, sempre corrente, como um arco abriga o correr e o luzir

---

7 Uma expressão típica de Portugal de pedido de socorro: "Exército do rei, venha logo me salvar!".

Ralasso: preguiçoso.

Afiançar: garantir, abonar.

Amuo: racionamento.

Estearina: vela.

Bulir: agitar, balançar.

8 Maria Antonieta foi rainha na época da Revolução Francesa. Morreu guilhotinada em praça pública em 1780 pelos revolucionários.

Em uma época da Roma Antiga, haviam os patrícios (que mandavam) e os plebeus (que obedeciam). Vem daí dizer "nariz patrício" como típico dos romanos, que é aquele nariz alto, com uma protuberância no dorso, fácil de ser notado quando está de perfil.

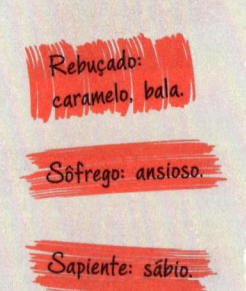

dum **regato**. Direita como num **sólio**, a longa **luneta** de tartaruga acercada dos olhos miúdos e turvamente azulados, ela escutava diante do **Grafofono, depois diante do Microfono**, como melodias superiores, os comentários que o meu Jacinto ia atabalhoando com uma amabilidade penosa. E ante cada roda, cada mola, eram pasmos, louvores finamente torneados, em que atribuía a Jacinto, com astuta candura, todas aquelas invenções do Saber! Os utensílios misteriosos que atulhavam a mesa d'ébano foram para ela uma iniciação que a enlevou. Oh, o "numerador de páginas"! Ó, o "colador d'estampilhas"! A carícia demorada dos seus dedos secos aquecia os metais. E suplicava os endereços dos fabricantes para se prover de todas aquelas utilidades adoráveis! Como a vida, assim apetrechada, se tornava escorregadia e fácil! Mas era necessário o talento, o gosto de Jacinto, para escolher, para "criar"! E não só ao meu amigo (que o recebia com resignação) ela ofertava o fino mel. Afagando com o cabo da luneta o Telégrafo, achou a possibilidade de recordar a eloquência do Historiador. Mesmo para mim (de quem ignorava o nome) arranjou junto do Fonógrafo, e acerca de "vozes d'amigos que é doce colecionar", uma lisonjazinha redondinha e lustrosa, que eu chupei como um **rebuçado** celeste. Boa casaleira que vai atirando o grão aos frangos famintos, a cada passo, maternalmente, ela nutria uma vaidade. **Sôfrego** d'outro rebuçado, acompanhei a sua cauda sussurrante e cor d'açafrão. Ela parara diante da Máquina de contar, de que Jacinto já lhe fornecera pacientemente uma explicação **sapiente**. E de novo roçou os buracos de onde espreitam os números negros, e com o seu enlevado sorriso murmurou: – "Prodigiosa, esta prensa elétrica!..."

Jacinto acudiu:

– Não! Não! Esta é...

Mas ela sorria, seguia... Madame de Trèves não compreendeu nenhum aparelho do meu Príncipe! Madame de Trèves não atendera a nenhuma dissertação do meu Príncipe! Naquele gabinete de suntuosa Mecânica ela somente se ocupara em exercer, com proveito e com perfeição, a Arte de Agradar. Toda ela era uma sublime falsidade. Não escondi a Danjon a admiração que me penetrava.

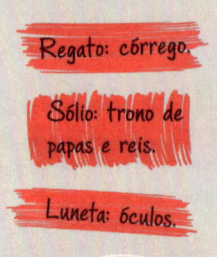

Regato: córrego.

Sólio: trono de papas e reis.

Luneta: óculos.

Hoje a gente escreveria "microfone" e "grafofone" (concorrentes do fonógrafo e do gramofone).

Rebuçado: caramelo, bala.

Sôfrego: ansioso.

Sapiente: sábio.

O facundo Acadêmico revirou os olhos bugalhudos:

– Oh! e um gosto, uma inteligência, uma sedução!... E depois como se janta bem em casa dela! Que café!... Mulher superior, meu caro senhor, verdadeiramente superior!

Deslizei para a biblioteca. Logo à entrada da erudita nave, junto da estante dos Padres da Igreja onde alguns cavalheiros conversavam, parei a saudar o diretor do *Boulevard* e o Psicólogo-feminista, o autor do *Coração Triplo*, com quem na véspera me familiarizara ao almoço, no 202. O seu acolhimento foi paternal; e, como se necessitasse a minha presença, reteve na sua mão ilustre, rutilante de anéis, com força e com gula, a minha grossa palma serrana. Todos aqueles senhores, com efeito, celebravam o seu romance, a *Couraça*, lançado nessa semana entre gritinhos de gozo e um quente rumor de saias alvoroçadas. Um sobretudo, com uma vasta **cabeça** arranjada à **Van Dick** e que parecia postiça, proclamava, alçado na ponta das botas, que nunca penetrara tão fundamente, na velha alma humana, a ponta da Psicologia Experimental! Todos concordavam, se apertavam contra o Psicólogo, o tratavam por "mestre". Eu mesmo, que nem sequer entrevira a capa amarela da *Couraça*, mas para quem ele voltava os olhos pedinchões e famintos de mais mel, murmurei com um leve assobio: – "uma delícia!"

E o psicólogo, reluzindo, com o lábio úmido, entalado num alto colarinho onde se enroscava uma **gravata** à 1830, confessava modestamente que dissecara todas aquelas almas da *Couraça* com "algum cuidado", sobre documentos, sobre pedaços de vida ainda quentes, ainda a sangrar... E foi então que Marizac, o duque de Marizac, notou, com um sorriso mais afiado que um lampejo de navalha, e sem tirar as mãos dos bolsos:

– No entanto, meu caro, nesse livro tão profundamente estudado há um erro bem estranho, bem curioso!...

O Psicólogo, vivamente, atirara a cabeça para trás:

> Cabeça aqui, na verdade, é o cabelo.

> Antoon van Dyck (1599-1641) foi um retratista que se tornou o principal pintor da Corte Inglesa de Carlos I.

> Nos anos 1700, o rei francês se meteu numa guerra com poucos soldados. Ele contratou, então, uns mercenários da Croácia que usavam um lenço no pescoço que esquentava e servia de amarração para que as capas e os casacos ficassem fechados, sem cair. O rei adorou e adotou a peça no uniforme de seu exército, batizando-a de cravat, em homenagem aos croatas. A cravat virou moda e o troço passou dos limites. Na década de 1830, por exemplo, ela era praticamente um bololô de pano que quase chegava no queixo.

> Jacques Doucet abriu sua loja em 1871 e sua moda era influenciada pelo século anterior, mas com releitura moderna e mais leve. Já Jeanne Paquin inaugurou sua loja em 1890, em sociedade com o marido, e foi a primeira mulher a trabalhar como designer de moda.

> O resedá é uma árvore que dá uma flor rosa-escura.

> Malines (ou Mechlin) é uma cidade da Bélgica.

– Um erro?

Ó, sim, um erro! E bem inesperado num mestre tão experiente!... Era atribuir à esplêndida amorosa da *Couraça*, uma duquesa, e do gosto mais puro – *um colete de cetim preto!* Esse colete, assim preto, de cetim, aparecia na bela página de análise e paixão em que ela se despia no quarto de Rui d'Alize. E Marizac, sempre com as mãos nos bolsos, mais grave, apelava para aqueles senhores. Pois era verossímil, numa mulher como a duquesa, estética, pré-rafaelítica, que se vestia no **Doucet, no Paquin**, nos costureiros intelectuais, um colete de cetim preto?

O Psicólogo emudecera, colhido, trespassado! Marizac era uma tão suprema autoridade sobre a roupa íntima das duquesas, que à tarde, em quartos de rapazes, por impulsos idealistas e anseios d'alma dolorida – se põem em colete e saia branca!... De resto o diretor do *Boulevard* condenara logo sem piedade, com uma experiência firme, aquele colete, só possível nalguma merceeira atrasada que ainda procurasse efeitos de carne nédia sobre cetim negro. E eu, para que me não julgassem alheio às coisas dos adultérios ducais e do luxo, acudi, metendo os dedos pelo cabelo:

– Realmente, preto, só se estivesse de luto pesado, pelo pai!

O pobre mestre da *Couraça* sucumbira. Era a sua glória de Doutor em Elegâncias Femininas desmantelada – e Paris supondo que ele nunca vira uma duquesa desatacar o colete na sua alcova de Psicólogo! Então, passando o lenço sobre os lábios que a angústia ressequira, confessou o erro, e contritamente o atribuiu a uma improvisação tumultuosa:

– Foi um tom falso, um tom perfeitamente falso que me escapou!... Com efeito! É absurdo, um colete preto!... Mesmo por harmonia com o estado da alma da duquesa devia ser lilás, talvez cor de **resedá** muito desmaiada, com um frouxo de rendas antigas de **Malines**... É prodigioso como me escapou. Pois tenho o meu caderno de entrevistas bem anotadas, bem documentadas!...

Na sua amargura, terminou por suplicar a Marizac que espalhasse por toda a parte, no Club, nas salas, a sua confissão. Fora um engano de artista, que trabalha na febre, vasculhando as almas, perdido nas profundidades negras das almas! Não reparara no colete, confundira os tons... Gritou, com os braços estendidos para o diretor do *Boulevard*:

– Estou pronto a fazer uma retificação, numa *interview*, meu caro mestre! Mande um dos seus redatores... Amanhã, às dez horas! Fazemos uma *interview*, fixamos a cor. Evidentemente é lilás... Mande um dos seus homens, meu caro mestre! É também uma ocasião para eu confessar, bem alto, os serviços que o *Boulevard* em feito às ciências psicológicas e feministas!

Assim ele suplicava, encostado à estante, às **lombadas dos Santos Padres**. E eu abalei, vendo ao fundo da Biblioteca Jacinto que se debatia e se recusava entre dous homens.

Eram os dois homens de Madame de Trèves – o marido, conde de Trèves, descendente dos reis de **Cândia**, e o amante, o terrível banqueiro judeu, David Efraim. E tão **enfronhadamente** assaltavam o meu Príncipe que nem me reconheceram, ambos num aperto de mão mole e vago me trataram por "caro conde"! Num relance, rebuscando charutos sobre a mesa de limoeiro, compreendi que se tramava a *Companhia das Esmeraldas da Birmânia*, medonha empresa em que cintilavam milhões, e para que os dous **confederados** de bolsa e d'**alcova**, desde o começo do ano, pediam o nome, a influência, o dinheiro de Jacinto. Ele resistira, no enfado dos negócios, desconfiado daquelas esmeraldas soterradas num vale da Ásia. E agora o conde de Trèves, um homem **esgrouviado**, de face rechupada, eriçada de barba rala, sob uma fronte **rotunda** e amarela como um melão, assegurava ao meu pobre Príncipe que no Prospecto já preparado, demonstrando a grandeza do negócio, perpassava um fulgor das *Mil e uma noites*. Mas sobretudo aquela escavação de esmeraldas convidava todo o espírito culto pela sua ação civilizadora. Era uma corrente de ideias ocidentais, invadindo, educando a Birmânia. Ele aceitara a direção por patriotismo...

– De resto é um negócio de joias, de arte, de progresso, que deve ser feito, num mundo superior entre amigos...

> A lombada é a parte do livro que fica à vista na estante. Aqui, são dos livros publicados pelos padres.

> Cândia é uma cidade grega na ilha de Creta. Em 1204, os venezianos (hoje italianos) compraram a ilha que estava nas mãos de Bonifácio de Montferrat. E foram eles que deram esse nome para o lugar. Mais tarde, eles perderam o domínio para os otomanos que fizeram novo batismo. Eventualmente, passou a ter domínio britânico e foi chamada de Heraklion. Por fim, em 1913, com o nome de Creta, virou parte da Grécia.

> Enfronhar: dissimular, fingir.

> Confederado: aliado.

> Alcova: quarto.

> Esgrouviado: esguio e alto.

> Rotundo: redondo.

8 Os assírios foram um povo antigo da Mesopotâmia (região onde fica hoje o Iraque e parte da Síria e da Turquia) que formou um poderoso império.

Prenda: talento.

Cotillons: estilo de dança europeia.

"Cura" é mesmo outra palavra para "pároco", de modo que Eça usa no sentido estrito. A descrição da hierarquia também está errada. Acima do diácono está o vigário e, depois, vem o pároco. O pároco de uma catedral é chamado de reitor. Os capelães militares estão no mesmo nível que os párocos, pois as forças armadas funcionam como uma diocese.

O pacho (ou parche) é um pedaço de pano em que se coloca pomada ou remédio para aplicação em cima de um machucado.

E do outro lado o terrível Efraim, passando a mão curta e gorda sobre a sua bela barba, mais frisada e negra que a dum Rei **Assírio**, afiançava o triunfo da empresa pelas grossas forças que nela entravam, os Nagayers, os Bolsans, os Saccart...

Jacinto franzia o nariz, enervado:

– Mas, ao menos, estão feitos os estudos? Já se provou que há esmeraldas?

Tanta ingenuidade exasperou Efraim:

– Esmeraldas! Está claro que há esmeraldas!... Há sempre esmeraldas desde que haja acionistas!

E eu admirava a grandeza daquela máxima – quando apareceu, esbaforido, desdobrando o lenço muito perfumado, um dos familiares do 202, Todelle (Antônio de Todelle), moço já calvo, d'infinitas **prendas**, que conduzia **Cotillons**, imitava cantores de Café-Concerto, temperava saladas raras, conhecia todos os enredos de Paris.

– Já veio?... Já cá está o Grão-Duque?

– Não, S. Alteza ainda não chegara. E Madame de Todelle?

– Não pôde... No sofá... Esfolou uma perna.

– Oh!

– Quase nada... Caiu do velocípede!

Jacinto, logo interessado:

– Ah! Madame de Todelle anda já de velocípede?

– Aprende. Nem tem velocípede!... Agora, na quaresma, é que se aplicou mais, no velocípede do padre Ernesto, do **cura** de S. José! Mas ontem, no Bosque, zás, terra!... Perna esfolada. Aqui.

E na sua própria coxa, com a unha, vivamente, desenhou o esfolão. Efraim, brutal e sério, murmurou: – "Diabo! é no melhor sítio!" Mas Todelle nem o escutara, correndo para o diretor do *Boulevard*, que se avançava, lento e barrigudo, com o seu monóculo negro semelhante a um **pacho**. Ambos se colaram contra uma estante, num cochichar profundo.

Jacinto e eu entramos então no bilhar, forrado de velhos **couros de Córdova**, onde se fumava. Ao canto dum divã, o grande Dornan, o poeta neoplatônico e místico, o Mestre sutil de todos os ritmos, espapado nas almofadas, com um dos pés sob a coxa gorda, como um Deus índio, dois botões do colete desabotoados, a papeira caída sobre o largo decote do colarinho, mamava majestosamente um imenso charuto. Ao pé dele, também sentado, um velho que eu nunca encontrara no 202, esbelto, de cabelos brancos em anéis passados por trás das orelhas, a face coberta de pó de arroz, um bigodinho muito negro e arrebitado, findara certamente alguma história de bom e grosso **sal** – porque diante do divã, de pé, Joban, o supremo Crítico de Teatro, ria com a calva escarlate de gozo, e um moço muito ruivo (descendente de **Coligny**), de perfil de periquito, sacudia os braços curtos como asas, e gania: "delicioso! divino!" Só o poeta idealista permanecera impassível, na sua majestade obesa. Mas, quando nos acercamos, esse Mestre do ritmo perfeito, depois de soprar uma farta fumarada e me saudar com um pesado mover das pálpebras, começou numa voz de rico e sonoro metal:

– Há melhor, há infinitamente melhor... Todos aqui conhecem Madame Noredal. Madame Noredal tem umas imensas nádegas...

Desgraçadamente para o meu regalo, Todelle invadiu o bilhar, reclamando Jacinto com alarido. Eram as senhoras que desejavam ouvir no Fonógrafo uma **ária da Patti**! O meu amigo sacudiu logo os ombros, numa surda irritação:

– Ária da Patti... Eu sei lá! Todos esses **rolos** estão em confusão. Além disso o Fonógrafo trabalha mal. Nem trabalha! Tenho três. Nenhum trabalha!

– Bem! exclamou alegremente Todelle. – Canto eu a *Pauvre fille...* É mais de ceia! *Oh, la pauv', pauv', pauv'...*

Travou do meu braço, e arrastou a minha timidez serrana para o salão cor-de-rosa murcha, onde, como Deusas num círculo escolhido do Olimpo, resplandeciam Madame d'Oriol, Madame Verghane, a princesa de Carman, e uma outra loura, com grandes brilhantes nas grandes farripas, e

8 Córdova (ou Córdoba), na Espanha, tem tradição na fabricação de couro de carneiro.

t Com sal é divertido, bem-temperado.

Em várias partes da Europa havia religiosos descontentes com os caminhos da Igreja Católica. Eram os protestantes que, na França, ficaram conhecidos como huguenotes. Calvino era uma liderança desse movimento e tinha o almirante Gaspar de Coligny (nascido em 1519) como seu seguidor. A disputa religiosa cresceu tanto que virou política e surgiram, então, dois partidos: o dos huguenotes, comandado por Gaspar, e o Partido Católico, que tinha a família Guise-Lorraine à frente.

t Na ópera, ária é uma música cantada por uma só pessoa, sem coro. E Adelina Patti foi uma famosa cantora espanhola de óperas do século XVIII.

t Lembra que o fonógrafo usa o rolo no lugar do vinil?

d'ombros tão nus, e braços tão nus, e peitos tão nus, que o seu vestido branco com bordados d'ouro pálido parecia uma camisa, a escorregar. Impressionado, ainda retive Todelle, rugi baixinho: – "Quem é?" Mas já o festivo homem correra para Madame d'Oriol, com quem riam, numa familiaridade superior e fácil, Marizac (o duque de Marizac) e um moço de barba cor de milho e mais leve que uma penugem, que se balouçava gracilmente sobre os pés, como uma espiga ao vento. E eu, encalhado contra o piano, esfregava lentamente as mãos, amassando o meu embaraço, quando Madame Verghane se ergueu do sofá onde conversava com um velho (que tinha a **Grã-Cruz de Santo André**), e avançou, deslizou no tapete, pequena e nédia, na sua copiosa cauda veludo verde-negro. Tão fina era a **cinta**, entre os encontros fecundos e a vastidão do peito, todo nu e cor de nácar, que eu receava que ela partisse pelo meio, no seu lento ondular. Os seus famosos bandós negros, dum negro furioso, inteiramente lhe tapavam as orelhas; e, no grande aro d'ouro que os circundava, reluzia uma estrela de brilhantes, como na fronte dos anjos de **Botticelli**. Conhecendo sem dúvida a minha autoridade no 202, ela despediu sobre mim ao passar, com raio benéfico, um sorriso que lhe **liquescia** mais os olhos líquidos, e murmurou:

– O Grão-Duque vem, com certeza?

– Oh com certeza, minha senhora, para o peixe!

– Para o peixe?...

Mas justamente, na antecâmara, rompeu, em rufos e arcadas triunfais, a **marcha de Rakoczy**. Era ele! Na Biblioteca, o nosso retumbante mordomo anunciava:

– S. Alteza o Grão-Duque Casimiro!

Madame de Verghane, com um curto suspiro d'emoção, alteou o peito, como para lhe expor melhor a magnificência **ebúrnea**. E o homem do *Boulevard*, o velho da Grã-Cruz, Efraim, quase me empurraram, investindo para a porta, na imensa sofreguidão de Pessoa Real.

Precedido por Jacinto, o Grão-Duque surgiu. Era um possante homem, de barba em bico, já grisalha, um pouco calvo. Durante um momento hesitou, com um balanço lento sobre os pés pequeninos, calçados de sapatos rasos, quase

---

A Grã-Cruz de Santo André é uma condecoração russa.

Cinta: cintura.

Sandro Botticelli (1445-1510) foi um artista italiano que pintou muitos quadros religiosos.

Liquescer: tornar líquido, derreter.

Música de autor desconhecido que por muitos anos foi uma espécie de hino húngaro e que o compositor francês Hector Berlioz incorporou à sua ópera *A danação de Fausto*.

Ebúrneo: relativo a ou feito de marfim.

sumidos sob as pantalonas muito largas. Depois, pesado e risonho, veio apertar a mão às senhoras que mergulhavam nos veludos e sedas, em **mesuras** de Corte. E imediatamente, batendo com carinhosa jovialidade no ombro de Jacinto:

– E o peixe?... Preparado pela receita que mandei, hein?

Um murmúrio de Jacinto tranquilizou S. Alteza.

– Ainda bem, ainda bem! exclamou ele, no seu vozeirão de comando. Que eu não jantei, absolutamente não jantei! É que se está jantando deploravelmente em **casa** do José. Mas por que se vai jantar ainda ao José? Sempre que chego a Paris, pergunto: "Onde é que se janta agora?" Em casa do José!... Qual! não se janta! Hoje, por exemplo, **galinholas**... Uma peste! Não tem, não tem a noção da galinhola!

Os seus olhos azulados, dum azul sujo, rebrilhavam, alargados pela indignação:

– Paris está perdendo todas as suas superioridades. Já se não janta, em Paris!

Então, em redor, aqueles senhores concordaram, desolados. O conde de Trèves defendeu o **Bignon**, onde se conservavam nobres tradições. E o diretor do *Boulevard*, que se empurrava todo para S. Alteza, atribuía a decadência da cozinha, em França, à República, ao gosto democrático e torpe pelo barato.

– No **Paillard**, todavia... – começou o Efraim.

– No Paillard! gritou logo o Grão-Duque. Mas os **Borgonhas** são tão maus! Os Borgonhas são tão maus!...

Deixara pender os braços, os ombros, descorçoado. Depois, com o seu lento andar balançado como o dum velho piloto, atirando um pouco para trás as lapelas da casaca, foi saudar Madame d'Oriol, que toda ela faiscou, no sorriso, nos olhos, nas joias, em cada prega das suas sedas cor de salmão. Mas apenas a clara e macia criatura, batendo o leque como uma asa alegre, começara a chalrar, S. Alteza reparou no aparelho de Teatrofone, pousado sobre uma mesa entre flores, e chamou Jacinto:

– Em comunicação com o Alcazar?... O Teatrofone?

– Certamente, meu senhor.

Mesura: reverência, respeito.

A "casa" aqui é um restaurante.

A galinhola (*Scolopax rusticola*) é uma ave comum em Portugal.

Louis Bignon primeiro teve um restaurante em sociedade com seu irmão. Depois, saiu do negócio e abriu um novo estabelecimento bem famoso na época em Paris, o Café Riche.

O irmão de Louis Bignon vendeu o restaurante para M. Paillard. A casa virou sucesso e seu nome batizou um prato servido até hoje: uma carne cortada bem fininha e passada na frigideira em fogo alto.

Vinho produzido na região de Bourgogne (Borgonha), na França.

> O teatro de revista é um tipo de espetáculo com vários esquetes, um atrás do outro, misturando dança, texto e música. Surgiu na França no meio do século XIX com o intuito de divertir e protestar – sempre com muita sensualidade. O Revista Elétrica é um espetáculo desse gênero.

O grão-duque ficou pensativo.

Chut é um pedido de silêncio em francês, como o nosso "shh".

Excelente! Muito chique! Ele ficara com pena de não ouvir a Gilberte numa cançoneta nova, as *Casquettes*. Onze e meia! Era justamente a essa hora que ela cantava, no último ato da **Revista Elétrica**... – Colou às orelhas os dous "receptores" do Teatrofone, e **quedou embebido**, com uma ruga séria na testa dura. De repente, num comando forte:

– É ela! **Chut**! Venham ouvir!... É ela! Venham todos! Princesa de Carman, para aqui! Todos! É ela! *Chut*.

Então, como Jacinto instalara prodigamente dois Teatrofones, cada um provido de doze fios, as senhoras, todos aqueles cavalheiros, se apressaram a acercar submissamente um "receptor" do ouvido, e a permanecer imóveis para saborear *Les Casquettes*. E no salão cor de rosa murcha, na nave da Biblioteca, onde se espalhara um silêncio augusto, só eu fiquei desligado do Teatrofone, com as mãos nas algibeiras e ocioso.

No relógio monumental, que marcava a hora de todas as Capitais e o movimento de todos os Planetas, o ponteiro rendilhado adormeceu. Sobre a mudez e a imobilidade pensativa daqueles dorsos, daqueles decotes, a Eletricidade refulgia com uma tristeza de sol regelado. E de cada orelha atenta, que a mão tapava, pendia um fio negro, como uma tripa. Dornan, **esboroado** sobre a mesa, cerrara as pálpebras, numa meditação de monge obeso. O historiador dos Duques d'Anjou, com o "receptor" na ponta delicada dos dedos, erguendo o nariz agudo e triste, gravemente cumpria um dever palaciano. Madame d'Oriol sorria, toda **lânguida**, como se o fio lhe murmurasse doçuras. Para desentorpecer arrisquei um passo tímido. Mas caiu logo sobre mim um *chut* severo do Grão-Duque! Recuei para entre as cortinas da janela, a abrigar a minha ociosidade. O **Filólogo** da *Couraça*, distante da mesa, com o seu comprido fio esticado, mordia o beiço, num esforço de penetração. A beatitude de S. Alteza, enterrado numa vasta poltrona, era perfeita. Ao lado o colo de Madame Verghane arfava como uma onda de leite. E o meu pobre Jacinto, numa aplicação conscienciosa, pendia sobre o Teatrofone tão tristemente como sobre uma sepultura.

Esboroado: desfeito.

Lânguido: mole, frouxo.

Filólogo: estudioso de documentos antigos.

Então, ante aqueles seres de superior civilização, sorvendo num silêncio devoto as obscenidades que a Gilberte lhes gania, por debaixo do solo de Paris, através de fios mergulhados nos esgotos, cingidos aos canos das fezes – pensei na minha aldeia adormecida. O crescente de lua, que, seguido duma estrelinha, corria entre nuvens sobre os telhados e as chaminés negras dos Campos Elísios, também andava lá fugindo, mais lustroso e mais doce, por cima dos pinheirais. As rãs coaxavam ao longe no Pego da Dona. A **ermidinha** de S. Joaquim branquejava no **cabeço**, nuazinha e cândida...

Uma das senhoras murmurou:

– Mas, não é a Gilberte!...

E um dos homens:

– Parece um **cornetim**...

– Agora são palmas...

– Não, é o Paulin!

O Grão-Duque lançou um *chut* feroz... No pátio da nossa casa ladravam os cães. Dalém do ribeiro respondiam os cães do João Saranda. Como me encontrei descendo por uma quelha, sob as ramadas, com o meu **varapau** ao ombro? E sentia, entre a seda das cortinas, num fino ar macio, o cheiro das pinhas estalando nas lareiras, o calor dos currais através das sebes altas, e o sussurro dormente das levadas...

Ermida: capela.

Cabeço: morro, colina.

Cornetim é um tipo menor de corneta.

Varapau é um bastão comprido feito para ajudar na caminhada.

Eido: pátio, quintal de uma propriedade rural.

t Estilo de música com letra curta e conteúdo malicioso.

t Traduzindo: anunciou que a comida já estava na mesa.

t Uma sopa bem clara e rala.

Despertei a um brado que não saía nem dos **eidos**, nem das sombras. Era o Grão-Duque que se erguera, encolhia furiosamente os ombros:

— Não se ouve nada!... Só guinchos! E um zumbido! Que maçada!... Pois é uma beleza, a **cançoneta**:

Oh les casquettes,
Oh les casquette-e-e-tes!...

Todos largaram os fios — proclamavam a Gilberte deliciosa. E o mordomo benedito, abrindo largamente os dous batentes, anunciou:

— ***Monseigneur est servi!***

Na mesa, que pelo esplendor das orquídeas mereceu os louvores ruidosos de S. Alteza, fiquei entre o etéreo poeta Dornan e aquele moço de penugem loura que balouçava como uma espiga ao vento. Depois de desdobrar o guardanapo, de o acomodar regaladamente sobre os joelhos, Dornan desenvencilhou da corrente do relógio uma enorme luneta para percorrer o *menu* — que aprovou. E inclinando para mim a sua face de Apóstolo obeso:

— Este Porto de 1834, aqui em casa do Jacinto, deve ser autêntico... Hein?

Assegurei ao Mestre dos Ritmos que o "Porto" envelhecera nas adegas clássicas do avô Galião. Ele afastou, numa preparação metódica, os longos, densos fios do bigode que lhe cobriam a boca grossa. Os escudeiros serviram um **consommé** frio com trufas. E o moço cor de milho, que espalhara pela mesa o seu olhar azul e doce, murmurou, com uma desconsolação risonha:

— Que pena!... Só falta aqui um general e um bispo!

Com efeito! Todas as Classes Dominantes comiam nesse momento as trufas do meu Jacinto... Mas defronte Madame d'Oriol lançara um riso mais cantado que um gorjeio. O Grão-Duque, numa silva de orquídeas que orlava o seu talher, notara uma, sombriamente horrenda, semelhante a um lacrau esverdinhado, de asas lustrosas, gordo e túmido de veneno: e muito delicadamente ofertara a flor monstruosa a Madame d'Oriol, que, com **trinado** riso, solenemente, a colocou no seio. Colado àquela carne macia, duma brancura de nata fina, o lacrau inchara, mais verde, com as asas frementes. Todos os olhos se acendiam, se cravavam no lindo peito, a que a flor disforme, de cor venenosa, apimentava o sabor. Ela reluzia, triunfava. Para ajeitar melhor a orquídea os seus dedos alargaram o decote, aclararam belezas, guiando aquelas curiosidades flamejantes que a despiam. A face vincada de Jacinto pendia para o prato vazio. E o alto lírico do *Crepúsculo Místico*, passando a mão pelas barbas, rosnou com desdém:

– Bela mulher... Mas ancas secas, e aposto que não tem nádegas!

No entanto o moço de loura penugem voltara à sua estranha mágoa. Não possuirmos um general com a sua espada, e um bispo com seu **báculo**!...

Ele atirou um gesto suave em que todos os seus anéis faiscaram:

– Para uma bomba de dinamite... Temos aqui um esplêndido ramalhete de flores de civilização, com um Grão-Duque no meio. Imagine uma bomba de dinamite, atirada da porta!... Que belo fim de ceia, num fim de século!

E como eu o considerava assombrado, ele bebendo golos de **Chateau-Yquem**, declarou que hoje a única emoção, verdadeiramente fina, seria aniquilar a Civilização. Nem a ciência, nem as artes, nem o dinheiro, nem o amor, podiam já dar um gosto intenso e real às nossas almas saciadas. Todo o prazer que se extraíra de *criar* estava esgotado. Só restava, agora, o divino prazer de *destruir!*

Desenrolou ainda outras enormidades, com um riso claro nos olhos claros. Mas eu não atendia o gentil pedante, colhido por outro cuidado – reparando que em torno, subitamente, todo o serviço estacara como no conto do Palácio Petrificado. E o prato agora devido era o peixe famoso da Dalmácia, o peixe de S. Alteza, o peixe inspirador da festa! Jacinto, nervoso, esmagava entre os dedos uma flor. E todos os escudeiros sumidos!

Trinado: som melodioso de pássaro, gorjeio.

Báculo: bastão de madeira ou metal.

Vinho francês caro e famoso.

8 Coutada é uma área onde é proibido caçar e Sarvan é uma região do Leste Europeu.

t "Amazona" pode ser guerreira, uma mulher que cavalga ou um vestido próprio para montaria. Aqui, é o vestido que está puxado para cima (arregaçado).

Trespassado: sem ânimo.

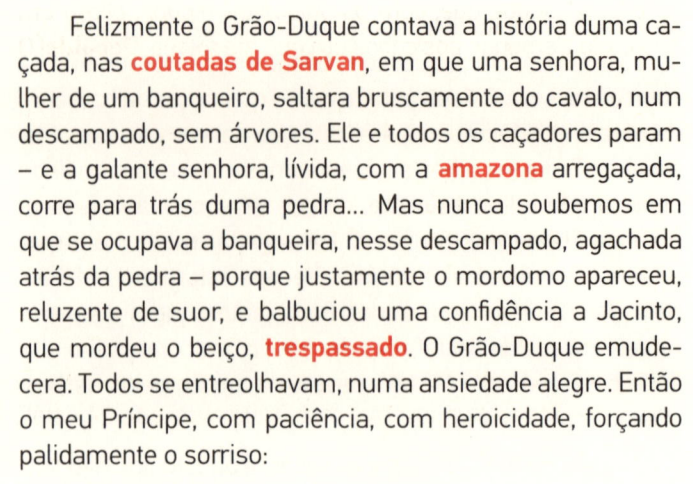

Felizmente o Grão-Duque contava a história duma caçada, nas **coutadas de Sarvan**, em que uma senhora, mulher de um banqueiro, saltara bruscamente do cavalo, num descampado, sem árvores. Ele e todos os caçadores param – e a galante senhora, lívida, com a **amazona** arregaçada, corre para trás duma pedra... Mas nunca soubemos em que se ocupava a banqueira, nesse descampado, agachada atrás da pedra – porque justamente o mordomo apareceu, reluzente de suor, e balbuciou uma confidência a Jacinto, que mordeu o beiço, **trespassado**. O Grão-Duque emudecera. Todos se entreolhavam, numa ansiedade alegre. Então o meu Príncipe, com paciência, com heroicidade, forçando palidamente o sorriso:

– Meus amigos, há uma desgraça...

Dornan pulou na cadeira:

– Fogo?

Não, não era fogo. Fora o elevador dos pratos que, inesperadamente, ao subir o peixe de S. Alteza, se desarranjara, e não se movia, encalhado!

O Grão-Duque arremessou o guardanapo. Toda a sua polidez estalava como um esmalte mal posto:

– Essa é forte!... Pois um peixe que me deu tanto trabalho! Para que estamos nós aqui então a cear? Que estupidez! E por que o não trouxeram à mão, simplesmente? Encalhado... Quero ver! Onde é a copa?

E, furiosamente, investiu para a copa, conduzido pelo mordomo que tropeçava, vergava os ombros, ante esta esmagadora cólera de Príncipe. Jacinto seguiu, como uma sombra, levado na rajada de S. Alteza. E eu não me contive, também me atirei para a copa, a contemplar o desastre, enquanto Dornan, batendo na coxa, clamava que se ceasse sem peixe!

O Grão-Duque lá estava, debruçado sobre o poço escuro do elevador, onde mergulhara uma vela que lhe avermelhava mais a face esbraseada. Espreitei, por sobre o seu ombro real. Embaixo, na treva, sobre uma larga prancha, o peixe precioso alvejava, deitado na travessa, ainda fumegando, entre rodelas de limão. Jacinto, branco como a gravata, torturava desesperadamente a mola complicada do ascensor. Depois foi o Grão-Duque que, com os pulsos cabeludos, atirou um empuxão tremendo aos cabos em que ele rolava. **Debalde**! O aparelho enrijara numa inércia de bronze eterno.

Sedas roçagaram à entrada da copa. Era Madame d'Oriol, e atrás Madame Verghane, com os olhos a faiscar, na curiosidade daquele lance em que o Príncipe soltara tanta paixão. Marizac, nosso íntimo, surgiu também, risonho, propondo uma descida ao poço com escadas. Depois foi o Psicólogo, que se abeirou, psicologou, atribuindo intenções sagazes ao peixe que assim se recusava. E a cada um o Grão-Duque, escarlate, mostrava com dedo trágico, no fundo da cova, o seu peixe! Todos afundavam a face, murmuravam: "lá está!" Todelle, na sua precipitação, quase se **despenhou**. O periquito descendente de Coligny batia as asas, granindo: – "Que cheiro ele deita, que delícia!" Na copa atulhada os decotes das senhoras roçavam a farda dos lacaios. O velho caiado de pó d'arroz meteu o pé num balde de gelo, com um berro ferino. E o Historiador dos Duques d'Anjou movia por cima de todos o seu nariz bicudo e triste.

De repente, Todelle teve uma ideia!

– É muito simples... É pescar o peixe!

O Grão-Duque bateu na coxa uma palmada triunfal. Está claro! Pescar o peixe! E no gozo daquela facécia, tão rara e tão nova, toda a sua cólera se sumira, de novo se tornara o Príncipe amável, de magnífica polidez, desejando que as senhoras se sentassem para assistir à pesca miraculosa! Ele mesmo seria o pescador! Nem se necessitava, para a divertida façanha, mais que uma bengala, uma **guita** e um **gancho**. Imediatamente Madame d'Oriol, excitada, ofereceu um dos seus ganchos. Apinhados em volta dela, sentindo o seu perfume, o calor da sua pele, todos exaltamos a amorável dedicação. E o Psicólogo proclamou que nunca se pescara com tão divino anzol!

Quando dois escudeiros estonteados voltaram, trazendo uma bengala e um **cordel**, já o Grão-Duque, radiante, vergara o gancho em anzol. Jacinto, com uma paciência lívida, erguia uma lâmpada sobre a escuridão do poço fundo. E os senhores mais **graves**, o Historiador, o diretor do *Boulevard*, o Conde de Trèves, o homem de cabeça à Van Dyck, sorriam, amontoados à porta, num interesse reverente pela fantasia de S. Alteza. Ma-

---

Debalde: em vão.

Despenhar: cair de grande altura.

Guita: barbante.

Em Portugal, o "gancho" pode ser o anzol da pescaria ou um prendedor de cabelo.

Cordel: corda fina, barbante.

Grave: sério.

dame de Trèves, essa, examinava serenamente, com a sua nobre luneta, a instalação da copa. Só Dornan não se erguera da mesa, com os punhos cerrados sobre a toalha, o gordo pescoço encovado, no tédio sombrio de fera a quem arrancaram a posta.

No entanto S. Alteza pescava com fervor! Mas debalde! O gancho, pouco agudo, sem presa, bamboleando na extremidade da guita frouxa, não fisgava.

– Ó Jacinto, erga essa luz! gritava ele inchado e suado. – Mais!... Agora! Agora! É na guelra! Só na guelra é que o gancho o pode prender. Agora... Qual! que diabo! Não vai!

Tirou a face do poço, resfolgando e afrontado. Não era possível! Só carpinteiros, com alavancas!... E todos, ansiosamente, bradamos que se abandonasse o peixe!

O Príncipe, risonho, sacudindo as mãos, concordava que por fim "fora mais divertido pescá-lo do que comê-lo!" E o elegante bando refluiu sofregamente para a mesa, ao som duma valsa de **Strauss**, que os Tziganes arremessaram em arcadas de lânguido ardor. Só Madame de Trèves se demorou ainda, retendo o meu pobre Jacinto, para lhe assegurar quanto admirava o arranjo da sua copa... Oh, perfeita! Que compreensão da vida, que fina inteligência do conforto!

S. Alteza, **encalmado** pelo esforço, esvaziou poderosamente dois copos de **Chateau-Lagrange**. Todos o aclamavam como um pescador genial. E os escudeiros serviram o *Barão de Pauillac*, cordeiro das lezírias marinhas, que, preparado com ritos quase sagrados, toma este grande nome sonoro e entra no **Nobiliário** de França.

Eu comi com o apetite dum herói de Homero. Sobre o meu copo e o de Dornan o Champagne cintilou e jorrou ininterrompidamente como fonte de Inverno. Quando se serviam **ortolans** gelados, que se derretiam na boca, o divino poeta murmurou, para meu regalo, o seu soneto sublime a "Santa Clara". E como, do outro lado, o moço de penugem loura insistia pela destruição do velho mundo, também concordei, e, sorvendo Champagne coalhado em sorvete, maldissemos o Século, a Civilização, todos os orgulhos da Ciência! Através das flores e das luzes, no entanto, eu seguia as ondas arfantes do vasto peito de Madame Verghane, que

---

8 Johann Strauss II (1825-99) era austríaco, escreveu centenas de músicas para dançar e ficou conhecido como o Rei das Valsas. Sua obra mais famosa é o *Danúbio azul*.

Encalmado: acalmado.

t É uma marca de vinho francês.

Nobiliário: nobreza.

t Hortulana (em francês, *ortolan*) é considerado uma iguaria divina na França.

ria como uma **bacante**. E nem me apiedava de Jacinto que, com a doçura de S. Jacinto **sobre o cepo**, esperava o fim do seu martírio e da sua festa.

Ela findou. Ainda recordo, às três horas da noite, o Grão-Duque na antecâmara, muito vermelho, mal firme nos pés pequeninos, sem acertar com as mangas de peliça que Jacinto e eu lhe ajudamos a enfiar – convidando o meu amigo, numa efusão carinhosa, a ir caçar às suas terras da Dalmácia...

– Devo ao meu Jacinto uma bela pesca, quero que ele me deva uma bela caçada!

E enquanto o acompanhávamos, entre as alas dos escudeiros, pela vasta escada onde o mordomo procedia erguendo um candelabro de três lumes, S. Alteza repisava, pegajoso:

– Uma bela caçada... E também vai Fernandes! Bom Fernandes, Zé Fernandes! Ceia superior, meu Jacinto! O *Barão de Pauillac*, divino!... Creio que o devemos nomear Duque... O Senhor Duque de Pauillac! Mais um bocado da perna do Senhor Duque de Pauillac. Ah! Ah!... Não venham fora! Não se **constipem**!

E do fundo do *coupé*, ao rodar, ainda bradou:

– O peixe, Jacinto, desencalha o peixe! Excelente, ao almoço, frio, com um molho verde!

Trepando cansadamente os degraus, numa moleza de Champagne e sono em que os olhos se me cerravam, murmurei para o meu Príncipe:

– Foi divertido, Jacinto! Suntuosa mulher, a Verghane! Grande pena, o elevador...

E Jacinto, num som **cavo** que era bocejo e rugido:

– Uma maçada! E tudo falha!

Três dias depois desta festa no 202 recebeu o meu Príncipe inesperadamente, de Portugal, uma **nova** considerável. Sobre a sua Quinta e solar de Tormes, por toda a serra, passara uma tormenta devastadora de vento, corisco e água. Com as grossas chuvas, "ou por outras causas que os peritos dirão" (como exclamava na sua carta angustiada o procurador Sil-

---

> Na mitologia romana, Baco era deus do vinho e as bacantes, suas sacerdotisas. Também pode significar "mulher sem pudor".

> Fica "sobre o cepo" quem está sofrendo.

Constipar: ficar resfriado.

Cavo: rouco.

> "Nova" nada mais é que "novidade", "notícia".

> Terreno um pouco plano que faz parte de uma montanha.

Informe: sem forma.

Os primeiros habitantes do que hoje é Portugal foram os iberos, que vieram do norte da África e do sudeste europeu. Séculos depois, a região foi invadida pelos celtas, fazendo surgir um novo povo: os celtiberos. No meio deles, havia um grupo que ocupava a parte mais ao oeste da Península Ibérica, os lusitanos, que foram invadidos e ficaram sob as ordens do Império Romano por um tempo. Quando o Império ruiu, chegaram os godos, ou seja, os povos germânicos.

> Aqui, "feitor" é quem dirige uma propriedade para outra pessoa.

Desatulhar: desobstruir, retirar os entulhos.

vério), um pedaço de monte, que se avançava em **socalco** sobre o vale da Carriça, desabara, arrastando a velha igreja, uma igrejinha rústica do século XVI, onde jaziam sepultados os avós de Jacinto desde os tempos de el-rei D. Manuel. Os ossos veneráveis desses Jacintos jaziam agora soterrados sob um montão **informe** de terra e pedra. O Silvério já começara com os moços da Quinta a desatulhar os "preciosos restos". Mas esperava ansiosamente as ordens de s. exca....

Jacinto empalidecera, impressionado. Esse velho solo serrano, tão rijo e firme desde os **Godos**, que de repente ruía! Esses jazigos de paz piedosa, precipitados com fragor, na borrasca e na treva, para um negro fundo de vale! Essas ossadas, que todas conservavam um nome, uma data, uma história, confundidas num lixo de ruína!

– Coisa estranha, coisa estranha!...

E toda a noite me interrogou acerca da serra e de Tormes, que eu conhecia desde pequeno, porque o velho solar, com a sua nobre alameda de faias seculares, se erguia a duas léguas da nossa casa, no antigo caminho de Guiães à estação e ao rio. O caseiro de Tormes, o bom Melchior, era cunhado do nosso **feitor** da Roqueirinha: – e muitas vezes, depois da minha intimidade com Jacinto, eu entrara no robusto casarão de granito, e avaliara o grão espalhado pelas salas sonoras, e provara o vinho novo nas adegas imensas...

– E a igreja, Zé Fernandes?... Entraste na igreja?

– Nunca... Mas era pitoresca, com uma torrezinha quadrada, toda negra, onde há muitos anos vivia uma família de cegonhas... Terrível transtorno para as cegonhas!

– Coisa estranha! murmurava ainda o meu Príncipe, agourado.

E telegrafou ao Silvério que **desatulhasse** o vale, recolhesse as ossadas, reedificasse a Igreja, e, para esta obra de piedade e reverência, gastasse o dinheiro, sem contar, como a água dum rio largo.

V

No entanto Jacinto, desesperado com tantos desastres humilhadores – as torneiras que dessoldavam, os elevadores que emperravam, o Vapor que se encolhia, a Eletricidade que se sumia, decidiu valorosamente vencer as resistências finais da Matéria e da Força por novas e mais poderosas acumulações de Mecanismos. E nessas semanas de abril, enquanto as rosas desabrochavam, a nossa agitada casa, entre aquelas quietas casas dos Campos Elísios que preguiçavam ao sol, incessantemente tremeu, envolta num pó de caliça e d'empreitada, com o bruto picar de pedra, o **retininte** martelar de ferro. Nos silenciosos corredores, onde me era doce fumar antes do almoço um pensativo cigarro, circulavam agora, desde madrugada, **ranchos** d'operários, de blusas brancas, assobiando o *Petit-Bleu*, e intimidando os meus passos quando eu atravessava em fraldas e chinelas para o banho ou para outros retiros. Apenas se **varava** com perícia algum andaime obstruindo as portas – logo se esbarrava com uma pilha de tábuas, uma **seira** de ferramentas ou um

Retininte: som agudo.

Rancho: grupo de pessoas.

Varar: transpor.

Seira: saco, cesta.

balde enorme d'argamassa. E os pedaços de soalho levantado mostravam tristemente, como num cadáver aberto, todos interiores do 202, a ossatura, os sensíveis nervos d'arame, os negros intestinos de ferro fundido.

Cada dia estacava diante do portão alguma lenta carroça, de onde os criados, **em mangas de camisa**, descarregavam caixotes de madeira, fardos de lona, que se despregavam e se descosiam numa sala asfaltada, ao fundo do jardim, por trás da sebe de lilases. E eu descia, reclamado pelo meu Príncipe, para admirar uma nova Máquina que nos tornaria a vida mais fácil, estabelecendo dum modo mais seguro o nosso domínio sobre a Substância. Durante os calores, que apertaram depois da **Ascensão**, ensaiamos esperançadamente, para refrescar as águas minerais, a Soda-Water e os **Medocs** ligeiros, três **geleiras**, que se amontoaram na copa sucessivamente desprestigiadas. Com os morangos novos apareceu um instrumentozinho astuto, para lhes arrancar os pés, delicadamente. Depois recebemos outro, prodigioso, de prata e cristal, para remexer freneticamente as saladas; e, na primeira vez que o experimentei, todo o vinagre **esparrilhou** sobre os olhos do meu Príncipe, que fugiu aos uivos! Mas ele teimava... Nos atos mais elementares, para aliviar ou apressar o esforço, se socorria Jacinto da Dinâmica. E agora era por intervenção duma máquina que abotoava as ceroulas.

E simultaneamente, ou em obediência à sua Ideia, ou governado pelo despotismo do hábito, não cessava, ao lado de Mecânica acumulada, de acumular Erudição. Oh, a invasão dos livros no 202! Solitários, aos pares, em pacotes, dentro de caixas, franzinos, gordos e repletos de autoridade, envoltos em plebeia capa amarela ou revestidos de marroquim e ouro, perpetuamente, torrencialmente, invadiam por todas as largas portas a Biblioteca, onde se estiravam sobre o tapete, se **repimpavam** nas cadeiras macias, se **entronizavam** em cima das mesas robustas, e sobretudo trepavam contra as janelas, em sôfregas pilhas, como se, sufocados pela sua própria multidão, procurassem com ânsia espaço e ar! Na erudita nave, onde apenas alguns vidros mais altos restavam descobertos, sem tapume de livros, perenemente se adensava um pensativo crepúsculo de outono enquanto fora junho refulgia. A Biblioteca transbordara através de todo o 202! Não

---

7 Expressão para dizer que o homem estava sem paletó (que na época era um item básico).

8 Quando Jesus teria subido aos céus (Ascensão), é celebrada quarenta dias após a Páscoa.

9 Vinho leve produzido em Médoc, na França.

10 Geleira era uma caixa para o gelo que era comprado de fornecedores.

Esparrilhar: espargir, espalhar.

Repimpar: recostar de maneira confortável.

Entronizar: subir ao trono.

se abria um armário sem que de dentro se despenhasse, desamparada, uma pilha de livros! Não se franzia uma cortina sem que detrás surgisse, hirta, uma **ruma** de livros! E imensa foi a minha indignação quando uma manhã, correndo urgentemente, de mãos nas alças, encontrei, vedada por uma tremenda coleção de Estudos Sociais, a porta do **Water-Closet**!

Mais amargamente porém me lembro da noite histórica em que, no meu quarto, moído e mole dum passeio a Versalhes, com as pálpebras poeirentas e meio adormecidas, tive de desalojar do meu leito, praguejando, um pavoroso *Dicionário de Indústria* em trinta e sete volumes! Senti então a suprema fartura do livro. Ajeitando, com murros, os travesseiros, maldisse a Imprensa, a **Facúndia** humana... E já me estirara, adormecia, quando topei, quase parti a preciosa rótula do joelho, contra a lombada dum **tomo** que velhacamente se aninhara entre a parede e os colchões. Com furor e um berro empolguei, arremessei o tomo afrontoso – que entornou o jarro, inundou um tapete rico de **Daghestan**. E nem sei se depois adormeci – porque os meus pés, a que não sentia nem o pisar nem o rumor, como se um vento brando me levasse, continuaram a tropeçar em livros no corredor apagado, depois na areia do jardim que o luar branquejava, depois na Avenida dos Campos Elísios, povoada e ruidosa como numa festa cívica. E, oh **portento**! Todas as casas aos lados eram construídas com livros. Nos ramos dos castanheiros ramalhavam folhas de livros. E os homens, as finas damas, vestidos de papel impresso, com títulos nos dorsos, mostravam em vez de rosto um livro aberto, a que a brisa lenta virava docemente as folhas. Ao fundo, na Praça da Concórdia, avistei uma escarpada montanha de livros, a que tentei trepar, arquejante, ora enterrando a perna em flácidas camadas de versos, ora batendo contra a lombada, dura como **calhau**, de tomos de Exegese e Crítica. A tão vastas alturas subi, para além da terra, para além das nuvens, que me encontrei, maravilhado, entre os astros. Eles rolavam serenamente, enormes e mudos, recobertos por espessas crostas de livros, de onde surdia, aqui e além, por alguma fenda, entre dois volumes mal juntos, um raiozinho de luz sufocada e ansiada. E assim ascendi ao Paraíso. Decerto era o Paraíso – porque com meus olhos de **mortal argila** avistei o Ancião da Eterni-

---

Ruma: muitos, um monte.

São os famosos WC (water closet).

A eloquência humana, fácil e abundante – a vontade de se comunicar.

Tomo: volume, livro.

O Daguestão faz parte da Rússia e tem tradição na confecção de tapetes admirados no mundo todo.

Oh, coisa doida!

Calhau: pedaço de rocha.

Segundo a Bíblia, Deus teria feito o homem do barro (argila).

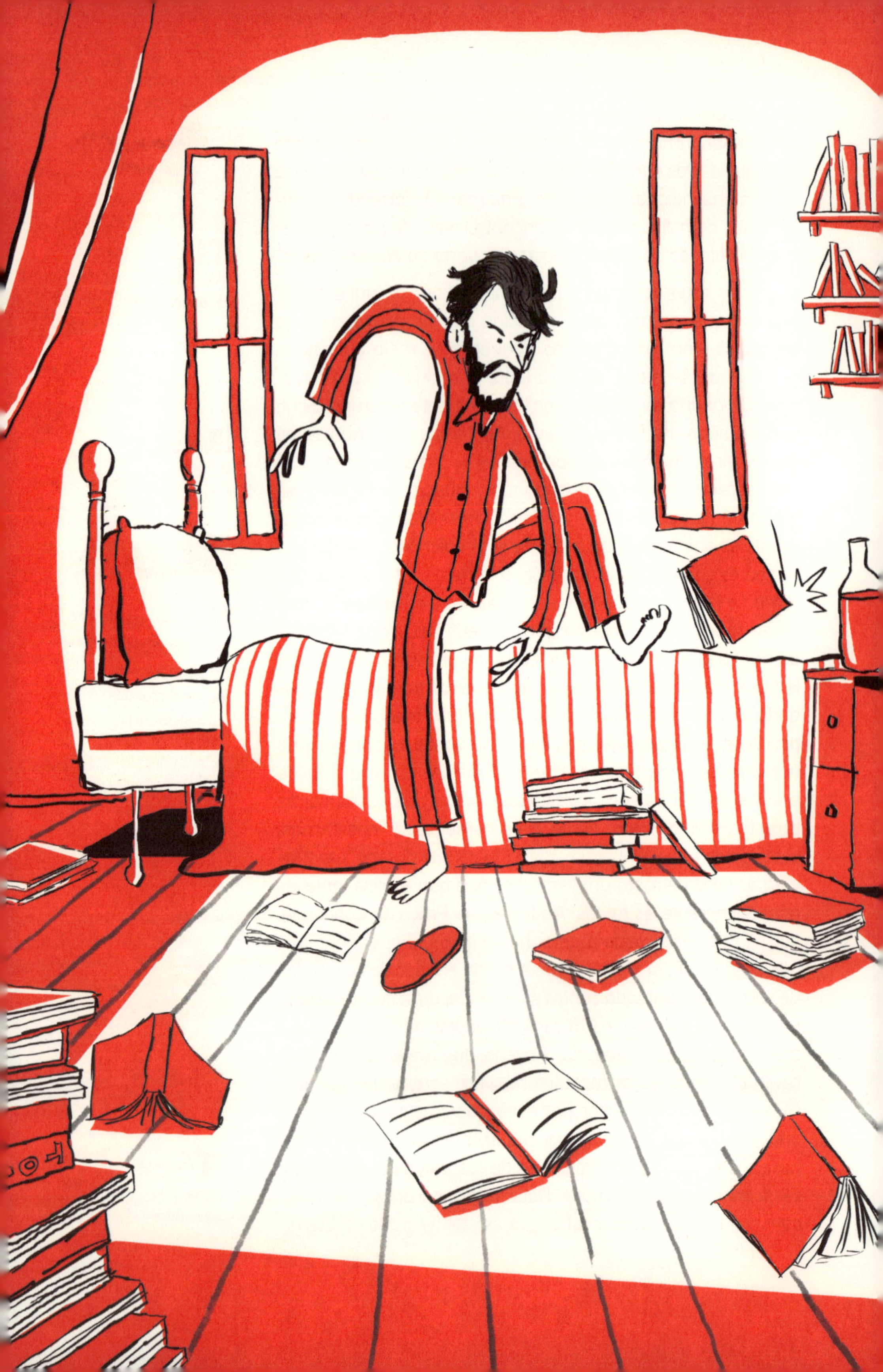

dade, aquele que não tem Manhã nem Tarde. Numa claridade que dele irradiava mais clara que todas as claridades, entre fundas estantes d'ouro abarrotadas de **códices**, sentado em **vetustíssimos** fólios, com os flocos das infinitas barbas espalhados por sobre **resmas** de folhetos, brochuras, **gazetas** e catálogos – o Altíssimo lia. A fronte superdivina que concebera o Mundo pousava sobre a mão superforte que o Mundo criara – e o Criador lia e sorria. Ousei, arrepiado de sagrado horror, espreitar por cima do seu ombro **coruscante**. O livro era brochado, de três francos... O Eterno lia **Voltaire**, numa edição barata, e sorria.

Uma porta faiscou e rangeu, como se alguém penetrasse no Paraíso. Pensei que um Santo novo chegara da Terra. Era Jacinto, com o charuto em brasa, um molho de cravos na lapela, **sobraçando** três livros amarelos que a Princesa de Carman lhe emprestara para ler!

Numa dessas ativas semanas, porém, a minha atenção subitamente se despegou deste interessante Jacinto. Hóspede do 202, conservava no 202 a minha mala e a minha roupa: e, acostado à bandeira do meu Príncipe, ainda ocasionalmente comia do seu caldeirão suntuoso. Mas a minha alma, a minha embrutecida alma, e o meu corpo, o meu embrutecido corpo, habitavam então na rua do Hélder, nº 16, quarto andar, porta à esquerda.

Descia eu uma tarde, numa **leda** paz de ideias e sensações, o Boulevard da Madalena, quando avistei, diante da Estação dos Ônibus, rondando no asfalto, num passo lento e felino, uma criatura seca, muito morena, quase tisnada, com dois fundos olhos taciturnos e tristes, e uma mata de cabelos amarelados, toda crespa e rebelde, sob o chapéu velho de plumas negras. Parei, como colhido por um repuxão nas entranhas. A criatura passou – no seu magro rondar de gata negra, sobre um beiral de telhado, ao luar de janeiro. Dous poços fundos não luzem mais negra e taciturnamente do que luziam os seus olhos taciturnos e negros. Não recordo (Deus louvado!) como rocei o seu vestido de seda, lustroso e ensebado nas pregas; nem como lhe rosnei uma súplica por entre

---

Códice: manuscrito antigo, clássico.

Vetusto: antigo, velho.

Resma: conjunto de quinhentas folhas de papel.

Gazeta: jornal.

Coruscante: brilhante, reluzente.

Voltaire é o nome artístico do escritor, pensador e ativista francês François-Marie Arouet, uma das principais figuras do Iluminismo, no século XVIII.

"Sobraçar" nada mais é do que meter debaixo do braço.

Ledo: alegre.

Gabinete: cômodo reservado.

Romeira: tipo de xale.

Côdea: crosta, casca.

os dentes que rangiam; nem como subimos ambos, morosamente e mais silenciosos que condenados, para um **gabinete** do Café Durand, safado e morno. Diante do espelho, a criatura, com a lentidão dum rito triste, tirou o chapéu e a **romeira** salpicada de vidrilhos. A seda puída do corpete esgarçava nos cotovelos agudos. E os seus cabelos eram imensos, duma dureza e espessura de juba brava, em dous tons amarelos, uns mais dourados, outros mais crestados, como a **côdea** de uma torta ao sair quente do forno.

Com um riso trêmulo, agarrei os seus dedos compridos e frios:

– E o nomezinho, hein?

Ela séria, quase grave:

– Madame Colombe, 16, rua do Hélder, quarto andar, porta à esquerda.

E eu (miserável Zé Fernandes!) também me senti muito sério, trespassado por uma emoção grave, como se nos envolvesse, naquela alcova de Café, a majestade dum Sacramento. À porta, empurrada levemente, o criado avançou a face nédia. Ordenei uma lagosta, pato com pimentões, e Borgonha. E foi somente ao findarmos o pato que me ergui, amarfanhando convulsamente o guardanapo, e a tremer lhe beijei a boca, todo a tremer, num beijo profundo e terrível, em que deixei a alma, entre saliva e gosto de pimentão! Depois, numa **tipoia** aberta, sob um bafo mole de leste e de trovoada, subimos a Avenida dos Campos Elísios. Em frente à grade do 202 murmurei, para a deslumbrar com o meu luxo: – "Moro ali, todo o ano!..." E como ao mirar o Palacete, debruçada, ela roçara a mata **fulva** do pelo crespo pela minha barba – berrei desesperadamente ao cocheiro que galopasse para a rua do Hélder, nº 16, quarto andar, porta à esquerda!

Amei aquela criatura. Amei aquela criatura com Amor, com todos os Amores que estão no Amor, o Amor divino, o Amor humano, o Amor bestial, como Santo Antonino amava a Virgem, como Romeu amava Julieta, como um bode ama uma cabra. Era estúpida, era triste. Eu deliciosamente apagava a minha alegria na cinza da sua tristeza; e com inefável gosto afundava a minha razão na densidade da sua estupidez.

Mais um tipo de carruagem.

É uma cor entre o louro e o ruivo.

Durante sete furiosas semanas perdi a consciência da minha personalidade de Zé Fernandes – Fernandes de Noronha e Sande, de Guiães! Ora se me afigurava ser um pedaço de cera que se derretia, com horrenda delícia, num forno rubro e rugidor; ora me parecia ser uma faminta fogueira onde flamejava, estalava e se consumia um molho de galhos secos. Desses dias de sublime sordidez só conservo a impressão duma alcova forrada de **cretones** sujos, duma bata de lã cor de lilás com **sutaches** negros, de vagas garrafas de cerveja no mármore dum lavatório, e dum corpo tisnado que rangia e tinha cabelos no peito. E também me resta a sensação de incessantemente e com arroubado deleite me despojar, arremessar para um regaço, que se cavava entre um ventre sumido e uns joelhos agudos, o meu relógio, os meus berloques, os meus anéis, os meus **botões de punho** de safira, e as cento e noventa e sete **libras de ouro** que eu trouxera de Guiães numa cinta de camurça. Do sólido, decoroso, bem fornecido Zé Fernandes, só restava uma carcaça errando através dum sonho, com as **gâmbias** moles e a barba a escorrer.

    Depois, uma tarde, trepando com a costumada gula a escada da rua do Hélder, encontrei a porta fechada – e arrancado da ombreira aquele cartão de *Madame Colombe* que eu lia sempre tão devotamente e que era a sua tabuleta... Tudo no meu ser tremeu como se o chão de Paris tremesse! Aquela era a porta do Mundo que ante mim se fechara! Para além es-

---

Cretone: tipo de tecido de linho.

Sutache é um enfeite de roupa em forma de trança pequena.

Botão de punho é o nome que os portugueses dão para as abotoaduras.

As libras de ouro são moedas do Reino Unido feitas em ouro 22 quilates.

Gâmbia: perna.

tavam as gentes, as cidades, a vida, Deus e Ela. E eu ficara sozinho, naquele patamar do Não-ser, fora da porta que se fechara, único ser fora do Mundo! Rolei pelos degraus, com o fragor e a incoerência duma pedra, até ao cubículo da porteira e do seu homem que jogavam as cartas em ditosa pachorra, como se tão pavoroso abalo não tivesse desmantelado o Universo!

– Madame Colombe?

A barbuda comadre recolheu lentamente a vaza:

– Já não mora... Abalou esta manhã, para outra terra, com outra porca!

Para outra terra! Com outra porca!... Vazio, negramente vazio de todo o pensar, de todo o sentir, de todo o querer – boiei aos tombos, como um tonel vazio, na corrente açodada do Boulevard, até que encalhei num banco da Praça da Madalena, onde tapei com as mãos, a que não sentia a febre, os olhos a que não sentia o pranto! Tarde, muito tarde, quando já se cerravam com estrondo as cortinas de ferro das lojas, surdiu, de entre todas estas confusas ruínas do meu ser, a eterna sobrevivente de todas as ruínas – a ideia de jantar. Penetrei no Durand, com os passos entorpecidos dum ressuscitado. E, numa recordação que m'escaldava a alma, encomendei a lagosta, o pato, o Borgonha! Mas ao alargar o colarinho, ensopado pelo ardor daquela tarde de julho, entre a poeira da Madalena, pensei com desconforto: – "Santíssimo Nome de Deus! Que imensa sede me fez esta desgraça!..." De manso acenei ao moço: – "Antes do Borgonha, uma garrafa de Champagne, com muito gelo, e um grande copo!..." Creio que aquele Champagne se engarrafara no Céu onde corre perenemente a fresca fonte da Consolação, e que na garrafa bendita que me coube penetrara, antes d'arrolhada, um jorro largo dessa fonte inefável. Jesus! que transcendente regalo, o daquele nobre copo, embaciado, nevado, a espumar, a picar, num brilho d'ouro! E depois, garrafa de Borgonha! E depois, garrafa de Cognac! E depois Hortelã-Pimenta granitada em gelo! E depois um desejo arquejante de espancar, com o meu rijo marmeleiro de Guiães, a porca que fugira com outra porca! Dentro da tipoia fechada, que me transportou num galope ao 202, não sufoquei este santo impulso, e com os meus punhos serranos atirei murros retumbantes contra as almofadas, onde *via*, furiosamente *via* a mata imensa de pelo amarelo, em que a minha alma uma tarde se perdera, e três meses se debatera, e para sempre se emporcalhara! Quando o fiacre estacou no 202 ainda eu espancava tão desesperadamente a besta ingrata, que, aos berros do cocheiro, dous moços acudiram e me **sustiveram**, recebendo pelos ombros, sobre as nucas servis, os restos cansados da minha cólera.

Em cima, repeli a solicitude do Grilo que tentava impor ao *siô* Zé Fernandes, a Zé Fernandes de Guiães, a imensa indignidade dum **chá de macela**! E estirado no leito de D. Galião, com as botas sobre o travesseiro, o chapéu alto sobre os olhos, ri, num doloroso riso, deste Mundo burlesco e sórdido de Jacintos e de Colombes! E de repente senti uma angústia horrenda. Era ela! Era a Madame Colombe, que esfuziara da chama da vela, e saltara sobre o meu leito, e desabotoara o meu colete, e arrombara as minhas costelas, e toda ela, com as saias sujas, mergulhara dentro do meu peito, e abocara o meu coração, e chupava a sorvos lentos, como na rua do Hélder, o sangue do meu coração! Então, certo da Morte, ganindo pela tia Vicência, pendi do leito para mergulhar na minha sepultura, que, através da névoa final, eu distinguia sobre o tapete – redondinha, vidrada, de porcelana e com asa. E, sobre a minha sepultura, que tão irreverentemente se assemelhava ao meu vaso, vomitei o Borgonha, vomitei o pato, vomitei a lagosta. Depois, num esforço ultra-humano, com um rugido, sentindo que, não somente toda a entranha, mas a alma se esvaziava toda, vomitei Madame Colombe! Recaí sobre o leito de D. Galião... Recarreguei o chapéu sobre os olhos para não sentir os raios do sol. Era um sol novo, um sol espiritual, que se erguia sobre a minha vida. E adormeci, como uma criancinha docemente embalada num berço de **verga** pelo Anjo da Guarda.

De manhã, lavei a pele num banho profundo, perfumado com todos os aromas do 202, desde folhas de **limonete** da Índia até essência de jasmim de França: e lavei a alma com uma rica carta da tia Vicência, em letra farta, contando da nossa casa, e da linda promessa das vinhas, e da compota de **ginja** que nunca lhe saíra tão fina, e da alegre fogueira do pátio em noite de S. João, e da menininha muito gorda e cabeluda que viera do Céu para a minha afilhada Joaninha. Depois, à janela, bem limpo de alma e de corpo, numa quin-

---

Suster: segurar, deter.

É o mesmo que chá de camomila e serve para acalmar.

Verga: vara.

Arbusto que exala um cheirinho gostoso de limão. É mais conhecido no Brasil como lúcia-lima.

Tipo de cereja, mais ácida que a cereja que conhecemos no Brasil.

Estardalho: mulher desajeitada, malvestida.

Sezão: febre.

Charco: poça de água suja.

🇹 Tortulho é um punhado de tripa seca reunida para a venda.

Embotar: fazer perder ou perder a força.

🇹 Se a pessoa é aguda, ela é atenta, esperta.

> Em 1709, John Churchill, duque de Marlborough, estava no comando dos britânicos na batalha de Malplaquet contra espanhóis e franceses. O duque saiu vitorioso, mas correu um boato de que ele havia morrido na peleja. A fake news virou até música e a letra de Malbrough s'en va-t-en guerre ("Marlbrough vai para a guerra") diz que o cara está morto e enterrado.

zena de sedinha branca, tomando chá de Naïpò, respirando os rosais do jardim revividos pela chuva da madrugada, considerei, em divertido pasmo, que, durante sete semanas, me emporcalhara, na rua do Hélder, com um **estardalho** muito magro e muito tisnado! E concluí que padecera duma longa **sezão**, sezão da carne, sezão da imaginação, apanhada num **charco** de Paris – nesses charcos que se formam através da Cidade com as águas mortas, os limos, os lixos, os **tortulhos** e os vermes duma Civilização que apodrece.

Então, curado, todo o meu espírito, como uma agulha para o Norte, se virou logo para o meu complicado Príncipe, que, nas derradeiras semanas da minha infecção sentimental, eu entrevira sempre descaído por cima de sofás, ou vagueando através da biblioteca entre os seus trinta mil volumes, com arrastados bocejos de inércia e de vacuidade. Eu, na minha pressa indigna, só lhe lançava um distraído – "que é isso?" Ele, no seu moroso desalento, só murmurava um seco – "é calor!"

E, nessa manhã da minha libertação, ao penetrar antes d'almoço no seu quarto, no sofá o encontrei enterrado, com o *Fígaro* aberto sobre a barriga, a Agenda caída sobre o tapete, toda a face envolta em sombra, e os pés abandonados, numa soberana tristeza, ao pedicuro que lhe polia as unhas. Decerto o meu olhar realumiado e repurificado, a brancura das minhas flanelas reproduzindo a quietação das minhas sensações, e a segura harmonia em que todo o meu ser visivelmente se movia, impressionaram o meu Príncipe – a quem a melancolia nunca **embotava a agudeza**. Ergueu molemente um braço mole:

– Então esse capricho?

Derramei sobre ele todo o fulgor dum riso vitorioso:

– Morto! E, como o snr. de **Malbrouck**, "morto e bem enterrado". Jaz! Ou antes, rola! Com efeito deve andar agora rolando por dentro do cano do esgoto!

Jacinto bocejou, murmurou:

– Este Zé Fernandes de Noronha e Sande!...

E, no meu nome, no meu digno nome assim embrulhado num bocejo com desprendida ironia, se resumiu todo o interesse daquele Príncipe pela suja tormenta em que se debatera o meu coração! Mas não me **melindrou** esse consumado egoísmo... Claramente percebia eu que o meu Jacinto atravessava uma densa névoa de tédio, tão densa, e ele tão afundado na sua mole densidade, que as glórias ou os tormentos dum camarada não o comoviam, como muito remotas, intangíveis, separadas da sua sensibilidade por imensas camadas de algodão. Pobre Príncipe da Grã-Ventura, tombado para o sofá de inércia, com os pés no regaço do pedicuro! Em que lodoso **fastio** caíra, depois de renovar tão bravamente todo o recheio mecânico e erudito do 202, na sua luta contra a Força e a Matéria! – E esse fastio não o escondeu mais do seu velho Zé Fernandes quando recomeçou entre nós a comunhão de vida e de alma a que eu tão torpemente me arrancara, uma tarde, diante da Estação dos Ônibus, no charco da Madalena!

Não eram certamente confissões enunciadas. O elegante e reservado Jacinto não torcia os braços, gemendo – "Ó vida maldita!" Eram apenas expressões saciadas; um gesto de repelir com rancor a importunidade das coisas; por vezes uma imobilidade determinada, de protesto, no fundo dum divã, de onde se não desenterrava, como para um repouso que desejasse eterno; depois os bocejos, os ocos bocejos com que sublinhava cada passo, continuado por fraqueza ou por dever iludível; e sobretudo aquele murmurar que se tornara perene e natural – "Para quê?" – "Não vale a pena!" – "Que maçada!..."

Uma noite no meu quarto, descalçando as botas, consultei o Grilo:

– Jacinto anda tão murcho, tão corcunda... Que será, Grilo?

O venerando preto declarou com uma certeza imensa:

– S. exca. sofre de fartura.

Era fartura! O meu Príncipe sentia abafadamente a fartura de Paris: – e na Cidade, na simbólica Cidade, fora de cuja vida culta e forte (como ele outrora gritava, iluminado)

Melindrar: ofender-se, magoar-se.

Fastio: tédio, enfado.

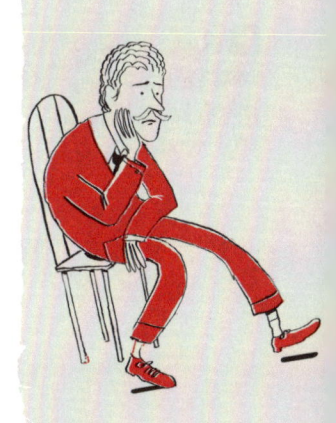

o homem do século XIX nunca poderia saborear plenamente a "delícia de viver", ele não encontrava agora forma de vida, espiritual ou social, que o interessasse, lhe valesse o esforço duma corrida curta numa tipoia fácil. Pobre Jacinto! Um jornal velho, setenta vezes relido desde a Crônica até aos Anúncios, com a tinta **delida**, as dobras roídas, não enfastiaria mais o Solitário, que só possuísse na sua Solidão esse alimento intelectual, do que o Parisianismo enfastiava o meu doce camarada! Se eu nesse verão capciosamente o arrastava a um Café-Concerto, ou ao festivo **Pavilhão d'Armenonville**, o meu bom Jacinto, colado pesadamente à cadeira, com um maravilhoso ramo de orquídeas na casaca, as finas mãos abatidas sobre o castão da bengala, conservava toda a noite uma gravidade tão **estafada**, que eu, compadecido, me erguia, o libertava, gozando a sua pressa em abalar, a sua fuga d'ave solta... Raramente (e então com veemente arranque como quem salta um fosso) descia a um dos seus Clubs, ao fundo dos Campos Elísios. Não se ocupara mais das suas Sociedades e Companhias, nem dos *Telefones de Constantinopla*, nem das *Religiões Esotéricas*, nem do *Bazar Espiritualista*, cujas cartas fechadas se amontoavam sobre a mesa d'ébano, de onde o Grilo as varria tristemente como o lixo duma vida finda. Também lentamente se despegava de todas as suas convivências. As páginas da Agenda cor-de-rosa murcha andavam desafogadas e brancas. E se ainda cedia a um passeio de **Mail-coach**, ou a um convite para algum Castelo amigo dos arredores de Paris, era tão arrastadamente, com um esforço tão saturado ao enfiar o paletó leve, que me lembrava sempre um homem, depois dum gordo jantar de província, a estalar, que, por polidez ou em obediência a um dogma, devesse ainda comer uma **lampreia de ovos**!

Jazer, jazer em casa, na segurança das portas bem cerradas e bem defendidas contra toda a intrusão do mundo, seria uma doçura para o meu Príncipe se o seu próprio 202, com todo aquele tremendo recheio de Civilização, não lhe desse uma sensação dolorosa de abafamento, de atulhamento! Julho escaldava: e os brocados, as alcatifas, tantos móveis roliços e fofos, todos os seus metais e todos os seus

---

Delido: esmaecido, desbotado.

Era um tipo de pousada para os ricos que iam caçar na área e que levava o sobrenome do dono do terreno. Mais tarde, o estabelecimento foi demolido, dando lugar a um restaurante frequentado pelos visitantes do parque de Boulogne. O nome antigo foi mantido.

A estafa é um cansaço enorme.

Tipo de carruagem desenvolvida para o correio inglês.

Sobremesa feita de gemas de ovos e que é moldada em uma forma com o formato do peixe.

livros, tão espessamente o oprimiam, que escancarava sem cessar as janelas para prolongar o espaço, a claridade, a frescura. Mas era então a poeira, suja e acre, rolada em bafos mornos, que o enfurecia:

– Oh, este pó da Cidade!

– Mas, oh Jacinto, por que não vamos para **Fontainebleau**, ou para **Montmorency**, ou...

– Para o campo? O quê! Para o campo?!

E na sua face enrugada, através deste berro, lampejava sempre tanta indignação, que eu curvava os ombros, humilde, no arrependimento de ter afrontosamente ultrajado o Príncipe que tanto amava. Desventurado Príncipe! Com o seu dourado **cigarro d'Yaka** a fumegar, errava então pelas salas, lenta e murchamente, como quem vaga em terra alheia sem afeições e sem ocupações. Esses desafeiçoados e desocupados passos monotonamente o traziam ao seu centro, ao gabinete verde, à Biblioteca d'ébano, onde acumulara Civilização nas máximas proporções para gozar nas máximas proporções a delícia de viver. Espalhava em torno um olhar farto. Nenhuma curiosidade ou interesse lhe solicitavam as mãos, enterradas nas algibeiras das pantalonas de seda, numa inércia de derrota. Anulado, bocejava com **descorçoada** moleza. E nada mais intrusivo e doloroso do que este supremo homem do século XIX, no meio de todos os aparelhos reforçadores dos seus órgãos, e de todos os fios que disciplinavam ao seu serviço as Forças Universais, e dos seus trinta mil volumes repletos de saber dos séculos – estacando, com as mãos derrotadas no fundo das algibeiras, e exprimindo, na face e na indecisão mole dum bocejo, o embaraço de viver!

No século XIX, a floresta de Fontainebleau era a queridinha de pintores, fotógrafos, escritores e poetas. Eles amavam tanto o lugar que, em 1853, conseguiram fazer o bosque virar uma reserva artística.

A floresta de Montmorency era outro destino apreciado pelos parisienses. Um dos seus atrativos eram os divertidos passeios em burros.

O cigarro d'Yaka era um tipo de tabaco cultivado na Macedônia, país que faz fronteira com o norte da Grécia.

Descorçoado: desanimado.

VI

Todas as tardes, cultivando uma dessas intimidades que entre tudo o que cansa jamais cansam, Jacinto, às quatro horas, com regularidade devota, visitava Madame d'Oriol: – porque essa flor de Parisianismo permanecera em Paris, mesmo depois do Grand-Prix, a desbotar na calma e no cisco da Cidade. Numa dessas tardes, porém, o Telefone, ansiosamente repicado, avisou Jacinto de que a sua doce amiga jantava em Enghien com os Trèves. (Esses senhores gozavam o seu verão à beira do lago, numa casa toda branca e vestida de rosinhas brancas que pertencia a Efraim.)

Era um domingo silencioso, enevoado e macio, convidando às voluptuosidades da melancolia. E eu (no interesse da minha alma) sugeri a Jacinto que subíssemos à Basílica do *Sacré-Couer*, em construção nos altos de Montmartre.

– É uma seca, Zé Fernandes...

– Com mil demônios! Eu nunca vi a Basílica...

– Bem, bem! Vamos à Basílica, homem fatal de Noronha e Sande!

E por fim logo que começamos a penetrar, para além de S. Vicente de Paula, em bairros estreitos e íngremes, duma quietação de província, com muros velhos fechando **quintalejos** rústicos, mulheres despenteadas cosendo à soleira das portas, carriolas **desatreladas** descansando diante das **tascas**, galinhas soltas picando o lixo, **cueiros** molhados secando em canas – o meu fastidioso camarada sorriu àquela liberdade e singeleza das cousas.

A vitória parou em frente à larga rua de escadarias que trepa, cortando vielazinhas campestres, até à esplanada, onde, envolta em andaimes, se ergue a Basílica imensa. Em cada patamar barracas d'arraial devoto, forradas de paninho vermelho, transbordavam de Imagens, Bentinhos, Crucifixos, Corações de Jesus bordados a retrós, claros molhos de **Rosários**. Pelos cantos, velhas agachadas resmungavam a Ave-Maria. Dois padres desciam, tomando risonhamente uma pitada. Um sino lento tilintava na doçura cinzenta da tarde. E Jacinto murmurou, com agrado:

– É curioso!

Mas a Basílica em cima não nos interessou, abafada em tapumes e andaimes, toda branca e seca, de pedra muito nova, ainda sem alma. E Jacinto, por impulso bem Jacíntico, caminhou gulosamente para a borda do terraço, a contemplar Paris. Sob o céu cinzento, na planície cinzenta, a Cidade jazia, toda cinzenta, como uma vasta e grossa camada de caliça e telha. E, na sua imobilidade e na sua mudez, algum rolo de fumo, mais tênue e ralo que o fumear dum escombro mal apagado, era todo o vestígio visível da sua vida magnífica.

Então **chasqueei** risonhamente o meu Príncipe. Aí estava pois a Cidade, augusta criação da Humanidade! Ei-la aí, belo Jacinto! Sobre a crosta cinzenta da Terra – uma camada de caliça, apenas mais cinzenta! No entanto ainda momentos antes a deixáramos prodigiosamente viva, cheia dum povo forte, com todos os seus poderosos órgãos funcionando, abarrotada de riqueza, resplandecente de sapiência, na triunfal plenitude do seu orgulho, como Rainha do Mundo coroada de Graça. E agora eu e o belo Jacinto trepávamos a uma colina, espreitávamos, escutávamos – e de toda a estridente

---

Quintalejo: quintal pequeno.

Se está desatrelado é porque está sem cavalo ou outro animal puxador.

Em Portugal, "tasca" é uma taberna, um restaurante rústico.

Cueiro: fralda de pano.

Aqui "rosário" se refere ao objeto que também é chamado de "terço": um fio ou corrente com contas que serve para os devotos marcarem quantas Ave-Marias já rezaram.

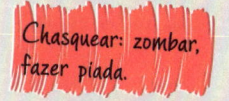

Chasquear: zombar, fazer piada.

e radiante Civilização da cidade não percebíamos nem um rumor nem um lampejo! E o 202, o soberbo 202, com os seus arames, os seus aparelhos, a pompa da sua Mecânica, os seus trinta mil livros? Sumido, esvaído na confusão de telha e cinza! Para este **esvaecimento** pois da obra humana, mal ela se contempla de cem metros de altura, **arqueja** o obreiro humano em tão angustioso esforço? Hein, Jacinto?... Onde estão os teus Armazéns servidos por três mil **caixeiros**? E os Bancos em que retine o ouro universal? E as Bibliotecas atulhadas com o saber dos séculos? Tudo se fundiu numa **nódoa** parda que suja a Terra. Aos **olhos piscos** de um Zé Fernandes, logo que ele suba, fumando o seu cigarro, a uma arredada colina – a sublime edificação dos Tempos não é mais que um silencioso monturo da espessura e da cor do pó final. O que será então aos olhos de Deus!

E ante estes clamores, lançados com afável malícia para espicaçar o meu Príncipe, ele murmurou, pensativo:

– Sim, é talvez tudo uma ilusão... E a Cidade a maior ilusão!

Tão facilmente vitorioso redobrei de facúndia. Certamente, meu Príncipe, uma Ilusão! E a mais amarga, porque o Homem pensa ter na Cidade a base de toda a sua grandeza e só nela tem a fonte de toda a sua miséria. Vê, Jacinto! Na Cidade perdeu ele a força e beleza harmoniosa do corpo, e se tornou esse ser ressequido e **escanifrado** ou obeso e afogado em **unto**, de ossos moles como trapos, de nervos trêmulos como arames, com **cangalhas**, com **chinós**, com dentaduras de chumbo, sem sangue, **sem febra**, sem viço, torto, corcunda – esse ser em que Deus, espantado, mal pode reconhecer o seu esbelto e rijo e nobre Adão! Na Cidade findou a sua liberdade moral: cada manhã ela lhe impõe uma necessidade, e cada necessidade o arremessa para uma dependência; pobre e subalterno, a sua vida é um constante solicitar, adular, vergar, rastejar, aturar; rico e superior como um Jacinto, a Sociedade logo o enreda em tradições, preceitos, etiquetas, cerimônias, praxes, ritos, serviços mais disciplinares que os dum cárcere ou dum quartel... A sua tranquilidade (bem tão alto que Deus com ele recompensa os Santos) onde está, meu Jacinto? Sumida para sempre, nessa batalha desespera-

---

Esvaecer: desfazer, dissipar.

Arquejar: ofegar.

Caixeiro: balconista.

Nódoa: mancha.

"Olhos piscos" são olhos míopes.

Escanifrado: magro.

Unto: banha de porco.

Animais de carga recebem uma armação de madeira (a cangalha) para transportar coisas.

Chinó: peruca.

Já vimos que "febra" é carne sem osso. Mas aqui o sentido é figurado. Então, "sem febra" é "sem força".

da pelo pão, ou pela fama, ou pelo poder, ou pelo gozo, ou pela fugidia rodela d'ouro! Alegria como a haverá na Cidade para esses milhões de seres que tumultuam na arquejante ocupação de *desejar* – e que, nunca fartando o desejo, incessantemente padecem de desilusão, desesperança ou derrota? Os sentimentos mais genuinamente humanos logo na Cidade se desumanizam! Vê, meu Jacinto! São como luzes que o áspero vento do viver social não deixa arder com serenidade e limpidez; e aqui abala e faz tremer; e além brutamente apaga; e adiante obriga a flamejar com desnaturada violência. As amizades nunca passam d'alianças que o interesse, na hora inquieta da defesa ou na hora sôfrega do assalto, ata apressadamente com um cordel apressado, e que estalam ao menor embate da rivalidade ou do orgulho. E o Amor, na Cidade, meu gentil Jacinto? Considera esses vastos armazéns com espelhos, onde a nobre carne d'Eva se vende, tarifada ao **arrátel**, como a de vaca! Contempla esse velho **Deus do Himeneu**, que circula trazendo em vez do ondeante facho da Paixão a apertada carteira do Dote! Espreita essa turba que foge dos largos caminhos assoalhados em que os Faunos amam as Ninfas na boa lei natural, e busca tristemente os recantos **lôbregos** de **Sodoma ou de Lesbos**!... Mas o que a cidade mais deteriora no homem é a Inteligência, porque ou lha **arregimenta** dentro da banalidade ou lha empurra para a extravagância. Nesta densa e pairante camada d'Ideias e Fórmulas que constitui a atmosfera mental das Cidades, o homem que a respira, nela envolto, só pensa todos os pensamentos já pensados, só exprime todas as expressões já exprimidas: – ou então, para se destacar na pardacenta e chata Rotina e trepar ao frágil andaime da gloríola, inventa num gemente esforço, inchando o crânio, uma novidade disforme que espante e que detenha a multidão como um monstrengo numa feira. Todos, intelectualmente, são carneiros, trilhando o mesmo trilho, **balando** o mesmo balido, com o focinho pendido para a poeira onde pisam, em fila,

8 Arrátel é uma medida de peso antiga, equivalente a 459 gramas (ou 1 libra).

8 Na mitologia grega, Himeneu é o deus do casamento e carrega uma tocha (um facho) que representa a paixão.

Lôbrego: escuro, sombrio.

Sodoma é uma cidade que aparece na Bíblia como sendo uma megacentral de sexo de todo tipo, inclusive de homem com homem (um tabu para a época). Já Lesbos é uma ilha grega, onde nasceu a poetisa Sapho, que escreveu vários poemas apaixonados e dirigidos a mulheres. Ao longo da história, as mulheres da ilha foram rotuladas de depravadas e "lésbicas", mas na época isso tinha outro sentido. O termo grego *lesbiazein* deriva de *lesbos*, significava "felação" e era usado para se referir às prostitutas.

Arregimentar: reunir, incorporar.

t O cachorro late. O cavalo relincha. O carneiro bale.

Com caretas (esgares) e cambalhotas (cabriolas).

O carvão mineral (também conhecido como hulha) foi a grande fonte de energia da indústria do século XIX. Mas, ao ser queimado, produzia uma fumaça escura que muitas vezes tapava o céu. Além disso, um subproduto da hulha, o alcatrão, era usado como selante ou protetor contra a água e exalava um cheiro forte. O alcatrão foi também, aos poucos, formando o primeiro asfalto das ruas.

Os "arames" aqui são os fios de telefone.

Histrião é um ator cômico.

Encanecido: velho.

Invectiva: discurso violento, insulto.

Hesíodo foi um poeta grego da Antiguidade.

O nome do lugar era Basílica do Sacré-Couer, ou seja, do sagrado coração, que na tradição cristã é o coração de Jesus.

Opróbrio: aquilo que desonra, degrada.

as pegadas pisadas; – e alguns são macacos, saltando no topo de mastros vistosos, **com esgares e cabriolas**. Assim, meu Jacinto, na Cidade, nesta criação tão antinatural onde o solo é de pau e feltro e **alcatrão**, e o **carvão** tapa o céu, e a gente vive acamada nos prédios como o paninho nas lojas, e a claridade vem pelos canos, e as mentiras se murmuram através d'**arames** – o homem aparece como uma criatura anti-humana, sem beleza, sem força, sem liberdade, sem riso, sem sentimento, e trazendo em si um espírito que é passivo como um escravo ou impudente como um **histrião**... E aqui tem o belo Jacinto o que é a bela Cidade!

E ante estas **encanecidas** e veneráveis **invectivas**, retumbadas pontualmente por todos os Moralistas bucólicos, desde **Hesíodo**, através dos séculos – o meu Príncipe vergou a nuca dócil, como se elas brotassem, inesperadas e frescas, duma Revelação superior, naqueles cimos de Montmartre:

– Sim, com efeito, a Cidade... É talvez uma ilusão perversa!

Insisti logo, com abundância, puxando os punhos, saboreando o meu fácil filosofar. E se ao menos essa ilusão da Cidade tornasse feliz a totalidade dos seres que a mantêm... Mas não! Só uma estreita e reluzente casta goza na Cidade os gozos especiais que ela cria. O resto, a escura, imensa plebe, só nela sofre, e com sofrimentos especiais que só nela existem! Deste terraço, junto a esta rica Basílica consagrada ao **Coração** que amou o Pobre e por ele sangrou, bem avistamos nós o lôbrego casario onde a plebe se curva sob esse antigo **opróbrio** de que nem Religiões, nem Filosofias, nem Morais, nem a sua própria força brutal a poderão jamais libertar! Aí jaz, espalhada pela Cidade, como esterco vil que fecunda a Cidade. Os séculos rolam; e sempre imutáveis farrapos lhe cobrem o corpo, e sempre debaixo deles, através do longo dia, os homens labutarão e as mulheres chorarão. E com este labor e este pranto dos pobres, meu Príncipe, se edifica a abundância da Cidade! Ei-la agora coberta de moradas em que eles se não abrigam;

armazenada de estofos, com que eles se não agasalham; abarrotada de alimentos, com que eles se não saciam! Para eles só a neve, quando a neve cai, e entorpece e sepulta as criancinhas aninhadas pelos bancos das praças ou sob os arcos das pontes de Paris... A neve cai, muda e branca na treva; as criancinhas gelam nos seus trapos; e a polícia, em torno, ronda atenta para que não seja perturbado o tépido sono daqueles que amam a neve, para patinar nos lagos do Bosque de Bolonha com peliças de três mil francos. Mas quê, meu Jacinto! a tua Civilização reclama insaciavelmente regalos e pompas, que só obterá, nesta amarga desarmonia social, se o Capital der Trabalho, por cada arquejante esforço, uma migalha ratinhada. Irremediável, é, pois, que incessantemente a plebe sirva, a plebe pene! A sua **esfalfada** miséria é a condição do esplendor sereno da Cidade. Se nas suas tigelas fumegasse a justa ração de caldo – não poderia aparecer nas baixelas de prata a luxuosa porção de *foie-gras* e túbaras que são o orgulho da Civilização. Há **andrajos em trapeiras** – para que as belas Madamas d'Oriol, resplandecentes de sedas e rendas, subam, em doce ondulação, a escadaria da Ópera. Há mãos **regeladas** que se estendem, e beiços sumidos que agradecem o **dom magnânimo dum *sou*** – para que os Efrains tenham dez milhões no Banco de França, se aqueçam à chama rica da lenha aromática, e **surtam** de colares de safiras as suas concubinas, netas dos Duques d'Atenas. E um povo chora de fome, e da fome dos seus pequeninos – para que os Jacintos, em janeiro, **debiquem**, bocejando, sobre pratos de Saxe, morangos gelados em Champagne e avivados dum fio d'éter!

– E eu comi dos teus morangos, Jacinto! Miseráveis, tu e eu!

Ele murmurou, desolado:

– É horrível, comemos desses morangos... E talvez por uma ilusão!

Pensativamente deixou a borda do terraço, como se a presença da Cidade, estendida na planície, fosse escandalosa. E caminhamos devagar, sob a moleza cinzenta da tarde, filosofando – considerando que para esta iniquidade não

Esfalfado: cansado.

Foie-gras é um patê feito de fígado de pato ou ganso.

Pessoas pobres (andrajos) vestindo trapos (trapeiras).

Regelado: congelado.

Ou seja, donativo muito generoso de um tostão, de uma moedinha.

"Surtar" aqui é agir num impulso.

Debicar: beliscar, comer aos pouquinhos.

havia cura humana, trazida pelo esforço humano. Ah, os Efrains, os Trèves, os vorazes e sombrios tubarões do mar humano, só abandonarão ou afrouxarão a exploração das Plebes, se uma influência celeste, por milagre novo, mais alto que os milagres velhos, lhes converter as almas! O burguês triunfa, muito forte, todo endurecido no pecado – e contra ele são impotentes os prantos dos Humanitários, os raciocínios dos Lógicos, as bombas dos Anarquistas. Para amolecer tão duro granito só uma doçura divina. Eis pois esperança da terra novamente posta num Messias!... Um decerto desceu outrora dos grandes Céus; e, para mostrar bem que mandado trazia, penetrou mansamente no mundo pela porta dum curral. Mas a sua passagem entre os homens foi tão curta! Um meigo sermão numa montanha, ao fim duma tarde meiga; uma repreensão moderada aos Fariseus que então redigiam o *Boulevard*; algumas **vergastadas** nos Efrains vendilhões; e logo, através da porta da morte, a fuga radiosa para o Paraíso! Esse adorável filho de Deus teve demasiada pressa em recolher a casa de seu Pai! E os homens a quem ele incumbira a continuação da sua obra, envolvidos logo pelas influências dos Efrains, dos Trèves, da gente do *Boulevard*, bem depressa esqueceram a lição da Montanha e do lago de **Tiberíade** – e eis que por seu turno revestem a púrpura, e são Bispos, e são Papas, e se aliam à opressão, e reinam com ela, e edificam a duração do seu Reino sobre a miséria dos sem-pão e dos sem-lar! Assim tem de ser recomeçada a obra da Redenção. **Jesus, ou Gautama, ou Cristna**, ou outro desses filhos que Deus por vezes escolhe no seio duma Virgem, nos quietos vergéis da Ásia, deverá novamente descer à terra de servidão. Virá ele, o desejado? Porventura já algum grave rei d'Oriente despertou, e olhou a estrela, e tomou a mirra nas suas mãos reais, e montou pensativamente sobre o seu dromedário? Já por esses arredores da dura Cidade, de noite, enquanto **Caifás e Madalena** ceiam lagosta no Paillard, andou um Anjo, atento, num voo lento, escolhendo um curral? Já de longe, sem moço que os tanja, na gostosa pressa dum divino encontro, vem trotando a vaca, trotando o burrinho?

– Tu sabes, Jacinto?

Vergastada: pancada com uma vara.

8 O lago de Tiberíades aparece várias vezes na Bíblia como mar da Galileia e fica no que é hoje Israel.

t Referência a várias religiões: cristianismo (Jesus), budismo (Sidarta Gautama) e hinduísmo (Krishna).

t Caifás foi quem presidiu a condenação de Jesus à morte. E Maria Madalena seguia Jesus por vários cantos.

Não, Jacinto não sabia – e queria acender o charuto. Forneci um fósforo ao meu Príncipe. Ainda rondamos no terraço, espalhando pelo ar outras ideias sólidas que no ar se desfaziam. Depois penetrávamos na Basílica – quando um Sacristão **nédio**, de **barrete** de veludo, cerrou fortemente a porta, e um Padre passou, enterrando na algibeira, com um cansado gesto final e como para sempre, o seu velho **Breviário**.

– Estou com uma sede, Jacinto... Foi esta tremenda Filosofia!

Descemos a escadaria, armada em arraial devoto. O meu pensativo camarada comprou uma imagem da Basílica. E saltávamos para a vitória, quando alguém gritou rijamente, numa surpresa:

– Eh Jacinto!

O meu Príncipe abriu os braços, também espantado:

– Eh Maurício!

E, num alvoroço, atravessou a rua, para um café, onde, sob o toldo de riscadinho, um robusto homem, de barba em bico, remexia o seu absinto, com o chapéu de palha descaído na nuca, a **quinzena** solta sobre a camisa de seda, sem gravata, como se descansasse num banco, entre as sombras do seu jardim.

E ambos, apertando as mãos, se admiravam daquele encontro, num domingo de verão, sobre as alturas de Montmartre.

– Ó! eu estou aqui no meu bairro! exclamava alegremente Maurício. Em família, em chinelos... Há três meses que subi para estes cimos da Verdade... Mas tu na Santa Colina, homem profano da planície e das ruas d'Israel!

O meu Príncipe mostrou o seu Zé Fernandes:

– Com este amigo, em peregrinação à Basílica... O meu amigo Fernandes Lorena... Maurício de Mayolle, velho camarada.

Mr. de Mayolle (que, pela face larga e nariz nobremente grosso, lembrava Francisco de Valois, Rei de França) ergueu o seu chapéu de palha. E empurrava uma cadeira,

Nédio: gordo, bem-nutrido.

Barrete.

Breviário é um livrinho de orações diárias.

Quinzena: tipo de paletó.

> Aldeola: aldeia pequena.

> 🅃 Bicharia é uma turma, uma galera.

> 🅃 Ou seja, o povo não se fixa em nada, é superficial, sem maturidade ou responsabilidade.

> O Anel do Nibelungo é uma ópera de dezesseis horas composta pelo alemão Richard Wagner entre 1848 e 1874. A obra é baseada na mitologia nórdica (ou, como Queirós diz, édica) e traz as três nornas, que são deusas do destino: Urd gerenciava o passado; Verdandi cuidava do presente; e Skuld dava as cartas do futuro. Dividida em quatro partes, a última é chamada "Crepúsculo dos deuses" ou "Ragnarök".

> 8 A Irmandade Pré-Rafaelita queria fugir da arte acadêmica e se inspirava em artistas de antes de Rafael (1483-1520).

> 8 Bartolomeo Montagna foi um pintor e arquiteto italiano do Renascimento.

> 8 Fra Angelico (ou Irmão Angélico) foi um pintor italiano dos anos 1400.

insistia que nos acomodássemos para um absinto ou para um *bock*.

— Toma um *bock*, Zé Fernandes! lembrou Jacinto. Tu estavas a ganir com sede!

Corri lentamente a língua sobre os beiços, mais secos que pergaminhos:

Estou a guardar esta sedezinha para logo, para jantar, com um vinhozinho gelado!

Maurício saudou, com silenciosa admiração, esta minha avisada malícia. E imediatamente, para o meu Príncipe:

— Há três anos que não te vejo, Jacinto... Como tem sido possível, neste Paris que é uma **aldeola** e que tu atravancas?

— A vida, Maurício, a espalhada vida... Com efeito! Há três anos, desde a casa dos Lamotte-Orcel. Tu ainda visitas esse santuário?

Maurício atirou um gesto desdenhoso e largo, que sacudia um mundo:

— Oh! Há mais dum ano que me separei dessa **bicharia** herética... Uma turba indisciplinada, meu Jacinto! **Nenhuma fixidez, um diletantismo estonteado**, carência completa e cômica de toda a base experimental... Quando tu ias aos Lamotte-Orcel, e à Parola do 37, e à *Cerveja ideal*, o que reinava?...

Jacinto catou lentamente as suas recordações por entre os pelos do bigode:

— Eu sei!... Reinava **Wagner** e a Mitologia Édica, e o Raganarock, e as Nornas... Muito **Pré-Rafaelismo** também, e **Montagna**, e **Fra-Angélico**... Em moral, o Renanismo.

Maurício sacudia os ombros. Oh, tudo isso pertencia a um passado arcaico, quase lacustre! Quando Madame de Lamotte-Orcel remobiliara a sala com veludos Morris, grossas alcachofras sobre tons d'açafrão, já o Renanismo passara, tão esquecido como o Cartesianismo...

— Tu ainda és do tempo do culto do *Eu*?

O meu Príncipe suspirou risonhamente:

— Ainda o cultivei.

— Pois bem! Logo depois foi o **Hartmanismo**, o Inconsciente. Depois o Nietzismo, o Feudalismo espiritual... Depois grassou o Tolstoísmo, um furor imenso de renunciamento **neocenobítico**. Ainda me lembro dum jantar em que apareceu um mostrengo dum eslavo, de guedelha sórdida, que atirava olhos medonhos para o decote da pobre condessa d'Arche, e que grunhia com o dedo espetado: – "Busquemos a luz, muito por baixo, no pó da terra!" – e à sobremesa bebemos à delícia da humildade e do trabalho servil, com aquele Champagne Marceaux granitado que a Matilde dava nos grandes dias em copos da forma do São Graal! Depois veio **Emersonismo**... Mas a praga cruel foi o **Ibsenismo**! Enfim, meu filho, uma Babel de Éticas e Estéticas. Paris parecia demente. Já havia uns desgarrados que tendiam para o Luciferismo. E amiguinhas nossas, coitadas, iam descambando

8 Karl Robert Eduard von Hartmann foi um filósofo alemão que em 1869 publicou o livro *Filosofia do inconsciente*.

t O cenobita é quem vive recluso como um monge.

8 O escritor e filósofo norte-americano Ralph Waldo Emerson era do movimento transcendentalista, que acreditava haver um estado espiritual ideal que transcendia o mundo físico.

8 Henrik Ibsen foi um dramaturgo norueguês que acreditava que o indivíduo valia mais que o coletivo.

> Mistura de coisas que não combinam.

> Os Monges Brancos têm esse nome porque usam batina branca. São da Ordem Cisterciense, que surgiu na França em 1098.

> Ruskin foi um escritor, pintor, crítico de arte e admirador da arquitetura que disseminou a ideia de conservação de prédios históricos.

para o Falismo, uma **moxinifada** místico-brejeira, pregada por aquele pobre La Carte que depois se fez **Monge Branco**, e que anda no Deserto... Um horror! E uma tarde, de repente, toda esta massa se precipita com ânsia para o Ruskinismo!

Eu, agarrado à bengala, bem fincada no chão, sentia como um vendaval que redemoinhava, me torcia o crânio! E até Jacinto balbuciou, esgazeado:

– O **Ruskinismo**?

– Sim, o velho Ruskin... John Ruskin!

O meu ditoso Príncipe compreendeu:

– Ah, Ruskin!... *As sete lâmpadas da Arquitetura, A Coroa de Oliveira Brava*... É o culto da Beleza!

– Sim! O culto da Beleza, confirmou Maurício. Mas a esse tempo eu, enjoado, já descera de todas nuvens vãs... Pisava um chão mais seguro, mais fértil.

Deu um sorvo lento ao absinto, cerrando as pálpebras. Jacinto esperava, com o seu fino nariz dilatado, como para respirar a Flor de Novidade que ia desabrochar:

– E então? então?...

Mas o outro murmurou, dispersamente, por entre reticências em que se velava:

– Vim para Montmartre... Tenho aqui um amigo, um homem de gênio, que percorreu toda a Índia... Viveu com os Toddas, esteve nos mosteiros de Garma-Khian e de Dashi-Lumbo, e estudou com Gegen-Chutu no retiro santo de Urga... Gegen-Chutu foi a décima sexta encarnação de Gautama, e era portanto um Boddi-sattva... Trabalhamos, procuramos... Não são visões. Mas fatos, experiências bem antigas, que vêm talvez desde os tempos de Cristna...

Através destes nomes, que exalavam um perfume triste de vetustos ritos, arredara a cadeira. E de pé, deixando cair sobre a mesa, distraidamente, para pagar o absinto, moedas de prata e moedas de cobre, murmurava com os olhos descansados em Jacinto, mas perdidos noutra visão:

– Por fim tudo se reduz ao supremo desenvolvimento da Vontade dentro da suprema pureza da Vida. É toda a ciência e força dos grandes mestres Hindus... Mas a pureza absoluta da vida, eis a luta, eis o obstáculo! Não basta mesmo o Deserto, nem o bosque do mais velho templo no alto Tibete... Ainda assim, meu Jacinto, já obtivemos resultados bem estranhos. Sabes as experiências de **Tyndall**, com as chamas sensitivas... O pobre químico, para demonstrar as vibrações do som, tocou quase às portas da verdade esotérica. Mas quê! homem de ciência, portanto homem d'estupidez, ficou aquém, entre as suas placas e suas retortas! Nós fomos além. Verificamos as *ondulações da Vontade!* Diante de nós, pela expansão da energia do meu companheiro, e em cadência com o seu mandado, uma chama, a três metros, ondulou, rastejou, despediu línguas ardentes, lambeu uma alta parede, rugiu furiosa e negra, resplandeceu direita e silenciosa, e bruscamente abatida em cinza morreu!

E o estranho homem, com o chapéu para a nuca, ficou imóvel, de braços abertos e os olhares esgazeados, como no renovado assombro e no transe daquele prodígio. Depois, recaindo no seu modo fácil e sereno, acendendo devagar um cigarro:

— Uma destas manhãs, Jacinto, apareço no 202, para almoçar contigo, e levo o meu amigo. Ele só come arroz, uma pouca de salada, e fruta. E conversamos... Tu tinhas um exemplar do **Sepher-Zerijah** e outro do *Targum d'Onkelus*. Preciso folhear esses livros.

Apertou a mão do meu Príncipe, saudou este assombrado Zé Fernandes, e serenamente seguiu pela quieta rua, com o chapéu de palha para a nuca, as mãos enterradas nas algibeiras, como um homem natural entre cousas naturais.

— Ó Jacinto! Quem é este bruxo? Conta!... Quem é ele, santíssimo nome de Deus?

Recostado na vitória, ajeitando o vinco das calças, o meu Príncipe contou, concisamente. Era um nobre e leal rapaz, muito rico, muito inteligente, da antiga casa soberana de Mayolle, descendente dos Duques de **Septimania**... E murmurou, através do costumado bocejo:

— O desenvolvimento supremo da vontade!... Teosofia, Budismo esotérico... Aspirações, decepções... Já experimentei... Uma maçada!

---

8 John Tyndall foi um físico irlandês que demonstrou como o fogo reagia aos sons – ele chamou o fenômeno de "chamas sensitivas".

t O *Sefer Yezirah* (Livro da Criação) é o texto mais antigo sobre esoterismo judaico.

t A Torá é o livro sagrado dos judeus e o Targum de Onkelus é uma versão desses textos em aramaico (língua antiga da Síria e Mesopotâmia).

8 A Septmania é uma região histórica, lá dos tempos dos visigodos, do que é hoje o sul da França.

O Hino da Carta (e carta aqui é a Carta Magna, ou seja, a Constituição) é um hino composto por dom Pedro I (que foi rei em Portugal com o nome de Pedro IV). A música foi o hino oficial de Portugal entre 1834 e 1910.

8 Vinho branco doce da cidade de Barsac, na França.

t Evian, cidade da França, já foi um balneário chique e sua água é muito apreciada até hoje.

t Bussang foi outro balneário, no nordeste da França, e sua água também era muito valorizada.

Atravessamos, calados, o rumor de Paris, sob a moleza abafada do crepúsculo de verão, para jantar no Bosque, no Pavilhão d'Armenoville, onde os Tziganes, avistando Jacinto, tocaram o **Hino da Carta** com paixão, com langor, numa cadência de *czarda* dolorosa e áspera.

E eu, desdobrando regaladamente o guardanapo:

– Pois venha agora para a minha rica sede esse vinhozinho gelado! Grandemente o mereço, caramba, que superiormente filosofei!... E creio que estabeleci definitivamente no espírito do snr. D. Jacinto o salutar horror da Cidade!

O meu Príncipe percorria, catando o bigode, a Lista dos Vinhos, enquanto o Copeiro, esperava com pensativa reverência:

– Mande gelar duas garrafas de champagne St. Marceaux... Mas antes, um **Barsac** velho, apenas refrescado... Água de **Evian**... Não, de **Bussang**! Bem, d'Evian e de Bussang! E, para começar, um *bock*.

Depois, bocejando, desabotoando lentamente a sobrecasaca cinzenta:

– Pois estou com vontade de construir uma casa nos cimos de Montmartre, com um miradouro no alto, todo de vidro e ferro, para descansar de tarde e dominar a Cidade...

VII

Julho findara com uma chuva refrescante e consoladora: – e eu pensava em realizar finalmente a minha **romagem** às cidades da Europa, sempre retardada, através da primavera, pelas surpresas do Mundo e da Carne. Mas, de repente, Jacinto começou a rogar e a reclamar que o seu Zé Fernandes o acompanhasse, todas as tardes, a casa de Madame d'Oriol! E eu compreendi que o meu Príncipe (à maneira do divino **Aquiles**, que, sob a tenda, e junto da branca, insípida e dócil Briseis, nunca dispensava Pátroclo) desejava ter, no retiro do Amor, a presença, o conforto e o socorro da amizade. Pobre Jacinto! Logo pela manhã combinava pelo telefone com Madame d'Oriol essa hora de quietação e doçura. E assim encontrávamos sempre a superfina Dama prevenida e solitária naquela sala da rua de Lisbonne, onde Jacinto e eu mal cabíamos, sufocávamos na confusão, entre os cestos de flores, e os ouros rocalhados, e os monstros do Japão, e a galante fragilidade

> Romagem: peregrinação, romaria.

> Na mitologia grega, Aquiles (aquele do calcanhar) era um herói guerreiro. Na Guerra de Troia, levou Briseis como escrava sexual, mas adorava mesmo era seu melhor amigo, Pátroclo – e ninguém sabe ao certo se eles eram ou não mais que só amigos.

8 A cidade francesa de Aubusson era famosa por fazer tapetes. Algumas vezes eles eram montados como painéis em estruturas tipo um biombo.

t A Marquesa de Pompadour foi amante do rei francês Louis XV e ditou moda no século XVIII. O tecido Pompadour era meio rosado e estampado com pequenas rosas.

t Doge é o nome do chefão das Repúblicas Marítimas Italianas – cidades com autonomia de governo, como era Veneza.

t Duas seções do jornal Le Figaro que eram tipo coluna social.

Lusco-fusco: ao cair do sol.

Pregas: rugas.

Mácula: marcas, mancha.

t Fazia uma caminha de pó de arroz na testa.

dos Saxes, e as peles de feras estiradas aos pés de sofás adormecedores, e os **biombos de Aubusson** formando alcovas favoráveis e lânguidas... Aninhada numa cadeira de bambu lacada de branco, entre almofadas aromatizadas de verbena da Índia, com um romance pousado no regaço, ela esperava o seu amigo, numa certa indolência passiva e mansa que me lembrava sempre o Oriente e um Harém. Mas, pelas frescas sedinhas **Pompadour**, parecia também uma marquesinha de Versalhes cansada do grande século; ou então, com brocados sombrios e largos cintos cravejados, era como uma veneziana, preparada para um **Doge**. A minha intrusão, na intimidade daquelas tardes, não a contrariava – antes lhe trazia um vassalo novo, com dous olhos novos para a contemplar. Eu era já o seu *cher Fernandez*!

E apenas descerrava os lábios avivados de vermelho, semelhantes a uma ferida fresca, e começava a chalrar – logo nos envolvia o burburinho e a murmuração de Paris. Ela só sabia chalrar sobre a sua pessoa que era o resumo da sua Classe, e sobre a sua existência que era o resumo do seu Paris: – e a sua existência, desde casada, consistira em ornar com suprema ciência o seu lindo corpo; entrar com perfeição numa sala e irradiar; remexer em estofos e conferenciar pensativamente com o grande costureiro; rolar pelo Bois pousada na sua vitória como uma imagem de cera; decotar e branquear o colo; debicar uma perna de galinhola em mesas de luxo; fender turbas ricas em bailes espessos; adormecer com a vaidade esfalfada; percorrer de manhã, tomando chocolate, os **"Ecos" e as "Festas"** do *Fígaro*; e de vez em quando murmurar para o marido – "Ah, és tu?..." Além disso, ao **lusco-fusco**, num sofá, alguns curtos suspiros, entre os braços d'alguém a quem era constante. Ao meu Príncipe, nesse ano, pertencia o sofá. E todos estes deveres de Cidade e de Casta os cumpria sorrindo. Tanto sorrira, desde casada, que já duas **pregas** lhe vincavam os cantos dos beiços, indelevelmente. Mas nem na alma, nem na pele, mostrava outras **máculas** de fadiga. A sua Agenda de Visitas continha mil e trezentos nomes, todos do Nobiliário. Através, porém, desta fulgurante sociabilidade arranjara no cérebro (onde decerto penetrara o pó d'arroz que desde o colégio **acamava** na testa) algumas Ideias Gerais. Em

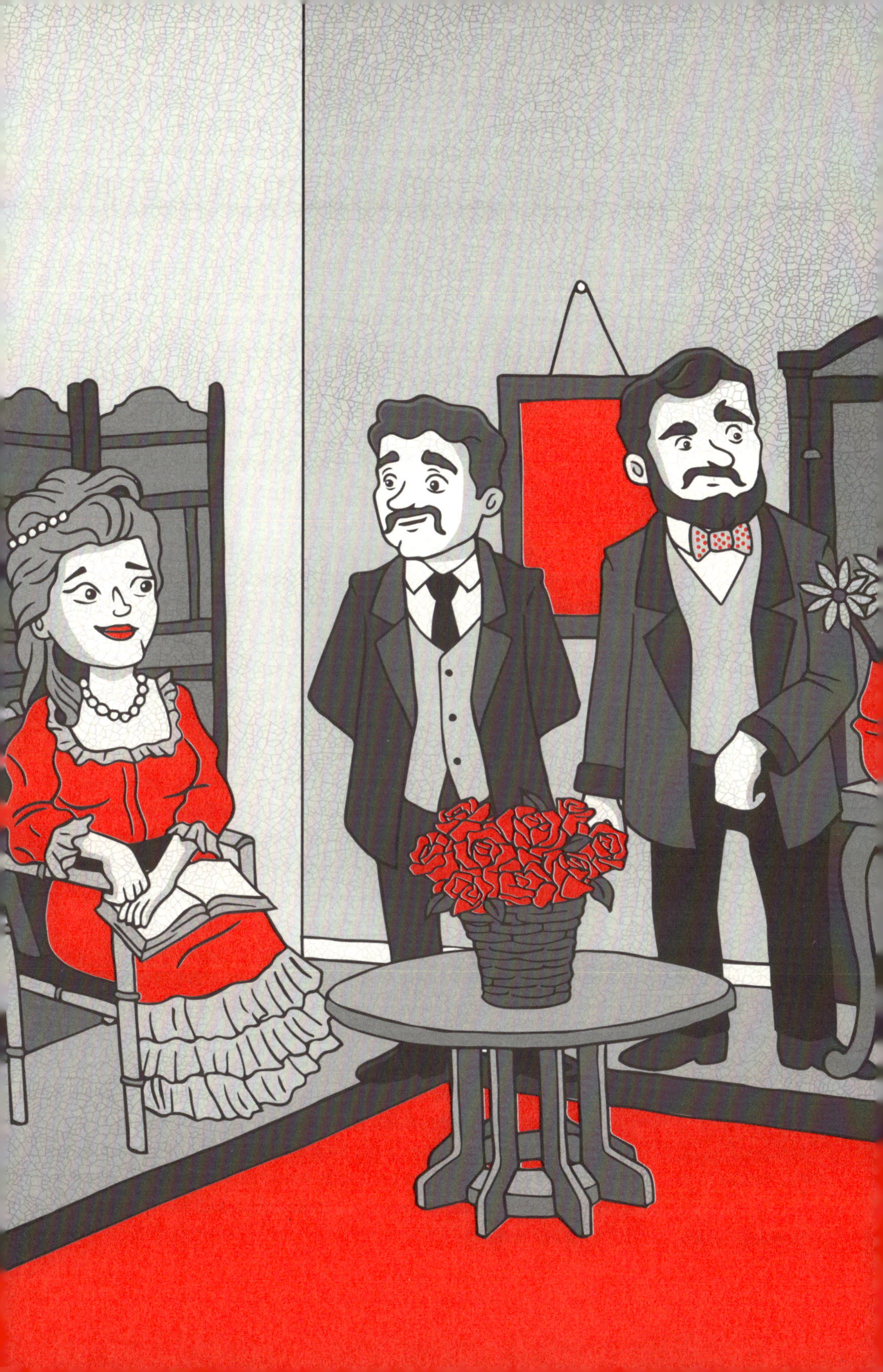

Política era pelos Príncipes; e todos os outros "horrores", a República, o Socialismo, a Democracia que se não lava, os sacudia risonhamente, com um bater de leque. Na Semana Santa juntava às rendas do chapéu a Coroa amarga dos espinhos – por serem esses, para a gente bem-nascida, dias de penitência e dor. E, diante de todo o Livro ou de todo o Quadro, sentia a emoção e formulava finamente o juízo, que no seu Mundo, e nessa Semana, fosse elegante formular e sentir. Tinha trinta anos. Nunca se embaraçara nos tormentos duma paixão. Marcava, com rígida regularidade, todas as suas despesas num Livro de Contas encadernado em pelúcia verde-mar. A sua religião íntima (e mais genuína do que a outra, que a levava todos os domingos à missa de S. Philippe du Roule) era a Ordem. No inverno, logo que na amável cidade começavam a morrer de frio, debaixo das pontes, criancinhas sem abrigo – ela preparava com comovido cuidado os seus vestidos de patinagem. E preparava também os de Caridade – porque era boa, e **concorria** para Bazares, Concertos e **Tômbolas**, quando fossem patrocinados pelas Duquesas do seu "rancho". Depois, na primavera, muito metodicamente, regateando, vendia a uma **adela** os vestidos e as capas de inverno. Paris admirava nela uma suprema flor de Parisianismo.

Pois respirando esta macia e fina flor passamos nós as tardes desse julho enquanto as outras flores pendiam e murchavam na calma e no pó. Mas, na intimidade do seu perfume, Jacinto não parecia encontrar esse contentamento d'alma, que entre tudo que cansa jamais cansa. Era já com a paciente lentidão com que se sobem todos os **Calvários**, os mais bem tapetados, que ele subia a escadaria de Madame d'Oriol, tão suave e orlada de tão frescas palmeiras. Quando a apetitosa criatura, com dedicação, para o entreter, desdobrava a sua vivacidade como um pavão desdobra a cauda, o meu pobre Príncipe puxava os pelos do bigode murcho, na murcha postura de quem, por uma manhã de maio, enquanto os melros cantam nas sebes, assiste, numa igreja negra, a um responso fúnebre por um Príncipe. E no beijo que ele **chuchurreava** sobre a mão da sua doce amiga, para despedir, havia sempre **alacridade** e alívio.

Concorrer: ajudar, contribuir.

Tômbola: rifa de caridade.

Adela é quem vende roupa e objetos usados.

Calvário é o morro onde Jesus teria sido crucificado. O termo também é usado como sinônimo de sofrimento.

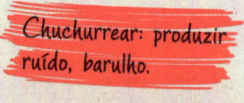

Chuchurrear: produzir ruído, barulho.

Alacridade: alegria.

Mas ao outro dia, ao começar da tarde, depois de errar através da Biblioteca e do Gabinete, puxando sem curiosidade a tira do telégrafo, atirando algum recado mole pelo telefone, espalhando o olhar desalentado sobre o saber imenso dos trinta mil livros, remexendo a colina dos Jornais e Revistas, terminava por me chamar, já com a preguiça triste da façanha a que se impelia:

— Vamos a casa de Madame d'Oriol, Zé Fernandes? Eu tinha marcadas para hoje seis ou sete coisas, mas não posso, é uma seca! Vamos a casa de Madame d'Oriol... Ao menos lá, às vezes, há um bocado de frescura e paz.

E foi numa dessas tardes, em que o meu Príncipe assim procurava desesperadamente um "bocado de frescura e paz", que encontramos, ao meio da escadaria suave, entre as palmeiras, o marido de Madame d'Oriol. Eu já o conhecia — porque Jacinto mo mostrara uma noite, no Grand Café, ceando com dançarinas do **Moulin Rouge**. Era um moço gordalhufo, indolente, de uma brancura crua de toucinho, com uma calvície já séria e já lustrosa, constantemente acariciada pelos seus gordos dedos carregados de anéis. Nessa tarde, porém, vinha vermelho, todo emocionado, calçando as luvas com **cólera**. Estacou diante de Jacinto — e sem mesmo lhe apertar a mão, atirando um gesto para o patamar:

— Visita lá acima? Vai achar a Joana em péssima disposição... Tivemos uma **cena**, e tremenda.

Deu outro puxão desesperado à luva cor de palha, já esgaçada:

— Estamos separados, cada um vive como lhe apetece, é excelente! Mas em tudo há medida e forma... Ela tem o meu nome, não posso consentir que em Paris, com conhecimento de todo o Paris, seja a amante do **trintanário**. Amantes da nossa roda, vá! Um lacaio, não!... Se quer dormir com os criados que emigre para o fundo da província, para a sua casa de **Corbelle**. E lá até com os animais!... Foi o que lhe disse! Ficou como uma fera.

O Moulin Rouge é um cabaré famoso de Paris inaugurado em 1889 e que fez muito sucesso com as dançarinas de cancã, que é uma dança em que as mulheres dão chutes altos, mostrando as pernas, o que na época era considerado indecente.

Cólera: raiva.

Cena: briga.

t Recepcionista de um hotel, que atende quem chega de carruagem.

8 Cidade no interior da França.

Sacudiu então a mão de Jacinto que "era da sua roda" – rebolou pela escadaria florida e nobre. O meu Príncipe, imóvel nos degraus, de face pendida, **cofiava** lentamente os fios pendidos do bigode. Depois, olhando para mim, como um ser saturado de tédio e em quem nenhum tédio novo pode caber:

– Já agora subamos, sim?

Parti então, com muita alegria, para a minha apetecida romagem às Cidades da Europa.

Ia viajar!... Viajei. Trinta e quatro vezes, à pressa, bufando, com todo o sangue na face, desfiz e refiz a mala. Onze vezes passei o dia num vagão, envolto em poeirada e fumo, sufocado, a arquejar, a escorrer de suor, saltando em cada estação para sorver desesperadamente limonadas mornas que me escangalhavam a entranha. Quatorze vezes subi **derreadamente**, atrás de um criado, a escadaria desconhecida dum Hotel; e espalhei o olhar incerto por um quarto desconhecido; e estranhei uma cama desconhecida, de onde me erguia, **estremunhado**, para pedir em línguas desconhecidas um café com leite que me sabia a fava, um banho de **tina** que me cheirava a lodo. Oito vezes travei bulhas abomináveis na rua com cocheiros que me espoliavam. Perdi uma chapeleira, quinze lenços, três ceroulas, e duas botas, uma branca, outra envernizada, ambas do pé direito. Em mais de trinta mesas-redondas esperei tristonhamente que me chegasse o ***bœuf-à-la-mode***, já frio, com molho coalhado – e que o copeiro me trouxesse a garrafa de Bordéus que eu provava e repelia com desditosa **carantonha**. Percorri, na fresca penumbra dos granitos e dos mármores, com pé respeitoso e abafado, vinte e nove Catedrais. Trilhei molemente, com uma dor surda na nuca, em quatorze museus, cento e quarenta salas revestidas até aos tetos de Cristos, heróis, santos, ninfas, princesas, batalhas, arquiteturas, verduras, nudezes, sombrias manchas de betume, tristezas das formas imóveis!... E o dia mais doce foi quando em Veneza, onde chovia desabaladamente, encontrei um velho inglês de penca flamejante que habitara

---

Cofiar: alisar.

Derrear: cansar, ficar abatido.

Acordar de repente, ainda meio sonolento.

Tina: vasilha grande.

Bife à moda da casa – preparado no estilo preferido do cozinheiro do restaurante.

Carantonha: careta.

o **Porto**, conhecera o Ricardo, o José Duarte, o Visconde do Bom Sucesso, e as Limas da Boa vista... Gastei seis mil francos. Tinha viajado.

Enfim, numa bendita manhã d'outubro, na primeira friagem e névoa d'outono, avistei com enternecido alvoroço as cortinas de seda ainda fechadas do meu 202! Afaguei o ombro do Porteiro. No patamar, onde encontrei o ar macio e tépido que deixara em Florença, apertei os ossos do Grilo excelente:

– E Jacinto?

O digno negro murmurou, de entre os altos, reluzentes colarinhos:

– S. exca. circula... Pesadote, fartote. Entrou tarde do baile da Duquesa de Loches. Era o contrato de casamento de Mademoiselle de Loches... Ainda tomou antes de se deitar um chá gelado... E disse a coçar a cabeça: "Eh! que maçada! Eh! que maçada!"

Depois do banho e do chocolate, às dez horas, consolado e quentinho dentro do roupão de veludo, rompi pelo quarto do meu Príncipe, de braços abertos e sedentos:

– Ó Jacinto!

– Ó viajante!...

Quando nos estreitamos, fartamente, eu recuei para lhe contemplar a face – e nela a alma. Encolhido numa quinzena de pano cor de malva orlada de peles de **marta**, com os pelos do bigode murchos, as suas duas rugas mais cavadas, uma moleza nos ombros largos, o meu amigo parecia já vergado sob o peso e a opressão e o terror do seu dia. Eu sorri, para que ele sorrisse:

– Valente Jacinto... Então como tens vivido?

Ele respondeu, muito serenamente:

– Como um morto.

Forcei uma gargalhada leve, como se o seu mal fosse leve:

– Aborrecidote, hein?

O meu Príncipe lançou, num gesto tão vencido, um *oh* tão cansado – que eu compadecido de novo o abracei, o es-

> **8** Importante cidade do norte de Portugal que deu origem ao nome do país – era Portus Cale, virou o Condado Portucalense e daí veio o nome Portugal.

> **t** Marta (ou fuinha) é um bicho pequeno, de pelo bonito, que foi muito utilizado na confecção de roupas.

treitei, como para lhe comunicar uma parte desta alegria sólida e pura que recebi do meu Deus!

Desde essa manhã, Jacinto começou a mostrar claramente, escancaradamente, ao seu Zé Fernandes, o tédio de que a existência o saturava. O seu cuidado realmente e o seu esforço consistiram então em sondar e formular esse tédio – na esperança de o vencer logo que lhe conhecesse bem a origem e a potência. E o meu pobre Jacinto reproduziu a comédia pouco divertida dum Melancólico que perpetuamente raciocina a sua Melancolia! Nesse raciocínio, ele partia sempre do fato irrecusável e maciço – que a sua vida especial de Jacinto continha todos os interesses e todas as facilidades, possíveis no século XIX, numa vida de homem que não é um Gênio, nem um Santo. Com efeito! Apesar do apetite embotado por doze anos de Champagnes e molhos ricos ele conservava a sua rijeza de pinheiro bravo; na luz da sua inteligência não aparecera nem tremor nem **morrão**; a boa terra de Portugal, e algumas Companhias maciças, pontualmente lhe forneciam a sua doce centena de contos; sempre ativas e sempre fiéis o cercavam as simpatias duma Cidade inconstante e chasqueadora; o 202 estourava de confortos; nenhuma amargura de coração o atormentava; – e todavia era um Triste. Por quê?... E daqui saltava, com certeza fulgurante, à conclusão de que a sua tristeza, esse cinzento **burel** em que a sua alma andava amortalhada, não provinha da sua individualidade de Jacinto – mas da Vida, do lamentável, do desastroso fato de Viver! E assim o saudável, intelectual, riquíssimo, bem acolhido Jacinto tombara no Pessimismo.

E um Pessimismo irritado! Porque (segundo afirmava) ele nascera para ser tão naturalmente otimista como um pardal ou um gato. E, até aos doze anos, enquanto fora um bicho superiormente amimado, com a sua pele sempre bem coberta, o seu prato sempre bem cheio, nunca sentira fadiga, ou melancolia, ou contrariedade, ou pena – e as lágrimas eram para ele tão incompreensíveis que lhe pareciam viciosas. Só quando crescera, e da animalidade penetrara na humanidade, despontara nele esse fermento de tristeza, muito tempo indesenvolvido no tumulto das primeiras curiosidades,

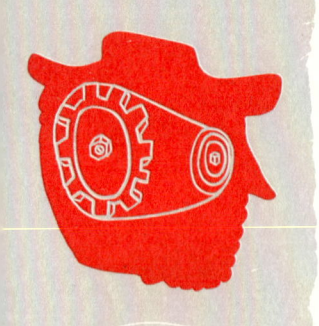

Tipo de inseto parasita que dá em árvores e acaba com elas.

Burel: luto.

e que depois alastrara, o invadira todo, se lhe tornara **consubstancial** e como o sangue das suas veias. Sofrer portanto era inseparável de Viver. Sofrimentos diferentes nos destinos diferentes da Vida. Na turba dos humanos é a angustiada luta pelo pão, pelo teto, pelo lume; numa casta, agitada por necessidades mais altas, é a amargura das desilusões, o mal da imaginação insatisfeita, o orgulho chocando contra obstáculo; nele, que tinha os bens todos e desejos nenhuns, era o tédio. Miséria do Corpo, tormento da Vontade, fastio da Inteligência – eis a Vida! E agora aos trinta e três anos a sua ocupação era bocejar, correr com os dedos desalentados a face pendida para nela palpar e apetecer a caveira.

Foi então que o meu Príncipe começou a ler apaixonadamente, desde o *Eclesiastes* até **Schopenhauer**, todos os líricos e todos os teóricos do Pessimismo. Nestas leituras encontrava a reconfortante comprovação de que o seu mal não era mesquinhamente "Jacíntico" – mas grandiosamente resultante duma Lei Universal. Já há quatro mil anos, na remota Jerusalém, a Vida, mesmo nas suas delícias mais triunfais, se resumia em Ilusão. Já o Rei incomparável, de sapiência divina, sumo Vencedor, sumo Edificador, se enfastiava, bocejava, entre os despojos das suas conquistas, e os mármores novos dos seus Templos, e as suas três mil concubinas, e as Rainhas que subiam do fundo da Etiópia para que ele as fecundasse e no seu ventre depusesse um Deus! Não há nada novo sob o Sol, e a eterna repetição das coisas é a eterna repetição dos males. Quanto mais se sabe mais se pena. E o justo como o perverso, nascidos do pó, em pó se tornam. Tudo tende ao pó efêmero, em Jerusalém e em Paris! E ele, obscuro no 202, padecia por ser homem e por viver – como no seu trono d'ouro, entre os seus quatro leões d'ouro, o filho magnífico de David.

Não se separava então do *Eclesiastes*. E circulava por Paris trazendo dentro do *coupé* **Salomão**, como irmão de dor, com quem repetia o grito desolado que é a suma da verdade humana – *Vanitas Vanitatum*! Tudo é Vaidade! Outras vezes, logo de manhã o encontrava estendido no sofá, num roupão de seda, absorvendo Schopenhauer – enquanto o pedicuro, ajoelhado sobre o tapete, lhe polia com respeito e perícia as unhas dos pés. Ao lado pousava a **chávena** de Saxe, cheia

---

Virou parte dele.

A Bíblia é dividida em vários livros. O *Eclesiastes* é um deles e discute o sentido da vida.

Arthur Schopenhauer (1788-1860) foi um filósofo que influenciou muito a psicologia e a literatura.

Ninguém sabe ao certo quem escreveu o *Eclesiastes*, mas há indícios de que talvez tenha sido Salomão.

Antigamente os portugueses chamavam a xícara como a gente. Lá pelas tantas, passaram a usar o termo "chávena".

A espaços: de quando em quando.

Refulgir: brilhar.

Coleção de biografias de imperadores romanos. A autoria é desconhecida, mas sabe-se que há uma dose de exagero aqui e ali na narrativa. Marco Aurélio, também conhecido por Heliogábalo, é retratado como um cara mal ao cubo, mas que dava uns festões de arrepiar.

Velário: espécie de toldo.

Ilharga: cintura.

8 Humanitarismo é uma doutrina que diz que é dever de todos promover e cuidar do bem-estar da humanidade.

t "Hospício" pode ser tanto um lugar para tratar doenças mentais como para hospedar idosos, pobres, doentes ou até animais abandonados.

t O teosofismo ou teosofia (em grego, theos é "deus" e sophia é "sabedoria") é um movimento espiritual que surgiu no século XIX.

desse café de Moca enviado por emires do Deserto, que não o contentava nunca, nem pela força, nem pelo aroma. **A espaços** pousava o livro no peito, resvalava um olhar compassivo para o pedicuro, como a procurar que dor o torturaria – pois que a todo o viver corresponde um sofrer. Decerto o remexer assim, perpetuamente, em pés alheios... E quando o pedicuro se erguia, Jacinto abria para ele um sorriso de confraternidade – com um "adeus, meu amigo" que era um "adeus, meu irmão!"

Esse foi o período esplêndido e soberbamente divertido do seu tédio. Jacinto encontrara enfim na vida uma ocupação grata – maldizer a Vida! E para que a pudesse maldizer em todas as suas formas, as mais ricas, as mais intelectuais, as mais puras, sobrecarregou a sua vida própria de novo luxo, de interesses novos d'espírito, e até de fervores humanitários, e até de curiosidades supernaturais.

O 202, nesse inverno, **refulgiu** de magnificência. Foi então que ele iniciou em Paris, repetindo Heliogábalo, os Festins de Cor contados na *História Augusta*: e ofereceu às suas amigas esse sublime jantar cor-de-rosa, em que tudo era róseo, as paredes, os móveis, as luzes, as louças, os cristais, os gelados, os Champagnes, e até (por uma invenção da Alta Cozinha) os peixes, e as carnes, e os legumes, que os escudeiros serviam, empoados de pó rosado, com librés da cor da rosa, enquanto do teto, dum **velário** de seda rosada, caíam pétalas frescas de rosas... A Cidade, deslumbrada, clamou: – "Bravo, Jacinto!" E o meu Príncipe, ao rematar a festa fulgurante, plantou diante de mim as mãos nas **ilhargas** e gritou triunfalmente: – "Hein? Que maçada!..."

Depois foi o **Humanitarismo**: e fundou um **Hospício** no campo, entre jardins, para velhinhos desamparados, outro para crianças débeis à beira do Mediterrâneo. Depois com o major Dorchas, e Mayolle, e o Hindu de Mayolle penetrou no **Teosofismo**: e montou tremendas experiências para verificar a misteriosa *exteriorização da motilidade*. Depois, desesperadamente, ligou o 202 com os fios telegráficos do

Times, para que no seu gabinete, como num coração, palpitasse toda a Vida Social da Europa.

E a cada um destes esforços da elegância, do humanitarismo, da sociabilidade, e da inteligência indagadora, voltara para mim, de braços alegres, com um grito vitorioso: – "Vês tu, Zé Fernandes? Uma maçada!" – Arrebatava então o seu *Eclesiastes*, o seu Schopenhauer, e, estendido no sofá, saboreava voluptuosamente a concordância da Doutrina e da Experiência. Possuía uma Fé – o Pessimismo: era um apóstolo rico e esforçado; e tudo tentava, com suntuosidade, para provar a verdade da sua Fé! Muito gozou nesse ano o meu desgraçado Príncipe!

No começo do inverno, porém, notei com inquietação que Jacinto já não folheava o *Eclesiastes*, desleixava Schopenhauer. Nem festas, nem Teosofismos, nem os seus Hospícios, nem os fios do *Times*, pareciam interessar agora o meu amigo, mesmo como demonstrações gloriosas da sua Crença. E a sua abominável função de novo se limitou a bocejar, a passar os dedos moles sobre a face pendida palpando a caveira. Incessantemente aludia à morte como a uma libertação. Uma tarde mesmo, no melancólico crepúsculo da Biblioteca, antes de refulgirem as luzes, consideravelmente me **aterrou**, falando num regelado de mortes rápidas, sem dor, pelo choque duma vasta pilha elétrica ou pela violência compassiva do ácido cianídrico. Diabo! O Pessimismo, que aparecera na Inteligência do meu Príncipe como um conceito elegante – atacara bruscamente a Vontade!

Todo o seu movimento então foi o dum boi inconsciente que marcha sob a **canga e o aguilhão**. Já não esperava da Vida contentamento – nem mesmo se lastimava que ela lhe trouxesse tédio ou pena. "Tudo é indiferente, Zé Fernandes!" E tão indiferentemente sairia à sua janela para receber uma Coroa Imperial oferecida por um Povo – como se estenderia numa poltrona rota para emudecer e jazer. Sendo tudo inútil, e não conduzindo senão a maior desilusão, que podia importar a mais rutilante atividade ou a mais desgostada inércia? O seu gesto constante, que me irritava, era encolher os ombros. Perante duas ideias, dois caminhos, dois pratos, encolhia os ombros! Que importava?... E no mínimo ato, raspar um fósforo ou

---

8 Jornal inglês fundado em 1785 – a famosa fonte Times New Roman foi uma criação deles em 1929.

Aterrar: causar medo, aterrorizar.

A canga é a peça de madeira que une os dois bois usados para puxar carga, e o aguilhão é uma vara utilizada para bater nos bois para fazê-los se moverem.

desdobrar um Jornal, punha uma morosidade tão desconsolada que todo ele parecia ligado, desde os dedos até à alma, pelas voltas apertadas duma corda que se não via e que o travava.

Muito desagradavelmente me recordo do dia dos seus anos, a 10 de janeiro. Cedo, de manhã, recebera, com uma carta de Madame de Trèves, um **açafate** de camélias, azaleias, orquídeas e lírios-do-vale. E foi este mimo que lhe recordou a data considerável. Soprou sobre as pétalas o fumo do cigarro e murmurou com um riso de lento escárnio:

— Então há trinta e quatro anos eu ando nesta maçada?

E como eu propunha que telefonássemos aos amigos para beberem no 202 o Champagne do "Natalício" – ele recusou, com o nariz enojado. Oh! Não! Que horrível seca!... E bradou mesmo para o Grilo:

— Eu hoje não estou em Paris para ninguém. Abalei para o campo, abalei para Marselha... Morri!

E a sua ironia não cessou até ao almoço perante os bilhetes, os telegramas, as cartas, que subiam, se arredondavam em colina sobre a mesa d'ébano, como um **preito** da Cidade. Outras flores que vieram, em vistosos cestos, com vistosos laços, foram por ele comparadas às que se depõem sobre uma tumba. E apenas se interessou um momento pelo presente de Efraim, uma engenhosa mesa, que se abaixava até ao tapete ou se alteava até ao teto – para quê, senhor Deus meu?

Depois do almoço, como chovia sombriamente, não arredamos do 202, com os pés estendidos ao lume, em preguiçoso silêncio. Eu terminara por adormecer beatificamente. Acordei aos passos açodados do Grilo... Jacinto, enterrado na poltrona, com umas tesouras, recortava um papel! E nunca eu me compadeci daquele amigo, que cansara a mocidade a acumular todas as noções formuladas desde Aristóteles e a juntar todos os inventos realizados desde Terâmenes, como nessa tarde de festa, em que ele, cercado de Civilização nas máximas proporções para gozar nas máximas proporções a delícia de viver, se encontrava reduzido, junto ao seu lar, a recortar papéis com uma tesoura!

Açafate: cesta sem alça.

Preito: homenagem, tributo.

O Grilo trazia um presente do Grão-Duque – uma caixa de prata, forrada de cedro, e cheia dum chá precioso, colhido, flor a flor, nas **veigas** de **Kiang-Sou** por mãos puras de virgens, e conduzido através da Ásia, em caravanas, com a veneração duma relíquia. Então, para despertar o nosso torpor, lembrei que tomássemos o divino chá – ocupação bem harmônica com a tarde triste, a chuva grossa alagando os vidros, e a clara chama bailando no fogão. Jacinto acendeu – e um escudeiro acercou logo a mesa de Efraim para que nós lhe estreássemos os serviços destros. Mas o meu Príncipe, depois de a altear, para meu espanto, até aos cristais do lustre, não conseguiu, apesar de uma suada e desesperada batalha com as molas, que a mesa regressasse a uma altura humana e caseira. E o escudeiro de novo a levou, levantada como um andaime, **quimérica**, unicamente aproveitável para o gigante **Adamastor**. Depois veio a caixa do chá entre chaleiras, **lâmpadas**, coadores, filtros, todo um fausto de alfaias de prata, que comunicavam a essa ocupação, tão simples e doce em casa de minha tia, *fazer chá*, a majestade dum rito. Prevenido pelo meu camarada da sublimidade daquele chá de Kiang-Sou, ergui a chávena aos lábios com reverência. Era uma infusão descorada que **sabia** a malva e a formiga. Jacinto provou, cuspiu, blasfemou... Não tomamos chá.

Ao cabo doutro pensativo silêncio, murmurei, com os olhos perdidos no lume:

– E as obras de Tormes? A igreja... Já haverá igreja nova?

Jacinto retomara o papel e a tesoura:

– Não sei... Não tornei a receber carta do Silvério... Nem imagino onde param os ossos... Que lúgubre história!

Depois chegou a hora das luzes e do jantar. Eu encomendara pelo Grilo ao nosso magistral cozinheiro uma larga travessa d'arroz-doce, com as iniciais de Jacinto e a data ditosa em canela, à moda amável da nossa meiga terra. E o meu Príncipe à mesa, percorrendo a lâmina de marfim onde no 202 se inscreviam os pratos a lápis vermelho, louvou com fervor a ideia patriarcal:

> Veiga é uma área cultivada e de terra boa, fértil.

> Kiang-Sou é uma província da China, tradicional produtora de chá.

> Quimérico: que não é real, fictício.

> Adamastor é um gigante da mitologia grega presente também em *Os Lusíadas*, de Luís de Camões.

> Essa lâmpada é um recipiente com óleo combustível onde boia um pedaço de madeira ou cortiça que leva um pavio para iluminar. Pode ser chamada de lâmpada a óleo, lâmpada de azeite, lamparina ou candeia.

> Traduzindo: que tinha o gosto de...

O pralinê tradicional é uma receita francesa, mas em Portugal é comum dizer "pralinado" quando algo foi só coberto com açúcar.

Acanalhado: desvirtuado, ridicularizado.

Tito Andrônico é uma das tragédias mais violentas de Shakespeare. Nela, pinta a frase em latim Ad manes fratrum, que é um brinde aos mortos queridos, aos irmãos.

Bátega é um pancadão bravo de chuva.

Mantéu: tipo de capa.

– Arroz-doce! Está escrito com dois *ss*, mas não tem dúvida... Excelente lembrança! Há que tempos não como arroz-doce!... Desde a morte da avó.

Mas quando o arroz-doce apareceu triunfalmente, que vexame! Era um prato monumental, de grande arte! O arroz, maciço, moldado em forma de pirâmide do Egito, emergia duma calda de cereja, e desaparecia sob os frutos secos que o revestiam até ao cimo onde se equilibrava uma coroa de Conde feita de chocolate e gomos de tangerina gelada! E as iniciais, a data, tão lindas e graves na canela ingênua, vinham traçadas nas bordas da travessa com violetas **pralinadas**! Repelimos, num mudo horror, o prato **acanalhado**. E Jacinto, erguendo o copo de Champagne, murmurou como num funeral pagão:

– **Ad Manes**, aos nossos mortos!

Recolhemos à Biblioteca, a tomar o café no conchego e alegria do lume. Fora, o vento bramava como num ermo serrano; e as vidraças tremiam, alagadas, sob as **bátegas** da chuva irada. Que dolorosa noite para os dez mil pobres que em Paris erram sem pão e sem lar! Na minha aldeia, entre cerro e vale, talvez assim rugisse a tormenta. Mas aí cada pobre, sob o abrigo da sua telha vã, com a sua panela atestada de couves, se agacha no seu **mantéu** ao calor da lareira. E para os que não tenham lenha ou couve, lá está o João das Quintãs, ou a tia Vicência, ou o abade, que conhecem todos os pobres pelos seus nomes, e com eles contam, como sendo dos seus, quando o carro vai ao mato e a fornada entra no forno. Ah Portugal pequenino, que ainda és doce aos pequeninos!

Suspirei, Jacinto preguiçava. E terminamos por remexer languidamente os jornais que o mordomo trouxera, num monte facundo, sobre uma **salva** de prata – jornais de Paris, jornais de Londres, Semanários, Magazines, Revistas, Ilustrações... Jacinto desdobrava, arremessava: das Revistas espreitava o sumário, logo farto; às Ilustrações rasgava as folhas com o dedo indiferente, bocejando por cima das gravuras. Depois, mais estirado para o lume:

– É uma seca... Não há que ler.

E de repente, revoltado contra este fastio opressor que o escravizava, saltou da poltrona com um arranque de quem despedaça algemas, e ficou ereto, dardejando em torno um olhar imperativo e duro, como se intimasse aquele seu 202, tão abarrotado de Civilização, a que por um momento sequer fornecesse à sua alma um interesse vivo, à sua vida um fugitivo gosto! Mas o 202 permaneceu insensível; nem uma luz, para o animar, avivou o seu brilho mudo: só as vidraças tremeram sob o embate mais rude de água e vento.

Então o meu Príncipe, sucumbido, arrastou os passos até ao seu gabinete, começou a percorrer todos os aparelhos completadores e facilitadores da Vida – o seu Telégrafo, o seu Telefone, o seu Fonógrafo, o seu **Radiômetro**, o seu Grafofono, o seu Microfono, a sua Máquina d'Escrever, a sua Máquina de Contar, a sua Imprensa Elétrica, a outra Magnética, todos os seus utensílios, todos os seus tubos, todos os seus fios... Assim um Suplicante percorre altares de onde espera socorro. E toda a sua suntuosa Mecânica se conservou rígida, reluzindo frigidamente, sem que uma roda girasse, nem uma lâmina vibrasse, para entreter o seu Senhor.

Só o relógio monumental, que marcava a hora de todas as capitais e o curso de todos os planetas, se compadeceu, batendo a meia-noite, anunciando ao meu amigo que mais

> Salva: bandeja.

> O radiômetro é usado hoje em estações meteorológicas para medir a radiação solar sobre uma superfície, mas nesta altura aqui ele era um aparelho em forma de lâmpada com umas pás por dentro. Quando a maquineta era exposta a qualquer fonte de luz, as pás giravam.

Concílio é uma reunião tipo assembleia.

Tumultuário: que faz confusão, bagunça.

Cidadela: fortaleza que protege uma cidade.

Quando as estantes de livros são muito altas, é comum ter escadas com rodinhas. "Rolou" aqui é fazer as rodinhas rolarem ao empurrar ou puxar a escada pelas estantes.

Se arrastando pelo chão.

um Dia partira levando o seu peso – diminuindo esse sombrio peso da Vida, sob que ele gemia, vergado. O Príncipe da Grã-Ventura, então, decidiu recolher para a cama – com um livro... E durante um momento, estacou no meio da Biblioteca, considerando os seus setenta mil volumes estabelecidos com pompa e majestade como Doutores num **Concílio** – depois as pilhas **tumultuárias** dos livros novos que esperavam pelos cantos, sobre o tapete, o repouso e a consagração das estantes d'ébano. Torcendo molemente o bigode caminhou por fim para a região dos Historiadores: espreitou séculos, farejou raças; pareceu atraído pelo esplendor do Império Bizantino; penetrou na Revolução Francesa de onde se arredou desencantado; e palpou com mão indeliberada toda a vasta Grécia desde a criação de Atenas até à aniquilação de Corinto. Mas bruscamente virou para a fila dos Poetas, que reluziam em marroquins claros, mostrando, sobre a lombada, em ouro, nos títulos fortes ou lânguidos, o interior das suas almas. Não apeteceu nenhuma dessas seis mil almas – e recuou, desconsolado, até aos Biólogos... Tão maciça e cerrada era a estante de Biologia que o meu pobre Jacinto estarreceu, como ante uma **cidadela** inacessível! **Rolou** a escada – e, fugindo, trepou, até às alturas da Astronomia: destacou astros, recolocou mundos; todo um Sistema Solar desabou com fragor. Aturdido, desceu, começou a procurar por sobre as rimas das obras novas, ainda brochadas, nas suas roupas leves de combate. Apanhava, folheava, arremessava: para desentulhar um volume, demolia uma torre de doutrinas; saltava por cima dos Problemas, pisava as Religiões; e relanceando uma linha, esgravatando além num índice, todos interrogava, de todos se desinteressava, rolando quase de **rastos**, nas grossas vagas de tomos que rolavam, sem se poder deter, na ânsia de encontrar um Livro! Parou então no meio da imensa nave, de cócoras, sem coragem, contemplando aqueles muros todos forrados, aquele chão todo alastrado, os seus setenta mil volumes – e, sem lhes provar a substância, já absolutamente saciado, abarrotado, nauseado pela opressão da sua abundância. Findou por voltar ao montão de jornais amarrotados, ergueu melancolicamente um velho *Diário de Notícias*, e com ele debaixo do braço subiu ao seu quarto, para dormir, para esquecer.

VIII

Ao fim desse Inverno escuro e pessimista, uma manhã que eu preguiçava na cama, sentindo através da vidraça cheia de sol ainda pálido um bafo de primavera ainda tímido – Jacinto assomou à porta do meu quarto, revestido de flanelas leves, duma alvura de **açucena**. Parou lentamente à beira dos colchões, e, com gravidade, como se anunciasse o seu casamento ou a sua morte, deixou desabar sobre mim esta declaração formidável:

– Zé Fernandes, vou partir para Tormes.

O pulo com que me sentei abalou o rijo leito de pau-preto do velho D. Galião:

– Para Tormes? Ó Jacinto, quem assassinaste?...

Deleitado com a minha emoção, o Príncipe da Grã-Ventura tirou da algibeira uma carta, e **encetou** estas linhas, já decerto relidas, fundamente estudadas:

– "Ilmo. e exmo. snr. – Tenho grande satisfação em comunicar a v. exca. que toda esta semana devem ficar prontas as obras da capela..."

f *Lilium candidum* é uma espécie de açucena.

Encetar: começar a gastar.

— É do Silvério? – exclamei.

— É do Silvério. "... as obras da capela nova. Os venerandos restos dos excelsos avós de v. exca., senhores de todo o meu respeito, podem pois ser em breve trasladados da igreja de S. José, onde têm estado depositados por bondade do nosso Abade, que muito se recomenda a v. exca.... Submisso, aguardo as prestantes ordens de v. exca. a respeito desta majestosa e aflitiva cerimônia..."

Atirei os braços, compreendendo:

— Ah! bem! Queres ir assistir à trasladação...

Jacinto sumiu a carta no bolso.

— Pois não te parece, Zé Fernandes? Não é por causa dos outros avós, que são vagos, e que eu não conheci. É por causa do avô Galião... Também não o conheci. Mas este 202 está cheio dele; tu estás deitado na cama dele; eu ainda uso o relógio dele. Não posso abandonar ao Silvério e aos caseiros o cuidado de o instalarem no seu jazigo novo. Há aqui um escrúpulo de decência, de elegância moral... Enfim, decidi. Apertei os punhos na cabeça, e gritei – *vou a Tormes!* E vou!... E tu vens!

Eu enfiara as chinelas, apertava os cordões do roupão:

— Mas tu sabes, meu bom Jacinto, que a casa de Tormes está inabitável...

Ele cravou em mim os olhos aterrados.

— Medonha, hein?

— Medonha, medonha, não... É uma bela casa, de bela pedra. Mas os caseiros, que lá vivem há trinta anos, dormem em catres, comem o caldo à lareira, e usam as salas para secar o milho. Creio que os únicos móveis de Tormes, se bem recordo, são um armário, e uma **espineta de charão**, coxa, já sem teclas.

O meu pobre Príncipe suspirou, com um gesto rendido em que se abandonava ao Destino:

— Acabou!... *Alea jacta est*! E como só partimos para abril, há tempo de pintar, d'assoalhar, d'envidraçar...

A espineta parece um piano, mas na verdade é prima das harpas e guitarras. Nela, a corda é puxada e não martelada, como é no piano. O nome deriva do italiano Giovanni Spinetti, que lá nos anos 1400 a fabricou. Já o charão é um tipo de verniz.

Dizem que ao se revoltar contra o Senado Romano, César disse essa frase, colocando suas tropas prontas para o combate: "Os dados (a sorte) estão lançados!".

Mando aqui de Paris tapetes e camas... Um estofador de Lisboa vai depois forrar e disfarçar algum buraco... Levamos livros, uma máquina para fabricar gelo... E é mesmo uma ocasião de pôr enfim numa das minhas casas de Portugal alguma decência e ordem. Pois não achas? E então essa! Uma casa que data de 1410... Ainda existia o **Império Bizantino**!

Eu espalhava, com o **pincel**, sobre a face, flocos lentos de sabão. O meu Príncipe acendeu muito pensativamente um cigarro; e não se arredou do toucador, considerando o meu preparo com uma atenção triste que me incomodava. Por fim, como se remoesse uma sentença minha, para lhe reter bem a moral e o suco:

– Então, definitivamente, Zé Fernandes, entendes que é um dever, um absoluto dever, ir eu a Tormes?

Afastei do espelho a cara ensaboada para encarar com divertido espanto o meu Príncipe:

– Ó Jacinto! foi ti, só em ti que nasceu a ideia desse dever! E honra te seja, menino... Não cedas a ninguém essa honra!

Ele atirou o cigarro – e, com as mãos enterradas nas algibeiras das pantalonas, vagou pelo quarto, topando nas cadeiras, embicando contra os postes torneados do velho leito de D. Galião, num balanço vago, com barco já desamarrado do seu seguro ancoradouro, e sem rumo no mar incerto. Depois encalhou sobre a mesa onde eu conservava enfileirada, por gradações de sentimentos, desde o **daguerreótipo** do papá até à fotografia do *Carocho* perdigueiro, a galeria da minha Família.

E nunca o meu Príncipe (que eu contemplava esticando os suspensórios) me pareceu tão corcovado, tão minguado, como gasto por uma lima que desde muito o andasse fundamente limando. Assim viera findar, desfeita em Civilização, naquele super-requintado magricelas sem músculo e sem energia, a raça fortíssima dos Jacintos! Esses guedelhudos Jacintões, que nas suas altas terras de

---

O Império Romano já estava com as pernas cambaleantes. Para tentar segurar a onda, resolveram dividir tudo em duas bandas. A de cá passou a ser o Império Romano do Ocidente e a de lá ficou como Império Romano do Oriente.

O Império Oriental ganhou vida própria. Sua capital foi Bizâncio, que o imperador Constantino reformou e rebatizou de Constantinopla. Hoje, ela é a cidade de Istambul, na Turquia, porque o Império Bizantino acabou justamente quando os turcos invadiram o pedaço em 1453, dando origem ao que conhecemos como Império Otomano.

Pincel é aquela escova de barbear, que espalha a espuma de sabão antes de se passar a lâmina.

Um dos primeiros recursos fotográficos, o daguerreótipo foi lançado por Louis Daguerre em 1839. Basicamente, ele gravava a imagem em uma placa de cobre com um banho de prata e levava dez minutos para obter uma imagem.

> Em Salado, na Espanha, rolou uma batalha pesada entre cristãos e mouros (muçulmanos) em 1340. Os portugueses estavam lá com os cristãos, que tiveram uma vitória histórica. Já em Valverde, também no país vizinho, os portugueses lutavam contra os espanhóis em 1385. Os lusitanos estavam em menor número, mas venceram, e o fato entrou para a lista de orgulhos de Portugal.

Tormes, de volta de **bater** o moiro no Salado ou o castelhano em Valverde, nem mesmo despiam as fuscas armaduras para lavrar as suas cãs e amarrar a vide ao olmo, edificando o Reino com a lança e com a enxada, ambas tão rudes e rijas! E agora, ali estava aquele último Jacinto, um Jacintículo, com a macia pele embebida em aromas, a curta alma enrodilhada em Filosofias, travado e suspirando baixinho na miúda indecisão de viver.

– Oh Zé Fernandes, quem é essa lavradeirona tão rechonchuda?

Estendi o pescoço para a fotografia que ele erguera de entre a minha galeria, no seu honroso caixilho de pelúcia escarlate:

– Mais respeito, snr. D. Jacinto... Um pouco mais de respeito, cavalheiro!... É minha prima Joaninha, de Sandofim, da Casa da Flor da Malva.

– Flor da Malva – murmurou o meu Príncipe. – É a Casa do Condestável, de Nun'Álvares.

– Flor da Rosa, homem! A Casa do Condestável era na Flor da Rosa, no Alentejo... Essa tua ignorância trapalhona das coisas de Portugal!

O meu Príncipe deixou escorregar molemente a fotografia da minha prima de entre os dedos moles – que levou à face, no seu gesto horrendo de palpar através da face a caveira. Depois, de repente, com um soberbo esforço, em que se endireitou e cresceu:

– Bem! *Alea jacta est!* Partamos pois para as serras!... E agora nem reflexão, nem descanso!... À obra! E a caminho!

Atirou a mão ao fecho dourado da porta como se fosse o negro loquete que abre os Destinos – e no corredor gritou pelo Grilo, com uma larga e açodada voz que eu nunca lhe conhecera, e me lembrou a dum Chefe ordenando, n'alvorada, que se levante o Acampamento, e que a Hoste marche, com pendões e bagagens...

Logo nessa manhã (com uma atividade em que eu reconheci a pressa enjoada de quem bebe **óleo de rícino**) escreveu ao Silvério mandando caiar, assoalhar, envidraçar o casarão.

Fusco: sombrio, sujo.

Pentear (lavrar) seus cabelos brancos (cãs).

Vide: corda feita de cipó.

Caixilho: moldura.

Nuno Álvares foi quem comandou os portugueses na batalha de Valverde, e era condestável, ou seja, o chefão do Exército.

Loquete: cadeado.

Hoste: exército.

O óleo de rícino é utilizado como laxante.

E depois do almoço apareceu na Biblioteca, chamado violentamente pelo telefone, para combinar a remessa de mobílias e confortos, o diretor da *Companhia Universal de Transportes*.

Era um homem que parecia o cartaz da sua Companhia, apertado num jaquetão de xadrezinho escuro, com **polainas de jornada** sobre botas brancas, uma sacola de marroquim a tiracolo, e na botoeira uma roseta multicor resumindo as suas condecorações exóticas de Madagáscar, de Nicarágua, da Pérsia, outras ainda, que provavam a universalidade dos seus serviços. Apenas Jacinto mencionou "Tormes, no Douro..." – ele logo, através dum sorriso superior, estendeu o braço, detendo outros esclarecimentos, na sua intimidade minuciosa com essas regiões.

> Um pano protetor da bota.

– Tormes... Perfeitamente! Perfeitamente!

Sobre o joelho, na carteira, escrevinhou uma fugidia nota – enquanto eu considerava, assombrado, a vastidão do seu saber **Corográfico**, assim familiar com os recantos duma serra de Portugal e com todos os seus velhos solares. Já ele atirara a carteira para o bolso... E "nós, seus caros senhores, não tínhamos senão a encaixotar as roupas, as mobílias, as preciosidades! Ele mandaria as suas carroças buscar os caixotes, a que poria, em grossa letra, com grossa tinta, o endereço..."

> Antigamente a geografia fazia a descrição da Terra como um todo e a corografia, em moda no século XIX, dedicava-se à descrição de regiões.

– Tormes, perfeitamente! Linha Norte-Espanha-Medina--Salamanca... Perfeitamente! Tormes... Muito pitoresco! E antigo, histórico! Perfeitamente, perfeitamente!

Desengonçou a cabeça numa **vênia** profundíssima – e saiu da Biblioteca, com passos que devoravam léguas, anunciavam a presteza dos seus Transportes.

> Vênia é um gesto que serve também como pedido de licença.

– Vê tu – murmurou Jacinto muito sério. – Que prontidão, que facilidade!... Em Portugal era uma tragédia. Não há senão Paris!

Começou então no 202 o colossal encaixotamento de todos os confortos necessários ao meu Príncipe para um mês de serra áspera – camas de pena, banheiras de níquel, lâmpadas **Carcel**, divãs profundos, cortinas para ve-

> Os primeiros candeeiros ou lamparinas apagavam toda hora. Mas em 1783, um físico suíço bolou um modelo que ganhou seu sobrenome Argand. Ele iluminva o equivalente a dez velas usando óleo de baleia e tinha uma proteção para a chama não apagar. Depois, o francês Carcel inventou uma bomba que garantia a utilização até da última gota do óleo (que era caro) e esse modelo virou o preferido das casas chiques do século XIX.

> Tremó: mesinha, aparador com espelho.

> Bocal: jarro de vidro.

> Heródoto é um grego da Antiguidade e foi o primeiro a escrever obras que podem ser consideradas livros de história, por isso é conhecido como o "pai da história". Grande parte do que escreveu fala das guerras travadas entre gregos e persas.

> A Bíblia do judaísmo é a Torá, mas os judeus do passado também seguiam uma série de ensinamentos e leis que eram transmitidos por tradição oral. Em algum momento resolveram botar tudo isso no papel, criando assim o Talmude.

> Ou seja, da Bolsa de Valores e dos amantes.

dar as gretas rudes, tapetes para amaciar os soalhos broncos. Os sótãos, onde se arrecadavam os pesados trastes do avô Galião, foram esvaziados – porque o casarão medieval de 1410 comportava os **tremós** românticos de 1830. De todos os armazéns de Paris chegavam cada manhã fardos, caixas, temerosos embrulhos que os embaladores desfaziam, atulhando os corredores de montes de palha e de papel pardo, onde os nossos passos açodados se enrodilhavam. O cozinheiro, esbaforido, organizava a remessa de fornalhas, geleiras, **bocais** de trufas, latas de conservas, bojudas garrafas de águas minerais. Jacinto, lembrando as trovoadas da serra, comprou um imenso para-raios. Desde o amanhecer, nos pátios, no jardim, se martelava, se pregava, com vasto fragor, como na construção duma cidade. E o desfilar das bagagens, através do portão, lembrava uma página de **Heródoto** contando a marcha dos Persas.

Das janelas, Jacinto, com o braço estendido, saboreava aquela atividade e aquela disciplina:

– Vê tu, Zé Fernandes, que facilidade!... Saímos do 202, chegamos à serra, encontramos o 202. Não há senão Paris!

Recomeçara a amar a Cidade, o meu Príncipe, enquanto preparava o seu êxodo. Depois de ter, toda a manhã, apressado os encaixotadores, descortinado confortos novos para o abandonado solar, telefonado gordas listas de encomendas a cada loja de Paris – era com delícia que se vestia, se perfumava, se floria, se enterrava na vitória ou saltava para a almofada do *phaéton*, e corria ao Bosque, e saudava a barba **talmúdica** do Efraim, e os bandós furiosamente negros de Vergame, e o Psicólogo de fiacre, e a condessa de Trèves na sua nova caleche de oito molas fornecida pelas operações conjuntas **da Bolsa e da alcova**. Depois arrebanhava amigos para jantares de surpresa no Voisin ou no Bignon, onde desdobrava o guardanapo com a impaciência duma fome alegre, vigiando fervorosamente que os Bordéus estivessem bem aquecidos e os

Champagnes bem **granitados**. E no teatro das Sèvres, no *Palais Royal*, nos *Buffos*, ria batendo na coxa, com encanecidas facécias d'encanecidas **farsas**, antiquíssimos trejeitos d'antiquíssimos atores, com que já rira na sua infância, antes da guerra, sob o segundo Napoleão!

De novo, em duas semanas, se abarrotaram as páginas da sua Agenda. A magnificência do seu traje, como imperador **Frederico II de Suábia**, deslumbrou, no baile mascarado da Princesa de Cravon-Rogan (onde também fui, de "moço de **forcado**"). E na *Associação para o Desenvolvimento das Religiões Esotéricas* discursou e batalhou bravamente pela construção dum Templo Budista de Montmartre!

Com espanto meu recomeçou também a conversar, como nos tempos de Escola, da "famosa Civilização nas suas máximas proporções". Mandou encaixotar o seu velho telescópio para o usar em Tormes. Receei mesmo que no seu espírito germinasse a ideia de criar, no cimo da serra, uma Cidade com todos os seus órgãos. Pelo menos não consentia o meu Jacinto que essas semanas da silvestre Tormes interrompessem a ilimitada acumulação das noções – porque uma manhã rompeu pelo meu quarto, desolado, gritando que entre tantos confortos e formas de Civilização esquecêramos os livros! Assim era – e que vexame para a nossa Intelectualidade! Mas que livros escolher entre os facundos milhares sob que vergava o 202? O meu Príncipe decidiu logo dedicar os seus dias serranos ao estudo da História Natural – e nós mesmos, imediatamente, deitamos para o fundo dum vasto caixote novo, como lastro, os vinte e cinco tomos de **Plínio**. Despejamos depois para dentro, às braçadas, Geologia, Mineralogia, Botânica... Espalhamos por cima uma camada aérea de Astronomia. E, para fixar bem no caixote estas Ciências oscilantes, entalamos em redor cunhas de Metafísica.

Mas quando a derradeira caixa, pregada e cintada de ferro, saiu do portão do 202 na derradeira carroça da *Companhia dos Transportes*, toda esta animação de Jacinto se abateu como a efervescência num copo de Champagne. Era em meados já tépidos de março. E de novo os seus desagradáveis bocejos atroaram o 202 e todos os sofás rangeram

---

Granitado: bem gelado.

8 Palais Royal é o teatro parisiense que no século XIX encenava principalmente peças divertidas e operetas.

t No teatro, a farsa é uma peça curta de humor com personagens caricatos e situações exageradas.

8 A Suábia é uma região da Alemanha. Frederico recebeu o título "de Suábia" do pai, mas herdou de fato o trono quando, aos quatro anos de idade, sua mãe morreu, dando-lhe o título de rei dos normandos da Sicília.

t Em uma espécie de tourada, as pessoas atiçavam o touro com um forcado, que era uma vara com uma forquilha na ponta.

8 O romano Plínio, o Velho, escreveu praticamente uma enciclopédia com 37 livros explicando matemática, física, geografia, etnografia, antropologia, fisiologia, botânica, veterinária e mineralogia.

sob o peso do corpo que ele lhe atirava para cima, mortalmente vencido pela fartura e pelo tédio, num desejo de repouso eterno, bem envolto de solidão e silêncio. Desesperei. O quê! Aturaria eu ainda aquele Príncipe palpando amargamente a caveira, e, quando o crepúsculo entristecia a Biblioteca, aludindo, num tom rouco, à doçura das mortes rápidas pela violência misericordiosa do ácido cianídrico? Ah não, caramba! E uma tarde em que o encontrei estirado sobre um divã, de braços em cruz, como se fosse a sua estátua de mármore sobre o seu jazigo de granito, positivamente o abanei com furor, berrando:

— Acorda, homem! Vamos para Tormes! O casarão deve estar pronto, a reluzir, a abarrotar de cousas! Os ossos de teus avós pedem repouso, em cova sua!... A caminho, a enterrar esses mortos, e a vivermos nós, os vivos!... Irra! São cinco de abril!... É o bom tempo da serra!

O meu Príncipe ressurgiu lentamente da inércia de pedra:

— O Silvério não me escreveu, nunca me escreveu... Mas, com efeito, deve estar tudo preparado... Já lá temos certamente criados, o cozinheiro de Lisboa... Eu só levo o Grilo, e o Anatole que enverniza bem o calçado, e tem jeito como pedicuro... Hoje é domingo.

Atirou os pés para o tapete, com heroísmo:

— Bem, partimos no sábado!... Avisa tu o Silvério!

Começou então o laborioso e pensativo estudo dos Horários – e o dedo magro de Jacinto, por sobre o mapa, avançando e recuando entre Paris e Tormes. Para escolher o "**salão**" que devíamos habitar durante a temida jornada, duas vezes percorremos o depósito da **Estação d'Orleãs**, atolados em lama, atrás do **Chefe do Tráfico** que entontecia. O meu Príncipe recusava este salão por causa da cor tristonha dos estofos; depois recusava aquele por causa da mesquinhez aflitiva do Water-Closet! Uma das suas inquietações era o banho, nas manhãs que passaríamos rolando. Sugeri uma banheira de borracha. Jacinto, indeciso, suspirava... Mas nada o aterrou como o **trasbordo** em **Medina del Campo**, de noite, nas trevas da Velha Castela. Debalde a Companhia do Norte de Espanha e a de Salamanca, por cartas, por telegramas,

---

Os ricos pagavam por um ou mais vagões (salões) de trem só para eles.

A Estação d'Orleãs foi construída em 1840, em Paris, mas mudou de nome. É agora a estação de Austerlitz.

Chefe do tráfico é o sujeito encarregado do vai e vem dos trens na estação.

Trasbordo: baldeação.

Medina del Campo é uma cidade da região de Castela e Leão, na Espanha.

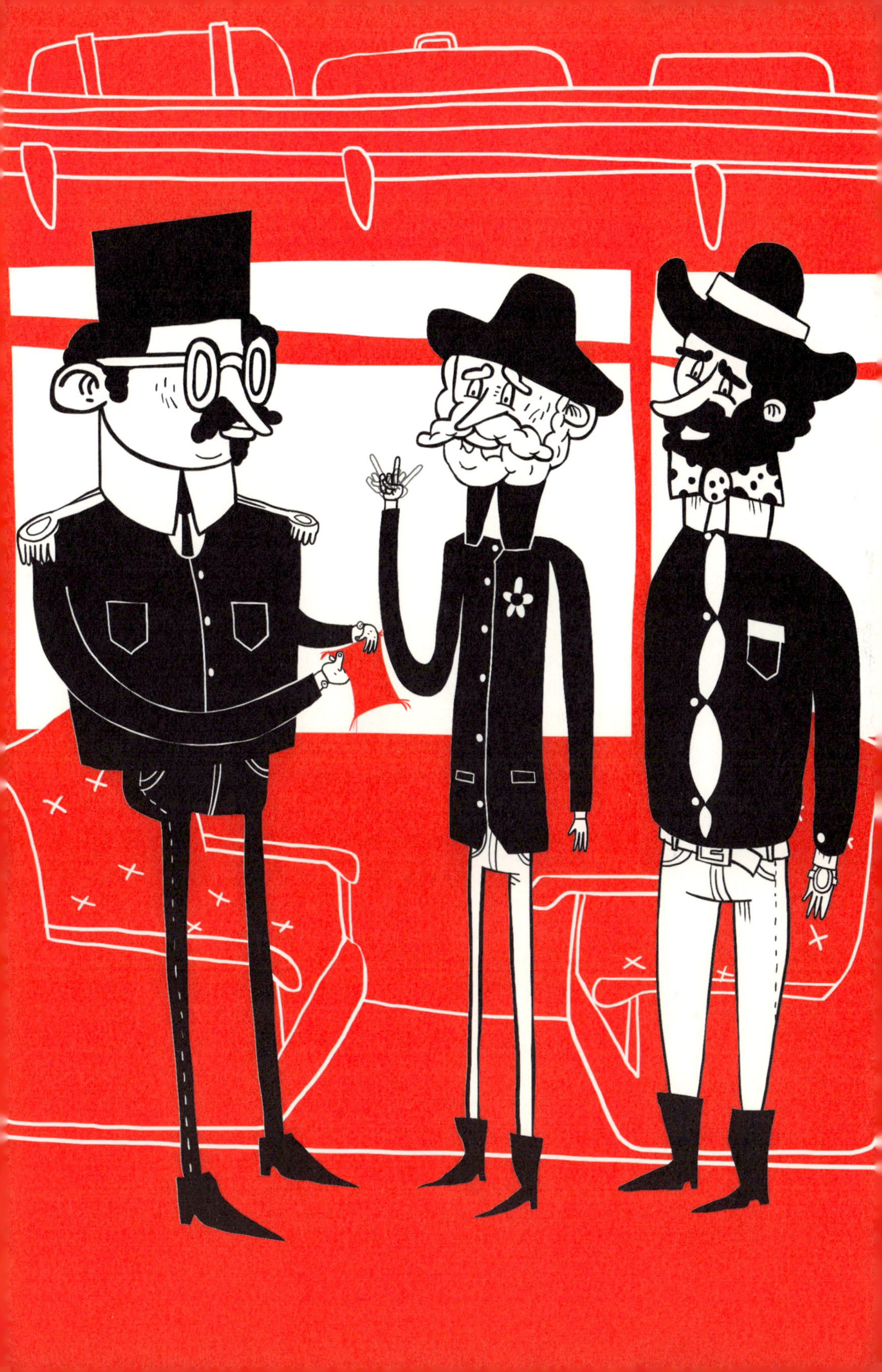

> Os portugueses chamam trem de comboio.

Destro: habilidoso, ágil.

> Traduzindo: "Meu repolhinho! Meu rato querido!". Os casais franceses usam o carinhoso apelido de repolhinho entre eles, mas pra gente virou chuchu!

Sempiterno: sem fim, para sempre.

> Sèvres é uma fábrica de porcelana tradicional da França, fundada em 1756, e que rivaliza com a porcelana fabricada em Saxe.

> A Minton produziu porcelana e azulejo e foi fundada em 1793. Prestigiosa, forneceu material para o Parlamento Inglês e para o Congresso dos Estados Unidos.

sossegaram o meu camarada, afirmando que, quando ele chegasse no **comboio** de Irun dentro do seu salão, já outro salão ligado ao comboio de Portugal esperaria, bem aquecido, bem alumiado, com uma ceia que lhe ofertava um dos Diretores, D. Esteban Castilho, ruidoso e rubicundo conviva do 202! Jacinto corria os dedos ansioso pela face: – "E os sacos, as peles, os livros, quem os transportaria do salão de Irun para o salão de Salamanca?" Eu berrava, desesperado, que os carregadores de Medina eram os mais rápidos, os mais **destros** de toda a Europa! Ele murmurava: – "Pois sim, mas em Espanha, de noite!..." A noite, longe da Cidade, sem telefone, sem luz elétrica, sem postos de polícia, parecia ao meu Príncipe povoada de surpresas e assaltos. Só acalmou depois de verificar no Observatório Astronômico, sob a garantia do sábio professor Bertrand, que a noite da nossa jornada era de lua cheia!

Enfim, na sexta-feira, findou a tremenda organização daquela viagem histórica! O sábado predestinado amanheceu com generoso sol, de afagadora doçura. E eu acabava de guardar na mala, embrulhadas em papel pardo, as fotografias das criaturinhas suaves que, nesses vinte e sete meses de Paris, me tinham chamado "**mon petit chou! mont rat cheri!**" – quando Jacinto rompeu pelo quarto, com um soberbo ramo de orquídeas na sobrecasaca, pálido e todo nervoso.

– Vamos ao Bosque, por despedida?

Fomos – à grande despedida! E que encanto! Até nas almofadas e molas da vitória senti logo uma elasticidade mais embaladora. Depois, pela Avenida do Bosque, quase me pesava não ficar **sempiternamente** rolando, ao trote rimado das éguas perfeitas, no rebrilho rico de metais e vernizes, sobre aquele macadame mais alisado que mármore, entre tão bem regadas flores e relvas de tão tentadora frescura, cruzando uma Humanidade fina, de elegância bem acabada, que almoçara o seu chocolate em porcelanas de **Sèvres** ou de **Minton**, saíra de entre sedas e tapetes de três mil francos, e respirava a beleza de abril com vagar, requinte e pensamentos ligeiros! O Bosque resplandecia numa harmonia de verde, azul e ouro.

Nenhuma cova ou terra solta desalisava as polidas aleias que a Arte traçou e enroscou na espessura – nenhum esgalho desgrenhado desmanchava as ondulações macias da folhagem que o Estado escova e lava. O piar das aves apenas se elevava para espalhar uma graça leve de vida alada; – e mais natural parecia, entre o arvoredo sociável, o ranger das selas novas, onde pousavam, com balanço esbelto, as amazonas espartilhadas pelo grande **Redfern**. Em frente ao Pavilhão de Armenonville cruzamos Madame de Trèves, que nos envolveu ambos na carícia do seu sorriso, mais avivado àquela hora pelo **vermelhão ainda úmido**. Logo atrás a barba talmúdica de Efraim negrejou, fresca também da brilhantina da manhã, no alto dum *phaéton* tilintante. Outros amigos de Jacinto circulavam nas Acácias – e as mãos que lhe acenavam, lentas e afáveis, calçavam luvas frescas cor de palha, cor de pérola, cor de lilás. Todelle relampejou rente de nós sobre uma grande bicicleta. Dornan, alastrado numa cadeira de ferro, sob um espinheiro em flor, mamava o seu imenso charuto, como perdido na busca de rimas sensuais e nédias. Adiante foi o Psicólogo, que nos não avistou, conversando com um requebro melancólico para dentro dum *coupé* que rescendia a alcova, e a que um cocheiro obeso imprimia dignidade e decência. E rolávamos ainda, quando o Duque de Marizac, a cavalo, ergueu a bengala, estacou a nossa vitória para perguntar a Jacinto se aparecia à noite nos **"quadros vivos"** dos Verghanes. O meu Príncipe rosnou um – "não, parto para o sul..." – que mal lhe passou de entre os bigodes murchos... e Marizac lamentou – porque era uma festa estupenda. Quadros vivos da História Sagrada e da História Romana!... Madame Verghane, de Madalena, de braços nus, peitos nus, pernas nuas, limpando com os cabelos os pés do Cristo! – O Cristo, um **latagão** soberbo, parente dos Trèves, empregado no Ministério da Guerra, gemendo, derreado, sob uma cruz de papelão! Havia também Lucrécia na cama, e **Tarquínio** ao lado, de punhal, a puxar os lençóis! E depois ceia, em mesas soltas, todos nos seus trajes históricos. Ele já estava aparceirado com Madame de Malbe, que era

---

Em 1871, o alfaiate britânico John Redfern criou roupas para mulheres praticarem equitação, tênis e vela. As peças fizeram tanto sucesso que passaram a usá-las até em ocasiões mais chiques.

Traduzindo: estava suada e com as bochechas rosadas.

Uma moda na época era o tableau vivant (quadro vivo) em que um grupo posava como se fosse uma foto ou pintura.

Latagão: homem alto, vigoroso.

Lúcio Tarquínio Soberbo, rei de Roma, estava lutando fora da cidade. Seu filho, Sexto Tarquínio, estuprou Lucrécia, uma nobre do Império, que contou pra todo mundo e depois se matou. A aristocracia aproveitou o bafafá para expulsar a família do rei, dando fim à monarquia e começando a República Romana.

> Agripina era a mãe do imperador romano Nero e controlava de perto o filho até que ele teve um caso com Cláudia – uma figura que ela detestava. Mãe e filho brigaram feio. Ele a expulsou do palácio e a perseguiu até matá-la.

Agripina! Quadro portentoso esse – Agripina morta, quando Nero a vem contemplar e lhe estuda as formas, admirando umas, desdenhando outras como imperfeitas. Mas, por polidez, ficara combinado que Nero admiraria sem reserva todas as formas de Madame de Malbe... Enfim colossal, e estupendamente instrutivo!

Acenamos um longo adeus àquele alegre Marizac. E recolhemos sem que Jacinto emergisse do silêncio enrugado em que se abismara, com os braços rigidamente cruzados, como remoendo pensamentos decisivos e fortes. Depois, em frente ao Arco do Triunfo, moveu a cabeça, murmurou:

– É muito grave deixar a Europa!

> O que chamamos de ônibus, os portugueses chamam de autocarro. Ônibus para eles, naquela época, era uma grande carroça pública para várias pessoas.

Enfim, partimos! Sob a doçura do crepúsculo que se enublara, deixamos o 202. O Grilo e o Anatole seguiam num fiacre atulhado de livros, de estojos, de paletós, de impermeáveis, de travesseiras, de águas minerais, de sacos de couro, de rolos de mantas; e mais atrás um **ônibus** rangia sob a carga de vinte e três rolos de mantas; e mais atrás um ônibus rangia sob a carga de vinte e três malas. Na Estação, Jacinto ainda comprou todos os Jornais, todas as Ilustrações, Horários, mais livros, e um saca-rolhas de forma complicada e hostil. Guiados pelo Chefe do Tráfico, pelo Secretário da Companhia, ocupamos copiosamente o nosso salão. Eu pus o meu boné de seda, calcei as minhas chinelas. Um silvo varou a noite. Paris lampejou, fulgiu num derradeiro clarão de janelas... Para o sorver, Jacinto ainda se arremessou à portinhola. Mas rolávamos já na treva da Província. O meu Príncipe então recaiu nas almofadas:

– Que aventura, Zé Fernandes!

Até Chartres, em silêncio, folheamos as Ilustrações. Em Orleães, o guarda veio arranjar respeitosamente as nossas camas. Derreado com aqueles quatorze meses de Civilização adormeci – e só acordei em Bordéus quando Grilo, zeloso, nos trouxe o nosso chocolate. Fora, uma chuva miudinha pingava molemente dum espesso céu de algodão sujo. Jacinto não se deitara, desconfiado da aspereza e da umidade dos lençóis. E, metido num roupão de flanela branco, com a face arrepiada e estremunhada, ensopando um bolo no chocolate, rosnava sombriamente:

– Este horror!... E agora com chuva!

Em Biarritz, ambos observamos com uma certeza indolente:

– É Biarritz.

Depois Jacinto, que espreitava pela janela embaciada, reconheceu o lento caminhar pernalto, o nariz bicudo e triste, do Historiador Danjon. Era ele, o facundo homem, vestido de xadrezinho, ao lado duma dama roliça que levava pela **trela** uma cadelinha felpuda. Jacinto baixou a vidraça violentamente, berrou pelo Historiador, na ânsia de comunicar ainda, através dele, com a Cidade, com o 202!... Mas o comboio mergulhara na chuva e névoa.

Sobre a ponte do **Bidassoa**, antevendo o termo da vida fácil, os abrolhos da Incivilização, Jacinto suspirou com desalento:

– Agora adeus, começa a Espanha!...

Indignado, eu, que já saboreava o generoso ar da terra bendita, saltei para diante do meu Príncipe, e num saracoteio de tremendo **salero**, castanholando os dedos, entoei uma "**petenera**" condigna:

A la puerta de mi casa
Ay Soledad, Soleda... á... á... á.

Ele estendeu os braços, suplicante:

– Zé Fernandes, tem piedade do enfermo e do triste!

– *Irun! Irun!*...

Nessa Irun almoçamos com suculência – porque sobre nós velava, como Deusa onipresente, a Companhia do Norte. Depois "el **jefe** d'Aduana, el jefe d'Estación", preciosamente nos instalaram noutro salão, novo, com cetins cor d'azeitona, mas tão pequeno que uma rica porção dos nossos confor-

---

Trela: coleira.

Rio na fronteira da França com a Espanha.

Salero: elegância.

O flamenco nasceu da mistura de várias culturas: ciganos, mouros, judeus e árabes. Os palos são tipos diferentes de flamencos e um deles é a petenera.

Jefe é "chefe" em espanhol.

8 Ainda hoje a viagem de trem tem várias categorias de conforto. Sleeping era uma delas.

8 Pireneus é a cordilheira que separa a França da Península Ibérica.

t Vascongada é o que faz parte ou tem a ver com o País Basco (ou Vasco, como dizem em espanhol).

Os bascos têm uma cultura própria, mas na formação da Espanha e da França, acabaram encampados por essas nações. No lado espanhol, eles ocupam há mais de 5 mil anos as áreas de Álava, Biscaia, Guipúscoa e Navarra; e no lado francês, Baixa Navarra, Lapurdi e Sola.

Na França, o negócio deu menos problema. Já na Espanha, desde a ditadura de Franco, de 1936 a 1975, os bascos querem ser independentes. Negociações diplomáticas deram mais autonomia ao que ficou conhecido como País Basco e o mesmo foi feito com Navarra, acalmando um tiquinho os ânimos separatistas.

tos em mantas, livros, sacos e impermeáveis, passou para o compartimento do *Sleeping* onde se repoltreavam o Grilo e o Anatole, ambos de bonés escoceses, e fumando gordos charutos – *Buen viaje! Gracias! Servidores!* – e entramos silvando nos **Pireneus**.

Sob a influência da chuva embaciadora, daquelas serras sempre iguais, que se desenrolavam, arrepiadas, diluídas na névoa, resvalei a uma sonolência doce; – e, quando descerrava as pálpebras, encontrava Jacinto a um canto, esquecido do livro fechado nos joelhos, sobre que cruzara os magros dedos, considerando vales e montes com a melancolia de quem penetra nas terras do seu desterro! Um momento veio em que, arremessando o livro, enterrando mais o chapéu mole, se ergueu com tanta decisão, que receei detivesse o comboio para saltar à estrada, correr através das **Vascongadas** e da **Navarra**, para trás, para o 202! Sacudi o meu torpor, exclamei: – "oh menino!..." Não! O pobre amigo ia apenas continuar o seu tédio para outro canto, enterrado noutra almofada, com outro livro fechado. E à maneira que a escuridão da tarde crescia, e com ela a borrasca de vento e água, uma inquietação mais aterrada se apoderava do meu Príncipe, assim desgarrado da Civilização, arrastado para a Natureza que já o cercava de brutalidade agreste. Não cessou então de me interrogar sobre Tormes:

– As noites são horríveis, hein, Zé Fernandes? Tudo negro, enorme solidão... E o médico?... Há médico?

Subitamente o comboio estacou. Mais grossa e ruidosa a chuva fustigou as vidraças. Era um descampado, todo em treva, onde rolava e lufava um grande vento solto. A máquina apitava, com angústia. Uma lanterna lampejou, correndo. Jacinto batia o pé: – "É medonho! É medonho!"... Entreabri a portinhola. Da claridade incerta das vidraças surdiam cabeças esticadas, assustadas. – "*Que hay? Que hay?*" – A uma rajada, que me alagou, recuei: – e esperamos durante lentos, calados minutos, esfregando desesperadamente os vidros embaciados para sondar a escuridão. De repente o comboio recomeçou a rolar, muito sereno.

Em breve apareceram as luzinhas mortas duma estação **abarracada**. Um condutor, com o casacão de **oleado** todo a escorrer, trepou ao salão: – e por ele soubemos, enquanto carimbava apressadamente os bilhetes, que o trem, muito atrasado, talvez não alcançasse em Medina o comboio de Salamanca!

– Mas então?...

O casaco de oleado escorregara pela portinhola, fundido na noite, deixando um cheiro de umidade e azeite. E nós encetamos um novo tormento... Se o trem de Salamanca tivesse abalado? O salão, tomado até Medina, desengatava em Medina: – e eis os nossos preciosos corpos, com as nossas preciosas almas, despejados em Medina, para cima da lama, entre vinte e três malas, numa rude confusão espanhola, sob a tormenta de ventania e d'água!

– Oh, Zé Fernandes, uma noite em Medina!

Ao meu Príncipe aparecia como desventura suprema essa noite em Medina, numa **fonda** sórdida, fedendo a alho, com gordas filas de percevejos através dos lençóis d'estopa encardida!... Não cessei então de fitar, num desassossego, os ponteiros do relógio: – enquanto Jacinto, pela vidraça escancarada, todo fustigado da chuva clamorosa, furava a negrura, na esperança de avistar as luzes de Medina e um comboio paciente fumegando... Depois recaía no divã, limpava os

> Abarracado: em formato de barraca.

> Para deixar o tecido impermeável, o truque era encher a casaca de óleo de linhaça, verniz ou outra substância semelhante.

> Fonda em espanhol é "pensão".

> Um apeadeiro é uma parada do trem no meio do nada, só para alguém descer (apear).

> Carril: trilho do trem.

bigodes e os olhos, maldizia a Espanha. O trem arquejava, rompendo o vasto da planura desolada. E a cada apito era um alvoroço. Medina?... Não! algum sumido **apeadeiro**, onde o trem se atardava, esfalfado, resfolgando, enquanto dormentes figuras encarapuçadas, embrulhadas em mantas, rondavam sob o telheiro do barracão, que as lanternas baças tornavam mais soturno. Jacinto esmurrava o joelho: – "Mas por que para este infame comboio? Não há tráfico, não há gente! Oh esta Espanha!"... A sineta badalava, moribunda. De novo fendíamos a noite e a borrasca.

Resignadamente comecei a percorrer um *Jornal do Comércio*, antigo, trazido de Paris. Jacinto esmagava o espesso tapete do salão com passadas rancorosas, rosnando como uma fera. E ainda assim escoou, às gotas, uma hora cheia de eternidade. – Um silvo, outro silvo!... Luzes mais fortes, longe, palpitaram na neblina. As rodas trilharam, com rijos solavancos, os encontros de **carris**. Enfim, Medina!... Um muro sujo de barracão alvejou – e bruscamente, à portinhola aberta com violência, aparece um cavalheiro barbudo, de capa à espanhola, gritando pelo snr. D. Jacinto!... Depressa! Depressa! que parte o comboio de Salamanca!

– "Que no hay un momento, caballeros! Que no hay un momento!"

Agarro estonteadamente o meu paletó, o *Jornal do Comércio*. Saltamos com ânsia: – e, pela plataforma, por sobre os trilhos, através de charcos, tropeçando em fardos, empurrados pelo vento, pelo homem da capa à espanhola, enfiamos outra portinhola, que se fechou com um estalo tremendo... Ambos arquejávamos. Era um salão forrado de um pano verde que comia a luz escassa. E eu estendia o braço, para receber dos carregadores açodados as nossas malas, os nossos livros, as nossas mantas – quando, em silêncio, sem um apito, o trem despegou e rolou. Ambos nos atiramos às vidraças, em brados furiosos:

– Pare! – As nossas malas, as nossas mantas!... Para aqui!... Oh Grilo! Oh Grilo!

Uma imensa rajada levou os nossos brados. Era de novo o descampado tenebroso, sob a chuva despenhada. Jacinto ergueu os punhos, num furor que o engasgava:

– Oh! Que serviço! Oh que canalhas!... Só em Espanha!... E agora? As malas perdidas!... Nem uma camisa, nem uma escova!

Calmei o meu desgraçado amigo:

– Escuta! Eu entrevi dous carregadores arrebanhando as nossas cousas... Decerto o Grilo fiscalizou. Mas na pressa, naturalmente, atirou com tudo para o seu compartimento... Foi um erro não trazer o Grilo conosco, no salão... Até podíamos jogar a **manilha**!

De resto a solicitude da Companhia, Deusa onipresente, velava sobre o nosso conforto – pois que à porta do lavatório branquejava o cesto da nossa ceia, mostrando na tampa um bilhete de D. Esteban com estas doces palavras a lápis – *a D. Jacinto y su egregio amigo, que les dé gusto!* Farejei um aroma de perdiz. E alguma tranquilidade nos penetrou no coração, sentindo também as nossas malas sob a tutela da Deusa onipresente.

– Tens fome, Jacinto?

– Não. Tenho horror, furor, rancor!... E tenho sono.

Com efeito! depois de tão desencontradas emoções só apetecíamos as camas que esperavam, macias e abertas. Quando caí sobre a travesseira, sem gravata, em ceroulas, já o meu Príncipe, que não se despira, apenas embrulhara os pés no *meu* paletó, nosso único agasalho, ressonava com majestade.

Depois, muito tarde e muito longe, percebi junto do meu catre, na cidadezinha da manhã, coada pelas cortinas verdes, uma **fardeta**, um boné, que murmuravam baixinho com imensa doçura:

– V. excas. não têm nada a declarar?... Não há malinhas de mão?...

Era a minha terra! Murmurei baixinho com imensa ternura:

– Não temos aqui nada... Pergunte v. exca. pelo Grilo... Aí atrás, num compartimento... Ele tem as chaves, tem tudo... É o Grilo.

A fardeta desapareceu, sem rumor, como sombra benéfica. E eu readormeci com o pensamento em Guiães, onde

> Um jogo de cartas.

> Fardeta: farda, uniforme.

a tia Vicência, atarefada, de lenço branco cruzado no peito, decerto já preparava o leitão.

Acordei envolto num largo e doce silêncio. Era uma Estação muito sossegada, muito varrida, com rosinhas brancas trepando pelas paredes – e outras rosas em moitas, num jardim, onde um tanquezinho abafado de limos dormia sob duas mimosas em flor que recendiam. Um moço pálido, de paletó cor de mel, vergando a bengalinha contra o chão, contemplava pensativamente o comboio. Agachada rente à grade da horta, uma velha, diante da sua cesta de ovos, contava moedas de cobre no regaço. Sobre o telhado secavam abóboras. Por cima rebrilhava o profundo, rico e macio azul de que meus olhos andavam aguados.

Sacudi violentamente Jacinto:

– Acorda, homem, que estás na tua terra!

Ele desembrulhou os pés do meu paletó, cofiou o bigode, e veio sem pressa, à vidraça que eu abrira, conhecer a sua terra.

– Então é Portugal, hein?... Cheira bem.

– Está claro que cheira bem, animal!

A sineta tilintou languidamente. E o comboio deslizou, com descanso, como se passasse para seu regalo sobre as duas fitas d'aço, assobiando e gozando a beleza da terra e do céu.

O meu Príncipe alargava os braços, desolado:

– E nem uma camisa, nem uma escova, nem uma gota d'água-de-colônia!... Entro em Portugal, imundo!

– Na **Régua** há uma demora, temos tempo de chamar o Grilo, reaver os nossos confortos... Olha para o rio!

Rolávamos na vertente duma serra, sobre penhascos que desabavam até largos socalcos cultivados de vinhedo. Embaixo, numa esplanada, branquejava uma casa nobre, de opulento repouso, com a capelinha muito caiada entre um laranjal maduro. Pelo rio, onde a água turva e tarda nem se quebrava contra as rochas, descia, com a vela cheia, um barco carregado de **pipas**. Para além, outros socalcos, dum verde pálido de resedá, com oliveiras apoucadas pela amplidão dos montes, subiam até outras **penedias** que se embebiam, todas brancas e assoalhadas,

---

8 Cidade próxima a Tormes. Seu nome completo é Peso da Régua.

t Pipa é um barril usado para armazenar vinho.

Penedia: lugar com pedras grandes.

na fina abundância do azul. Jacinto acariciava os pelos corredios do bigode:

– O Douro, hein?... É interessante, tem grandeza. Mas agora é que eu estou com uma fome, Zé Fernandes!

– Também eu! Destapamos o cesto de D. Esteban de onde surdiu um **bodo** grandioso, de presunto, **anho**, perdizes, outras **viandas frias** que o ouro de duas nobres garrafas d'**Amontilado**, além de duas garrafas de **Rioja**, aqueciam com um calor de sol Andaluz. Durante o presunto, Jacinto lamentou contritamente o seu erro. Ter deixado Tormes, um solar histórico, assim abandonado e vazio! Que delícia, por aquela manhã tão lustrosa e tépida, subir à serra, encontrar a sua casa bem apetrechada, bem civilizada... Para o animar, lembrei que com as obras do Silvério, tantos caixotes de Civilização remetidos de Paris, Tormes estaria confortável mesmo para **Epicuro**. Oh! Mas Jacinto entendia um palácio perfeito, um 202 no deserto!... E, assim discorrendo, atacamos as perdizes. Eu desarrolhava uma garrafa de Amontilado – quando o comboio, muito sorrateiramente, penetrou numa estação. Era a Régua. E o meu Príncipe pousou logo a faca para chamar o Grilo, reclamar as malas que traziam o asseio dos nossos corpos.

– Espera, Jacinto! Temos muito tempo. O comboio para aqui uma hora... Come com tranquilidade. Não escangalhemos este almocinho com arrumações de maletas... O Grilo não tarda a aparecer.

E corri mesmo a cortina, porque de fora um padre muito alto, com uma ponta de cigarro colada ao beiço, parara a espreitar indiscretamente o nosso festim. Mas quando acabamos as perdizes, e Jacinto confiadamente desembrulhava um queijo **manchego**, sem que Grilo ou Anatole comparecessem, eu, inquieto, corri à portinhola para apressar esses servos tardios... E nesse instante o comboio, largando, deslizou com o mesmo silêncio sorrateiro. Para o meu Príncipe foi um desgosto:

– Aí ficamos outra vez sem um pente, sem uma escova... E eu que queria mudar de camisa! Por culpa tua, Zé Fernandes!

Bodo é a comida que se dá aos pobres em dia de celebração.

Anho: carneiro.

Carnes frias, como salame, rosbife etc.

O **jerez** (xerez ou sherry) é um vinho espanhol de cor âmbar. O amontilado é o jerez seco.

Rioja é a mais famosa e tradicional região vinícola da Espanha e fica perto de Navarra.

Epicuro foi um filósofo da Grécia Antiga que dizia que a felicidade é alcançada por meio de desejos e prazeres moderados combinados com menos preocupações e menos medo da morte e dos deuses.

Queijo de leite de ovelha feito na região espanhola de Mancha.

> Chinchon é uma bebida alcoólica espanhola à base de anis fabricada na cidade de mesmo nome.

> Bródio é uma refeição farta e animada. Uma festa com a comida como principal atrativo.

> "Pitéu" é comida boa. "Vernáculo" é o que é característico de um país.

> Bucólica é um tipo de poesia que tem o campo como tema.

Outeiro: monte, colina.

Prega: depressão em um terreno.

– É espantoso!... Demora sempre uma eternidade. Hoje chega e abala! Paciência, Jacinto. Em duas horas estamos na Estação de Tormes... Também não valia a pena mudar de camisa para subir à serra! Em casa tomamos um banho, antes de jantar... Já deve estar instalada a banheira.

Ambos nos consolamos com copinhos duma divina aguardente **Chinchon**. Depois, estendidos nos sofás, saboreando os dois charutos que nos restavam, com as vidraças abertas ao ar adorável, conversamos de Tormes. Na estação certamente estaria o Silvério, com os cavalos...

– Que tempo leva a subir?

Uma hora. Depois de lavados sobrava tempo para um demorado passeio pelas terras com o caseiro, o excelente Melchior, para que o Senhor de Tormes, solenemente, tomasse posse do seu Senhorio. E à noite o primeiro **bródio** da serra, com os **pitéus vernáculos** do velho Portugal!

Jacinto sorria, seduzido:

– Vamos a ver que cozinheiro me arranjou esse Silvério. Eu recomendei que fosse um soberbo cozinheiro português, clássico. Mas que soubesse trufar um peru, afogar um bife em molho de moela, estas coisas simples da cozinha de França!... O pior é não te demorares, seguires logo para Guiães...

– Ah, menino, anos da tia Vicência no sábado... Dia sagrado! Mas volto. Em duas semanas estou em Tormes, para fazermos uma larga **Bucólica**. E, está claro, para assistir à trasladação.

Jacinto estendera o braço:

– Que casarão é aquele, além no **outeiro**, com a torre?

Eu não sabia. Algum solar de fidalgote do Douro... Tormes era nesse feitio atarracado e maciço. Casa de séculos e para séculos – mas sem torre.

– E logo se vê, da estação, Tormes?...

– Não! Muito no alto, numa **prega** da serra, entre arvoredo.

No meu Príncipe já evidentemente nascera uma curiosidade pela sua rude casa ancestral. Mirava o relógio, impaciente. Ainda trinta minutos! Depois, sorvendo o ar e a luz, murmurava, no primeiro encanto de iniciado:

— Que doçura, que paz...

— Três horas e meia, estamos a chegar, Jacinto!

Guardei o meu velho *Jornal do Comércio* dentro do bolso do paletó, que deitei sobre o braço; – e ambos em pé, às janelas, esperamos com alvoroço a pequenina Estação de Tormes, termo ditoso das nossas provações. Ela apareceu enfim, clara e simples, à beira do rio, entre rochas, com os seus vistosos girassóis enchendo um jardinzinho breve, as duas altas figueiras assombreando o pátio, e por trás a serra coberta de velho e denso arvoredo... Logo na plataforma avistei com gosto a imensa barriga, as bochechas menineiras do chefe da Estação, o louro Pimenta, meu **condiscípulo** em **Retórica**, no Liceu de Braga. Os cavalos decerto esperavam, à sombra, sob as figueiras.

Mal o trem parou ambos saltamos alegremente. A bojuda massa do Pimenta rebolou para mim com amizade:

— Viva o amigo Zé Fernandes!

— Oh belo Pimentão!...

Apresentei o senhor de Tormes. E imediatamente:

— Ouve lá, Pimentinha... Não está aí o Silvério?

— Não... O Silvério há quase dois meses que partiu para Castelo de Vide, ver a mãe que apanhou uma **cornada** dum boi!

Atirei a Jacinto um olhar inquieto:

— Ora essa! E o Melchior, o caseiro?... Pois não estão aí os cavalos para subirmos à Quinta?

O digno chefe ergueu com surpresa as sobrancelhas cor de milho:

— Não!... Nem Melchior, nem cavalos... O Melchior... Há que tempos eu não vejo o Melchior!

O carregador badalou lentamente a sineta para o comboio rolar. Então, não avistando em torno, na lisa e despovoada Estação, nem criados nem malas, o meu Príncipe e eu lançamos o mesmo grito de angústia:

— E o Grilo? as bagagens?...

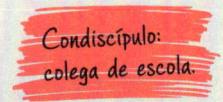

Condiscípulo: colega de escola.

Na Idade Média, o estudo superior era dividido em duas partes. A primeira era o *Trivium*, englobando lógica, gramática e retórica. E a segunda era o *Quadrivium*, com aritmética, música, geometria e astronomia. A retórica era um curso que ensinava o uso da linguagem para se expressar de forma eficaz e persuasiva.

Cornada: chifrada.

Corremos pela beira do comboio, berrando com desespero:

– Grilo!... Oh Grilo!... Anatole!... Oh Grilo!

Na esperança que ele e o Anatole viessem mortalmente adormecidos, trepávamos aos estribos, atirando a cabeça para dentro dos compartimentos, espavorindo a gente quieta com o mesmo berro que retumbava: – "Grilo, estás aí, Grilo?" – Já duma terceira classe, onde uma viola repenicava, um jocoso ganiu, troçando: – "Não há por aí um grilo? Andam por aí uns senhores a pedir um grilo!" – E nem Anatole, nem Grilo!

A sineta tilintou.

– Oh Pimentinha, espera, homem, não deixes largar o comboio!... As nossas bagagens, homem!

E, aflito, empurrei o enorme chefe para o furgão de carga, a pesquisar, descortinar as nossas vinte e três malas! Apenas encontramos barris, cestos de vime, latas de azeite, um baú amarrado com cordas... Jacinto mordia os beiços, lívido. E o Pimentinha, esgazeado:

– Oh filhos, eu não posso atrasar o comboio!...

A sineta repicou... E com um belo fumo claro o comboio desapareceu por detrás das **fragas altas**. Tudo em torno pareceu mais calado e deserto. Ali ficávamos pois baldeados, perdidos na serra, sem Grilo, sem procurador, sem caseiro, sem cavalos, sem malas! Eu conservava o paletó **alvadio**, de onde surdia o *Jornal do Comércio*. Jacinto, uma bengala. Eram todos os nossos bens!

O Pimentão arregalava para nós os olhinhos papudos e compadecidos. Contei então àquele amigo o atarantado **trasfego** em Medina sob a **borrasca**, o Grilo desgarrado, encalhado com as vinte e três malas, ou rolando talvez para Madri sem nos deixar um lenço...

– Eu não tenho um lenço!... Tenho este *Jornal do Comércio*. É toda a minha roupa branca.

– Grande **arrelia**, caramba! murmurava o Pimenta, impressionado. E agora?

– Agora, exclamei, é trepar para a Quinta, **à pata**... A não ser que se arranjassem aí uns burros.

Fraga alta: penhasco.

Alvadio: cinza-claro.

Trasfego: passagem.

Borrasca é uma ventania seguida de muita chuva.

Arrelia: amolação, contrariedade.

À pata: a pé, caminhando.

Então o carregador lembrou que perto, no casal da **Giesta**, ainda pertencente a Tormes, o caseiro, seu compadre, tinha uma boa égua e um jumento... E o **prestante** homem enfiou numa **carreira** para a Giesta – enquanto o meu Príncipe e eu caíamos para cima dum banco, arquejantes e sucumbidos, como náufragos. O vasto Pimentinha, com as mãos nas algibeiras, não cessava de nos contemplar, de murmurar: – "É de arrelia". – O rio defronte descia, preguiçoso e como adormentado sob a calma já pesada de maio, abraçando, sem um sussurro, uma larga ilhota de pedra que rebrilhava. Para além a serra crescia em corcovas doces, com uma funda prega onde se aninhava, bem junta e esquecida do mundo, uma vilazinha clara. O espaço imenso repousava num imenso silêncio. Naquelas solidões de monte e penedia os pardais, revoando no telhado, pareciam aves consideráveis. E a massa rotunda e rubicunda do Pimentinha dominava, atulhava a região.

– Está tudo arranjado, meu senhor! Vêm aí os bichos!... Só o que não calhou foi um **selinzinho** para a jumenta!

Era o carregador, digno homem, que voltava da Giesta, sacudindo na mão duas esporas **desirmanadas** e ferrugentas. E não tardaram a aparecer no córrego, para nos levarem a Tormes, uma égua **ruça**, um jumento com **albarda**, um rapaz e um **podengo**. Apertamos a mão suada e amiga do Pimentinha. Eu cedi a égua ao senhor de Tormes. E começamos a trepar o caminho, que não se alisara nem se desbravara desde os tempos em que o trilhavam, com rudes **sapatões ferrados**, cortando de rio a monte, os Jacintos de século XIV! Logo depois de atravessarmos uma trêmula ponte de pau, sobre um riacho quebrado por pedregulhos, o meu Príncipe, com o olho de dono subitamente aguçado, notou a robustez e a fartura das oliveiras... – E em breve os nossos males esqueceram ante a incomparável beleza daquela serra bendita!

Com que brilho e inspiração copiosa a compusera o divino Artista que faz as serras, e que tanto as cuidou, e tão ricamente as dotou, neste seu Portugal bem-amado! A grandeza igualava a graça. Para os vales, poderosamente cavados, desciam bandos de arvoredos, tão copados e redondos, dum verde tão moço que eram como um musgo

---

Outra cidadezinha ali perto.

Prestante: prestativo.

Carreira: corrida.

Selim: tipo de sela pequena.

Desirmanado: que não faz par, que é diferente.

Ruço: pardo, claro.

Albarda: sela para animal de carga.

Podengo: raça de cachorro.

Eram botinas rudimentares, grossas, de sola como de chuteiras, para dar mais estabilidade ao subir um terreno pedregoso.

Pendor: morro.

Carreiro: caminho estreito.

Ramaria: ramas, folhagens.

Coleante: sinuoso.

Torrão: terreno.

Galera: tipo de navio.

Cimo: pico.

Postigo é portinha ou janela.

Farripa: cabeleira rala.

Fontes naturais de água, à beira de caminhos estreitos (veredas).

Cabeço: área plana em cima de um morro.

macio onde apetecia cair e rolar. Dos **pendores**, sobranceiros ao **carreiro** fragoso, largas **ramarias** estendiam o seu toldo amável, a que o esvoaçar leve dos pássaros sacudia a fragrância. Através dos muros seculares, que sustêm as terras liados pelas heras, rompiam grossas raízes **coleantes** a que mais hera se enroscava. Em todo o **torrão**, de cada fenda, brotavam flores silvestres. Brancas rochas, pelas encostas, alastravam a sólida nudez do seu ventre polido pelo vento e pelo sol; outras, vestidas de líquen e de silvados floridos, avançavam como proas de **galeras** enfeitadas; e, de entre as que se apinhavam nos **cimos**, algum casebre que para lá galgara, todo amachucado e torto, espreitava pelos **postigos** negros, sob as desgrenhadas **farripas** de verdura, que o vento lhe semeara nas telhas. Por toda a parte a água sussurrante, a água fecundante... Espertos regatinhos fugiam, rindo com os seixos, de entre as patas da égua e do burro; grossos ribeiros açodados saltavam com fragor de pedra em pedra; fios direitos e luzidios como cordas de prata vibravam e faiscavam das alturas aos barrancos; e **muita fonte, posta à beira de veredas**, jorrava por uma bica, beneficamente, à espera dos homens e dos gados... Todo um **cabeço** por vezes era uma seara, onde um vasto carvalho ancestral, solitário, dominava como seu senhor e seu guarda. Em socalcos verdejavam laranjais rescendentes. Caminhos de lajes soltas circundavam fartos **prados** com carneiros e vacas **retouçando**: – ou mais estreitos, entalados em muros, penetravam sob ramadas de **parra** espessa, numa penumbra de repouso e frescura. Trepávamos então alguma ruazinha de aldeia, dez ou doze casebres, sumidos entre figueiras, onde se esgaçava, fugindo do lar pela telha vã, o fumo branco e cheiroso das **pinhas**. Nos **cerros** remotos, por cima da negrura pensativa dos pinheirais, branquejavam ermidas. O ar fino e puro entrava na alma, e n'alma espalhava alegria e força. Um esparso tilintar de chocalhos de **guizos** morria pelas quebradas...

Jacinto adiante, na sua égua ruça, murmurava:

– Que beleza!

E eu atrás, no burro de Sancho, murmurava:

– Que beleza!

Frescos ramos roçavam os nossos ombros com familiaridade e carinho. Por trás das sebes, carregadas d'amoras, as macieiras estendidas ofereciam as suas maçãs verdes, porque as não tinham maduras. Todos os vidros duma casa velha, com a sua cruz no topo, refulgiram hospitaleiramente quando nós passamos. Muito tempo um **melro** nos seguiu, de azinheiro a olmo, assobiando os nossos louvores. Obrigado, irmão melro! Ramos de macieira, obrigado! Aqui vimos, aqui vimos! E sempre contigo fiquemos, serra tão acolhedora, serra de fartura e de paz, serra bendita entre as serras!

Assim, vagarosamente e maravilhados, chegamos àquela avenida de **faias**, que sempre me encantara pela sua **fidalga** gravidade. Atirando uma vergastada ao burro e à égua, o nosso rapaz, com o seu podengo sobre os calcanhares, gritou: – "Aqui é que estamos, meus amos!" E ao fundo das faias, com efeito, aparecia o portão da Quinta de Tormes, com o seu brasão de armas, de secular granito, que o musgo retocava e mais envelhecia. Dentro já os cães ladravam com furor. E quando Jacinto, na sua suada égua, e eu atrás, no burro de Sancho, transpusemos o limiar **solarengo**, desceu para nós, do alto do alpendre, pela escadaria

---

Prado: pasto.

Retouçar: comer no pasto, pastar.

Parra é a folhagem da parreira, que dá uva.

As casinhas tinham chaminés e torravam pinhões. Detalhe: os pinhões de Portugal não são como os do Paraná. São menores e tão branquinhos que ganharam o apelido de Ouro Branco.

Cerro: morro não muito alto.

Guizo é uma bolinha oca de metal que tem dentro uma ou mais esferas maciças que, quando agitadas, produzem barulho.

Melro: espécie de pássaro.

A faia é um tipo de árvore.

Fidalguia: nobreza.

O solar é a casa mais importante de um terreno. Então, aqui eles estavam entrando na área da casa.

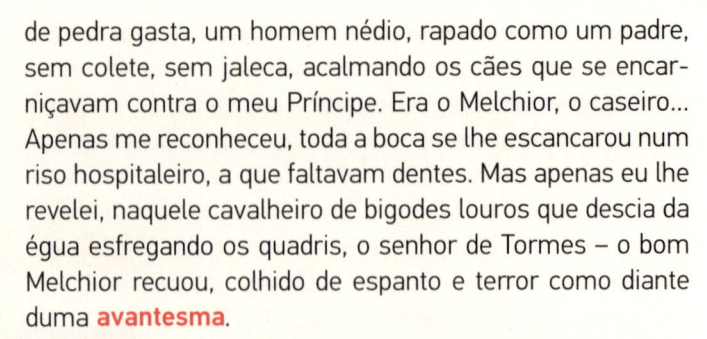

de pedra gasta, um homem nédio, rapado como um padre, sem colete, sem jaleca, acalmando os cães que se encarniçavam contra o meu Príncipe. Era o Melchior, o caseiro... Apenas me reconheceu, toda a boca se lhe escancarou num riso hospitaleiro, a que faltavam dentes. Mas apenas eu lhe revelei, naquele cavalheiro de bigodes louros que descia da égua esfregando os quadris, o senhor de Tormes – o bom Melchior recuou, colhido de espanto e terror como diante duma **avantesma**.

– Ora essa!... Santíssimo nome de Deus! Pois então...

E, entre o rosnar dos cães, num **bracejar** desolado, balbuciou uma história que por seu turno apavorava Jacinto, como se o negro muro do casarão pendesse para desabar. O Melchior não esperava s. exca!... (Ele dizia *sua incelência*)... O snr. Silvério estava para Castelo de Vide desde março, com a mãe, que apanhara uma cornada na virilha. E decerto houvera engano, cartas perdidas... Porque o snr. Silvério só contava com s. exca. em setembro, para a vindima! Na casa as obras seguiam devagarinho, devagarinho... O telhado, no sul, ainda continuava sem telhas, muitas vidraças esperavam, ainda sem vidros; e, para ficar, Virgem Santa, nem uma cama arranjada!...

Jacinto cruzou os braços numa cólera tumultuosa que sufocava. Por fim, com um berro:

– Mas os caixotes? Os caixotes, mandados de Paris, em fevereiro, há quatro meses?...

O desgraçado Melchior arregalava os olhos miúdos, que se embaciavam de lágrimas. Os caixotes?! Nada chegara, nada aparecera!... E na sua perturbação mirava pelas arcadas do pátio, palpava na algibeira das pantalonas. Os caixotes?... Não, não tinha os caixotes!

– E agora, Zé Fernandes?

Encolhi os ombros:

– Agora, meu filho, só vires comigo para Guiães... Mas são duas horas fartas a cavalo. E não temos cavalos! O melhor é ver o casarão, comer a boa galinha que o nosso amigo Melchior nos assa no espeto, dormir numa **enxerga**, e amanhã cedo, antes do calor, trotar para cima, para a tia Vicência.

Jacinto replicou, com uma decisão furiosa:

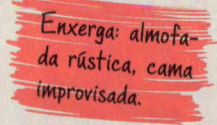

Avantesma: fantasma.

Bracejar: agitar os braços.

Enxerga: almofada rústica, cama improvisada.

— Amanhã troto, mas para baixo, para a estação!... E depois, para Lisboa!

E subiu a gasta escadaria do seu solar com amargura e rancor. Em cima uma larga varanda acompanhava a fachada do casarão, sob um **alpendre** de negras vigas, toda ornada, pôr entre os pilares de granito, com caixas de pau onde floriam cravos. Colhi um cravo amarelo – e penetrei atrás de Jacinto nas salas nobres, que ele contemplava com um murmúrio de horror. Eram enormes, duma sonoridade de casa **capitular**, com os grossos muros e enegrecidos pelo tempo e o abandono, e relegadas, desoladamente nuas, conservando apenas aos cantos algum monte de **canastras** ou alguma enxada entre paus. Nos **tetos remotos**, de **carvalho apainelado**, luziam através dos rasgões manchas de céu. As janelas, sem vidraças, conservavam essas maciças portadas, com fechos para as trancas, que, quando se cerram, espalham a treva. Sob os nossos passos, aqui e além, uma tábua podre rangia e cedia.

— Inabitável! – rugiu Jacinto surdamente. – Um horror! Uma infâmia!...

Mas depois, noutras salas, o soalho alternava com remendos de tábuas novas. Os mesmos remendos claros mosqueavam os velhíssimos tetos de rico carvalho sombrio. As paredes repeliam pela alvura crua da cal fresca. E o sol mal atravessava as vidraças – embaciadas e gordurentas da massa e das mãos dos vidraceiros.

Penetramos enfim na última, a mais vasta, rasgada por seis janelas, mobiliada com um armário e com uma enxerga parda e curta estirada a um canto; e junto dela paramos, e sobre ela depusemos tristemente o que nos restava de vinte e três malas – o meu paletó alvadio, a bengala de Jacinto, e o *Jornal do Comércio* que nos era comum. Através das janelas escancaradas, sem vidraças, o grande ar da serra entrava e circulava como num **eirado**, com um cheiro fresco d'horta regada. Mas o que avistávamos, da beira da enxerga, era um pinheiral cobrindo um cabeço e descendo pelo pendor suave, à maneira duma hoste em marcha, com pinheiros na frente,

---

Alpendre: pátio coberto.

Uma casa ou sala capitular (ou do capítulo) era o local onde rolavam as reuniões de monges ou cônegos – padres com encargos especiais – com os seus superiores. As reuniões eram chamadas de Capítulo e nelas discutia-se as regras e a administração de um mosteiro, por exemplo.

Canastra: cesta rasa e quadrangular.

O pé-direito (teto) era alto (remoto).

Painéis feitos de madeira de carvalho.

Eirado: terraço.

destacados, direitos, emplumados de negro; mais longe as serras d'além rio, duma fina e macia cor de violeta; depois a brancura do céu, todo liso, sem uma nuvem, duma majestade divina. E lá debaixo, dos vales, subia, desgarrada e melancólica, uma voz de **pegureiro** cantando.

Jacinto caminhou lentamente para o **poial** duma janela, onde caiu **esbarrondado** pelo desastre, sem resistência ante aquele brusco desaparecimento de toda a Civilização! Eu palpava a enxerga, dura e regelada como um granito de inverno. E pensando nos luxuosos colchões de penas e molas, tão prodigamente encaixotados no 202, desafoguei também a minha indignação:

— Mas os caixotes, caramba?... Como se perdem assim trinta e tantos caixotes enormes?...

Jacinto sacudiu amargamente os ombros:

— Encalhados, por aí, **algures**, num barracão!... Em Medina, talvez, nessa horrenda Medina. Indiferença das Companhias, inércia do Silvério... Enfim a Península, a barbárie!

Vim ajoelhar sobre o outro poial, alongando os olhos consolados por céu e monte:

— É uma beleza!

O meu Príncipe, depois de um silêncio grave, murmurou, com a face encostada à mão:

— É uma lindeza... E que paz!

Sob a janela vicejava fartamente uma horta, com repolho, **feijoal**, **talhões** de alface, gordas folhas de abóbora rastejando. Uma **eira**, velha e mal alisada, dominava o vale, de onde já subia tenuemente a névoa dalgum fundo ribeiro. Toda a esquina do casarão desse lado se encravava em laranjal. E duma fontinha rústica, meio afogada em rosas tremedeiras, corria um longo e rutilante fio d'água.

— Estou com apetite desesperado daquela água! declarou Jacinto, muito sério.

— Também eu... Desçamos ao quintal, hein? E passamos pela cozinha, a saber do frango.

Voltamos à varanda. O meu Príncipe, mais **conciliado com o destino inclemente**, colheu um cravo amarelo. E por

---

Pegureiro: pastor de gado.

Poial é uma espécie de banco que faz parte da janela.

Esbarrondado: desmoronado.

Algures: em algum lugar.

Feijoal: plantação de feijão.

Talhão: pé de alguma hortaliça.

Eira: pátio para secar sementes e frutos.

Em paz, em acordo (conciliado) com o destino cruel (inclemente).

outra porta baixa, de rigíssimas ombreiras, mergulhamos numa sala, **alastrada de caliça**, sem teto, coberta apenas de grossas vigas, donde se ergueu uma revoada de pardais.

– Olha para este horror! – murmurava Jacinto arrepiado.

E descemos por uma lôbrega escada de castelo, tenteando depois um corredor tenebroso de lajes ásperas, atravancado por profundas arcas, capazes de guardar todo o grão duma província. Ao fundo a cozinha, imensa, era uma massa de formas negras, madeira negra, pedra negra, densas negruras de **felugem** secular. E neste negrume refulgia a um canto, sobre o chão de terra negra, a fogueira vermelha, lambendo tachos e panelas de ferro, despedindo uma fumarada que fugia pela grade aberta no muro, depois por entre a folhagem dos limoeiros. Na enorme lareira, onde se aqueciam e assavam as suas grossas peças de porco e boi os Jacintos medievais, agora desaproveitada pela frugalidade dos caseiros, negrejava um poeirento montão de cestas e ferramentas; e a claridade toda entrava por uma porta de castanho, escancarada sobre um quintalejo rústico em que se misturavam **couves-lombardas** e **junquilhos** formosos. Em roda do lume um bando alvoroçado de mulheres depenava frangos, remexia as caçarolas, picava a cebola, com um fervor afogueado e **palreiro**. Todas emudeceram quando aparecemos – e de entre elas o pobre Melchior, estonteado, com sangue a espirrar na nédia face d'abade, correu para nós, jurando "que o jantarinho de suas Incelências não demorava um credo"...

– E a respeito de camas, oh amigo Melchior?

O digno homem **ciciou** uma desculpa encolhida "sobre enxergazinhas no chão..."

– É o que basta! acudi eu, para o consolar. Por uma noite com lençóis frescos...

– Ah, lá pelos lençoizinhos respondo eu!... Mas um desgosto assim, meu senhor! A gente apanhada sem um colchãozinho de lã, sem um lombozinho de vaca... Que eu já pensei, até lembrei à minha comadre, v. incas. podiam ir dormir aos *Ninhos*, a casa do Silvério. Tinham lá camas de ferro, lavatórios... Ele sempre é uma leguazita e mau caminho...

Jacinto, bondoso, acudiu:

Ou seja, cheia de poeira.

Felugem: fuligem.

Couve-lombarda é um tipo de repolho.

Junquilho

Palreiro: falador, tagarela.

Ciciar: falar baixinho, sussurrar.

— Não, tudo se arranja, Melchior. Por uma noite!... Até gosto mais de dormir em Tormes, na minha casa da serra!

Saímos ao terreiro, retalho de horta fechado por grossas rochas encabeladas de verdura, entestando com os socalcos da serra onde lourejava o centeio. O meu Príncipe bebeu da água nevada e luzidia da fonte, regaladamente, com os beiços na bica; apeteceu a alface rechonchuda e crespa; e **atirou pulos aos ramos altos duma copada cerejeira**, toda carregada de cereja. Depois, costeando o velho lagar, a que um bando de pombas branqueava o telhado, deslizamos até ao carreiro, cortado no costado do monte. E andando, pensativamente, o meu Príncipe pasmava para os milheirais, para vetustos carvalhos plantados por vetustos Jacintos, para os casebres espalhados sobre os cabeços à orla negra dos pinheirais.

De novo penetramos na avenida de faias e transpusemos o portão senhorial entre o latir dos cães, mais mansos, farejando um dono. Jacinto reconheceu "certa nobreza" na frontaria do seu lar. Mas sobretudo lhe agradava a longa alameda, assim direita e larga, como traçada para nela se desenrolar uma cavalgada de Senhores com plumas e pajens. Depois, de cima da varanda, reparando na telha nova da capela, louvou o Silvério, "esse **ralasso**", por cuidar ao menos da morada do Bom-Deus.

— E esta varanda também é agradável, murmurou ele mergulhando a face no aroma dos cravos. Precisa grandes poltronas, grandes divãs de verga...

Dentro, na "nossa sala", ambos nos sentamos nos poiais da janela, contemplando o doce sossego crepuscular que lentamente se estabelecia sobre vale e monte. No alto tremeluzia uma estrelinha, a **Vênus** diamantina, lânguida anunciadora da noite e dos seus contentamentos. Jacinto nunca considerara demoradamente aquela estrela, de amorosa refulgência, que perpetua no nosso Céu católico a memória de **Deusa** incomparável: — nem assistira jamais, com a alma atenta, ao majestoso adormecer da Natureza. E este enegrecimento dos montes que se **embuçam** em

---

Pulou para colher cerejas que estavam no alto de uma cerejeira.

Ralasso: preguiçoso.

Vênus é o segundo planeta do sistema solar e fica bem visível ao amanhecer e ao anoitecer. Mas não tem brilho próprio, pois só estrela brilha. O que rola é que Vênus está numa posição perfeita para refletir os raios do sol e, por isso, é tão fácil vê-lo aqui da Terra.

O nome do planeta é uma homenagem à Vênus, deusa romana do amor.

Embuçar: esconder, cobrir parte do rosto.

sombra; os arvoredos emudecendo, cansados de sussurrar; o rebrilho dos casais mansamente apagado; o cobertor de névoa, sob que se acama e agasalha a **frialdade** dos vales; um toque sonolento de sino que rola pelas quebradas; o segredado cochichar das águas e das relvas escuras – eram para ele como iniciações. Daquela janela, aberta sobre as serras, entrevia uma outra vida, que não anda somente cheia do Homem e do tumulto da sua obra. E senti o meu amigo suspirar como quem enfim descansa.

Frialdade: frio.

Deste enlevo nos arrancou o Melchior com o doce aviso do "jantarinho de suas Incelências". Era noutra sala, mais nua, mais abandonada: – e aí logo à porta o meu supercivilizado Príncipe estacou, estarrecido pelo desconforto, e escassez e rudeza das coisas. Na mesa, encostada ao muro denegrido, sulcado pelo fumo das candeias, sobre uma toalha de estopa, **duas velas de sebo** em castiçais de lata alumiavam grossos pratos de louça amarela, ladeados por colheres de estanho e por garfos de ferro. Os copos, dum vidro espesso, conservavam a sombra roxa do vinho que neles passara em fartos anos de fartas vindimas. A **malga** de barro, atestada de azeitonas pretas, contentaria **Diógenes**. Espetado na côdea dum imenso pão reluzia um imenso facalhão. E na cadeira senhorial reservada ao meu Príncipe, derradeira alfaia dos velhos Jacintos, de hirto espaldar de couro, com madeira roída de **caruncho**, a clina fugia em melenas pelos rasgões do assento puído.

O mais comum hoje são as velas de parafina, um subproduto do petróleo. Pela história afora, elas foram feitas de cera de abelha e também de sebo, que é a gordura da carne dos bichos. O problema é que a vela de sebo solta muita fumaça e um cheiro desagradável.

Malga: tigela.

8 *Diógenes foi um filósofo grego que vivia em pobreza total, pois achava que a riqueza era um mal.*

Caruncho: inseto que rói madeira, livros e cereais.

Uma formidável moça, de enormes peitos que lhe tremiam dentro das ramagens do lenço cruzado, ainda suada e esbraseada do calor da lareira, entrou esmagando o soalho, com uma **terrina** a fumegar. E o Melchior, que seguia erguendo a **infusa** do vinho, esperava que suas Incelências lhe perdoassem porque faltara tempo para o caldinho apurar... Jacinto ocupou a sede ancestral – e durante momentos (de esgazeada ansiedade para o caseiro excelente) esfregou energicamente, com a ponta da toalha, o garfo negro, a fusca colher de estanho. Depois, desconfiado, provou o caldo, que era de galinha e recendia. Provou – e levantou para mim, seu camarada de misérias, uns olhos que brilharam, surpreendi-

Terrina: tipo de vasilha.

Infusa: jarra feita de argila.

dos. Tornou a sorver uma colherada mais cheia, mais considerada. E sorriu, com espanto: – "Está bom!"

Estava precioso: tinha fígado e tinha moela; o seu perfume enternecia; três vezes, fervorosamente, ataquei aquele caldo.

– Também lá volto! exclamava Jacinto com uma convicção imensa. É que estou com uma fome... Santo Deus! Há anos que não sinto esta fome.

Foi ele que rapou avaramente a sopeira. E já espreitava a porta, esperando a portadora dos pitéus, a rija moça de peitos trementes, que enfim surgiu, mais esbraseada, abalando o sobrado – e pousou sobre a mesa uma travessa a trasbordar de arroz com **favas**. Que desconsolo! Jacinto, em Paris, sempre abominava favas!... Tentou todavia uma garfada tímida – e de novo aqueles seus olhos, que o pessimismo enevoara, luziram, procurando os meus. Outra larga garfada, concentrada, com uma lentidão de frade que se regala. Depois um brado:

– Ótimo!... Ah, destas favas, sim! Ó que fava! Que delícia!

E por esta santa gula louvava a serra, a arte perfeita das mulheres palreiras que embaixo remexiam as panelas, o Melchior que presidia ao bródio...

– Deste arroz com fava nem em Paris, Melchior amigo!

O homem ótimo sorria, inteiramente **desanuviado**:

– Pois é cá a comidinha dos moços da quinta! E cada pratada, que até suas Incelências se riam... Mas agora, aqui, o snr. D. Jacinto, também vai engordar e enrijar!

O bom caseiro sinceramente cria que, perdido nesses remotos Parises, o Senhor de Tormes, longe da fartura de Tormes, padecia fome e minguava... E o meu Príncipe, na verdade, parecia saciar uma velhíssima fome e uma longa saudade da abundância, rompendo assim, a cada travessa, em louvores mais copiosos. Diante do louro frango assado no espeto e da salada que ele apetecera na horta, agora temperada com um azeite da serra digno dos lábios de Platão, terminou por bradar: – "É divino!" Mas nada o entusiasmava como o vinho de Tormes, caindo d'alto, da bojuda

A fava é uma aparentada do feijão, mas é uma leguminosa maior, achatada e de cor clara.

Desanuviado: aliviado.

infusa verde – um vinho fresco, esperto, seivoso, e tendo mais alma, entrando mais na alma, que muito poema ou livro santo. Mirando, à vela de sebo, o copo grosso que ele orlava de leve espuma rósea, o meu Príncipe, com um resplendor d'otimismo na face, citou Virgílio:

– **Quo te carmina dicam, Rethica?** Quem dignamente te cantará, vinho amável destas serras?

Eu, que não gosto que me avantajem em saber clássico, espanejei logo também o meu Virgílio, louvando as doçuras da vida rural:

– **Hanc olim veteres vitam coluere Sabini**... Assim viveram os velhos Sabinos. Assim **Rômulo e Remo**... Assim cresceu a valente **Etrúria**. Assim Roma se tornou a maravilha do mundo!

E imóvel, com a mão agarrada à infusa, o Melchior arregalava para nós os olhos em infinito assombro e religiosa reverência.

Ah! Jantamos deliciosissimamente, **sob os auspícios** do Melchior – que ainda depois, **próvido** e **tutelar**, nos forneceu o tabaco. E, como ante nós se alongava uma noite de monte, voltamos para as janelas desvidraçadas, na sala imensa, a contemplar o suntuoso céu de verão. Filosofamos então com **pachorra** e facúndia.

Na Cidade (como notou Jacinto) nunca se olham, nem lembram os astros – por causa dos candeeiros de gás ou dos globos de eletricidade que os ofuscam. Por isso (como eu notei) nunca se entra nessa comunhão com o Universo que é a única glória e única consolação da vida. Mas na serra, sem prédios disformes de seis andares, sem a fumaraça que tapa Deus, sem os cuidados que como pedaços de chumbo puxam a alma para o pó rasteiro – um Jacinto, um Zé Fernandes, livres, bem jantados, fumando nos poiais duma janela, olham para os astros e os astros olham para eles. Uns, certamente, com olhos de sublime imobilidade ou de sublime indiferença. Mas outros curiosamente, ansiosamente, com uma luz que acena, uma luz que chama, como

---

Citação de *Geórgicas*, livro do poeta romano Virgílio sobre a vida no campo.

Outra frase de *Geórgicas*. Na sequência, Eça entrega a tradução dela.

Na mitologia romana, os irmãos gêmeos Rômulo e Remo, quando pequenos, foram amamentados por uma loba. Adulto, Rômulo teria sido o fundador de Roma e também o primeiro rei da cidade.

A Etrúria é a terra dos etruscos. Hoje equivale a uma região da Itália que engloba a Toscana, o Lácio e a Úmbria.

Sob o auspício: com o patrocínio.

Próvido: provedor.

Tutelar: protetor.

Pachorra: lentidão, falta de pressa.

se tentassem, de tão longe, revelar os seus segredos, ou de tão longe compreender os nossos...

— Ó Jacinto, que estrela é esta, aqui, tão viva, sobre o beiral do telhado?

— Não sei... E aquela, Zé Fernandes, além, por cima do pinheiral?

— Não sei.

Não sabíamos. Eu por causa da espessa crosta de ignorância com que saí do ventre de **Coimbra**, minha Mãe espiritual. Ele, porque na sua Biblioteca possuía trezentos e oito tratados sobre Astronomia, e o Saber, assim acumulado, forma um monte que nunca se transpõe nem se desbasta. Mas que nos importava que aquele astro além se chamasse **Sírio e aquele outro Aldebarã**? Que lhes importava a eles que um de nós fosse Jacinto, outro Zé? Eles tão imensos, nós tão pequeninos, somos a obra da mesma Vontade. E todos, Uranos ou Lorenas de Noronha e Sande, constituímos modos diversos dum Ser único, e as nossas diversidades esparsas somam na mesma compacta Unidade. Moléculas do mesmo Todo, governadas pela mesma Lei, rolando para o mesmo Fim... Do astro ao homem, do homem à flor do trevo, da flor do trevo ao mar sonoro — tudo é o mesmo Corpo, onde circula, como um sangue, o mesmo Deus. E nenhum **frêmito** de vida, por menor, passa numa fibra desse sublime Corpo, que se não repercuta em todas, até às mais humildes, até às que parecem inertes e invitais. Quando um Sol que não avisto, nunca avistarei, morre de inanição nas profundidades, esse esguio galho de limoeiro, embaixo na horta, sente um secreto arrepio de morte: — e, quando eu bato uma patada no soalho de Tormes, além o monstruoso Saturno estremece, e esse estremecimento percorre o inteiro Universo! Jacinto abateu rijamente a mão no **rebordo** da janela. Eu gritei:

— Acredita!... O sol tremeu.

E depois (como eu notei) devíamos considerar que, sobre cada um desses grãos de pó luminoso, existia uma criação,

---

8 Famosa cidade portuguesa que tem uma importante universidade.

Sírio é uma estrela, a mais brilhante dentre as visíveis a olho nu. Também é chamada de Sirius ou Alfa do Cão Maior — o cachorro grande aí é o nome da constelação onde Sírio se encontra. Já Aldebarã (ou Aldebaran) é outra estrela também de muito brilho, mas que tem outro endereço. Ela faz parte da constelação de Taurus ou Touro.

Frêmito: vibração.

Rebordo: beirada, margem.

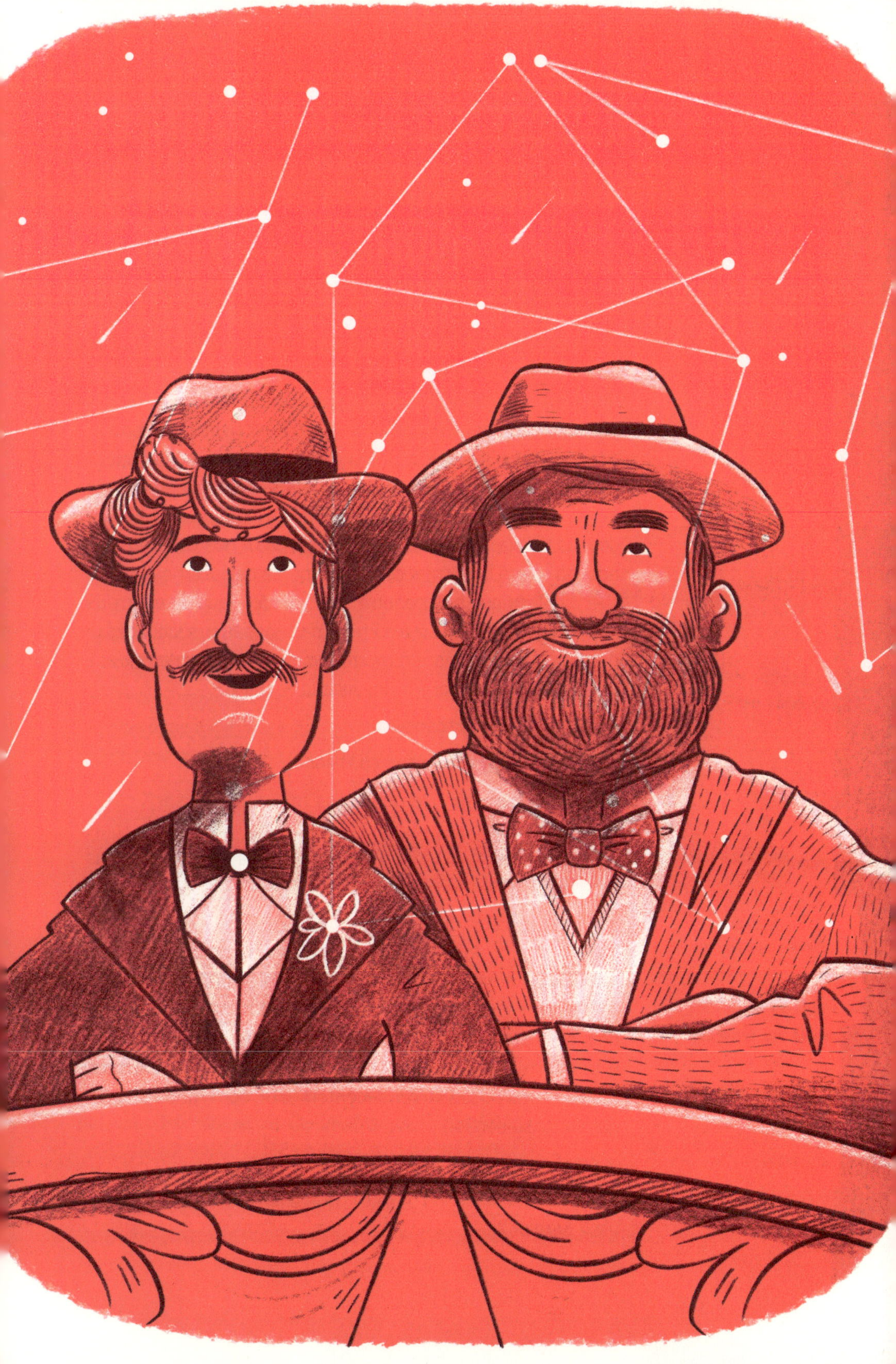

Sublimado: exaltado, enaltecidado.

🔖 O Apolo Belvedere é uma estátua da Grécia Antiga que pertence ao acervo do Vaticano.

🔖 Vênus de Milo é a famosa estátua encontrada na cidade de Milo no começo do século XIX e que hoje fica exposta no Museu do Louvre, Paris.

Terrícula: terra pequena.

Sacrossanto: santo demais, santo duas vezes.

Cavaqueira: bate-papo.

🐦 Vai embora mesmo amanhã?

Pardieiro: casa caindo aos pedaços.

que incessantemente nasce, perece, renasce. Neste instante, outros Jacintos, outros Zés Fernandes, sentados às janelas doutras Tormes, contemplam o céu noturno, e nele um pequenininho ponto de luz, que é a nossa possante Terra por nós tanto **sublimada**. Não terão todos esta nossa forma, bem frágil, bem desconfortável, e (a não ser no **Apolo do Vaticano**, na **Vênus de Milo** e talvez na Princesa de Carman) singularmente feia e burlesca. Mas, horrendos ou de inefável beleza, colossais e duma carne mais dura que o granito, ou leves como gases e ondulando na luz, todos eles são seres pensantes e têm consciência da Vida – porque decerto cada Mundo possui o seu Descartes, ou já o nosso Descartes os percorreu a todos com o seu Método, a sua escura capa, a sua agudeza elegante, formulando a única certeza talvez certa, o grande *Penso, logo existo*. Portanto todos nós, Habitantes dos Mundos, às janelas dos nossos casarões, além nos Saturnos, ou aqui na nossa **Terrícula**, constantemente perfazemos um ato **sacrossanto** que nos penetra e nos funde – que é sentirmos no Pensamento o núcleo comum das nossas modalidades, e portanto realizarmos um momento, dentro da Consciência, a Unidade do Universo! – Hein, Jacinto?

O meu amigo rosnou:

– Talvez... Estou a cair com sono.

– Também eu. "Remontamos muito, exmo. snr.!" como dizia o Pestaninha em Coimbra. Mas nada mais belo, e mais vão, que uma **cavaqueira**, no alto das serras, a olhar para as estrelas!... **Tu sempre vais amanhã?**

– Com certeza, Zé Fernandes! Com a certeza de Descartes. "Penso, *logo fujo!*" Como queres tu, neste **pardieiro**, sem uma cama, sem uma poltrona, sem um livro?... Nem só de arroz com fava vive o Homem! Mas demoro em Lisboa, para conversar com o Sesimbra, o meu Administrador. E também à espera que estas obras acabem, os caixotes surjam, e eu possa voltar decentemente, com roupa lavada, para a trasladação...

– É verdade, os ossos...

– Mas resta ainda o Grilo... Que animal! Por onde andará esse perdido?

Então, passeando lentamente na sala enorme, onde a vela de sebo já derretida no castiçal de lata era como um lume de cigarro num descampado, meditamos na sorte do Grilo. O estimado negro ou fora despejado nas lamas de Medina, com as vinte e sete malas, aos gritos – ou, regaladamente adormecido, rolara com o Anatole no comboio para Madri. Mas ambos os casos apareciam ao meu Príncipe como irremediavelmente destruidores do seu conforto...

– Não, escuta, Jacinto... Se o Grilo encalhou em Medina, dormiu na Fonda, catou os percevejos, e esta madrugada correu para Tormes. Quando amanhã desceres à Estação, às quatro horas, encontras o teu precioso homem, com as tuas preciosas malas, metido nesse comboio que te leva ao **Porto e à Capital**...

Jacinto sacudiu os braços como quem se debate nas malhas duma rede:

– E se seguiu para Madri?

– Então, por esta semana, cá aparece em Tormes, onde encontra ordem para regressar a Lisboa e reentrar no teu séquito... Resta o interessante caso das minhas bagagens. Se amanhã encontrares na Estação o Grilo, separa a minha mala negra, e o saco de lona, e a **chapeleira**. O Grilo conhece. E pede ao Pimenta, ao gordalhufo, **que me avise para Guiães**. Se o Grilo aportar Tormes, esfogueteado de Madri, com toda essa malaria, deixa as minhas cousas aqui, ao Melchior... Eu amanhã falo ao Melchior.

Jacinto sacudiu furiosamente o colarinho:

– Mas como posso eu partir para Lisboa, amanhã, com esta camisa de dous dias, que já me faz **uma comichão horrenda**? E sem um lenço... Nem ao menos uma escova de dentes!

Fértil em ideias, estendi as mãos, num belo gesto tutelar:

– Tudo se arranja, meu Jacinto, tudo se arranja! Eu, largando daqui cedo, pelas seis horas, chego a Guiães às dez, ainda sem calor. E, mesmo antes do almoço e da cavaqueira com tia Vicência, imediatamente te mando por um moço um saco de roupa branca. As minhas camisas e as minhas ceroulas talvez te estejam largas. Mas um mendigo como tu não

> **8** A cidade do Porto não fica longe de Tormes. E a capital de Portugal é Lisboa.

> **t** Chapelaria é uma mala especial para transportar chapéu.

> **t** Traduzindo: que estarei na cidade de Guiães.

> **t** Que dá coceira de tão sujo.

tem direito a elegâncias e a roupas bem cortadas. O moço, num bom trote, entra aqui às duas horas; tens tempo de mudar antes de desceres para a Estação... Posso meter na mala uma escova de dentes.

– Oh Zé Fernandes! Então mete também uma esponja... E um frasco d'água-de-colônia!

– Água de alfazema, excelente, feita pela tia Vicência...

O meu Príncipe suspirou, impressionado com a sua miséria esquálida, e esta dádiva de roupas:

– Bem, então vamos dormir, que estou esfalfado de emoções e d'astros...

Justamente Melchior entreabria a pesada porta, com timidez, a avisar que "estavam preparadinhas as camas de suas Incelências". E seguindo o bom caseiro, que erguia uma candeia, que avistamos nós, o meu Príncipe e eu, ainda há pouco irmanados com os astros? Em duas saletas, que uma abertura em arco, lôbrego arco de pedra, separava – duas enxergas sobre o soalho. Junto à cabeceira da mais larga, que pertencia ao senhor de Tormes, um castiçal de latão sobre um **alqueire**; aos pés, como lavatório, um **alguidar** vidrado em cima duma **tripeça**. Para mim, serrano daquelas serras, nem alguidar nem alqueire.

> O alqueire hoje é usado como medida de terrenos, de superfície. Mas no passado servia para medir líquidos ou grãos. O alqueire do texto é um recipiente, um pote utilizado para quando alguém precisasse medir o equivalente a um alqueire.

Alguidar: tipo de bacia.

Tripeça: apoio de três pés.

Lentamente, com o pé, o meu supercivilizado amigo apalpou a enxerga. E decerto lhe sentiu uma dureza intransigente, porque ficou pendido sobre ela, a correr desoladamente os dedos pela face desmaiada.

– E o pior não é ainda a enxerga, murmurou enfim com um suspiro. É que não tenho camisa de dormir, nem chinelas!... E não me posso deitar de camisa engomada.

Por inspiração minha recorremos ao Melchior. De novo esse **benemérito** providenciou, trazendo a Jacinto, para ele desafogar os pés, uns **tamancos** – e para embrulhar o corpo uma camisa da comadre, enorme, de estopa, áspera como uma **estamenha** de penitente, com **folhos** mais crespos e duros do que **lavores** de madeira. Para consolar o meu Príncipe lembrei que **Platão** quando compunha o Banquete, **Vasco da Gama** quando dobrava o Cabo, não dormiam em melhores catres! As enxergas rijas fazem as almas fortes, oh Jacinto!... E é só vestido de estamenha que se penetra no Paraíso.

– Tens tu, volveu o meu amigo secamente, alguma coisa que eu leia? Não posso adormecer sem um livro.

Eu? Um livro? Possuía apenas o velho número do *Jornal do Comércio*, que escapara à dispersão dos nossos bens. Rasguei a copiosa folha pelo meio, partilhei com Jacinto fraternalmente. Ele tomou a sua metade, que era a dos anúncios... E quem não viu então Jacinto, senhor de Tormes, **acaçapado** à borda da enxerga, rente da vela de sebo que se derretia no alqueire, com os pés encafuados nos **socos**, perdido dentro das ásperas pregas e dos rijos folhos da camisa serrana, percorrendo num pedaço velho de Gazeta, pensativamente, as partidas dos Paquetes – não pode saber o que é uma intensa e verídica imagem do Desalento.

Recolhido à minha alcova espartana, desabotoava o colete, num delicioso cansaço, quando o meu Príncipe ainda me reclamou:

– Zé Fernandes...

– Dize.

Benemérito é uma pessoa que merece ser reconhecida pelos bons serviços prestados.

O trabalhador rural português andava descalço ou com tamanco, um calçado com a sola mais alta e de madeira. Às vezes, no solado, eles metiam ferros ou outras coisas para dar mais tração na lama ou sobre pedregulhos. A parte de cima podia ser de madeira ou couro.

Estamenha era um tecido áspero e incômodo usado como punição pelo penitente.

Folho: tipo de babado em roupa.

Lavor: peça de madeira trabalhada.

Platão foi um importante filósofo grego que deixou vários textos. Dentre os principais, Fédon, Teeteto, A república e O banquete.

Vasco da Gama foi o primeiro a navegar da Europa em direção à Índia, dobrando o Cabo da Boa Esperança, no sul da África.

Acaçapado: abaixado, encolhido.

Soco é o mesmo que tamanco.

– Manda também no saco um abotoador de botas.

Estirado comodamente na rija enxerga murmurei, como sempre murmuro ao penetrar no Sono, que é um primo da Morte, "Deus seja louvado!" Depois tomei a metade do *Jornal do Comércio* que me pertencia.

– Zé Fernandes...

– Que é?

– Também podias meter no saco **pós dos dentes**... E uma lima das unhas... E um romance!

Já a meia Gazeta me escapava das mãos dormentes. Mas da sua alcova, depois de soprar a vela, Jacinto murmurou entre um bocejo:

– Zé Fernandes...

– Hein?

– Escreve para Lisboa, para o Hotel Bragança... Os lençóis ao menos são frescos, cheiram bem, a sadio!

> A escova de dente já era usada antes da invenção da pasta de dente, mas o mais comum era escovar só com água ou com uma mistura de pós, como giz, tijolo, carvão e sal.

IX

Cedo, de madrugada, sem rumor, para não despertar o meu Jacinto, que, com as mãos cruzadas sobre o peito, dormia beatificamente na sua enxerga de granito – parti para Guiães.

Ao cabo duma semana, recolhendo uma manhã para o almoço, encontrei no corredor as minhas malas tão desejadas, que um moço do casal da Giesta trouxera num carro com "recados do snr. Pimentinha". O meu pensamento pulou para o meu Príncipe. E lancei pelo telégrafo, para Lisboa, para o Hotel Bragança, este brado alegre: – "Estás lá? Sei recuperaste Grilo e Civilização! Hurra! Abraço!" – Só depois de sete dias, ocupados numa delicada **apanha** de aspargos com que outrora civilizara a horta da tia Vicência, notei o silêncio de Jacinto. Num bilhete postal renovei, desenvolvi o grito amigo: – "Estás lá? São os prazeres da **Baixa** que assim te tornam desatento e mudo? Eu, todo aspargos! Responde, quando chegas? Tempo delicioso! 23º à sombra. E os ossos?"… – Veio depois a devota romaria da Senhora da Roqueirinha. Durante a lua nova **andei num corte de mato, na minha terra das Corcas.**

Apanha: colheita.

8 A Baixa, ou Baixa Pombalina, é um bairro de Lisboa, bem central e de prestígio.

t Ou seja, foi ajudar a cortar mato em outra cidade, Corcas.

Morcela é um tipo de salsicha feita com sangue de porco.

Alveitar é quem não estudou, mas atua como se fosse veterinário, cuidando de animais doentes.

Em Portugal houve uma medida para líquidos que se chamava canada e equivalia a dois litros. O quartilho era um quarto de canada, ou seja, meio litro.

Abeirar: ficar próximo.

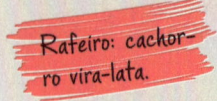

Rafeiro: cachorro vira-lata.

O "Dia Santo" é domingo. "Arrimada" é apoiada.

A tia Vicência vomitou, com uma indigestão de **morcelas**. E o silêncio do meu Príncipe era ingrato e ferrenho.

Enfim, uma tarde, voltando da Flor da Malva, de casa da minha prima Joaninha, parei em Sandofim, na venda do Manoel Rico, para beber de certo vinho branco que a minha alma conhece – e sempre pede.

Defronte, à porta do ferrador, o Severo, sobrinho do Melchior de Tormes e o mais fino **alveitar** da serra, picava tabaco, escarranchado num banco. Mandei encher outro **quartilho**: ele acariciou o pescoço da minha égua que já salvara dum esfriamento; e, como eu indagasse do nosso Melchior, o Severo contou que na véspera jantara com ele em Tormes, e se **abeirara** também do fidalgo...

– Ora essa! Então o snr. D. Jacinto está em Tormes?

O meu espanto divertiu o Severo:

– Então v. exca.... Pois em Tormes é que ele está, há mais de cinco semanas, sem arredar! E parece que fica para a vindima, e vai lá uma grandeza!

Santíssimo nome de Deus! Ao outro dia, domingo, depois da missa e sem me assustar com a calma que carregava, trotei alvoroçadamente para Tormes. Ao latir dos **rafeiros**, quando transpus o portal solarengo, a comadre do Melchior acudiu dos lados do curral, com um alguidar de lavagem encostado à cintura. – Então o snr. D. Jacinto?... O snr. D. Jacinto andava lá para baixo, com o Silvério e com o Melchior, nos campos de Freixomil...

– E o snr. Grilo, o preto?

– Há bocadinho também o enxerguei no pomar, com o francês, a apanhar limões doces...

Todas as janelas do solar rebrilhavam, com vidraças novas, bem polidas. A um canto do pátio notei baldes de cal e tigelas de tintas. Uma escada de pedreiro descansara durante o **Dia Santo arrimada** contra o telhado. E, rente ao muro da capela, dois gatos dormiam sobre montões de palha desempacotada de caixotes consideráveis.

– Bem, pensei eu. Eis a Civilização!

Recolhi a égua, **galguei** a escada. Na varanda, sobre uma pilha de ripas, reluzia num raio de sol uma banheira de zinco. Dentro encontrei todos os soalhos remendados, esfregados a carqueja. As paredes, muito caiadas e nuas, refrigeravam como as dum convento. Um quarto, a que me levaram três portas escancaradas com franqueza serrana, era certamente o de Jacinto: a roupa pendia de cabides de pau; o leito de ferro, com coberta de **fustão**, encolhia timidamente a sua rigidez virginal a um canto, entre o muro e a banquinha onde um castiçal de latão resplandecia sobre um volume do *D. Quixote*; no lavatório pintado de amarelo, imitando bambu, apenas cabia o jarro, a bacia, um naco gordo de sabão; e uma prateleirinha bastava ao esmerado alinho da escova, da tesoura, do pente, do espelhinho de feira, e do frasquinho de água de alfazema que eu mandara de Guiães. As três janelas, sem cortinas, contemplavam a beleza da serra, respirando um delicado e macio ar, que se perfumava nas resinas dos pinheirais, depois nas roseiras da horta. Em frente, no corredor, outro quarto repetia a mesma simplicidade. Certamente a **previdência** do meu Príncipe o destinara ao seu Zé Fernandes. Pendurei logo dentro, no cabide, o meu guarda-pó de lustrina.

Mas na sala imensa, onde tanto filosofáramos considerando as estrelas, Jacinto arranjara um centro de repouso e d'estudo – e desenrolara essa "grandeza" que impressionava o Severo. As cadeiras de verga da **Madeira**, amplas e de braços, ofereciam o conforto de almofadinhas de **chita**. Sobre a mesa enorme de pau branco, carpinteirada em Tormes, admirei um candeeiro de metal de três bicos, um tinteiro de frade armado de **penas de pato**, um vaso de capela transbordando de cravos. Entre duas janelas uma cômoda antiga, embutida, com **ferragens lavradas**, recebera sobre o seu mármore rosado o devoto peso dum Presépio, onde Reis Magos, pastores de **surrões vistosos**, cordeiros d'esguedelhada lã, se apressavam através **d'alcantis** para o Menino, que na sua **lapinha** lhes abria os braços, coroado por uma enorme Coroa Real. Uma estante de madeira en-

---

Galgar: subir.

Fustão: tecido.

Previdência: qualidade ou condição de quem é precavido.

8 A ilha da Madeira fica próxima de Marrocos, na África, e foi colonizada pelos portugueses. Ainda hoje faz parte de Portugal.

Chita: tipo de tecido.

Antigamente usava-se penas para escrever. Para funcionar, era preciso uma pena de voo, que é larga, mais durinha e fica na asa e na cauda de uma ave relativamente grande. Seu miolo é oco, ótimo para depositar tinta. A ponta é afiada e a penugem da base é desbastada para dar espaço para os dedos. Cada canto do mundo usava as aves que estivessem dando mole, mas dizem que as melhores eram as de ganso, peru e cisne.

Os puxadores eram de metal (ferragens) e enfeitados (lavradas).

A roupa era chique (vistosa), mas meio surrada (surrão).

Alcantil: despenhadeiro.

Lapinha: gruta pequena.

> Plutarco foi um historiador grego de grande influência na literatura ocidental e escreveu uns 230 livros.
>
> Virgílio escreveu, entre outras obras, o badalado poema Eneida.
>
> A Odisseia é um poema clássico de Homero sobre as peripécias de Ulisses em seus dez anos na Guerra de Troia e nos outros dezessete anos em seu caminho de volta para casa.
>
> Epicteto foi um filósofo romano que nunca escreveu nada, mas tinha um aluno que anotava tudo. O Manual de Epicteto são essas anotações.
>
> Entre 1337 e 1453, franceses e ingleses batalharam na Guerra dos Cem Anos. O francês Jean Froissart era um poeta que relatava o que rolava na Corte. Seu livro Crônicas revela como era a vida feudal e da cavalaria daqueles tempos.

chia outro pedaço de parede, entre dois retratos negros com caixilhos negros; sobre uma das suas prateleiras repousavam duas espingardas; nas outras esperavam, espalhados, como os primeiros Doutores nas bancadas dum concílio, alguns nobres **livros**, um Plutarco, um Virgílio, a *Odisseia*, o *Manual de Epicteto*, as *Crônicas de Froissart*. Depois, em fila decorosa, cadeiras de palhinha, muito novas, muito envernizadas. E a um canto um molho de varapaus.

Tudo resplandecia de asseio e ordem. As portadas das janelas, cerradas, abrigavam do sol que batia aquele lado de Tormes, escaldando os peitoris de pedra. Do soalho, borrifado de água, subia, na suavizada penumbra, uma frescura. Os cravos recendiam. Nem dos campos, nem da casa, se elevava um rumor. Tormes dormia no esplendor da manhã santa. E, penetrado por aquela consoladora quietação de convento rural, terminei por me estender numa cadeira de verga, junto da mesa, abrir languidamente um tomo de Virgílio, e murmurar, apropriando o doce verso que encontrara:

Fortunate Jacinthe! Hic, inter arva nota
Et fontes sacros, frigus captabis opacum...

Afortunado Jacinto, na verdade! Agora, entre campos que são teus e águas que te são sagradas, colhes enfim a sombra e a paz!

Li ainda outros versos. E, na fadiga das duas horas de égua e calor desde Guiães, irreverentemente adormecia sobre o divino Bucolista — quando me despertou um berro amigo! Era o meu Príncipe. E muito decididamente, depois de me soltar do seu rijo abraço, o comparei a uma planta **estiolada**, **emurchecida** na escuridão, entre tapetes e sedas, que, levada para vento e sol, profusamente regada, **reverdece**, desabrocha e honra a Natureza! Jacinto já não corcovava. Sobre a sua

> Estiolado: debilitado, enfraquecido.
>
> Emurchecido: murcho.
>
> Reverdecer: ficar verde, viçoso.

arrefecida palidez de supercivilizado, o ar **montesino**, ou vida mais verdadeira, espalhara um rubor trigueiro e quente de sangue renovado que o virilizava soberbamente. Dos olhos, que na Cidade andavam sempre tão crepusculares e desviados do Mundo, saltava agora um brilho de meio-dia, resoluto e largo, contente em se embeber na beleza das coisas. Até o bigode se lhe encrespara. E já não deslizava a mão desencantada sobre a face, – mas batia com ela triunfalmente na coxa. Que sei? Era Jacinto novíssimo. E quase me assustava, pôr eu ter de aprender e penetrar, neste novo Príncipe, os modos e as ideias novas.

– Caramba, Jacinto, mas então...?

Ele encolheu jovialmente os ombros realargados. E só me soube contar, trilhando soberanamente com os sapatos brancos e cobertos de pó o soalho remendado, que, ao acordar em Tormes, depois de se lavar numa **dorna**, e d'enfiar a minha roupa branca, se sentira de repente como *desanuviado*, **desenvencilhado**! Almoçara uma pratada de ovos com chouriço, sublime. Passeara por toda aquela magnificência da serra com pensamentos ligeiros de liberdade e de paz. Mandara ao Porto comprar uma cama, uns cabides... E ali estava...

– Para todo o verão?

– Não! Mas um mês... Dois meses! Enquanto houver chouriços, e a água da fonte, bebida pela telha ou numa folha de couve, me souber tão divinamente!

Caí sobre a cadeira de verga, e contemplei, arregalado, quase esgazeado, o meu Príncipe! Ele enrolava numa mortalha tabaco picado, tabaco grosso, guardado numa malga vidrada. E exclamava:

– Ando aí pelas terras desde o **romper d'alva**! Pesquei já hoje quatro trutas, magníficas... Lá embaixo, no Naves, um riachote que se atira pelo vale da Seranda... Temos logo ao jantar essas trutas!

Mas eu, ávido pela história daquela ressurreição:

– Então, não estiveste em Lisboa?... Eu telegrafei...

– Qual telégrafo! Qual Lisboa! Estive lá em cima, ao pé da

Montesino: dos montes.

8 A dorna é uma espécie de barril usado, em geral, para amassar uvas com os pés.

Desenvencilhado: solto, livre.

t Desde o nascer do sol.

> Citando de novo Virgílio, que escreveu sub tegmine fagi, "debaixo da sombra de um pé de faia".

O linho é um tecido feito com as fibras de uma planta conhecida desde o Egito Antigo. Na Idade Média, vários cantos de Portugal fabricavam pequenas quantidades desse pano. A região de Guimarães foi uma forte produtora de linho – desde o plantio até o tecido pronto. Mas a produção local perdeu muito do vigor com a industrialização.

> O cavador é aquele que bate a enxada na terra para cavar o buraco onde se vai plantar a semente, neste caso, o feijão.

> Lembra que ele falou que os pratos tinham um galo pintado? Era o Galo de Barcelos, hoje um símbolo de Portugal.

São Francisco abriu mão de tudo o que tinha e foi viver na maior pobreza. Seus seguidores são os religiosos da Ordem dos Franciscanos e fazem voto de pobreza – prometem viver uma vida bem simples.

> Magreza aqui é no sentido de pobreza, pouca variedade, tudo simplão.

fonte da Lira, à sombra duma grande árvore, **sub tegmine** não sei quê, a ler esse adorável Virgílio... E também a arranjar o meu palácio! Que te parece, Zé Fernandes? Em três semanas, tudo soalhado, envidraçado, caiado, encadeirado!... Trabalhou a freguesia inteira! Até eu pintei, com uma imensa brocha. Viste o comedoiro?

– Não.

– Então vem admirar a beleza na simplicidade, bárbaro!

Era a mesma onde nós tanto exaltáramos o arroz com favas – mas muito esfregada, muito caiada, com um rodapé besuntado d'azul estridente onde logo adivinhei a obra do meu Príncipe. Uma toalha de **linho de Guimarães** cobria a mesa, com as franjas roçando o soalho. No fundo dos pratos de louça forte reluzia um galo amarelo. Era o mesmo galo e a mesma louça em que na nossa casa, em Guiães, se servem os **feijões aos cavadores**...

Mas no pátio os cães latiram. E Jacinto correu à varanda, com uma ligeireza curiosa que me deleitou. Ah, bem definitivamente se esfrangalhara aquela rede de malha que se não percebia e que outrora o travava! – Nesse momento apareceu o Grilo, de quinzena de linho, segurando em cada mão uma garrafa de vinho branco. Todo se alegrou "em ver na quinta o siô Fernandes". Mas a sua veneranda face já não resplandecia, como em Paris, com um tão sereno e ditoso brilho de ébano. Até me pareceu que corcovava... Quando o interroguei sobre aquela mudança, estendeu duvidosamente o beiço grosso.

– O menino gosta, eu então também gosto... Que o ar aqui é muito bom, siô Fernandes, o ar é muito bom!

Depois, mais baixo, envolvendo num gesto desolado a **louça de Barcelos**, as facas de cabo d'osso, as prateleiras de pinho como num refeitório de **Franciscanos**:

– Mas muita magreza, siô Fernandes, muita **magreza**!

Jacinto voltava com um maço de jornais cintados:

– Era o carteiro. Já vês que não amuei inteiramente com a Civilização. Eis a imprensa!... Mas nada de *Fígaro*, ou da horrenda **Dois-Mundos**! Jornais de Agricultura! Para aprender como se produzem as risonhas **messes**, e sob que signo se casa a vinha ao olmo, e que cuidados necessita a abelha próvida... **Quid faciat laetas segetes...** De resto para esta nobre educação, já me bastavam as Geórgicas, que tu ignoras!

Eu ri:

– Alto lá! **Nos quoque gens sumus et nostrum Virgilium sabemus**!

Mas o meu novíssimo amigo, debruçado da janela, batia as palmas – como **Catão** para chamar os servos, na Roma simples. E gritava:

– Ana Vaqueira! Um copo d'água, bem lavado, da fonte velha!

Pulei, imensamente divertido:

– Oh Jacinto! E as águas carbonatadas? e as fosfatadas? e as esterilizadas? e as sódicas?...

O meu Príncipe atirou os ombros com um desdém soberbo. E aclamou a aparição dum grande copo, todo embaciado pela frescura nevada da água refulgente, que uma bela moça trazia num prato. Eu admirei sobretudo a moça... Que olhos, dum negro tão líquido e sério! No andar, **no quebrar da cinta**, que harmonia e que graça de Ninfa latina!

E apenas pela porta desaparecera a esplêndida aparição:

– Oh Jacinto, eu daqui a um instante também quero água! E se compete a esta rapariga trazer as cousas, eu, de cinco em cinco minutos, quero uma cousa!... Que olhos, que corpo... Caramba, menino! Eis a poesia, toda viva, da serra...

O meu Príncipe sorria, com sinceridade:

– Não! não nos iludamos, Zé Fernandes, nem façamos

8 A *Revue des Deux Mondes* é uma revista francesa lançada em 1829 que trata de cultura e política.

Messe: colheita.

De novo, trecho de *Geórgicas*, de Virgílio: "O que torna as searas fertéis...".

Traduzindo: "Nós também somos gente e conhecemos o nosso Virgílio".

O Império Romano nos deu dois Catão – Catão, o Velho, e seu bisneto, Catão, o Jovem. O Velho foi um importante político e comandante militar, além de escritor. Dentre sua obra está o *De Agri Cultura* ("Sobre a agricultura"), uma espécie de manual de como administrar uma fazenda e que, dentre outras coisas, explicava como agir com seus escravos.

"No quebrar da cinta" significa o remelexo da cintura, o rebolado ao andar.

> Arcádia era uma província da Grécia que virou um lugar mágico na cabeça dos artistas, onde tudo era felicidade, perfeito. O Bucólicas, de Virgílio, por exemplo, tem esse lugar irreal como cenário.

🐦 Uma das vacas preferidas para produzir leite é a Holstein-Frísia, conhecida no Brasil como vaca holandesa e, em Portugal, como vaca turina.

Conceber: engravidar, dar à luz.

Desancar: maltratar, bater.

Expedito: rápido.

Arcádia. É uma bela moça, mas uma bruta... Não há ali mais poesia, nem mais sensibilidade, nem mesmo mais beleza do que numa linda **vaca turina**. Merece o seu nome de Ana Vaqueira. Trabalha bem, digere bem, **concebe** bem. Para isso a fez a Natureza, assim sã e rija; e ela cumpre. O marido todavia não parece contente, porque a **desanca**. Também é um belo bruto... Não, meu filho, a serra é maravilhosa e muito grato lhe estou... Mas temos aqui a fêmea em toda a sua animalidade e o macho em todo o seu egoísmo... São porém verdadeiros, genuinamente verdadeiros! E esta verdade, Zé Fernandes, é para mim um repouso.

Lentamente, gozando a frescura, o silêncio, a liberdade do vasto casarão, retrocedemos à sala que Jacinto já denominara a *Livraria*. E, de repente, ao avistar num canto uma caixa com a tampa meio despregada, quase me engasguei, na furiosa curiosidade que me assaltou:

— E os caixotes? Oh Jacinto?... Toda aquela imensa caixotaria que nós mandamos, abarrotada de Civilização? Souberste? Apareceram?

O meu Príncipe parou, bateu alegremente na coxa:

— Sublime! Tu ainda te lembras daquele homenzinho, de saco a tiracolo, que nós admiramos tanto pela sua sagacidade, o seu saber geográfico?... Lembras? Apenas falei em Tormes, gritou que conhecia, rabiscou uma nota... Nem era necessário mais! "Oh! Tormes, perfeitamente, muito antigo, muito curioso!" Pois mandou tudo para Alba de Tormes, em Espanha! Está tudo em Espanha!

Cocei o queixo, desconsolado:

— Ora, ora... Um homem tão esperto, tão **expedito**, que fazia tanta honra ao progresso! Tudo para Espanha!... E mandaste vir?

— Não! Talvez mais tarde... Agora, Zé Fernandes, estou saboreando esta delícia de me erguer pela manhã, e de ter só uma escova para alisar o cabelo.

Considerei, cheio de recordações, o meu amigo:

— Tinhas umas nove.

– Nove? Tinha vinte! Talvez trinta! E era uma atrapalhação, não me bastavam!... Nunca em Paris andei bem penteado. Assim com os meus setenta mil volumes: eram tantos que nunca li nenhum. Assim com as minhas ocupações: tanto me sobrecarregavam, que nunca fui útil!

De tarde, depois da calma, fomos vaguear pelos caminhos coleantes daquela quinta rica, que, através de duas léguas, ondula por vale e monte. Não me encontrara mais com Jacinto em meio da Natureza, desde o remoto dia d'entremez em que ele tanto sofrera no sociável e policiado bosque de Montmorency. Ah, mas agora, com que segurança e **idílico amor** se movia através dessa Natureza, de onde andara tantos anos desviado por teoria e por hábito! Já não **arreceava** a umidade mortal das relvas; nem repelia como impertinente o roçar das ramagens; nem o silêncio dos altos o inquietava como um despovoamento do Universo. Era com delícias, com um consolado sentimento de estabilidade recuperada, que enterrava os grossos sapatos nas terras moles, como no seu elemento natural e paterno: sem razão, deixava os trilhos fáceis, para se embrenhar através de arbustos emaranhados, e receber na face a carícia das folhas tenras; sobre os outeiros, parava, imóvel, retendo os meus gestos e quase o meu hálito, para se embeber de silêncio e de paz; e duas vezes o surpreendi atento e sorrindo à beira dum regatinho palreiro, como se lhe escutasse a confidência...

Depois filosofava, sem descontinuar, com o entusiasmo dum convertido, ávido de converter:

– Como a inteligência aqui se liberta, hein? E como tudo é animado duma vida forte e profunda!... Dizes tu agora, Zé Fernandes, que não há aqui pensamento...

– Eu?! Eu não digo nada, Jacinto...

– Pois é uma maneira de refletir muito estreita e muito grosseira...

– Ora essa! Mas eu...

– Não, não percebes. A vida não se limita a pensar, meu caro doutor...

> Um amor de sonho, simples, perfeito, puro.

> Arrecear: recear, temer.

– Que não sou!

– A vida é essencialmente Vontade e Movimento: e naquele pedaço de terra, plantado de milho, vai todo um mundo de impulsos, de forças que se revelam, e que atingem a sua expressão suprema, que é a Forma. Não, essa tua filosofia está ainda extremamente grosseira...

– Irra! Mas eu não...

– E depois, menino, que inesgotável, que miraculosa diversidade de formas... E todas belas!

Agarrava o meu pobre braço, exigia que eu reparasse com reverência. Na Natureza nunca eu descobriria um contorno feio ou repetido! Nunca duas folhas d'hera, que, na verdura ou recorte, se assemelhassem! Na Cidade, pelo contrário, cada casa repete servilmente a outra casa; todas as faces reproduzem a mesma indiferença ou a mesma inquietação; as ideias têm todas o mesmo valor, o mesmo cunho, a mesma forma, como as libras; e até o que há mais pessoal e íntimo, a Ilusão, é em todos idêntica, e todos a respiram, e todos se perdem nela como no mesmo nevoeiro... a *mesmice* – eis o horror das Cidades!

– Mas aqui! Olha para aquele castanheiro. Há três semanas que cada manhã o vejo, e sempre me parece outro... A sombra, o sol, o vento, as nuvens, a chuva, incessantemente lhe compõem uma expressão diversa e nova, sempre interessante. Nunca a sua frequentação me poderia fartar...

Eu murmurei:

– É pena que não converse!

O meu Príncipe recuou, com olhares chamejantes, d'Apóstolo:

– Como que não converse? Mas é justamente um conversador sublime! Está claro, não tem ditos, nem **parola** teorias, **ore rotundo**. Mas nunca eu passo junto dele que não me sugira um pensamento ou me não desvende uma verdade... Ainda hoje quando eu voltava de pescar as trutas... Parei: e logo ele me fez sentir como toda a sua vida de vegetal é isenta de trabalho, da ansiedade, do esforço que a vida humana impõe; não tem de se preocupar com o sustento, nem com o

Parolar: tagarelar.

Literalmente é "boca redonda", mas aqui está no sentido figurado de "linguagem pomposa".

vestido, nem com o abrigo; filho querido de Deus, Deus o nutre, sem que ele se mova ou se inquiete... E é esta segurança que lhe dá tanta graça e tanta majestade. Pois não achas?

Eu sorria, concordava. Tudo isto era decerto rebuscado e **especioso**. Mas que importavam as requintadas metáforas, e essa **metafísica** mal madura, colhida à pressa nos ramos dum castanheiro? Sob toda aquela ideologia transparecia uma excelente realidade – a reconciliação do meu Príncipe com a Vida. Segura estava a sua Ressurreição depois de tantos anos de cova, de cova mole em que jazera, enfaixado como uma múmia nas faixas do Pessimismo!

E o que esse Príncipe, nesta tarde, me esfalfou! Farejava, com uma curiosidade insaciável, todos os recantos da serra! Galgava os cabeços correndo, como na esperança de descobrir lá do alto os esplendores nunca contemplados dum Mundo inédito. E o seu tormento era não conhecer os nomes das árvores, da mais rasteira planta brotando das fendas dum socalco... Constantemente me folheava como a um Dicionário Botânico.

– Fiz toda a sorte de cursos, passei pelos professores mais ilustres da Europa, tenho trinta mil volumes, e não sei se aquele senhor além é um **amieiro** ou um **sobreiro**...

– É um **azinheiro**, Jacinto.

Já a tarde caía quando recolhemos muito lentamente. E toda essa adorável paz do céu, realmente celestial, e dos campos, onde cada folhinha conservava uma quietação contemplativa, na luz docemente desmaiada, pousando sobre as cousas com um liso e leve afago, penetrava tão profundamente Jacinto, que eu o senti, no silêncio em que caíramos, suspirar de puro alívio.

Depois, muito gravemente:

– Tu dizes que na natureza não há pensamento...

– Outra vez! Olha que maçada! Eu...

– Mas é por estar nela suprimido o pensamento que lhe está poupado o sofrimento! Nós, desgraçados, não podemos suprimir o pensamento, mas certamente o podemos disciplinar e impedir que ele se estonteie e se esfalfe, como na fornalha das cidades, ideando gozos que nunca se realizam,

---

Especioso: bacana, gentil.

8 Parte da filosofia que estuda o mundo, a realidade como ela é – "meta" significa "depois, além" no grego antigo, e "física" é o mesmo que natureza.

O amieiro é uma árvore cuja madeira é boa para fazer violão.

O sobreiro é a árvore que nos dá cortiça.

O azinheiro fornece uma madeira resistente, muito usada para vigas de construções, barris e até lenha e carvão.

aspirando a certezas que nunca se atingem! ... E é o que aconselham estas colinas e estas árvores à nossa alma, que vela e se agita: – que viva na paz dum sonho vago e nada apeteça, nada tema, contra nada se insurja, e deixe o Mundo rolar, não esperando dele senão um rumor de harmonia, que a embale e lhe favoreça o dormir dentro da mão de Deus. Hein, não te parece, Zé Fernandes?

– Talvez. Mas é necessário então viver num mosteiro, com o temperamento de **S. Bruno**, ou ter cento e quarenta contos de renda e o desplante de certos Jacintos... E também me parece que andamos léguas. Estou derreado. E que fome!

– Tanto melhor, para as trutas, e para o cabrito assado que nos espera...

– Bravo! Quem te cozinha?

– Uma afilhada do Melchior. Mulher sublime! Hás de ver a canja! Hás de ver a **cabidela**! Ela é horrenda, quase anã, com os olhos tortos, um verde e outro preto. Mas que paladar! Que gênio!

Com efeito! **Horácio dedicaria uma ode** àquele cabrito assado num espeto de cerejeira. E com as trutas, e o vinho do Melchior, e a cabidela, em que a sublime anã de olhos tortos pusera inspirações que não são da terra, e aquela doçura da noite de junho, que pelas janelas abertas nos envolveu no seu veludo negro, tão mole e tão consolado fiquei, que, na sala onde nos esperava o café, caí numa cadeira de verga, na mais larga, e de melhores almofadas, e atirei um berro de pura delícia.

Depois, com uma recordação, limpando o café do pelo dos bigodes:

– Oh Jacinto, e quando nós andávamos por Paris com o Pessimismo às costas, a gemer que tudo era ilusão e dor?

O meu Príncipe, que o cabrito tornara ainda mais alegre, trilhava a grandes passadas o soalho, enrolando o cigarro:

– Oh! Que engenhosa besta, esse Schopenhauer! E a maior besta eu, que o sorvia, e que me desolava com sinceridade! E todavia – continuava ele, remexendo a chávena – o Pessimismo é uma teoria bem consoladora para os que

---

8 *São Bruno foi um monge alemão fundador da Ordem Cartuxa. Dizem que um dos traços marcantes desse santo era o seu silêncio.*

8 *A cabidela é um prato em que se cozinha uma galinha ou coelho em seu próprio sangue. Também é chamado de "ao molho pardo".*

t *Odes é uma coleção de quatro livros de poemas escritos por Horácio lá na Antiguidade.*

sofrem, porque desindividualiza o sofrimento, alarga-o até o tornar uma lei universal, a lei própria da Vida; portanto lhe tira o caráter **pungente** duma injustiça especial, cometida contra o sofredor por um Destino inimigo e **faccioso**! Realmente o nosso mal sobretudo nos amarga quando contemplamos ou imaginamos o bem do nosso vizinho: – porque nos sentimos escolhidos e destacados para a infelicidade, podendo, como ele, ter nascido para a Fortuna. Quem se queixaria de ser coxo – se toda a humanidade coxeasse? E quais não seriam os urros, e a furiosa revolta do homem envolto na neve e friagem e borrasca dum inverno especial, organizado nos céus para o envolver a ele unicamente – enquanto em redor, toda a Humanidade se movesse na luminosa benignidade duma primavera?

> Pungente: doloroso, que corta fundo.

> Faccioso: tendencioso, que não é imparcial.

– Com efeito – murmurei eu – esse sujeito teria imensa razão para urrar...

– E depois, clamava ainda o meu amigo, o Pessimismo é excelente para os Inertes, porque lhes atenua o desgracioso delito da Inércia. Se toda a meta é um monte de Dor, onde a alma vai esbarrar, para que marchar para a meta, através dos embaraços do mundo? E de resto todos os Líricos e Teóricos do Pessimismo, desde Salomão até o maligno Schopenhauer, lançam o seu cântico ou a sua doutrina para disfarçar a humilhação das suas misérias, subordinando-as todas a uma vasta lei de Vida, uma lei Cósmica, e ornando assim com a auréola de uma origem quase divina as suas miúdas desgraçazinhas de temperamento ou de Sorte. O bom Schopenhauer formula todo o seu schopenhauerismo, quando é um filósofo sem editor, e um professor sem discípulos; e sofre horrendamente de terrores e manias; e esconde o seu dinheiro debaixo do **sobrado**; e redige as suas contas em grego nos perpétuos lamentos da desconfiança; e vive nas adegas com o medo de incêndios; e viaja com um copo de lata na algibeira para não beber em vidro que beiços de **leproso** tivessem contaminado!... Então Schopenhauer é sombriamente Schopenhauerista. Mas apenas penetra na celebridade, e os seus miseráveis nervos se acalmam, e

> Sobrado: tábuas do assoalho.

> A hanseníase assustou e machucou por muito tempo. Com medo de pegar a doença, as pessoas inventavam de tudo para manter o doente longe. Na Idade Média, o portador carregava um sino para que todos mantivessem distância. Depois, passaram a prender e isolar os doentes – no Brasil, isso rolou até 1968. Hoje a hanseníase tem cura e não se fala mais lepra, o correto é hanseníase.

8 Schopenhauer morou um bom tempo na cidade alemã de Frankfurt, que hoje abriga um arquivo com documentos e objetos da vida do filósofo.

Salomão era filho de David e Bate-Seba e foi um rei muito querido de Israel. Dizem que ele era sábio até a tampa — aí aqui o Eça o chama de pedante, um cara meio exibido demais ao mostrar seu conhecimento. A Bíblia também conta que ele "teve setecentas esposas de classe principesca e trezentas concubinas".

8 O Livro dos cantares, ou Cântico dos cânticos, é uma parte da Bíblia que trata de (pasme) sexo! E foi escrito justamente por Salomão.

o cerca uma paz amável, não há então, em todo **Frankfurt**, burguês mais otimista, de face mais jucunda, e gozando mais regradamente os bens da inteligência e da Vida!... E o outro, o **Israelita**, o muito pedantesco rei de Jerusalém! Quando descobre esse sublime Retórico que o mundo é Ilusão e Vaidade? Aos setenta e cinco anos, quando o Poder lhe escapa das mãos trêmulas, e o seu serralho de trezentas concubinas se lhe torna ridiculamente supérfluo. Então rompem os pomposos queixumes! Tudo é vaidade e aflição de espírito! nada existe estável sob o sol! Com efeito, meu bom Salomão, tudo passa — principalmente o poder de usar trezentas concubinas! Mas que se restitua a esse velho sultão asiático, besuntado de Literatura, a sua virilidade — e onde se sumirá o lamento do *Eclesiastes*? Então voltará em segunda e triunfal edição, o êxtase do **Livro dos Cantares**!...

Assim discursava o meu amigo no noturno silêncio de Tormes. Creio que ainda estabeleceu sobre o Pessimismo outras coisas joviais, profundas ou elegantes; — mas eu adormecera, beatificamente envolto em Otimismo e doçura.

Em breve, porém, me fez pular, escancarar a pálpebras moles, uma rija, larga, sadia e genuína risada. Era Jacinto, estirado numa cadeira, que lia o **D. Quixote**... Oh bem-aventurado Príncipe! Conservara ele o agudo poder de arrancar teorias a uma espiga de milho ainda verde, e por uma clemência de Deus, que fizera reflorir o tronco seco, recuperara o dom divino de rir, com as facécias de Sancho!

Aproveitando a minha companhia, as duas semanas de bucólica ociosidade que eu lhe concedera, o meu Jacinto preparou então a cerimônia tão falada, tão meditada, a trasladação dos ossos dos velhos Jacintos – dos "respeitáveis ossos" como murmurava, cumprimentando, o bom Silvério, o procurador, nessa manhã de sexta-feira, em que almoçava conosco, metido num espantoso jaquetão de veludilho amarelo debruado de seda azul! A cerimônia, de resto, reclamava muita singeleza por serem tão incertos, quase impessoais, aqueles restos, que nós estabeleceríamos na Capelinha do vale da Carriça, na Capelinha toda nova, toda nua e toda fria, ainda sem alma e sem calor de Deus.

> Dom Quixote de La Mancha, publicado em 1605 com o título original de O engenhoso fidalgo Dom Quixote de La Mancha, foi escrito pelo espanhol Miguel de Cervantes y Saavedra (o sobrenome tinha esse "e" aí no meio mesmo). O livro é uma tiração de onda de uma modinha que havia de escrever sobre os cavaleiros na Idade Média. Na obra, Dom Quixote segue enredo afora sempre acompanhado de seu cavalo Rocinante e de seu fiel amigo e escudeiro, Sancho Pança.

– Porque enfim v. exca. compreende, – explicava o Silvério passando o guardanapo por sobre a larga face suada e por sobre as imensas barbas negras, como as dum turco –, naquela **mixórdia**... Oh! peço desculpa a v. exca.! Naquela confusão, quando tudo desabou, não pudemos mais conhecer a quem pertenciam os ossos. Nem sequer, falando verdade, nós sabíamos bem que dignos avós de v. exca. jaziam na capela velha, assim tão antigos, com os letreiros apagados, senhores de todo o nosso respeito, certamente, mas, se v. exca. me permite, senhores já muito desfeitos... Depois veio o desastre, a mixórdia. E aqui está o que decidi, depois de pensar. Mandei arranjar tantos caixões de **chumbo**, quantas as caveiras que se apanharam lá embaixo na Carriça, entre o lixo e o pedregulho. Havia sete caveiras e meia. Quero dizer, sete caveiras e uma caveirinha pequenina. Metemos cada caveira em seu caixão. Depois: Que quer v. exca.? Não havia outro meio! E aqui o snr. Fernandes dirá se não acha que procedemos com habilidade. A cada caveira juntamos uma certa porção de ossos, uma

Mixórdia: bagunça.

> Era uma prática medieval enterrar gente rica em caixões feitos de chumbo, e em Portugal não foi diferente. Porém, depois que se descobriu que o chumbo é tóxico, os cemitérios portugueses proibiram o uso do material.

porção razoável... Não havia outro meio... Nem todos os ossos se acharam. Canelas, por exemplo, faltavam! E é bem possível que as costelas dum daqueles senhores ficassem com a cabeça doutro... Mas quem podia saber? Só Deus. Enfim fizemos o que a prudência mandava... Depois, no dia de Juízo, cada um destes fidalgos apresentará os ossos que lhe pertencerem.

Lançava estas cousas macabras e tremendas, penetrado de respeito, quase com majestade, espetando, ora em mim, ora no meu Príncipe, os olhinhos agudos e reluzentes como **vidrilhos**.

> São pecinhas de vidro usadas para bordar e enfeitar roupas, criando um efeito de brilho.

Eu aprovei o pitoresco homem:

— Perfeitamente! Andou perfeitamente, amigo Silvério. São tão vagos, tão anônimos, todos esses avós! Só faz pena, grande pena, que se **tresmalhassem** os restos do avô Galião.

> Tresmalhar: esparramar.

— Não estava cá! acudiu Jacinto. Vim a Tormes expressamente por causa do avô Galião, e por fim o seu jazigo nunca foi aqui, na Capelinha da Carriça... Felizmente!

O Silvério sacudiu gravemente a calva **trigueira**:

> Trigueiro: grisalho.

— Nunca tivemos o exmo. snr. Galião. Há cem anos, snr. Fernandes, há cem anos que se não depositava na capela velha corpo de cavalheiro cá da casa.

— Onde estará então?...

O meu Príncipe encolheu os ombros. Por esse Reino... Na igrejinha, no cemitério dalguma das freguesias numerosas, onde ele possuía terras. Casa tão espalhada!

— Bem! concluí. Então, como se trata d'ossadas vagas, sem nome, sem data, convém uma cerimoniazinha muito simples, muito sóbria.

— Quietinha, quietinha! murmurou o Silvério, dando um forte sorvo assobiado ao café.

E foi quietinha, duma rústica e doce singeleza, a cerimônia daqueles altos senhores. Cedo, por uma manhã, levemente enevoada, os oito caixões pequeninos, cobertos dum veludo vermelho mais de festa que de funeral, com molhos de rosas espalhados, contendo cada um o seu montezinho d'ossos incertos, saíram aos ombros dos coveiros de Tormes e dos moços da quinta, da Igreja de S. José, cujo sino leve tangia, na enevoada doçura da manhã, – quanto fina e levemente! – como pia um passarinho triste. Adiante, um **airoso** moço de **sobrepeliz** erguia com zelo a velha cruz prateada; abrigando o pescoço sob um imenso **lenço de rapé**, de quadrados azuis, o velho e corcovado sacristão segurava pensativamente a caldeirinha d'água benta; e o bom abade de S. José, com os dedos entre o breviário fechado, movia os lábios, numa lenta, murmurosa reza, que ia pelo doce ar, espalhando mais doçura. Logo atrás do último **cofre**, o mais pequenino, o da caveirinha pequena, Jacinto caminhava; e eu, a estalar dentro dum fato preto de Jacinto, tirado à pressa duma das malas de Paris quando, de manhã, já tarde para mandar a Guiães, me lembrei que toda a minha roupa era de cores festivais e pastoris.

Depois marchava o Silvério, soleníssimo, com um imenso **peitilho**, onde as barbas imensas se alastravam negríssimas. De casaca, com o grosso beiço descaído, descaído todo ele por aquela melancolia de enterro que se juntava à melancolia da serra, o Grilo enfiava no braço a sua coroa, enorme, de rosas e d'heras. Por fim seguia o Melchior, entre um rancho de mulheres, que, sumidas na sombra dos lenços pretos, desfiando longos rosários, rosnavam surdas ave-marias, através d'espaçados suspiros, tão **doridos** como se inconsoladamente lhes doesse a perda daqueles Jacintos. Assim, pelas várzeas entrecorridas de regueiros, lenta nos recostos dos matos, escorregando mais rápida, pelos córregos pedregosos, seguia a procissão, sempre com a cruz adiante, alta e prateada, rebrilhando por vezes num breve raiozinho de sol que, vagarosamente, surdia da névoa desfeita. Ramos baixos de **lódão ou de salgueiro** passavam uma derradeira carícia sobre o veludo dos caixões.

Um regato por vezes nos acompanhava, com discreto fulgir entre as relvas, sussurrando e como rezando também, alegremente; e nos **quintalinhos umbrosos**, à nossa passagem, os galos, de cima das pilhas de mato, faziam soar o seu clarim festivo. Depois, adiante da fonte da Lira, como o caminho se alongava, e desejássemos poupar o nosso velho abade, cortamos através duma seara, já alta,

---

Airoso: elegante.

O "sobrepeliz" é um tipo de blusa que o padre veste por cima da batina e o coroinha usa sobre a roupa comum dele.

O lenço de rapé ou tabaqueiro surgiu no século XVII quando se alastrou pela Europa o hábito de cheirar pó de tabaco bem fininho, o rapé. E era batata: o cara cheirava e espirrava. Então, era bom ter um lenço por perto para limpar a bagunça.

Cofre aqui é o mesmo que caixa, caixão.

Peitilho é tipo um babador que vai preso ao pescoço.

Dorido: dolorido.

Dois tipos de árvores.

Quintaizinhos cheios de sombra.

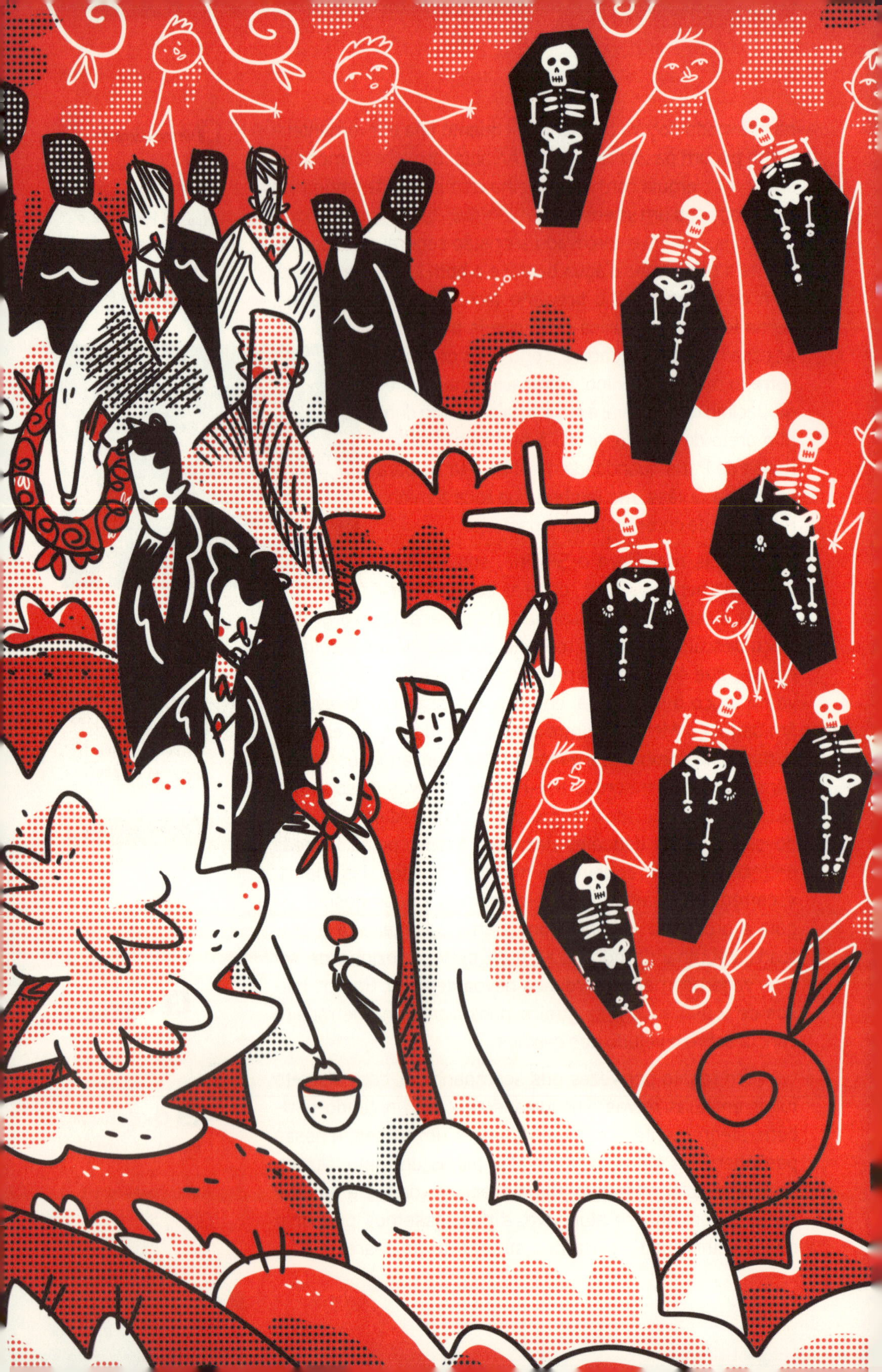

quase madura, toda entremeada de **papoulas**. O sol radiou: sob a brisa larga, que levara a névoa, toda a messe ondulou numa lenta vaga dourada, em que se balouçavam os esquifes; e, como enorme papoula, a mais vermelha, rutilava o guarda-sol de paninho logo aberto pelo sacristão para abrigar o abade.

Jacinto tocou no meu cotovelo:

— Que lindos vamos! Ora vê tu a Natureza... Num simples enterrar d'ossos, quanta graça e quanta beleza!

Na Capelinha, nova, dominando o vale da Carriça, solitária e muito nua, no meio dum **adro, ainda mal alisado,** sem uma verdura de relva, uma frescura d'arbusto, dous moços seguravam à porta molhos de tochas, que o Silvério distribuiu, a passos graves, com cortesias, soleníssimo. Dentro as curtas chamas mal luziam, mal derramavam a sua amarelidão triste, esbatidas na reluzente brancura dos muros estucados, na jovial claridade que caía das altas vidraças bem polidas. Em torno dos esquifes, pousados sobre bancos, que pesados veludilhos recobriam, o abade murmurava um suave latim, enquanto ao fundo as mulheres, sumidas na sombra dos seus negros lenços, gemiam *améns* agudos, abafavam um respeitoso soluço. Depois, tomando levemente o **hissope**, ainda o bom abade aspergiu, para uma derradeira purificação, os incertos ossos dos incertos Jacintos. E todos desfilamos por diante do meu Príncipe, timidamente encostado à **ombreira**, com o Silvério ao lado esmagando contra o peitilho as barbas imensas, a face descaída, cerradas as pálpebras como contendo lágrimas.

No adro, o meu Príncipe acendeu regaladamente um cigarro pedido ao Melchior:

— E então, Zé Fernandes, que te pareceu a cerimoniazinha?

— Muito campestre, muito suave, muito risonha... Uma delícia.

Mas o Abade, que se desvestira na Sacristia, apareceu, já com o seu grande casaco de **lustrina**, o seu velho **chapéu desabado**, trazidos pelo moço da Residência, num saco de

---

A semente da papoula é muita usada na culinária europeia e sua flor vermelha, na decoração. Outro tipo de papoula, mais comum na Ásia, é cultivado para a obtenção do ópio.

Adro é o espaço aberto na frente e ao redor das igrejas. Como é novo, não está lisinho pelo desgaste do uso.

A água benta é uma água que recebeu uma reza de um padre, ou seja, que foi abençoada. O padre católico respinga essa água para distribuir, espalhar a bênção nas pessoas e lugares. Para isso, ele usa o hissope, uma bolota de metal cheia de furinhos. Ele a molha na água benta e a chacoalha na direção do que se quer abençoar.

Ombreira é o batente da porta.

A lustrina é um tecido feito de algodão ou seda que é meio brilhante.

Desabado é o chapéu de abas grandes e meio moles.

chita. Jacinto imediatamente lhe agradeceu tantos cuidados, a afável hospitalidade que oferecera aos ossos, durante a construção da Capelinha nova. E o suave velho, todo branquinho, de faces ainda menineiras e coradas, com um claro sorriso de dentes sadios, louvava Jacinto, que assim viera de tão longe, em tão longa jornada, para cumprir aquele dever de bom neto.

– São avós muito remotos, e agora tão confusos! murmurava Jacinto sorrindo.

– Pois mais mérito ainda o de v. exca. respeitar um avô morto, bem é corrente... Mas respeitar os ossos dum quinto avô, dum sétimo avô!

– Sobretudo, snr. Abade, quando deles nada se sabe, e naturalmente nada fizeram.

O velho sacudiu risonhamente o dedo gordo:

– Ora quem sabe, quem sabe! Talvez fossem excelentes! E por fim, quem muito se demora no mundo, como eu, termina por se convencer que no mundo não há cousa ou ser inútil. Ainda ontem eu lia num jornal do Porto, que por fim, segundo se descobriu, são as minhocas que estrumam e lavram a terra, antes de chegar o lavrador e os bois com o arado. Não há nada inútil... Eu tinha lá na residência uma porção de **cardos** a um canto da horta, que me afligiam. Pois refleti e terminei por me regalar com eles em xarope. Os avós de v. exca. por cá andaram, por cá trabalharam, por cá padeceram. Quer dizer: por cá serviram. E, em todo o caso, que lhes rezemos um Padre-Nosso por alma não lhes pode fazer senão bem, a eles e a nós.

E assim, docemente filosofando, paramos num **souto de carvalheiras**, onde esperava a velhíssima égua do Abade, porque o santo homem agora, depois do reumatismo do último inverno, já não afrontava rijamente como antes os trilhos duros da serra. Para ele montar, **filialmente** Jacinto segurou o estribo. E enquanto a égua se empurrava pelo córrego acima, quase tapada sob o imenso guarda-sol

---

O cardo é bem comum em Portugal. Meio espinhento, dá flores das quais se extrai um líquido que ajuda na fabricação de queijos e de kefir. Os portugueses também o usam para fazer um remédio (xarope) contra má-digestão. Quando a planta é jovem, dá ainda para comê-la assim como comemos alcachofra.

Bosque (souto) de um tipo de carvalho de pequeno porte (carvalheiras).

Agiu como um filho cuidando do pai.

vermelho em que se abrigava o velho, nós recolhemos a casa metendo pela serra da Lombinha, através dos milhos, e depressa, porque eu **estalava**, aperreado, dentro da roupa preta do meu Príncipe.

– Estão pois acomodados estes senhores, Zé Fernandes! Só resta rezar por eles o Padre-Nosso, que recomenda o abade... Somente, eu não sei, já não me lembro do Padre-Nosso.

– Não te aflijas, Jacinto: peço à tia Vicência que reze por mim e por ti. É sempre a tia Vicência que reza os meus Padre-Nossos.

Durante essas semanas que preguicei em Tormes, eu assisti, com enternecido interesse, a uma considerável evolução de Jacinto nas suas relações com a Natureza. Daquele período sentimental de contemplação, em que colhia teorias nos ramos de qualquer cerejeira, e edificava Sistemas sobre o espumar das **levadas**, o meu Príncipe lentamente passava para o desejo da Ação... E duma ação direta e material, em que a sua mão, enfim restituída a uma função superior, revolvesse o torrão.

Depois de tanto *comentar*, o meu Príncipe, evidentemente, aspirava a *criar*.

Uma tardinha, ao anoitecer, sentados no pomar, no rebordo do tanque, enquanto o Manuel **hortelão** apanhava laranjas no alto duma escada arrimada a uma alta laranjeira, Jacinto observou, mais para si do que para mim:

– É curioso... Nunca plantei uma árvore!

– Pois é um dos três grandes atos, sem os quais, segundo diz não sei que Filósofo, nunca se foi um verdadeiro homem... Fazer um filho, plantar uma árvore, escrever um livro. Tens de te apressar, para ser um homem. É possível que talvez nunca prestasses um serviço a uma árvore, como se presta a um semelhante!

– Sim... Em Paris, quando era pequeno, regava os **lilases**. E no verão é um belo serviço! Mas nunca semeei.

E como o Manuel descia da escada, o meu Príncipe, que nunca acreditara inteiramente – pobre homem! – no

> Traduzindo: ele estava suando, sentindo calor.

> A levada é um canal que transporta a água de um ponto a outro.

> Hortelão: aquele que cuida da horta.

> Uma flor muito popular na Europa e na América do Norte e que tem um cheirinho bom.

meu saber agrícola, imediatamente reclamou o parecer daquela autoridade:

— Oh Manuel, ouça lá, o que se poderia agora semear?

Com o cesto das laranjas enfiado no braço, o Manuel exclamou, através dum lento riso, entre respeitoso e divertido:

— Semear, patrão? Agora é antes colher... Olhe que já se anda a limpar a eirazinha para a debulha, meu patrão.

— Pois sim... Mas sem ser milho nem cevada... Então ali no pomar, rente do muro velho, não se podia plantar uma fila de pessegueiros?

O riso do Manuel crescia.

— Isso sim, meu senhor! Isso é lá para os **Santos** ou para o Natal. Agora só a couvinha na horta, a **beldroega**, os espinafres, algum feijãozinho em terra muito fresca...

O meu Príncipe sacudiu com brando gesto estes legumes rasteiros.

— Bem, boa noite, Manuel. Essas laranjas são da tal laranjeira que diz o Melchior, muito doces, muito finas? Então leve para os seus pequenos. Leve muitas para os pequenos.

Não! o empenho era criar a árvore. Pela árvore contemplada na serra em sua verdadeira majestade, na beneficência da sua sombra, na frescura embaladora do seu rumorejar, na graça e santidade dos ninhos que a povoam, começara talvez, lentamente, o seu amor novo da Terra. E agora sonhava uma Tormes toda coberta d'árvores, cujos frutos e verduras, e sombras, e rumorejos suaves, e abrigados ninhos, fossem a obra e o cuidado das suas mãos paternais.

No silêncio grave do crepúsculo, que descia, murmurou ainda:

— Oh Zé Fernandes, quais são as árvores que crescem mais depressa?

— Eh, meu Jacinto... A árvore que cresce mais depressa é o eucalipto, o feiíssimo e ridículo eucalipto. Em seis anos tens aí Tormes coberta de eucaliptos...

— Tudo tão lento, Zé Fernandes...

Porque o seu sonho, que eu compreendia, seria plan-

---

t Ou seja, Dia de Todos os Santos, que é 1º de novembro.

t Beldroega é uma planta comestível consumida na Europa, no Oriente Médio, na Ásia e no México, mas tratada na América do Sul como erva daninha.

tar caroços que subissem em fortes troncos, se alargassem em verdes ramarias, antes de ele voltar ao 202, no começo do inverno...

– Um carvalho!... Trinta anos, antes que seja belo! Desanimo! É bom para Deus, que pode esperar... **Patiens quia æternus**. Trinta anos! Daqui a trinta anos, árvores só para me cobrirem a sepultura!

– Já é um ganho. E depois para teus filhos, Jacinto...

– Filhos! Onde os tenho eu?

– É o mesmo processo dos castanheiros. Semeia. Não faltam por aí terras agradáveis... Em nove meses tens uma planta feita. E quanto mais tenrinhas, e mais pequeninas, mais essas plantas encantam.

Ele murmurou, cruzando as mãos sobre os joelhos:

– Tudo leva tanto tempo!...

E à borda do tanque nos quedamos, calados, na fresca doçura do anoitecer, entre o cheiro avivado das **madressilvas** do muro, olhando o crescente da lua, que surdia dos telhados de Tormes.

E decerto esta pressa de se tornar entre a Natureza não mais um sonhador, mas um criador, arremessou vivamente

> 🅣 Traduzindo: "Paciente porque é eterno". Santo Agostinho diz isso para coisas que podem parecer injustas, mas que são assim porque Deus é paciente e espera até que a justiça seja feita.

> 🅣 A madressilva é uma trepadeira que dá flores de perfume gostoso. É muito usada em cercas e muros.

o seu interesse para os gados! Repetidamente, nos nossos passeios através da quinta, ele lhe notava a solidão.

– Faltam aqui animais, Zé Fernandes!

Imaginava eu que ele apetecia em Tormes o ornato elegante de veados e pavões. Mas um Domingo, costeando o largo campo da Ribeirinha, sempre escasso d'águas, agora mais ressequido por verão de tanta secura, o meu Príncipe parou a considerar os três carneiros do caseiro, que retouçavam com penúria uma relvagem pobre.

E, de repente, como magoado:

– Justamente! Aqui está o espaço para um belo prado, um imenso prado, muito verde, muito farto, com rebanhos de carneiros brancos, gordíssimos como bolas de algodão pousadas na relva!... Era lindo, hein? É fácil, não é verdade, Zé Fernandes?

– Sim... Trazes a água para o prado. Águas não faltam, na serra.

E o meu Príncipe, encadeando logo nesta inspirada ideia outra, mais rica e vasta, lembrou quanta beleza daria a Tormes encher esses prados, esses verdes **ferregiais**, de manadas de vacas, formosas **vacas inglesas**, bem nédias e bem luzidias. Hein? Uma beleza. Para abrigar esses gados ricos, construiria currais perfeitos, duma arquitetura leve e útil, toda em ferro e vidro, fundamente varridos pelo ar, largamente lavados pela água... Hein? Que formosura! Depois, com todas essas vacas, e o leite jorrando, nada mais fácil e mais divertido, e até mais moral, que a instalação duma queijeira, à fresca moda holandesa, toda branca e reluzente, de azulejos e de mármore, para fabricar os **Camemberts, os Bries... os Coulommiers**... Para a casa, que conforto! E para toda a serra, que atividade!

– Pois não te parece, Zé Fernandes?

– Com certeza. Tu tens, em abundância, os quatro Elementos: o ar, a água, a terra, e o dinheiro. Com estes quatro elementos, facilmente se faz uma grande lavoura. Quanto mais uma queijeira!

– Pois não é verdade? E até como negócio! Está claro, para mim o lucro é o deleite moral do trabalho, o emprego

---

Ferregia: planta usada para alimentar gado.

🇹 Essa é a raça Hereford, nome do condado inglês de onde ela veio. Tem pelo avermelhado, exceto na cara, que é branca.

🇹 Três tipos de queijos de pasta mole típicos da França.

fecundo do dia... Mas uma queijaria, assim perfeita, rende. Rende prodigiosamente. E educa o paladar, incita a instalações iguais, implanta talvez no país uma indústria nova e rica! Ora, com essa instalação perfeita, quanto me poderá custar cada queijo?

Fechei um olho, calculando:

– Eu te digo... Cada queijo, um desses queijinhos redondos, como o Camembert ou o **Rabaçal**, pode vir a custar-te, a ti Jacinto queijeiro, entre duzentos e cinquenta e trezentos mil-réis.

O meu Príncipe recuou, com dous olhos alegres espantados para mim.

– Como trezentos mil-réis?

– Ponhamos duzentos... Tem certeza! Com todos esses prados, e os encantamentos d'água, e a configuração da serra alterada, e as vacas inglesas, e os edifícios de porcelana e vidro, e as máquinas, a extravagância, e a **patuscada** bucólica, cada queijo te custa, a ti produtor, duzentos mil-réis. Mas com certeza o vendes no Porto por um **tostão**. Põe cinquenta réis para a caixa, rótulos, transporte, comissão etc. Tens apenas, em cada queijo, uma perda de cento e noventa e nove mil oitocentos e cinquenta réis!

O meu Príncipe não desanimou.

– Perfeitamente! Faço um desses espantosos queijos por semana, ao sábado, para o comermos nós ambos ao domingo!

E tanta energia lhe comunicava o seu novo Otimismo, tão ansiosamente aspirava a criar, que logo, arrastando o Silvério e o Melchior por cabeços e barrancos, largou a percorrer a quinta toda, para determinar onde cresciam, ao seu mando inspirado, os verdes prados, e se ergueriam, rebrilhantes no sol de Tormes, os currais elegantes. Com a esplêndida segurança dos seus cento e nove **contos** de renda, não surgia dificuldade, risonhamente murmurada pelo Melchior, ou exclamada, com respeitoso pasmo, pelo Silvério, que ele não afastasse brandamente, com jeito leve, como um galho de roseira brava atravessado numa vereda.

Aquelas rochas, além, **empecendo**? Que se arrancassem! Um vale importuno dividia dous campos? Que se

> Um queijo de ovelha e cabra mais curado (mais duro e envelhecido), típico de Portugal.

> Patuscada: farra.

> A moeda de Portugal naquela época era o Real. O plural de Real era réis. Um tostão era equivalente a cem réis, ou seja, bem pouco.

> O conto equivalia a 1 milhão de réis.

> Empecer: impedir, atrapalhar, dificultar.

atulhasse! O Silvério suspirava, enxugando sobre a escura calva um suor quase d'angústia. Pobre Silvério! Rijamente sacudido na doce pachorra da sua administração, calculando despesas que se afiguravam sobre-humanas à sua parcimônia serrana, forçado a arquejar, sem descanso, sob **soalheiras de junho**, o desgraçado retomara na Serra o jeito que Jacinto deixara em Paris – e era ele que corria pelas longas barbas tenebrosas os dedos desalentados...

Enfim uma tarde desabafou comigo, a um canto da varanda, enquanto Jacinto, na livraria, escrevia a um seu amigo de Holanda, o conde Rylant, **Mordomo-Mor** da Corte, pedindo desenhos, e planos, e orçamentos duma queijeira perfeita.

– Pois, snr. Fernandes, se toda esta grandeza vai por diante, sempre lhe digo que o snr. D. Jacinto enterra aqui na serra dezenas de contos... Dezenas de contos!

E como eu aludia à fortuna do meu Príncipe, a quem todas essas obras tão vastas, que alterariam o antiquíssimo rosto da serra, não custavam mais que a outros o conserto dum socalco, – o bom Silvério atirou os longos braços para as coxas, ainda mais desolado:

– Pois por isso mesmo, snr. Fernandes! Se o snr. D. Jacinto não tivesse a dinheirama, recuava. Assim, é **zás zás**, para diante; e eu não o censuro pela ideia. **Lograsse eu a renda** de s. exca., que me atirava também a uma lavoura de capricho. Mas não aqui, snr. Fernandes, nestas serranias, entre alcantis. Pois um senhor que possui aquela linda propriedade de **Montemor**, nos campos do Mondego, onde até podia plantar jardins de desbancar os do Palácio de Cristal do Porto! E a Veleira? O snr. Fernandes não conhece a Veleira, lá para os lados de Penafiel? Isso é um condado! E uma terra chã, boa terra, toda junta, ali em volta da casa, com uma torre. Um regalo, snr. Fernandes. Mas sobretudo Montemor! Lá é que eram prados e manadas de vacas inglesas, e queijeira e horta rica, de fartar, e aí trinta perus na **capoeira**...

---

t Junho é verão em Portugal. "Soalheira" é aquela sensação de sol ardido na pele.

Os reis tinham um encarregado pela administração do território: o mordomo-mor, que trabalhava no departamento de mordomia-mor. Era um cargo importante, responsável, por exemplo, pela nomeação e pagamento de oficiais, médicos, cirurgiões, músicos, criados... Hoje, a palavra "mordomia" ganhou a conotação de regalia e "mordomo" (que vem do latim major domus), de um serviçal mais graduado que trabalha na casa de ricos.

Zás zás: Rapidamente.

t Traduzindo: se eu tivesse a grana que ele tem...

8 Montemor fica a uns duzentos quilômetros de Tormes.

t "Capoeira" aqui quer dizer galinheiro, lugar onde se cria aves.

— Então que quer, Silvério? O Jacinto gosta da serra. E depois este é o solar da família, e aqui começaram no século XIV os Jacintos...

O pobre Silvério, no seu desespero, esquecia o respeito devido à secular nobreza da casa.

— Ora! até ficam mal ao snr. Fernandes essas ideias, neste século da liberdade... Pois estamos lá em tempos de se falar em fidalguias, agora que por toda a parte anda tudo em República? Leia o **Século**, snr. Fernandes! leia o *Século*, e verá! E depois eu sempre quero ver o snr. D. Jacinto, aqui no inverno, com o nevoeiro a subir do rio logo pela manhã, e a friagem a traspassar os ossos, e ventanias que atirem carvalheiras de raízes ao ar, e chuvas e chuvas que se desfaz a serra!... Olhe, até mesmo por amor da saúde o snr. D. Jacinto, que é fraquinho e acostumado à cidade, necessita sair da serra. Em Montemor, em Montemor é que s. exca. estava bem. E o snr. Fernandes, tão amigo dele e assim com tanta influência, devia teimar, e berrar, até que o levasse para Montemor.

Mas, infelizmente para a quietação do Silvério, Jacinto lançara raízes, e rijas, e amorosas raízes na sua rude serra. Era realmente como se o tivessem **plantado d'estaca** naquele antiquíssimo chão, de onde brotara a sua raça, e o antiquíssimo húmus refluísse e o penetrasse todo, e o andasse transformando num Jacinto rural, quase vegetal, tão do chão, e preso ao chão, como as árvores que ele tanto amava.

E depois o que o prendia à serra era o ter nela encontrado o que na Cidade, apesar da sua sociabilidade, não encontrara nunca, — dias tão cheios, tão deliciosamente ocupados, dum tão saboroso interesse, que sempre penetrava neles, como numa festa ou numa glória.

Logo de manhã, às seis horas, eu, no meu quarto, mexendo ainda regaladamente o meu corpo nos colchões de fresco **folhelho**, sentia os seus rijos sapatões pelo corredor, e o seu cantarolar, desafinado, mas ditoso como o dum **metro**. Em poucos instantes escancarava com **fragor** a minha porta, já de chapéu desabado, já de bengalão de cerejeira, disposto

8 Jornal publicado em Lisboa entre 1880 e 1977, e que defendia o fim da monarquia e a instalação da república — o que aconteceu em 1910.

t "Plantar de estaca" é quando se corta um galhinho de uma planta e o coloca na terra para dali brotar uma planta nova.

t As folhas do milho eram separadas do sabugo, limpas e secas ao sol. Depois, desfiadas e usadas como enchimento de colchão.

Na poesia, o metro é uma medida que nos informa o número de sílabas poéticas, determinando o ritmo da poesia. Se a obra tem cinco sílabas poéticas por verso, é chamada de redondilha menor. Se tiver sete, é uma redondilha maior (e não confunda essas sílabas com a divisão silábica gramatical, falou?).

Fragor: barulho.

com reservado fervor para os trilhos conhecidos da serra. E era sempre a mesma nova, quase orgulhosa:

— Dormi hoje deliciosamente, Zé Fernandes. Tão bem, com uma tal serenidade, que começo a acreditar que sou um **justo**! Um dia lindo! Quando abri a janela, às cinco horas, quase gritei de puro gosto!

Na sua pressa, nem me deixava demorar na frescura da banheira; e quando eu repetia a risca mal começada do cabelo, aquele antigo homem das trinta e nove escovas protestava contra esse desbarato efeminado dum tempo devido aos fortes gozos da terra.

Mas quando, depois de acariciar os rafeiros no pátio, desembocávamos da alameda de plátanos, e diante de nós se dividiam matutinamente, mais brancos entre o verde matutino, os caminhos coleantes da quinta, toda a sua pressa findava, e penetrava na Natureza, com a reverente lentidão de quem penetra num Templo. E repetidamente sustentava ser "contrário à **Estética**, à Filosofia e à Religião, andar depressa através dos campos". De resto, com aquela sutil sensibilidade bucólica que nele se desenvolvera, e incessantemente se afinava, qualquer breve beleza, do ar ou da terra, lhe bastava para um longo encanto. **Ditosamente** poderia ele entreter toda uma manhã, caminhar por entre um pinheiral, de tronco a tronco, calado, embebido no silêncio, na frescura, no resinoso aroma, empurrando com o pé as **agulhas** e as pinhas secas. Qualquer água corrente o retinha, enternecido naquela serviçal atividade, que se apressa, cantando, para o torrão que tem sede, e nele se some, e se perde. E recordo ainda quando me reteve meio domingo, depois da Missa, no cabeço, junto a um velho curral desmantelado, sob uma grande árvore, — só porque em torno havia quietação, doce aragem, um fino piar d'ave na ramaria, um murmúrio de regato entre canas verdes, e por sobre a sebe, ao lado, um perfume, muito fino e muito fresco, de flores escondidas.

Depois, quando eu, velho familiar das serras, me não abandonava aos mesmos êxtases que a ele lhe enchiam a alma ainda noviça – o meu Príncipe rugia, com a indignação dum poeta que descobre um merceeiro bocejando sobre Shakespeare ou Musset. Eu ria.

Justo: bem-aventurado, que vive em felicidade.

8 *Estética é a parte da filosofia que tenta entender como se define o que é a beleza e a arte.*

Ditosamente: felizmente.

O que é folha nas outras árvores, nos pinheiros é chamado de agulha.

— Meu filho, olha que eu não passo dum pequeno proprietário. Para mim não se trata de saber se a terra é *linda*, mas se a terra é *boa*. Olha o que diz a Bíblia! "Trabalharás a quinta com o suor do teu rosto!" E não diz "contemplarás a quinta com o enlevo da tua imaginação!"

— Pudera! exclamava o meu Príncipe. Um velho livro escrito por Judeus, por ásperos semitas, sempre com o turvo olho posto no lucro! Repara, homem, para aquele bocadinho de vale, e consegue não pensar, por um momento, nos trinta mil-réis que ele rende! Verás que pela sua beleza e graça ele te dá mais contentamento à alma que os trinta mil-réis ao corpo. E na vida só a alma importa.

Recolhendo ao casarão, já o encontrávamos com as janelas meio cerradas, os soalhos borrifados para aquelas quentes réstias de sol de junho, que depois do almoço docemente nos retinham na livraria, preguiçando.

Mas realmente a alegre atividade do meu Príncipe não cessava, nem amolecia, sob o peso da **sesta**. A essa hora, enquanto pelo arvoredo mudo os mais agitados pardais dormiam, e o sol mesmo parecia repousar, imóvel na rutilância da sua luz, Jacinto com o espírito acordado, — ávido de sempre gozar, agora que reconquistara essa faculdade — tomava com delícia o *seu livro*. Porque o dono de trinta mil volumes era agora, na sua casa de Tormes, depois de ressuscitado, o homem que só tem um livro. Essa mesma Natureza, que o desligara das ligaduras amortalhadoras do tédio, e lhe gritara o seu belo **Ambula**, caminha! — também certamente lhe gritara *et lege*, e lê. E libertado enfim do invólucro sufocante da sua Biblioteca imensa, o meu ditoso amigo compreendia enfim a incomparável delícia de *ler um livro*. Quando eu correra a Tormes (depois das revelações do severo na venda do Torto), ele findava o *D. Quixote*, e ainda eu lhe escutara as derradeiras risadas com as cousas deliciosas, e decerto profundas, que o gordo Sancho lhe murmurava, escarranchado no seu burro. Mas agora o meu Príncipe mergulhara na *Odisseia*, — e todo ele vivia no espanto e no deslumbramento de assim ter encontrado no meio do caminho da sua vida o velho errante, o velho Homero!

> t Em alguns lugares, é comum descansar após o almoço. Isso é a sesta. Às vezes, é só uma soneca. Outras, leva horas e até o comércio fecha.

> t Jesus teria curado um paraplégico e dito: *Surge et ambula* (em latim), ou seja, "Levanta e caminha" – note aí a raiz da palavra "ambulância" ou de "vendedor ambulante", por exemplo.

> 8 George Ohnet era muito lido na França, onde publicava principalmente em folhetim (capítulos em jornais). É considerado por muitos um "escritor menor", ou seja, não tão bom quanto os que viraram clássicos.

> 8 Obra de Homero que relata os finalmentes da Guerra de Troia ("Ilíada" vem de Ílion, como os gregos chamavam Troia), tendo Aquiles como personagem principal.

> 8 Alcibíades foi um político grego da Antiguidade.

> t Um sofisma é um argumento (ou ideia) inventado para parecer uma verdade, quando não passa de invenção. Um sofista é quem usa esse truque para enganar, iludir.

> t "Pontifício" é o que vem ou é do papa, o chefe maior da Igreja Católica. E "missal" é um livrinho com as orações da missa.

> t "Engenho" aqui é inteligência para armar ataques e disputar poder.

– Oh Zé Fernandes, como sucedeu que eu chegasse a esta idade sem ter lido Homero?...

– Outras leituras, mais urgentes... o *Fígaro*, **George Ohnet**...

– Tu leste a *Ilíada*?

– Menino, sinceramente me gabo de nunca ter lido a *Ilíada*.

Os olhos do meu Príncipe fuzilavam.

– Tu sabes o que fez **Alcibíades**, uma tarde, no Pórtico, a um **sofista**, um desavergonhado dum sofista, que se gabava de não ter lido a *Ilíada*?

– Não.

– Ergueu a mão e atirou-lhe uma bofetada tremida.

– Para lá, Alcibíades! Olha que eu li a *Odisseia*!

Oh! mas decerto eu a lera, corridamente, com a alma desatenta! E insistia em me iniciar, ele, e me conduzir, através do Livro sem igual. Eu ria. E rindo, pesado do almoço, terminava por consentir, e me estirava no canapé de verga. Ele, diante da mesa, direito na cadeira, abria o livro gravemente, **pontificalmente, como um missal**, e começava numa lenta ode sentida. Aquele grande mar da *Odisseia*, – resplandecente e sonoro, sempre azul, todo azul, sob o voo branco das gaivotas, rolando, e mansamente quebrando sobre a areia fina ou contra as rochas de mármore das Ilhas Divinas, – exalava logo uma frescura salina, bem-vinda e consoladora naquela calma de junho, em que a serra entorpecia. Depois as estupendas manhas do sutil Ulisses e os seus perigos sobre-humanos, tantas lamúrias sublimes, e um anseio tão espalhado da Pátria perdida, e toda aquela intriga, em que embrulhava os heróis, lograva as Deusas, iludia o Fado, tinham um delicioso sabor ali, nos campos de Tormes, onde nunca se necessitava de sutileza ou de **engenho**, e a Vida se desenrolava com a segurança imutável com que cada manhã sempre o sol igual nascia, e sempre centeios e milhos, regados por águas iguais, seguramente medravam, espigavam, amadureciam... Embalado pela recitação grave e monótona do meu Príncipe, eu cerrava as pálpebras docemente. Em breve um vasto tumulto, por terra e céu, me alvoroçava... E eram os rugidos de **Polifemo**, ou a grita dos companheiros d'Ulisses roubando as vacas de Apolo. Com os olhos logo esbugalhados para Jacinto, eu murmurava: *Sublime!* E sempre, nesse momento o engenhoso Ulisses, de **carapuço** vermelho e o longo remo ao ombro, surpreendia com a sua facúndia a clemência dos Príncipes, ou reclamava presentes devidos ao Hóspede, ou surripiava astutamente algum favor aos Deuses. E Tormes dormia, no esplendor de junho. Novamente, eu cerrava as pálpebras consoladas, sob a carícia inefável do largo dizer homérico... E meio adormecido, encantado, incessantemente avistava, longe, na divina **Hélade**, entre o mar muito azul e o céu muito azul, a branca vela, hesitante, procurando Ítaca...

Depois da sesta o meu Príncipe de novo se soltava para os campos. E a essa hora, sempre mais ativa, voltava com ardor aos "seus planos", a essas culturas de luxo e elegantes oficinas que cobririam a serra de magnificências rurais. Agora andava todo no esplêndido apetite duma horta que ele concebera, imensa horta ajardinada, em que todos os legumes, clássicos ou exóticos, cresceriam, soberbamente,

> O grego Odisseu (Ulisses, paro os romanos) vai com seus homens à terra dos ciclopes na viagem de volta pra casa. À procura de comida, invadem a caverna em que o ciclope Polifemo dormia e guardava suas ovelhas. Quando o gigante chega, fecha a caverna com uma pedra e começa a devorar os caras, de dois em dois. Para escapar, Odisseu dá bebida para Polifemo. Quando ele pergunta quem lhe deu os drinques, o grego diz "Ninguém". Bêbado, o ciclope cai no sono, e a turma de Odisseu mete uma vara afiada no olho do grandão, cegando-o. No dia seguinte, pelo tato, Polifemo tenta checar se algum prisioneiro está escapando. Mas todos conseguem fugir. Ele, então, grita para os outros ciclopes: "Ninguém me cegou". Mas nenhum dos amigos dá bola.

🅃 Podemos dizer "carapuço" ou "carapuça".

8 Hélade é o antigo nome da Grécia.

> Traduzindo: a água para a irrigação das plantas escoaria por canais esmaltados.

As peças de metal antigas deixavam um gosto metálico e muita ferrugem na comida. Por isso, os alemães inventaram, lá pela metade do século XVIII, um jeito de revestir as panelas. A base de metal recebia uma camada de esmalte. Depois, aquilo ia para um forno de alta temperatura, que fazia com que o esmalte ganhasse um aspecto vitrificado. A peça que recebe esse tratamento é uma peça esmaltada.

> Parreiras de uva do tipo moscatel.

> A parreira é uma trepadeira, então, é preciso ampará-la num pau, poste, cerca ou coisa assim (um esteio).

Sobrolho: sobrancelha.

Debuxar: desenhar.

> O ditado popular diz que a época de começar obras em Portugal é janeiro, mas depois da metade do mês (meante) e nunca antes (ante).

Aformosear: tornar formoso, embelezar.

em vistosos talhões, fechados por sebes de rosas, de cravos, de alfazemas, de dálias. **A água das regas desceria por lindos córregos de louça esmaltada.** Nas ruas, a sombra cairia de densas **latadas de moscatel**, pousando em **esteios** revestidos d'azulejo. E o meu Príncipe desenhara o plano desta espantosa horta, a lápis vermelho, num papel imenso, que o Melchior e o Silvério, consultados, longamente contemplaram – um coçando risonhamente a nuca, o outro com os braços duramente cruzados, e o **sobrolho** trágico.

Mas este plano, o da queijaria, o da capoeira, e outro, suntuoso, dum pombal tão povoado que todo o céu de Tormes às tardes se tornaria branco e todo fremente d'asas – não saíam das nossas gostosas palestras, ou dos papéis em que Jacinto os **debuxava**, e que se amontoavam sobre a mesa, platônicos, imóveis, entre o tinteiro de latão e o vaso com flores.

Nem enxadada fendera terra, nem alavanca deslocara pedra, nem serra serrara madeira, para encetar estas maravilhas. Contra a resistência rebolada e escorregadia do Melchior, contra a respeitosa inércia do Silvério se quedavam, encalhados, os planos do meu Príncipe, como galeras vistosas em rochas ou em lodo.

Não convinha bulir em nada (clamava o Silvério) antes das colheitas e da vindima! E depois (acrescentava o Melchior com um sorriso de grande promessa), "para boas obras mês de janeiro" porque lá ensina o ditado:

Em janeiro – mete obreiro
Mês meante – que não ante.

E, de resto, o gozo de conceber as suas obras e de indicar, estendendo a bengala por cima de vale e monte, os sítios privilegiados que elas **aformoseariam**, bastava por ora ao meu Príncipe, ainda mais imaginativo que operante. E, enquanto meditava estas transformações da terra, muito progressivamente e com um amável esforço, se ia familiarizando com os homens simples que a trabalhavam. Na sua chegada a Tormes, o meu Príncipe sofria duma estranha timidez diante dos caseiros, dos **jornaleiros**, e até de qualquer rapazinho que passasse, tangendo uma vaca para o pasto. Nunca ele então se demoraria a conversar com os moços, quando à borda dum caminho ou num campo em **monda** eles se endireitavam de chapéu na mão, num respeito de velha **vassalagem**. Decerto o empecia a preguiça, e talvez ainda o pudico recato de transpor toda a imensa distância que se alargava desde a sua complicada supercivilização até à rude simplicidade daquelas almas naturais: – mas sobretudo o retinha o medo de mostrar a sua ignorância da lavoura e da terra, ou de parecer talvez desdenhoso de ocupações e de interesses, que para os outros eram supremos e quase religiosos. **Remia então esta reserva** com uma profusão de sorrisos, de doces acenos, tirando também o chapéu em cortesias profundas, com uma tal ênfase de polidez que eu por vezes receava que ele murmurasse aos jornaleiros. "Tenha v. exca. muito boas-tardes... Criado de v. exca.!"

Mas agora, depois daquelas semanas de serra, e de já saber (com um saber ainda frágil) a época das sementeiras e das ceifas, e que as árvores de fruta se semeiam no inverno, já se aprazia em parar junto dos trabalhadores, contemplar descansadamente o trabalho, dizer cousas afáveis e vagas.

– Então, isso vai andando?... Ora ainda bem!... este bocado de terrão aqui é rico... O **talude** ali adiante está precisando conserto...

E cada um destes tão simples dizeres lhe era doce, como se por meio deles penetrasse mais fundamente na intimidade da terra, e consolidasse a sua encarnação em "homem do campo", deixando de ser uma mera sombra circulando entre realidades. Já por isso não cruzava no caminho o mocinho atrás das vacas, que não o detivesse, o não interrogasse:

O jornaleiro é alguém contratado por dia, por jornada. Em geral, é um faz-tudo e recebe pouco.

Mondar: tirar as ervas daninhas.

Na Idade Média, rolava uma espécie de contrato entre vassalos e suseranos. Um vassalo era qualquer nobre menos poderoso que jurava fidelidade e apoio a outro nobre mais poderoso – o suserano. O vassalo oferecia a prontidão dos seus homens para lutar pelo suserano que, por sua vez, garantia terras para o vassalo plantar e faturar uma grana. Acima de todos eles estava o suserano-mor: o rei. E abaixo do vassalo havia os servos – que eram os caras que, de fato, pegavam no pesado. Então, o sistema todo tinha essas relações baseadas em medo e em "respeito" meio puxa-saco.

Ou seja, escapava (remia) da falta de graça (reserva).

Talude é um corte inclinado que se faz em um morro para garantir (ou tentar garantir) que ele não despenque.

"Para onde vais tu? De quem é o gado? Como te chamas?" E, contente consigo, sempre gabava gratamente o desembaraço do rapaz, ou a esperteza dos seus olhos. Outra satisfação do meu Príncipe era conhecer os nomes de todos os campos, as nascentes d'água, e as delimitações da sua quinta.

— Vês acolá, para além do ribeiro, o pinheiral. Já não é meu, é dos Albuquerques.

E com a perene alegria de Jacinto as noites da serra, no vasto casarão, eram fáceis e curtas. O meu Príncipe era então uma alma que se simplificava: — e qualquer pequenino gozo lhe bastava, desde que nele entrasse paz ou doçura. Com verdadeira delícia ficava, depois do café, estendido numa cadeira, sentindo através das janelas abertas a noturna tranquilidade da serra, sob a mudez estrelada do céu.

As histórias, muito simples e muito caseiras, que eu lhe contava, de Guiães, do abade, da tia Vicência, dos nossos parentes da Flor da Malva, tão sinceramente o interessavam que eu encetara, para seu regalo, a crônica completa de Guiães, com todos os namoricos, e as façanhas de forças, e as **desavenças por causa de servidões ou d'águas**. Também por vezes nos enfronhávamos com aferro numa partida de **gamão**, sobre um belo tabuleiro de pau-preto, com pedras de velho marfim, que nos emprestara o Silvério. Mas nada decerto o encantava tanto como atravessar as casas, pé ante pé, até uma saleta que dava para o pomar, e aí ficar encostado à janela, sem luz, num enlevado sossego, a escutar longamente, languidamente, os rouxinóis que cantavam no laranjal.

> **t** Aqui a briga é pela servidão (direito de atravessar uma fazenda particular ao andar a cavalo) e pelo acesso a rios e fontes naturais de água.

> **f** Gamão é um jogo antigo que mistura a sorte do dado com estratégia, enquanto dois oponentes tentam levar suas peças pelo trajeto de um tabuleiro.

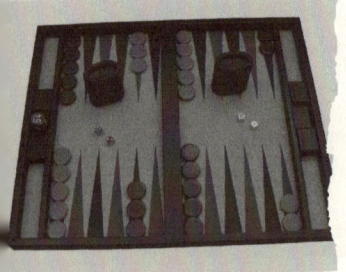

X

Numa dessa manhãs – justamente na véspera do meu regresso a Guiães – o tempo, que andara pela serra tão alegre, num inalterado riso de luz rutilante, todo vestido d'azul e ouro, fazendo poeira pelos caminhos, e alegrando toda a natureza, desde os pássaros até os regatos, subitamente, com uma daquelas mudanças que tornam o seu temperamento tão semelhante ao do homem, apareceu triste, carrancudo, todo embrulhado no seu manto cinzento, com uma tristeza tão pesada e contagiosa que a serra entristeceu. E não houve mais pássaro que cantasse, e os **arroios** fugiram para debaixo das ervas, com um lento murmúrio de choro.

Quando Jacinto entrou no meu quarto, não resisti à malícia de o **aterrar**:

– Sudoeste! Gralhas a grasnar por todos esses soutos... Temos muita água, snr. D. Jacinto! Talvez duas semanas d'água! E agora é que se vai saber quem é aqui o fino amador da Natureza, com esta chuva pegada, com vendaval, com a serra toda a escorrer!

Arroio: córrego, riacho.

Aqui, é no sentido de aterrorizar.

O meu Príncipe caminhou para a janela com as mãos nas algibeiras:

– Com efeito! Está carregado. Já mandei abrir uma das malas de Paris e tirar um casacão impermeável... Não importa! Fica o arvoredo mais verde. E é bom que eu conheça Tormes nos seus hábitos d'inverno.

Mas como o Melchior lhe afiançara que a "chuvinha só viria para a tarde", Jacinto decidiu ir antes d'almoço à Corujeira, onde o Silvério o esperava para decidirem da sorte de uns castanheiros, muito velhos, muito pitorescos, inteiramente interessantes, mas já roídos, e ameaçando desabar. E, confiando nas previsões do Melchior, partimos sem que Jacinto se vestisse à prova d'água. Não andáramos porém meio caminho, quando, depois dum arrepio nas árvores, um negrume carregou e, bruscamente, desabou sobre nós uma grossa chuva oblíqua, vergastada pelo vento, que nos deixou estonteados, agarrando os chapéus, enrodilhados na borrasca. Chamados por uma grande voz, que se esganiçava no vento, avistamos num campo mais alto, à beira dum alpendre, o Silvério, debaixo dum guarda-chuva vermelho, que acenava, nos indicava o trilho mais curto para aquele abrigo. E para lá rompemos, com a chuva a escorrer na cara, patinhando na lama, contorcidos, cambaleantes, atordoados no vendaval, que num instante alagara os campos, inchara os ribeiros, **esboroava** a terra dos socalcos, lançara num desespero todo o arvoredo, tornara a serra negra, bravamente agreste, hostil, inabitável.

Quando enfim, debaixo do vasto guarda-chuva com que Silvério nos esperava à beira do campo, corremos para o alpendre, nos refugiamos naquele abrigo inesperado, a escorrer, a arquejar, o meu Príncipe, enxugando a face, enxugando o pescoço, murmurou, desfalecido:

– **Apre**! que ferocidade!

Parecia espantado daquela brusca, violenta cólera duma serra tão amável e acolhedora, que em dous meses, inalteradamente, só lhe oferecera doçura e sombra, e suaves céus, e quietas ramagens, e murmúrios discretos de ribeirinhos mansos.

Esboroar: destruir, reduzir a pequenos pedaços.

t Interjeição de surpresa, tipo: arre, caramba, vixe, nossa!

– Santo Deus! Vêm muitas vezes assim, estas borrascas?

Imediatamente o Silvério aterrou o meu Príncipe:

– Isto agora são brincadeiras de Verão, meu senhor! Mas há de v. exca. ver no inverno, se v. exca. se aguentar por cá! Então é cada temporal, que até parece que os montes estremecem!

E contou como fora também apanhado, quando ia para a Corujeira. Felizmente, logo de manhã, quando sentiu o ar carrancudo e as folhinhas dos choupos a tremer, se acautelara com o chapéu de chuva e calçara as suas grandes botas.

– Ainda estive para me abrigar em casa do Esgueira, que é um caseiro de cá. Aquela casa, ali abaixo, onde está a figueira... Mas a mulher tem estado doente, já há dias... E como pode ser **obra** que se pegue, bexigas ou coisa que o valha, pensei comigo: Nada, o seguro morreu de velho! Meti para o alpendre... E não passara um **credo** quando **lobriguei** a v. exca... Coisa assim!... E o snr. D. Jacinto é voltar para casa, e **mudar-se**, que temos um dia e uma noite d'água.

> A "obra" aqui é doença, e das contagiosas. Podia por exemplo ser bexigas, ou seja, varíola. Na Idade Média, rolaram várias epidemias de varíola e muitos morreram. Quem sobrevivia ficava com a pele toda marcada por cicatrizes por causa das bolhas e feridas que se abriam (vem daí o apelido de "bexigas").

Mas, justamente, a chuva começara a cair perpendicular, dum céu ainda negro, onde o vento se calara; e para além do rio e dos montes havia uma claridade, como entre cortinas de pano cinzento que se descerram.

> O Credo é uma oração católica que começa dizendo "Creio em um só Deus-Pai, todo-poderoso, criador do céu e da terra...". E como "creio" em latim se diz credo, essa oração ficou conhecida como Credo. Li ela todinha aqui, devagar, e cronometrei. Deu quarenta segundos. Ou seja, "não passar de um credo" é um período menor que um minuto.

Jacinto repousava. Eu não cessara de me sacudir, de bater os pés encharcados, que me arrefeciam. E o bom Silvério, passando a mão pensativa sobre o negrume das suas barbas, refletia, emendava os seus prognósticos:

– Pois, não senhor... Ainda **estia**! Nunca pensei. É que **tornejou** o vento.

O alpendre que nos cobria assentava sobre duas paredes em ângulo, de pedra solta, restos dalgum casebre desmantelado, e sobre um esteio fazendo cunhal. Nesse momento só

Lobrigar: ver ao longe.

Mudar: trocar de roupa.

"Estiar" é parar de chover, ou a chuva acalmar, melhorar.

Tornejar: desviar, afastar.

> Cuculo: grande quantidade.

abrigava madeira, um **cuculo** de cestos vazios, e um carro de bois, onde o meu Príncipe se sentara, enrolando um cigarro confortador. A chuva desabava, copiosa, em longos fios reluzentes. E todos três nos calávamos, naquela contemplação inerte e sem pensamento, em que uma chuva grossa e serena sempre imobiliza e retém olhos e almas.

– Oh snr. Silvério, murmurou lentamente o meu Príncipe, que é que o senhor esteve aí a dizer de bexigas?

O procurador voltou a face surpreendido:

– Eu, exmo. snr.?... Ah sim! A mulher do Esgueira! É que pode ser, pode ser... Não imagine v. exca. que faltam por cá doenças. O ar é bom. Não digo que não! Arzinho são, aguazinha leve, mas às vezes, se v. exca. me dá licença, vai por aí muita **maleita**.

> Sinónimo de doença em geral.

– Mas não há médico, não há botica?

O Silvério teve o riso superior de quem habita regiões civilizadas e bem providas...

– Então não havia d'haver? Pois há um boticário, em Guiães, lá quase ao pé da casa aqui do nosso amigo. E homem entendido... o Firmino, hein, snr. Fernandes? Homem capaz. Médico é o Dr. Avelino, daqui a légua e meia, nas Bolsas. Mas já v. exca. vê, esta gentinha é pobre!... **Tomaram eles para pão, quanto mais para remédios!**

> Traduzindo: mal têm dinheiro para comer, ainda menos para comprar remédio.

E de novo se estabeleceu um silêncio, sob o alpendre, onde penetrava a friagem crescente da serra encharcada. Para além do rio, a prometedora claridade não se alargara entre as duas espessas cortinas pardacentas. No campo, em declive diante de nós, ia um longo correr de ribeiros barrentos. Eu terminara por me sentar na ponta dum madeiro, enervado, já com a fome aguçada pela manhã agreste. E Jacinto, na borda do carro, com os pés no ar, cofiava os bigodes úmidos, palpava a face, onde, com espanto meu, reaparecera a sombra, a sombra triste dos dias passados, a sombra do 202!

E, então, surdiu por trás da parede do alpendre um rapazito, muito **rotinho**, muito magrinho, com uma careta miúda, toda amarela sob a porcaria, e onde dous grandes olhos pretos se arregalavam para nós, com vago pasmo e vago medo. Silvério imediatamente o conheceu.

> Roto: malvestido, maltrapilho.

– Como vai a tua mãe? **Escusas** de te chegar para cá, deixa-te estar aí. Eu ouço bem. Como vai a tua mãe?

Não percebi o que os pobres beicitos descorados murmuraram. Mas Jacinto, interessado:

– Que diz ele? Deixe vir o rapaz! Quem é a tua mãe?

Foi o Silvério que informou respeitosamente:

– É a tal mulher que está doente, a mulher do Esgueira, ali do casal da figueira. E ainda tem outro abaixo deste... Filharada não lhe falta.

– Mas este pequeno também parece doente! – exclamou Jacinto. Coitado, tão amarelo!... Tu também estás doente?

O rapazito emudecera, chupando o dedo, com os tristes olhos pasmados. E o Silvério sorria, com bondade:

– Nada! este é sãozinho... Coitado, é assim amarelado e **enfezadito** porque... Que quer v. exca.? Mal comido! muita miséria... Quando há o **bocadito** de pão é para todo o rancho. Fomezinha, fomezinha!

Jacinto pulou bruscamente da borda do carro.

– Fome? Então ele tem fome? Há aqui gente com fome?

Os seus olhos rebrilhavam, num espanto comovido, em que pediam, ora a mim, ora ao Silvério, a confirmação desta miséria insuspeitada. E fui eu que esclareci o meu Príncipe:

– Homem! Está claro que há fome! Tu imaginavas talvez que o Paraíso se tinha perpetuado aqui nas serras, sem trabalho e sem miséria... Em toda a parte há pobres, até na Austrália, nas minas d'ouro. Onde há trabalho há proletariado, seja em Paris, seja no Douro...

O meu Príncipe teve um gesto de aflita impaciência:

– Eu não quero saber o que há no Douro. O que eu pergunto é se aqui, em Tormes, na minha propriedade, dentro destes campos que são meus, há gente que trabalhe para mim, e que tenha fome... Se há criancinhas, como esta, esfomeadas? É o que eu quero saber.

O Silvério sorria, respeitosamente, ante aquela cândida ignorância das realidades da Serra:

– Pois está bem de ver, meu senhor, que há para aí

Escusar: evitar, dispensar.

Enfezadito: raquítico, mirrado, pequeno.

Já reparou que os portugueses usam mais o "ito" enquanto no Brasil é usado mais o "inho"? O "bocadito" deles é o "bocadinho" nosso.

> Veja aí que, de certa forma, continua a rolar um sistema filhote da servidão, lá do feudalismo da Idade Média. Afinal, o caseiro aqui é uma pessoa que trabalha e mora nas terras que não são suas, plantando, criando gado, e em troca paga uma renda, um tipo de aluguel, que pode ser em dinheiro, produtos ou até mesmo em horas de trabalho.

caseiros que são muito pobres. Quase todos... É uma miséria, que se não fosse algum socorro que se lhes dá, nem eu sei!... Este Esgueira, com o rancho de filhos que tem, é uma desgraça... Havia v. exca. de ver as casitas em que eles vivem... São chiqueiros. A do Esgueira, acolá...

— Vamos vê-la! atulhou Jacinto com uma decisão exaltada.

E saiu logo do alpendre, sem **atender** à chuva, que ainda caía, mais leve e mais rala. Mas então Silvério alargou os braços diante dele, com ansiedade, como para o salvar dum precipício.

— Não! V. exca. lá na casa do Esgueira é que não entra! Não se sabe o que a mulher tem, e cautela e caldo de galinha...

Jacinto não se alterou na sua polidez paciente:

— Obrigado pelo seu cuidado, Silvério... Abra o seu **chapéu de chuva**, e avante!

Então o Procurador vergou os ombros, e, como s. exca. mandava, abriu com estrondo o imenso **para-águas**, abrigou respeitosamente Jacinto, através do campo encharcado. Eu segui, pensando na esmola suntuosa que o bom Deus mandava àquele pobre casal por um remoto senhor das Cidades! Atrás vinha o pequenito perdido num imenso pasmo.

> Atender: dar atenção, atentar-se.

> Chapéu de chuva: guarda-chuva.

> Para-águas: guarda-chuva.

Como todos os casebres da serra, o do Esgueira era de grossa **pedra solta**, sem reboco, com um vago telhado, de telha musgosa e negra, um postigo no alto, e a rude porta que servia para o ar, para a luz, para o fumo, e para a gente. E em redor, a Natureza e o Trabalho tinham, através d'anos, acumulado ali trepadeiras e flores silvestres, e cantinhos d'horta, e sebes cheirosas, e velhos bancos roídos de musgo, e **panelas** com terra onde crescia salsa, e **regueiros cantantes**, e videiras enforcadas nos olmos, e sombras e charcos espelhados, que tornavam deliciosa, para uma **Écloga**, aquela morada da Fonte, da Doença e da Tristeza.

Cautelosamente, com a ponteira do guarda-chuva, Silvério empurrou a porta, chamando:

– Eh! tia Maria... Olá, rapariga!

E na fenda entreaberta apareceu uma moça, muito alta, escura e suja, com uns tristes olhos pisados, que se espantaram para nós, serenamente.

– Então como vai tua mãe? – Abre lá a porta, que estão aqui estes senhores...

Ela abriu, lentamente, e ia murmurando numa voz dolente e arrastada mas sem queixume, que um vago, resignado sorriso acompanhava:

– Ora, coitada! como há de ir? Malzinha... malzinha.

E dentro, num gemido que subia como do chão, de entre abafos, amodorrado e lento, a mãe repetiu a desconsolada queixa:

– Ai! para aqui estou, e malzinha, malzinha!...

O Silvério, sem passar da porta, com o guarda-chuva em riste, meio aberto, como um escudo contra a infecção, lançou uma consolação vaga:

– Não há de ser nada, tia Maria!... Isso foi friagem! Não foi senão friagem!

E, sobre o ombro de Jacinto, encolhido:

– Já v. exca. vê... Muita miséria! Até lhe chove lá dentro.

Uma técnica de construção das antigas é empilhar pedras de diferentes formatos e tamanhos para fazer uma parede, casa, ponte, monumento, sem usar qualquer tipo de cimento. Se a obra for bem-feita, rende estruturas firmes e duradouras. Para isso, a escolha das pedras segue certas regras: precisam ser um pouco achatadas, as maiores vão primeiro e se intercalam com as menores... Há também quem chame esse sistema de construção de "pedra seca".

Panela: vaso.

Regueiro é uma canaleta cavada na terra para trazer ou levar água. E é "cantante" porque a correnteza faz aquele barulhinho típico.

Écloga é um tipo de poema. Nele, o cenário é sempre a natureza e, na maioria das vezes, trata-se de uma conversa entre pastores.

E, no pedaço de chão que viam, chão de terra batida, uma mancha úmida reluzia, da chuva pingada de uma telha rota. A parede, coberta de fuligem, das longas fumaraças da lareira, era tão negra como o chão. E aquela penumbra suja parecia atulhada, numa desordem escura, de trapos, de cacos, de restos de coisas, onde só mostravam forma compreensível uma arca de pau negro, e por cima, pendurado dum prego, entre uma serra e uma candeia, um grosso saiote escarlate.

Então Jacinto, muito embaraçado, murmurou abstraidamente:

— Está bem, está bem...

E largou pelo campo para o lado do alpendre como se fugisse, enquanto Silvério decerto revelava à rapariga, a presença augusta do "fidalgo", porque a sentimos, da porta, levantar a voz dolorida:

— Ai! Nosso Senhor lhe dê muita boa sorte! Nosso Senhor o acompanhe!

Quando o Silvério, com as grandes passadas das suas grandes botas, nos **colheu**, no meio do campo, Jacinto parara, olhava para mim, com os dedos trêmulos a torturar o bigode, e murmurava:

— É horrível, Zé Fernandes, é horrível!

Ao lado, o vozeirão do Silvério trovejou:

— Que queres tu outra vez, rapaz? Vai para a tua mãe, criatura!

Era o pequeno rotinho, **esfaimadinho**, que se prendia a nós, num imenso pasmo das nossas pessoas, e com a confusa esperança, talvez, que delas, como de Deuses encontrados num caminho, lhe viesse afago ou proveito. E Jacinto, para quem ele mais especialmente arregalava os olhos tristes, e que aquela miséria, e a sua muda humildade, embaraçavam, acanhavam horrivelmente, só soube sorrir, murmurar o seu vago: "Está bem, está bem..." Fui eu que dei ao pequenito um tostão, para o fartar, o despegar dos nossos passos. Mas como ele, com o seu tostão bem agarrado, nos seguia ainda, como no sulco da nossa magnificência, o

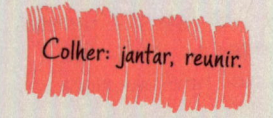

Colher: jantar, reunir.

Esfaimado: esfomeado.

Silvério teve de o espantar, como a um pássaro, batendo as mãos, e de lhe gritar:

– Já para casa! E leve esse dinheiro à mãe. Roda, roda!...

– E nós vamos almoçar, lembrei eu olhando o relógio. O dia ainda vai estar lindo.

Sobre o rio, com efeito, reluzia um pedaço d'azul lavado e lustroso; e a grossa camada de nuvens já se ia enrolando sob a lenta **varredela** do vento, que as levava, despejadas e rotas, para um canto escuso do céu.

Então recolhemos lentamente para casa, por uma vereda íngreme, que ensinara o Silvério, e onde um leve **enxurro** vinha ainda, saltando e chalrando. De cada ramo tocado, rechovia uma chuva leve. Toda a verdura, que bebera largamente, reluzia consolada.

Bruscamente, ao sairmos da vereda para um caminho mais largo, entre um socalco e um renque de vinha, Jacinto parou, tirando lentamente a cigarreira:

– Pois, Silvério, eu não quero mais estas horríveis misérias na quinta.

O Procurador deu um jeito aos ombros, com um vago *eh! eh!* D'obediência e dúvida.

– Antes de tudo, continuava Jacinto, mande já hoje chamar esse Dr. Avelino para aquela pobre mulher... E os remédios que os vão buscar logo a Guiães. E recomendação ao médico para voltar amanhã, e em cada dia; até que ela melhore... Escute! E quero, Silvério, que lhe leve dinheiro, para os caldos, para a dieta, uns dez ou quinze mil-réis... Bastará?

O Procurador não conteve um riso respeitoso. Quinze mil-réis! Uns tostões bastavam... Nem era bom acostumar assim, a tanta franqueza, aquela gente. Depois todos queriam, todos pechinchavam...

– Mas é que todos hão de ter, disse Jacinto simplesmente.

– V. exca. manda, murmurou o Silvério.

Encolhera os ombros, parado no caminho, no espanto daquelas extravagâncias. Eu tive de o apressar, impaciente:

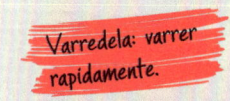

Varredela: varrer rapidamente.

Um bom tanto de água correndo – aqui, água suja.

Benfazejo: caridoso.

Pocilga: chiqueiro, lugar onde se cria porcos.

🅣 Os que pagavam uma renda, um aluguel, em dinheiro, trabalho ou produtos.

🅣 O lagar é onde se espreme as azeitonas (para fazer azeite) ou as uvas (para produzir vinho).

Alijar: lançar, jogar.

– Vamos conversando e andando! É meio-dia! Estou com uma fome de lobo!

Caminhamos, com o Silvério no meio, pensativo, a fronte enrugada sob a vasta aba do chapéu, a barba imensa espalhada pelo peito, e a barraca exorbitante do guarda-chuva vermelho enrolada debaixo do braço. E Jacinto, puxando nervosamente o bigode, arriscava outras ideias **benfazejas**, cautelosamente, no seu indominável medo do Silvério:

– E as casas também... Aquela casa é um covil!... Gostava de abrigar melhor aquela pobre gente... E naturalmente, as dos outros caseiros são **pocilgas** iguais... Era necessário uma reforma! Construir casas novas a todos os **rendeiros** da quinta...

– A todos?... – O Silvério gaguejava – emudeceu.

E Jacinto balbuciava aterrado:

– A todos... Enfim, quero dizer... Quantos serão eles?

Silvério atirou um gesto enorme:

– São vinte e coisas... Vinte e três! se bem lembro. Upa! Upa! Vinte e sete...

Então Jacinto emudeceu também, como reconhecendo a vastidão do número. Mas desejou saber por quanto ficaria cada casa!... Oh! uma casa simples, mas limpa, confortável, como a que tinha a irmã do Melchior, ao pé do **lagar**. Silvério estacou de novo. Uma casa como a da Ermelinda? Queria s. exca. saber? E **alijou** a cifra, muito d'alto, como uma pedra imensa, para esmagar Jacinto:

– Duzentos mil-réis, exmo. Senhor! E é para mais que não para menos!

Eu ria da trágica ameaça do excelente homem. E Jacinto, muito docemente, para conciliar o Silvério:

– Bem, meu amigo... Eram uns seis contos de réis! Digamos dez, porque eu queria dar a todos alguma mobília e alguma roupa.

Então o Silvério teve um brado de terror:

– Mas então, exmo. Senhor, é uma revolução!

E como nós, irresistivelmente, ríamos dos seus olhos esgazeados de horror, dos seus imensos braços abertos para trás, como se visse o mundo desabar – o bom Silvério encavacou:

– Ah! V. excas. riem? Casas para todos, mobílias, **pratas, bragal**, dez contos de réis! Então também eu rio! Ah! ah! ah! Ora viva a bela **chalaça**!... Está boa a **risota**!

E subitamente, numa profunda mesura, como **declinando** toda a responsabilidade naquele disparate magnífico:

– Enfim, v. exca. é quem manda!

– Está mandado, Silvério. E também quero saber as rendas que paga essa gente, os contratos que existem, para os melhorar. Há muito que melhorar. Venha você almoçar conosco. E conversamos.

Tão saturado d'espanto estava o Silvério, que nem recebeu mais espanto com essa "melhoria de rendas". Agradeceu o convite, **penhorado**. Mas pedia licença a s. exca. para passar primeiramente pelo lagar, para ver os carpinteiros que andavam a consertar a **trave do rio**. Era um instante, e estava em seguida às ordens de s. exca.

Meteu a corta-mato, saltando um cancelo. E nós seguimos, com passos que eram ligeiros, pela hora do almoço que se retardara, pelo azul alegre que reaparecia, e por toda aquela justiça feita à pobreza da serra.

– Não perdeste hoje o teu dia, Jacinto, disse eu, batendo, com uma ternura que não disfarcei, no ombro do meu amigo.

– Que miséria, Zé Fernandes! eu nem sonhava... Haver por aí, à vista da minha casa, outras casas, onde crianças têm fome! É horrível...

Estávamos entrando na alameda. Um raio de sol, saindo de entre duas grossas, algodoadas nuvens, passou sobre uma esquina do casarão, ao fundo, uma viva tira d'ouro. O clarim dos galos soava claro e alto. E um doce vento, que se erguera, punha nas folhas lavadas e luzidias um frêmito alegre e doce.

– Sabes o que eu estava pensando, Jacinto?... Que te aconteceu aquela lenda de Santo Ambrósio... Não, não era Santo Ambrósio... Nem me lembro o santo... Nem era ainda santo... Apenas um cavaleiro pecador, que se enamorara duma mulher, pusera toda a sua alma nessa mulher, só por

---

"Pratas" aqui são os talheres e utensílios de servir comida. E "bragal" é roupa de cama.

Chalaça: piada.

Risota é a risada de quem tira uma onda.

Declinar: desviar, recusar.

Penhorado: grato pela honra.

Para espremer e amassar a azeitona ou a uva era comum que o lagar usasse a água de um rio para movimentar o sistema de prensas.

Saiu correndo, pulando um portãozinho.

a avistar a distância na rua. Depois, uma tarde que a seguia, enlevado, ela entrou num portal de igreja, e aí, de repente, ergueu o véu, entreabriu o vestido, e mostrou ao pobre cavaleiro o seio roído por uma chaga! Tu também andavas namorado da serra, sem a conhecer, só pela sua beleza de verão. E a serra, hoje, zás! De repente, descobre a sua grande úlcera... É talvez a tua preparação para S. Jacinto.

Ele parou, pensativo, com os dedos nas **cavas** do colete:

– É verdade! Vi a chaga! Mas enfim, esta, louvado seja Deus, é das que eu posso curar!

Não desiludi o meu Príncipe. E ambos subimos alegremente a escadaria do casarão.

> A cava é a abertura por onde a gente passa o braço ao vestir o colete.

XI

No dia que seguiu estas largas caridades recolhi a Guiães. E, desde então, tantas vezes trotei por aquelas três léguas entre a nossa e a velha alameda dos Jacintos, que a minha égua, quando a desviava dessa estrada familiar, conduzindo a uma **cavalariça** familiar (onde ela privava com o **garrano** do Melchior), relinchava de pura saudade. Até a tia Vicência se mostrava vagamente ciumenta daquela Tormes, para onde eu sempre corria, daquele Príncipe de quem incessantemente celebrava o rejuvenescimento, a caridade, os pitéus, e as quimeras agrícolas. Já um dia com um grão de sal e ironia – o único que cabia num coração todo cheio de inocência –, ela me dissera, movendo com mais vivacidade as agulhas da sua meia:

– Olha que te podes gabar! Até me tens feito curiosidade de conhecer esse Jacinto... Traze cá essa maravilha, menino!

Eu rira:

– Sossegue, tia Vicência, que o trarei agora, para o dia dos meus anos, a jantar... Damos uma festa, haverá um

---

Cavalariça é o lugar onde os cavalos ficam.

Garrano é uma raça de cavalo muito antiga de Portugal, usada para transporte de carga e trabalho (puxar arado, mover moinhos etc.).

Bailarico é uma festa informal em que as pessoas dançam à vontade.

Senhorama: um monte de senhoras.

Uma das obras do poeta grego Hesíodo conta a origem do mundo e começa honrando as musas, ou seja, as deusas gregas.

O poeta Horácio escreveu muito sobre o amor e as mulheres amadas. É dele a famosa expressão carpe diem ("colhe o dia"), no sentido de "viva o presente".

Santo Antão nasceu no Egito, filho de família rica. Quando seus pais morreram, o jovem doou tudo e foi para o deserto, viver isolado, só com sua fé. Nesse período, o Diabo o provocou com diversas tentações, mas Antão resistiu.

O autor português Camilo Castelo Branco (1825-90) escreveu mais de 250 livros e foi amigo do pai de Eça.

bailarico no pátio, e vem aí toda essa **senhorama** dos arredores. Talvez até se arranje uma noiva para o Jacinto.

Eu, com efeito, já convidara meu Príncipe para este "natalício". E de resto convinha que o senhor de Tormes conhecesse todos aqueles senhores das boas casas da serra... Sobretudo, como eu lhe dizia rindo, convinha que ele conhecesse algumas mulheres, algumas daquelas fortes raparigas dos solares serranos, porque Tormes tinha uma solidão muito monástica; e o homem, sem um pouco do Eterno Feminino, facilmente se endurece e ganha uma casca áspera como a das árvores, na solidão.

– E esta Tormes, Jacinto, esta tua reconciliação com a Natureza, e o renunciamento às mentiras da Civilização é uma linda história... Mas, caramba, faltam mulheres!

Ele concordava, rindo, languidamente estendido na cadeira de vime:

– Com efeito, há aqui falta de mulher, com M grande. Mas essas senhoras aí das casas dos arredores... Não sei, mas estou pensando que se devem parecer com legumes. Sãs, nutritivas, excelentes para a panela – mas, enfim, legumes. As mulheres que os poetas comparam às Flores são sempre as mulheres das Cortes, das Capitais, às quais, invariavelmente, desde **Hesíodo** e de **Horácio**, se rendem os poetas... E evidentemente não há perfume, nem graça, nem elegância, nem requinte, numa cenoura ou numa couve... Não devem ser interessantes as senhoras da minha serra.

– Eu te digo... A tua vizinha mais chegada, a filha do D. Teotônio, com efeito, salvo o respeito que se deve à casa ilustre dos Barbedos, é um mostrengo! A irmã dos Albergarias, da Quinta da Loja, também não tentaria nem mesmo o precisado **Santo Antão**. Sobretudo se se despisse, porque é um espinafre infernal! Essa realmente é legume, e não dos nutritivos.

– Tu o disseste: espinafre!

– Temos também a D. Beatriz Veloso... Essa é bonita... Mas, menino, que horrivelmente bem falante! Fala como as heroínas do **Camilo**. Tu nunca leste o Camilo... E depois, um tom de voz que te não sei descrever, o tom com que se fala em D. Maria, em peças de sentimento. Tu também nunca viste o **Teatro de D. Maria**... Enfim, um horror! E perguntas pavorosas. "V. exca., snr. Doutor, não se delicia com **Lamartine**?" Já me disse esta, a indecente!

– E tu?

– Eu! Arregalei os olhos... "Ó Lamartine!" Mas, coitada, é uma excelente rapariga! Agora, por outro lado, temos as Rojões, as filhas do João Rojão, duas flores, muito frescas, muito alegres, com um cheiro e um brilho a sadio, e muito simples... A tia Vicência morre por elas. Depois há a mulher do Dr. Alípio, que é uma beleza. Oh! uma criatura esplêndida! Mas, enfim, é a mulher do Dr. Alípio, e tu renunciaste aos deveres da Civilização... Além disso, mulher muito séria, toda absorvida nos seus dous pequenos, que parecem dous anjinhos de **Murillo**... E quem mais? Já agora, quero completar a lista do pessoal feminino. Temos a Melo Rebelo, de Sandofim, muito engraçada, com cabelo lindo... Borda na perfeição, faz doces como uma **freira do Antigo Regime**... Havia também uma Júlia Lobo, muito linda, mas morreu... Agora não me lembro de mais. Mas falta a flor da Serra, que é a minha prima Joaninha, da Flor da Malva! Essa é uma perfeição de rapariga.

– E tu, primo Zé, como tens tu resistido?

– Somos como irmãos, criados de pequeninos, mais acostumados e familiares que tu e eu... A familiaridade **esbate** os sexos. A mãe dela era a única irmã da tia Vicência, e morreu muito nova. A Joaninha, quase desde o berço que se criou em nossa casa, em Guiães. O pai é bom homem, o tio Adrião. Erudito, antiquário, colecionador... Coleciona toda a sorte de cousas esquisitas, campainhas, esporas, sinetes, fivelas... Tem uma coleção curiosa. Ele há muito que deseja vir a Tormes, para te visitar... Mas, coitado, sofre da bexiga, não pode montar a cavalo. E a estrada da flor da Malva aqui é impossível para carruagens...

O meu Príncipe espreguiçara longamente os braços:

O Teatro Nacional, em Lisboa, foi inaugurado no aniversário de 27 anos de dona Maria II, então rainha de Portugal. Ela morreu sete anos depois, no parto de seu 11º filho.

Alphonse de Lamartine foi um poeta que fez certo sucesso, mas os metidos a culto menosprezavam sua obra dizendo que ela era para jovenzinhas pouco sabidas.

Bartolomé Esteban Murillo foi o pintor religioso barroco mais famoso do século XVII na Espanha. Anjinhos dão o ar da graça em muitos de seus quadros.

Na França, o Antigo Regime foi o período do absolutismo, que caiu com a Revolução Francesa em 1789. Por extensão, boa parte da Europa usava o termo para descrever o que rolou dos séculos XV ao XVIII, fase dos descobrimentos às revoluções liberais. Nessa época, o açúcar chegava à vontade do Brasil e de outras colônias portuguesas – antes eles adoçavam tudo só com mel. E isso dá o pontapé inicial na produção dos tais doces conventuais, como o pastel de Santa Clara, o arroz-doce, os suspiros, o manjar branco etc., todos feitos por freiras em conventos.

Esbater: atenuar.

> Ou seja, um tamanho maior (largueza) para a casa ser mais confortável (cômoda).

> Os carros aqui são carros de bois, tipo de carroça puxada por bois. O eixo da roda desse veículo de carga é fixado à carroceria por dois pedaços de madeira, mas o eixo também se apoia na própria roda. Daí, quando o troço está todo carregado e pesado, o atrito dessas partes cria um ruído típico. Tem quem o adore e tem quem o deteste...

> Desusado: fora do comum, anormal.

> No Brasil, costumamos usar o mililitro (1l = 1.000ml), mas os portugueses preferem o decilitro (1l = 10dl).

> As portadas são as duas folhas que abrem e fecham, tapando a abertura da janela, e era o mais comum nas casas simples. Janela com vidro era coisa de quem tinha dinheiro.

> Um caminho bem mais ou menos, feito perto de locais perigosos como despenhadeiros.

– Não, está claro! eu é que hei de visitar teu tio, e a tia Vicência... Desejo conhecer os meus vizinhos. Mas mais tarde, quando sossegar. Agora ando todo ocupado com o meu povo.

E com efeito! Jacinto era agora como um Rei fundador dum Reino, e grande edificador. Por todo o seu domínio de Tormes andavam obras, para o renovamento das casas dos rendeiros, umas que se consertavam, outras mais velhas, que se derrubavam para se reconstruírem com uma **largueza cômoda**. Pelos caminhos constantemente **chiavam carros**, carregados de pedra, ou de madeiras cortadas nos pinheirais.

Na taberna do Pedro, à entrada da freguesia, ia um **desusado** movimento, de pedreiros e carpinteiros contratados para as obras; – e o Pedro, com as mangas arregaçadas, por trás do balcão, não cessava de encher os **decilitros** com uma vasta infusa.

Jacinto, que tinha agora dous cavalos, todas as manhãs cedo percorria as obras, com amor. Eu, inquieto, sentia outra vez latejar e irromper no meu Príncipe o seu velho, maníaco furor d'acumular Civilização! O plano primitivo das obras era incessantemente alargado, aperfeiçoado. Nas janelas, que deviam ter apenas **portadas**, segundo o secular costume da serra, decidira pôr vidraças, apesar do mestre de obras lhe dizer honradamente que depois d'habitadas um mês, não haveria casa com um só vidro. Para substituir as traves clássicas queria estucar os tetos; – e eu via bem claramente que ele se continha, se retesava dentro do bom senso, para não dotar cada casa com campainhas elétricas. Nem sequer me espantei, quando ele uma manhã me declarou que a porcaria da gente do campo provinha de eles não terem onde comodamente se lavar, pelo que andava pensando em dotar cada casa com uma banheira. Descíamos nesse momento, com os cavalos à rédea, por uma **azinhaga** precipitada e escabrosa; um vento leve ramalhava nas árvores, um regato saltava ruidosamente entre as pedras. Eu não me espantei – mas realmente me pareceu que as pedras, o arroio, as ramagens e o vento, se riam alegremente do meu Príncipe. E além destes confortos, a que o João, mestre de obras, com os olhos lou-

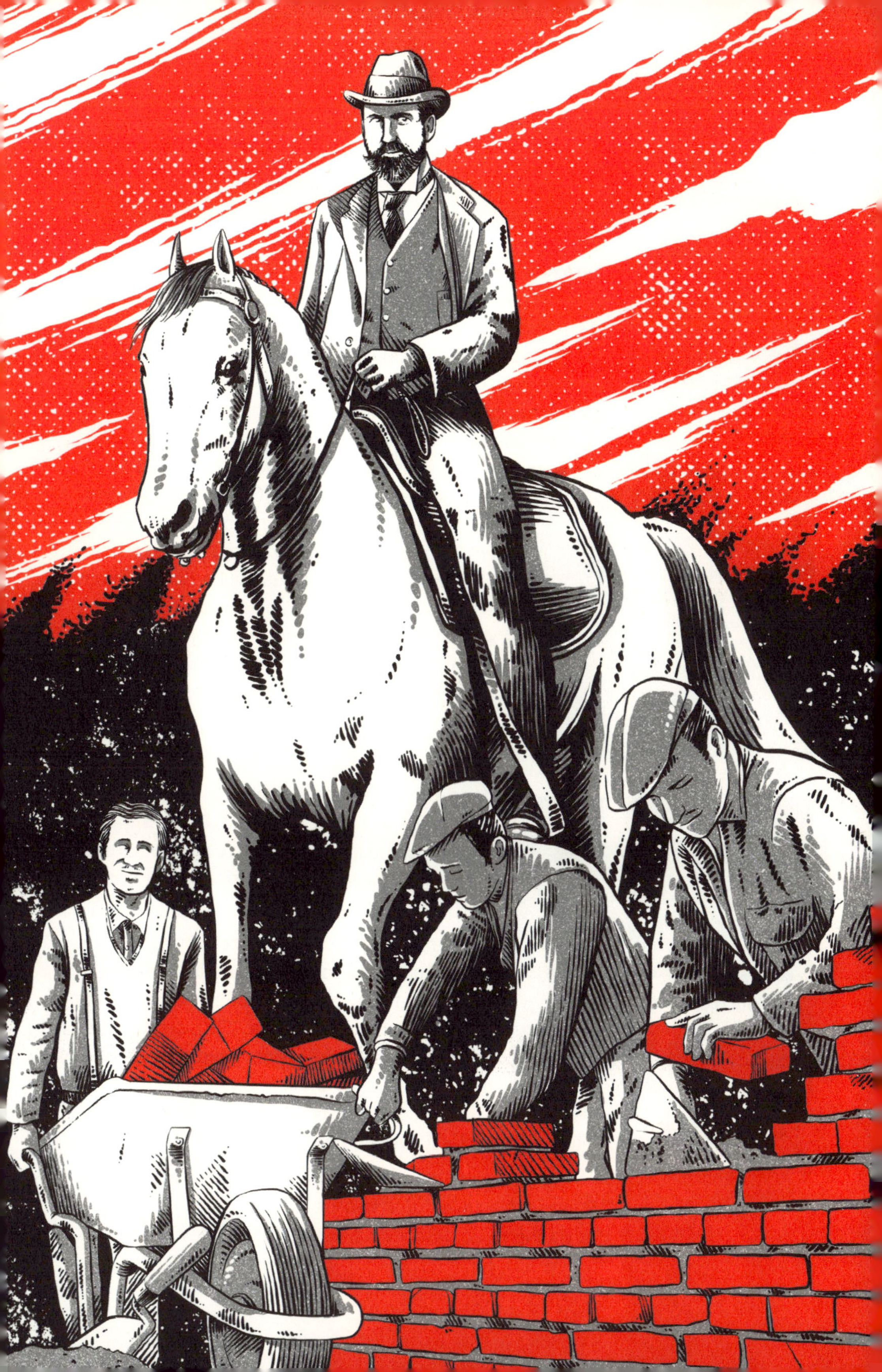

Livro d'estampa: livro ilustrado.

Praticante: aprendiz.

8 O *Almanaque de Lembranças Luso-Brasileiro* era uma publicação anual com curiosidades, poemas e passatempos. Existiu de 1851 a 1932.

No Brasil, também era assim que se registrava quantias de dinheiro em réis, com o cifrão no lugar do que hoje seria ponto. Isso só mudou em 1942, quando o cruzeiro substituiu o real antigo (plural: réis). Em Portugal, os real foi substituído por escudo, e o cifrão passou a ocupar a vírgula do centavo (então, 25$50 era 25 escudos e 50 centavos).

No século XIX, virou mania os shows de lanterna mágica, um tipo de projetor de fotos que conseguia criar um efeito como de um GIF e também mostrar reproduções em 3D (imagem com movimento, tipo cinema mesmo, que ainda não existia). Combinando a projeção de imagens, narração e música ao vivo, os shows faziam o maior sucesso.

Ensoberbecer: ficar com orgulho.

---

camente arregalados chamava "as grandezas", Jacinto meditava o bem das almas. Já encomendara ao seu arquiteto, em Paris, o plano perfeito duma escola, que ele queria erguer, naquele campo da Carriça, junto à capelinha que abrigava "os ossos". Pouco a pouco, aí criaria também uma biblioteca, com **livros d'estampas**, para entreter, aos domingos, os homens a quem já não era possível ensinar a ler. Eu vergava os ombros, pensando: – "Aí vem a terrível acumulação das Noções! Eis o livro invadindo a Serra!" Mas outras ideias de Jacinto eram tocantes – e eu mesmo me entusiasmei, e excitei o entusiasmo da tia Vicência com o seu plano duma Creche, onde ele esperava ter manhãs muito divertidas vendo as criancinhas a gatinhar, a correr tropegamente atrás duma bola. De resto, o nosso boticário de Guiães estava já apalavrado para estabelecer uma pequena farmácia em Tormes, sob a direção do seu **praticante**, um afilhado da tia Vicência, que tinha publicado um artigo sobre as festas populares do Douro no ***Almanaque de Lembranças***. E já fora oferecido o partido médico de Tormes, com ordenado de **600$000 réis**.

– Não te falta senão um Teatro! dizia eu, rindo.

– Um teatro, não. Mas tenho a ideia duma sala, com projeções de **lanterna mágica**, para ensinar a esta pobre gente as cidades desse mundo, e as cousas d'África, e um bocado de História.

E também me **ensoberbeci** com esta inovação! – E quando a contei ao tio Adrião, o digno antiquário bateu, apesar do seu reumatismo, uma palmada tremenda na coxa. "Sim, senhor! Bela ideia! Assim se podia ensinar àquela gente iletrada, vivamente, por imagens, a História Romana, até a História de Portugal!..." E voltado para a prima Joaninha, o tio Adrião declarou um "homem de coração!"

E realmente pela Serra crescia a popularidade do meu Príncipe. Naquele, "guarde-o Deus, meu senhor!" com que as mulheres ao passar o saudavam, se voltavam para o ver ainda, havia uma seriedade d'oração, o bem sincero desejo de que Deus o guardasse sempre. As crianças a quem ele distribuía tostões farejavam de longe a sua passagem, – e era em torno dele um escuro formigueiro de **caritas** trigueiras e sujas, com grandes olhos arregalados, que se ainda tinham pasmo, já não tinham medo. Como o cavalo de Jacinto uma tarde se **chapara**, ao desembocar da alameda, numas grossas pedras que aí deformavam a estrada, logo ao outro dia um bando d'homens, sem que Jacinto o ordenasse, veio por dedicação ensaibrar e alisar 'aquele pedaço perigoso de caminho, aterrados com o risco que correra o bom senhor. Já pela serra se espalhava esse nome de "bom senhor". Os mais idosos da freguesia não o encontravam sem exclamarem, uns com gravidade, outros com grandes risos desdentados: – *Este é o nosso benfeitor!* Por vezes, alguma velha corria do fundo do eido, ou vinha à porta do casebre, ao avistá-lo no caminho, para gritar, com grandes gestos dos braços magros: "Ai que Deus o cubra de bênçãos! Que Deus o cubra de bênçãos!"

Aos domingos, o padre José Maria (bom amigo meu e grande caçador) vinha de Sandofim, na sua égua ruça, a Tormes, para celebrar a missa na Capelinha. Jacinto assistia ao ofício na sua **tribuna**, como os Jacintos doutras eras, para que aqueles simples o não supusessem estranho a Deus. Quase sempre então ele recebia presentes, que as filhas dos caseiros, ou os pequenos, vinham muito corados, trazer-lhe à varanda, e eram vasos de manjericão, ou um grosso ramalhete de cravos, e por vezes um gordo pato. Havia então uma distribuição de **cavacas** e merengues de Guiães, às raparigas e às crianças, – e, no pátio, para os homens circulavam as infusas de vinho branco. O Silvério já sustentava com espanto, e redobrado respeito, que o snr. D. Jacinto em breve disporia de mais votos nas eleições que o Dr. Alípio. E eu próprio me impressionei, quando o Melchior me contou que o João Torrado, um velho singular daqueles sítios, de grandes barbas brancas, **ervanário**, vagamente alveitar, um pouco adivinho, morador misterioso duma cova no alto da serra, a todos afirmava que aquele senhor era **El-Rei D. Sebastião**, que voltara!

Carita: carinha.

Chapar: cair no chão.

▸ A "tribuna" aqui é um lugar um pouco mais alto e reservado, um lugar de honra.

▸ A cavaca é um bolo mais seco com cobertura branca e açucarada.

▸ Especialista em ervas medicinais – aqui, por experiência e não por estudo formal.

Dom Sebastião foi um rei de Portugal que morreu durante uma batalha no norte da África, lá pelos fins dos anos 1500. O negócio é que ninguém sabe ao certo onde o cara foi enterrado. Nunca acharam o corpo. Então, na época, surgiu uma lenda de que ele ainda estaria vivo e que um dia voltaria, numa manhã cheia de neblina, e prontinho para dar cabo de todos os problemas de Portugal. Essa lenda era tão forte que ganhou até um nome só seu: sebastianismo.

XII

Assim chegou setembro, e com ele o meu natalício, que era a 3 e num domingo. Toda essa semana a passara eu em Guiães, nos preparos da vindima – e de manhã cedo, nesse domingo ilustre, me fui debruçar da varanda do quarto do saudoso tio Afonso, vigiando a estrada, por onde devia aparecer meu Príncipe, que enfim visitava a casa do seu Zé Fernandes. A tia Vicência, desde a madrugada, andava atarefada pela cozinha e pela copa, porque, desejando mostrar ao meu Príncipe "o pessoal" da serra, convidara para jantar algumas famílias amigas, dos arredores, as que tinham carruagens ou carroções, e podiam, pelas estradas mal seguras, recolher tarde, depois dum bailarico campestre, no pátio, já enfeitado para esse efeito de lanternas chinesas. Mas logo às dez horas me desesperei, ao receber, por um moço da Flor da Malva, uma carta da prima Joaninha, em que dizia "a pena de não poder vir porque o Papá estava desde a véspera com um leicenço, e ela não o queria abandonar". Corri indignado à cozinha, onde a tia Vicência presidia a um violento bater de gemas d'ovos dentro duma imensa terrina.

– A Joaninha não vem! Sempre assim! Diz que o pai tem um leicenço... Aquele tio Adrião escolhe sempre os grandes dias para ter leicenços, ou para ter a **pontada**...

A boa face redondinha e corada da tia Vicência enterneceu-se.

– Coitado! **Será em sítio que não se pudesse sentar na carruagem**! Coitado! Olha, se lhe escreveres, diz-lhe que ponha um emplastrozinho de folhas d'alecrim. É com que teu tio se dava bem.

Eu gritei simplesmente para o moço, que dava de beber ao burro no pátio:

– Dize à snra. D. Joaninha que sentimos muito... Que talvez eu lá apareça amanhã.

E voltei à janela, impaciente, porque o relógio do corredor, muito atrasado, já cantara a meia hora depois das dez e o Príncipe tardava para o almoço. Mas, mal eu me chegara à varanda, apareceu justamente na volta da estrada Jacinto, de grande chapéu de palha, no seu cavalo, seguido do Grilo que, também de chapéu de palha, e abrigado sob um imenso guarda-sol verde, se escarranchava no albardão da velha égua do Melchior. Atrás, um moço com uma maleta à cabeça. E eu, na alegria de avistar enfim meu Príncipe trotando para a minha casa d'aldeia, no dia dos meus trinta e seis anos, pensava noutro natalício, no dele, em Paris, no 202, quando, entre todos os esplendores da Civilização, nós bebemos tristemente *ad manes*, aos nossos mortos!

– *Salve!* gritei da varanda. *Salve,* **domine** *Jacinthi!*

E entoei, para o acolher, um alegre tarantantã, o hino da carta!

– Isto por aqui também é lindo! – gritou ele de baixo. – E o teu palácio tem um soberbo ar... Por onde é a porta?

Mas eu já me precipitava para o pátio – onde Jacinto, apeando, contou alegremente os tormentos do Grilo, que nunca montara a cavalo, e não cessara de berrar ante os perigos daquela ventura.

Pontada: dor que torna a respiração complicada.

O furúnculo era num lugar (sítio) que complicava ficar sentado.

Palavra em latim para "senhor", "patrão".

> Na marcação de fronteiras, de terrenos ou de quilômetros em estradas, o pessoal usava um marco, feito de pedra. Hoje em dia é de cimento, para identificar bem o limite ou um ponto específico.

E o digno preto, ofegante, lustroso de suor, e lívido sob o esplendor da sua negrura, exclamava, apontando com a mão trêmula para a pobre égua, que solta, de cabeça pensativa, parecia de pedra, sobre as patas mais imóveis que **marcos**:

— Pois se o siô Fernandes visse! Uma fera, que nunca veio quieta. Sempre para a esquerda, sempre para a direita, pé aqui, pé além! Só para me sacudir! Só para me sacudir!

E não resistiu. Com a ponta do guarda-sol atirou uma pontoada vingativa contra a égua sobre o albardão.

Subindo a escadaria ligeira, penetrando no alegre corredor, com a sua janela ao fundo **engrinaldada** de rosinhas, Jacinto louvava grandemente a nossa casa, que o repousava das rijas muralhas, das grossas portas feudais de Tormes. E no seu quarto agradeceu os cuidados maternais da tia Vicência, que enchera de flores os dois vasos da China sobre a cômoda, e adornara a cama com uma das nossas colchas da Índia mais ricas, cor de canário com grandes aves d'ouro. Eu sorria, enternecido. Então estreitamos os ossos num grande abraço, pelo natalício... "Trinta e oito, hein, Zé Fernandes?" — "Trinta e quatro, animal!" E o meu Príncipe abrindo a mala, sóbria maleta de filósofo, ofereceu os "nobres presentes, que são devidos", como diz sempre o astuto Ulisses na *Odisseia*. Era um alfinete de gravata, com uma safira, uma cigarreira de aro fosco, adornada de um florido ramo de macieira em delicado esmalte, e uma faca para livros de velho lavor chinês. Eu protestava contra a **prodigalidade**.

> Engrinaldado: enfeitado.

> Prodigalidade: esbanjamento, gasto desnecessário.

> Maria Luísa Teresa de Saboia-Carignano era uma nobre italiana que se casou com o francês Luís Alexandre de Bourbon, ganhando assim o título de princesa de Lamballe. Era amigona da rainha Maria Antonieta e, como ela, morreu quando a Revolução Francesa chegou matando a galera da monarquia.

— É tudo das malas de Paris... Mandei-as abrir ontem à noite. E tomei a liberdade de trazer esta lembrança à tua tia Vicência. Não vale nada... É só por ter pertencido à **princesa de Lamballe**.

Era uma **caldeirinha** d'água-benta, em prata lavrada, dum gosto florido e quase galante.

— A tia Vicência não sabe quem é a princesa de Lamballe, mas ficará encantada! E é uma garantia, porque ela suspeita da

> Caldeirinha é um vasinho pequeno.

tua religião, como homem de Paris, da terra das **impiedades**... E agora, lavar, escovar, e ao almoço!

A tia Vicência pareceu toda surpreendida, e logo encantada com o meu camarada, que ela supusera realmente um Príncipe, arrogante, escarpado e difícil. Quando ele lhe ofereceu a caldeirinha, com um delicado pedido "para se lembrar dele nas suas orações", duas largas rosas, mais róseas e frescas que as rosas que enchiam a mesa, cobriam as faces redondas da boa senhora, que nunca recebera tão piedoso presente, com tão linda palavra. Mas o que sobretudo a cativou foi o tremendo apetite de Jacinto, a entusiasmada convicção com que ele, acumulando no prato montes de cabidela, depois altas serras d'arroz de forno, depois bifes de numerosa cebolada, exaltava a nossa cozinha, jurava nunca ter provado nada tão sublime. Ela resplandecia:

— Até faz gosto, até faz gosto!... Ora mais uma destas batatinhas recheadas...

— Com certeza, minha senhora! Até duas! As minhas rações, em mesas destas, tão perfeitas, são sempre as de **Gargântua**.

— Não cites Rabelais, que a tia Vicência não conhece os autores profanos! exclamava eu, também radiante. E prova esse vinho branco cá da nossa lavra, e louva Deus que amadurece tal uva.

E o almoço foi muito alegre, muito íntimo, muito conversado, sobre as obras de Jacinto em Tormes, e a sua Creche, que enlevava a tia Vicência, e as esperanças da vindima, e a minha prima Joaninha, que tinha o papá doente, e o péssimo estado dos caminhos. Mas o enternecimento maior foi quando, ao servir o café, o criado pôs ao lado de Jacinto um pires com um **pau de canela**, o seu estranho e costumado pau de canela. Não o esquecera a tia Vicência! Ali tinha o seu pauzinho de canela! — Queria que ele, em Guiães, continuasse os seus hábitos como em Tormes... E aquele pau de canela foi o símbolo de adoção do meu Príncipe como novo sobrinho da tia Vicência.

Ímpio: quem não respeita os deuses, quem não segue uma religião.

François Rabelais escreveu dois livros cômicos na década de 1530. No primeiro, ele conta a vida de Pantagruel e, no segundo, a do pai de Pantagruel, o Gargântua. Pai e filho são gigantes meio porcalhões e comilões, bebem demais e transam demais. Por causa do livro, Gargântua virou sinônimo de gente gulosa, que come até não caber mais.

A canela vem da casca de uma árvore. O que chamamos de canela em pau é a casca que fica secando até enrolar daquele jeito.

Traduzindo: sem pena, mostrou tudinho, em detalhes.

Opar: inchar, dilatar, engrossar.

Castro: castelo.

Rês: animal quadrúpede.

Fernão Lopes trabalhava para o reino de Portugal como registrador oficial da história, ou seja, era o cronista do rei.

Imperador Clarimundo é um romance de cavalaria do português João de Barros, publicado em 1520.

O escritor e filósofo francês Voltaire é o autor de *Henriada*, poema épico de 1723 sobre a vida do rei Henrique IV (em francês, Henri IV).

O foral é um documento assinado por um rei, estabelecendo legislação sobre a administração de uma localidade, descrevendo como seriam os impostos etc.

Ela em breve recolheu à cozinha, aos preparativos do banquete. Nós fumamos um preguiçoso charuto no jardim, ao pé do repuxo, sob a recolhida sombra do cedro. Depois, inexoravelmente, como proprietário, mostrei ao meu Príncipe a propriedade toda, com **desapiedada minuciosidade**, sem lhe perdoar uma leira, um regueiro, uma árvore, um pé de vinha. Só quando a sua face começou a **opar** e a empalidecer, de cansaço, e que do entendimento totalmente atordoado só lhe escorria um vago – "muito bonito! Bela terra!" – é que voltei os passos para casa, tornejando ainda numa volta larga para lhe mostrar o lagar, uma plantação d'espargos, e o sítio onde existira a ruína dum velho **castro** romano. Ao penetrarmos de novo, pelo jardim, na fresca sala, ainda o empurrei, como uma **rês**, para a livraria do meu bom tio Afonso, para lhe mostrar as preciosidades, uma magnífica crônica de **D. João I por Fernão Lopes**, a primeira edição do *Imperador Clarimundo*, uma *Henriada*, com a assinatura de Voltaire, **forais** d'El-Rei D. Manuel, e outras maravilhas. Ele respirava fechando o derradeiro pergaminho, quando eu o arrastei à adega, para que admirasse a famosa pipa, que tinha, em relevo, na madeira do tampo, as complicadas **armas dos Sandes**. Eram quatro horas. O meu Príncipe tinha o ar esgazeado e lívido. Cravando nele os olhos inexoráveis, olhos em que eu mesmo sentia reluzir a ferocidade, declarei "que iríamos agora ver a **tulha**". Mas então, com as mãos nos rins, ele murmurou, humildemente, num murmúrio de criança:

– Não se me dava de me sentar um poucochinho!

Tive então piedade, abri as garras, deixei que ele se arrastasse, atrás de mim, para o seu quarto, onde freneticamente descalçou as botas, se atirou para um fresco canapé forrado de ganga, murmurando num abatimento profundo: – "Bela propriedade!"

Consenti generosamente que ele adormecesse – e eu mesmo desci a verificar se a Gertrudes dispusera bem as escovas, as toalhas de renda, no quarto onde os convidados, em breve, ao chegar, lavariam as mãos, escovariam a poeira da estrada. E justamente, uma caleche rodava no pátio, a velha caleche do D. Teotônio, com a parelha ruça. Espreitando da janela descobri, com prazer, que chegava só, de gravata branca, sob o guarda-pó, sem a horrendíssima filha. Corri alegremente ao quarto da tia Vicência, que, ajudada pela Catarina, **abrochava** à pressa as suas pulseiras ricas de topázios.

– Tia Vicência! chegou o D. Teotônio! Felizmente vem sem a filha... Não se demore, os outros não tardam. O Manuel que esteja bem penteado, de gravata bem tesa!... Vamos a ver como corre a festa!

> "Armas" aqui quer dizer "brasão", no caso, da família Sandes.

> Tulha é um depósito onde se guarda azeitonas ou grãos de cereais.

> Abrochavar: abotoar.

XIII

Ai de mim! a festa do meu aniversário não se passou com brilho, nem com alegria!

Quando o meu Príncipe entrou na sala, com uma elegância (onde eu senti as malas de Paris, abertas na véspera) – uma rosa branca no jaquetão preto, colete branco lavrado e trespassado, copiosa gravata de seda branca, tufando, e presa por uma pérola negra –, já todos os convidados estavam na sala, – o D. Teotônio, o Ricardo Veloso, o Dr. Alípio, o gordo Melo Rebelo, de Sandofim, os dois manos Albergarias, da quinta da Loja –; todos de pé, num pelotão cerrado. Em torno do sofá onde a tia Vicência se instalara, um **magotezinho** de cadeiras reunira as senhoras – a Beatriz Veloso, de cassa branca sobre seda, que a tornava mais aérea e magra, com a sua trunfa imensa de cabelo riçado; as duas Rojões (com a tia Adelaide Rojão) vermelhinhas como **camoesas**, ambas de branco; e a mulher do Dr. Alípio, de preto, esplêndida como uma Vênus Rústica... E foi na sala, como se realmente entrasse um Príncipe, desses países do Norte onde os Príncipes

> "Magote" é um conjunto grande de itens. Como aqui eram só umas tantas pessoas, o magote era um "magotezinho".

> Camoesa: tipo de maçã.

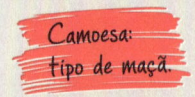

são magníficos, muito distantes dos homens, e aterram as gentes. Um silêncio, como se o teto de carvalho descesse, nos esmagava: e todos os olhos se enristaram contra o meu desgraçado Jacinto, como numa caçada hindu, quando à orla da floresta surge o Tigre Real. Debalde – nas confusas, apressadas apresentações, com que eu o levava através da sala –, os seus apertos de mão, os sorrisos, o vago murmúrio, "da sua honra, do seus apertos de mão, os sorrisos, o vago murmúrio, "da sua honra, do seu prazer", foram repassados de simpatia, de simplicidade. Todos os cavalheiros permaneciam reservados, observando o Príncipe, que subira à serra: e as senhoras mais se aconchegavam à sombra da tia Vicência, como ovelhas à volta do pastor, quando na altura assoma o lobo. Eu, já inquieto, lancei o D. Teotônio, o mais ornamental daqueles cavalheiros.

– O snr. D. Teotônio foi muito amável em vir, Jacinto. Raras vezes sai da sua linda casa da Abrujeira.

O digno D. Teotônio sorriu, cofiando os espessos bigodes brancos, de velho brigadeiro:

– V. exca. chegou diretamente de Viena?

Não! Jacinto viera diretamente de Paris, com o amigo Zé Fernandes. D. Teotônio insistiu:

– Mas certamente visita muitas vezes Viena...

Jacinto sorriu surpreendido:

– Viena, por quê?... Não. Há mais de quinze anos que não vou a Viena.

O fidalgo murmurou um lento *ah!* e ficou calado, de pálpebras baixas, como revolvendo análises profundas, com as mãos cruzadas sob as abas da longa sobrecasaca azul.

Eu então, vigilante, lancei o Dr. Alípio:

– O nosso Doutor, meu caro Jacinto, é o mais poderoso influente de todo o distrito.

O Doutor curvou a cabeça bem-feita, com um belo cabelo preto, admiravelmente alisado e lustroso. Mas a tia Vicência, que se erguera do sofá, chamava o meu Príncipe, porque o Manuel anunciara o jantar, mudamente, mostrando apenas, à porta da sala, a sua corpulenta pessoa – **inteiriçado** e vermelho.

Inteiriçado: todo esticado, em uma postura bem reta.

À mesa, onde os pudins, as travessas de doce d'ovos, os antigos vinhos da Madeira e do Porto, nas suas pesadas garrafas de cristal lapidado, fundiam com felicidade os seus tons ricos e quentes, Jacinto ficou entre a tia Vicência e uma das Rojões, a Luisinha, sua afilhada, que, por costume velho, quando jantava em Guiães, sempre se colocava à sombra da sua boa madrinha. E a sopa, que era de galinha com macarrão, foi comida num tão largo e pesado silêncio que eu, na ânsia de o quebrar, exclamei, ao acaso, sem pensar que me achava em Guiães depois de tanto tempo e em minha própria casa:

– Deliciosa, esta sopa!

Jacinto ecoou:

– Divina!!

Mas como todos os convidados certamente estranharam este meu brado, e a excessiva admiração de Jacinto, o silêncio, carregado de cerimônia, mais se carregou de embaraço. Felizmente a tia Vicência, com aquele seu bom sorriso, observou que Jacinto parecia gostar da comida portuguesa... E eu, sempre no intuito d'animar a conversa, nem deixei que o meu Príncipe confirmasse o seu amor da cozinha vernácula, e gritei:

– Como gostar! Mas é que delira!... Pudera! Tanto tempo em Paris, privado dos pitéus lusitanos...

E como, ditosamente, me lembrara o prato de arroz-doce preparado na ocasião do natalício de Jacinto, pelo cozinheiro do 202, contei a história, profusamente, exagerando, afirmando que esse arroz continha *foie-gras*, e que sobre a sua ornamentada pirâmide flutuava a bandeira tricolor, por cima do busto do conde de **Chambord**! Mas o arroz-doce de Paris, assim estragado tão longe da Serra, não interessara ninguém. Puxou apenas alguns sorrisos de polida condescendência, quando eu, alternadamente, me voltava para um cavalheiro, para uma senhora, insistindo, exclamando: – Extraordinário, hein?

D. Teotônio observou, misteriosamente, que o "cozinheiro sabia para quem cozinhava". E a bela mulher do Dr. Alípio ousou murmurar, corando:

O Conde de Chambord era Henri, um herdeiro do trono francês, que nunca chegou a sentar no posto porque levou um chega pra lá do primo Luís Filipe d'Orleães.

– Havia de ser bonito prato, e talvez não fosse mau!

Eu, sempre na ânsia de espiritualizar o banquete, de produzir conversação, ataquei com **desabrida** alegria a snra. D. Luísa, por ela assim defender a profanação do nosso grande **acepipe** nacional! Mas, pobre de mim! tão excessiva e ruidosamente interpelei a formosa senhora, que ela se enconchou, emudeceu, toda corada, e mais formosa assim. E outro silêncio se abatia sobre a mesa, como uma névoa, quando a tia Vicência, providencial, se desculpou para com Jacinto de não ter peixe! Mas quê! ali na Serra era impossível, ainda a peso d'ouro, ter peixe, a não ser a pescada salgada, ou o bacalhau. O excelente Rojão, com aquele seu modo, tão suave que cada sílaba para correr mais docemente parecia lubrificada com óleos santos, lembrou que o snr. D. Jacinto possuía uma larga faixa do rio Douro com privilégio para a pesca do **sável**. Jacinto não sabia, nem imaginava que houvesse sáveis... O Dr. Alípio não se admirava porque essas pescas tinham sido vendidas ao Cunha brasileiro, há vinte anos, na mocidade do snr. D. Jacinto. E hoje, segundo D. Teotônio, não valiam dois mil-réis. Se já não há sáveis!... E a propósito das antigas pescas do Douro se iam formando, em torno da mesa, entre os homens mais vizinhos, lentas cavaqueirinhas rurais, que as senhoras aproveitavam para cochilar, no desabafo daquele silêncio cerimonioso, que viera pesando cada vez mais desde a sopa até aos frangos guisados. Receoso de que essa orla de murmúrios lentos, sem brilho e sem alegria, se estabelecesse de novo, me **abalancei** (para animar) a interpelar Jacinto, recordando a famosa aventura do peixe da Dalmácia encalhado no ascensor.

– Isso foi uma das melhores histórias que nos sucederam em Paris! O Jacinto, por causa dum peixe muito raro, que lhe mandara o Grão-Duque Casimiro, dava uma magnífica ceia, a que o Grão-Duque... O Grão-Duque Casimiro, o irmão do Imperador...

Todos os olhos se desviaram para o meu Jacinto, que se servia de ervilhas: – e o Melo Rebelo quase se engasgou, num sorvo precipitado ao copo, para contemplar no meu amigo algum reflexo do Grão-Duque. E eu contei, com profusão, o peixe encalhado, o Grão-Duque pescando, o anzol feito

---

Desabrido: com alegria exagerada, desagradável, pouco educado.

Acepipe: guloseima.

8 Um peixe de mar, típico dessa parte da Europa, que nada rio adentro na época de reprodução.

Abalançar: se lançar com tudo.

com um gancho da Princesa de Carman, o duque de Marizac, caindo quase no poço do elevador... Mas não se produziu um único riso, e a atenção mesmo era dada com esforço, por cortesia. Debalde eu arremessava aqueles nomes magníficos de príncipes e princesas, misturados a coisas picarescas... Nenhum dos meus convidados compreendia o maquinismo do elevador, um prato encalhado num poço negro... Perante o gancho da Princesa as Albergarias baixaram os olhos. E a minha deliciosa história morreu numa reticência, ainda mais regelada pela exclamação inocente da tia Vicência:

– Oh! filho, que cousas!

Mas, como Jacinto se enfronhara de repente numa larga conversa com a Luisinha Rojão, que ria, toda luminosa e palradora – todos, como libertados do peso cerimonioso da sua presença augusta, se lançaram nas conversinhas discretas, a que o champagne, agora, depois do assado, dava mais viveza. Eram os soturnos murmúrios, em torno da mesa, que definitivamente se perpetuavam. Foi então que desisti de animar o jantar. Mergulhei com a bela mulher do Doutor Alípio na grande questão social desse tempo em Guiães, o casamento da D. Amélia Noronha com o feitor! E eu defendia a D. Amélia, os direitos do amor, quando se alargou um silêncio – e era Jacinto, que se debruçava, de copo na mão.

– Velho amigo Zé Fernandes, à tua! Muitos e bons, e sempre em companhia de tua tia e minha senhora, a quem peço para saudar.

Todos os copos, onde a espuma morria sobre um fundo de champagne, se ergueram num largo rumor de amizade, e boa vizinhança. Eu acenei ao Manuel, vivamente, para encher os copos; e logo, também de pé, atirando para trás a sobrecasaca:

– Meus senhores, peço uma grande saúde para o meu velho amigo Jacinto, que pela primeira vez honra esta casa fraternal... Que digo eu? que pela primeira vez honra com a sua presença a sua querida pátria! E que por cá fique, pelas serras, muitos anos, todos bons. À tua, meu velho!

Outro rumor correu pela mesa, mas cerimonioso e sereno. A nossa oratória, positivamente, não incendiara as imaginações! A tia Vicência fez tilintar o seu copo, quase vazio, com o de Jacinto, que tocou no copo da sua vizinha, a Luisinha Rojão, toda resplandecente, e mais vermelha que uma **peônia**. Depois foi o encadeamento de saúdes, com os copos quase vazios, entre todos os convidados, sem esquecer o tio Adrião, e o Abade, ambos ausentes, ambos com furúnculos. E a tia Vicência espalhava aquele olhar, que prepara o erguer, o arrastar de cadeiras – quando D. Teotônio, erguendo o seu copo de vinho do Porto, com a outra mão apoiada à mesa, meio erguido, chamou Jacinto, e numa voz respeitosa, quase cava:

> Um tipo de flor bem grande.

– Esta é toda particular, e entre nós... Brindo o ausente!

Esvaziou o copo, como em religião, pontificando. Jacinto bebeu assombrado, sem compreender. As cadeiras arrastavam – eu dei o braço à tia Albergada.

E só compreendi, na sala, quando o Dr. Alípio, com a sua chávena de café e o charuto fumegante, me disse, num daqueles seus olhares finos, que lhe valiam a alcunha de *Dr. Agudo*: – "Espero que ao menos, cá por Guiães, não se erga de novo a forca!..." E o mesmo fino olhar me indicava o D. Teotônio, que arrastara Jacinto para entre as cortinas duma janela, e discorria, com um ar de fé e de mistério. Era o miguelismo, por Deus! O bom D. Teotônio considerava Jacinto como um hereditário, ferrenho, miguelista – e, na sua inesperada vinda ao seu solar de Tormes, entrevia uma missão política, o começo duma propaganda enérgica, e o primeiro passo para uma tentativa de Restauração. E na reserva daqueles cavalheiros, ante o meu Príncipe, eu senti então a **suspeita liberal**, o receio duma influência rica, nova, nas Eleições próximas, e a nascente irritação contra as velhas ideias, representadas naquele moço, tão rico, de civilização tão superior. Quase entornei o café, na alegre surpresa daquela sandice. E retive o Melo Rebelo, que repunha a chávena vazia na bandeja, fitei, com um pouco de riso, o *Dr. Agudo*.

– Então, francamente, os amigos imaginam que o Jacinto veio para Tormes trabalhar no miguelismo?

Muito sério, Melo Rebelo chegou o seu grosso bigode à minha orelha:

> A peleja entre dom Pedro I e dom Miguel ficou conhecida como Guerra Civil Portuguesa ou Guerra dos Dois Irmãos. De um lado, estavam Miguel e os absolutistas. Do outro, Pedro e os liberais.

— Até corre, como certo, que o Príncipe **D. Miguel** está com ele em Tormes!

E como eu os considerava esgazeado, o Dr. Alípio – tão agudo! – confirmou:

— É o que corre... disfarçado em criado!

Em criado? Oh! Santo Deus! Era o Batista! Justamente, Ricardo Veloso veio, puxando do seu cigarrinho, para o acender no meu charuto. E o bom Rebelo logo invocou o seu testemunho. – Pois não corria, que o filho de D. Miguel estava em Tormes, escondido?...

— Disfarçado em lacaio, confirmou logo o digno Rebelo.

Acendeu o cigarro, soprou o fumo, e erguendo muito as sobrancelhas meditativas:

— Se assim é, lá me parece desplante... Que eu não desgostava de o ver. Dizem que é bonito moço, bem-apessoado. Mas enfim, meu tio João Vaz Rebelo foi partido às postas, a machado, nas prisões d'**Almeida**... E se recomeçam essas questões, mau, mau! Ora o seu amigo...

Emudeceu. Jacinto, que se libertara do velho D. Teotônio, e ainda conservava um resto de riso, de assombro divertido, vinha para mim, desabafar.

— Extraordinário! Vejo que aqui, na serra, ainda se conservam, sem uma ruga, as velhas e boas ideias...

Imediatamente, sem se conter, Melo Rebelo acudiu:

— É conforme o que v. exca. chama *boas ideias*.

E eu agora, furioso com aquela disparada invenção, que cercava d'hostilidade o meu pobre Jacinto, estragava aquela amável noite d'anos, intervim, vivamente:

— Tu jogas o **voltarete**, Jacinto? Não jogas... Então vamos arranjar duas mesas... O D. Teotônio há de querer cartas.

E arrastei Jacinto para as senhoras, que de novo se aninhavam à sombra da tia Vicência, estabelecida no seu canto do sofá. Todos se calavam, parecia encolherem-se

---

Miguel teve duas filhas em Portugal antes de se casar. No exílio, casou-se e teve mais seis filhas e um menino, que herdou o mesmo nome do pai. Miguel pai morreu em 1866. Aqui, então, eles estão falando do Miguel Filho.

Quando rolou o quiprocó entre os dois irmãos, Miguel era rei de Portugal e mandou prender cerca de 1.500 adversários políticos (apoiadores de Pedro) em Almeida, uma cidade perto da fronteira com a Espanha que tem uma grande fortaleza que funcionava às vezes como prisão.

8 Um jogo popular de cartas da época feito para três jogadores.

ante a aparição do meu Príncipe, como pombas avistando o abutre. E deixei o temido homem afirmando à mulher do Dr. Alípio (um pouco desgarrada do bando das aves tímidas) que lhe dera grande prazer aquela ocasião de conhecer as suas vizinhas de Tormes... Ela abrira nervosamente o leque, sorria, e nunca decerto Jacinto admirara na Cidade uma boca mais vermelha, dentinhos mais rutilantes. Mas depois d'organizar a mesa do voltarete, tive de abancar, eu, para substituir o Manuel Albergaria, que era **dispéptico, se declarara "afrontado"**, e desejava respirar um momento na varanda. Todos aqueles cavalheiros, de resto, se queixavam de calor. Mandei abrir as janelas que davam sobre as mimosas do pátio. O Veloso, ao baralhar, parava, bufando, como oprimido:

— Está abafado... Ainda temos trovoada!

E o Dr. Alípio, inquieto, porque tinha uma hora de estrada até casa, e uma das éguas da caleche era **escabreada**, correu à janela, espreitar o céu, que enegrecera, morno e pesado.

— Com efeito, vai cair água.

As hastes das mimosas ramalhavam, arrepiadas: e o ar que agitava as cortinas era intermitente, estonteado. Decerto na sala, entre as senhoras, surgira a mesma inquietação, porque a tia Albergaria apareceu, avisando o mano Jorge.

Era prudente pensar em partir, a noite ameaçava... E o Dr. Alípio, puxando o relógio, propôs que, levantada aquela **remissa**, se preparasse a marcha. Justamente o Albergaria recolhia da varanda desafrontado, aliviado com um cálice de **genebra**: e retomou as suas cartas, anunciando também que vinha aí uma trovoada valente.

Voltando à sala, encontrei Jacinto muito alegre entre as senhoras, que se familiarizaram, escutando, cheias de riso e gosto, a história da sua chegada a Tormes, sem malas, sem criados, tão desprovido que dormira com a camisa da caseira! Mas a minha pobre noite d'anos findava, desorganizada. A tia Albergaria rondava de janela em janela, assustada com a

---

Traduzindo: tinha problemas de digestão (dispepsia), estava com gases e, por isso, envergonhado (afrontado).

Escabreado: desconfiado.

Remissa: jogada do voltarete.

Bebida feita à base de zimbro, que é uma bolinha que dá em um tipo de pinheiro. O drinque surgiu na Holanda, onde o zimbro é chamado de *jenever*. Mas pelo mundo afora o nome ganhou versões como genever, geneva, genievre e gim holandês. Em português, é genebra ou zinebra.

volta à Roqueirinha, espreitando a treva abafada. Calçando lentamente as luvas, a bela mulher do Dr. Alípio perguntava se ainda havia a remissa. E a tia Vicência apressara o chá, que o Manuel, seguido pela Gertrudes, com a bandeja de bolos, já começava a servir às senhoras. Jacinto, de pé, oferecendo chávenas, gracejava:

— Então tanta pressa, tanto medo, por causa duma trovoadinha?

Elas replicavam, familiarizadas, numa crescente simpatia pelo meu Príncipe:

— Ora o senhor fala bem, porque fica debaixo de telhas...

— Sempre o queríamos ver... se fosse agora para Tormes, com esta noite cerrada!

O **volante** findara nas duas mesas: e aqueles cavalheiros, das janelas, gritavam ordens para o pátio negro, onde as carruagens esperavam atreladas:

— Desce a cabeça da vitória, ó Diogo!

— Acende o lampião, Pedro! Sempre ajuda a luz das lanternas.

A criada Quitéria chegava à porta com os braços carregados de xales, de mantilhas de renda. Como uma das Albergarias ia no **assento de diante na vitória**, eu corri a buscar o meu casaco de borracha, para ela se abrigar se a chuva viesse. E só o D. Teotônio, que tinha até casa apenas meia légua de estrada boa, se não apressava, **filado** outra vez no meu Príncipe, que levava para os cantos mais solitários, em conversas profundas, que o seu dedo solene, espetado, sublinhava gravemente. Mas a tia Albergaria gritou que já chovia; – e então foi uma pressa das senhoras, que beijocavam vivamente a tia Vicência, enquanto os homens, na antecâmara, enfiavam açodadamente os paletós.

Jacinto e eu descemos ao pátio para acompanhar aquela debandada – e uma a uma, a traquitana do Dr. Alípio, a vitória das Albergarias, a velha e imensa caleche dos Velosos, rolaram sob a noite, entre os nossos desejos de boa jornada. Pôr fim D. Teotônio calçou as luvas pretas e entrou para a sua caleche, dizendo a Jacinto:

Volante: voltarete.

O assento da frente era descoberto.

Filado: grudado.

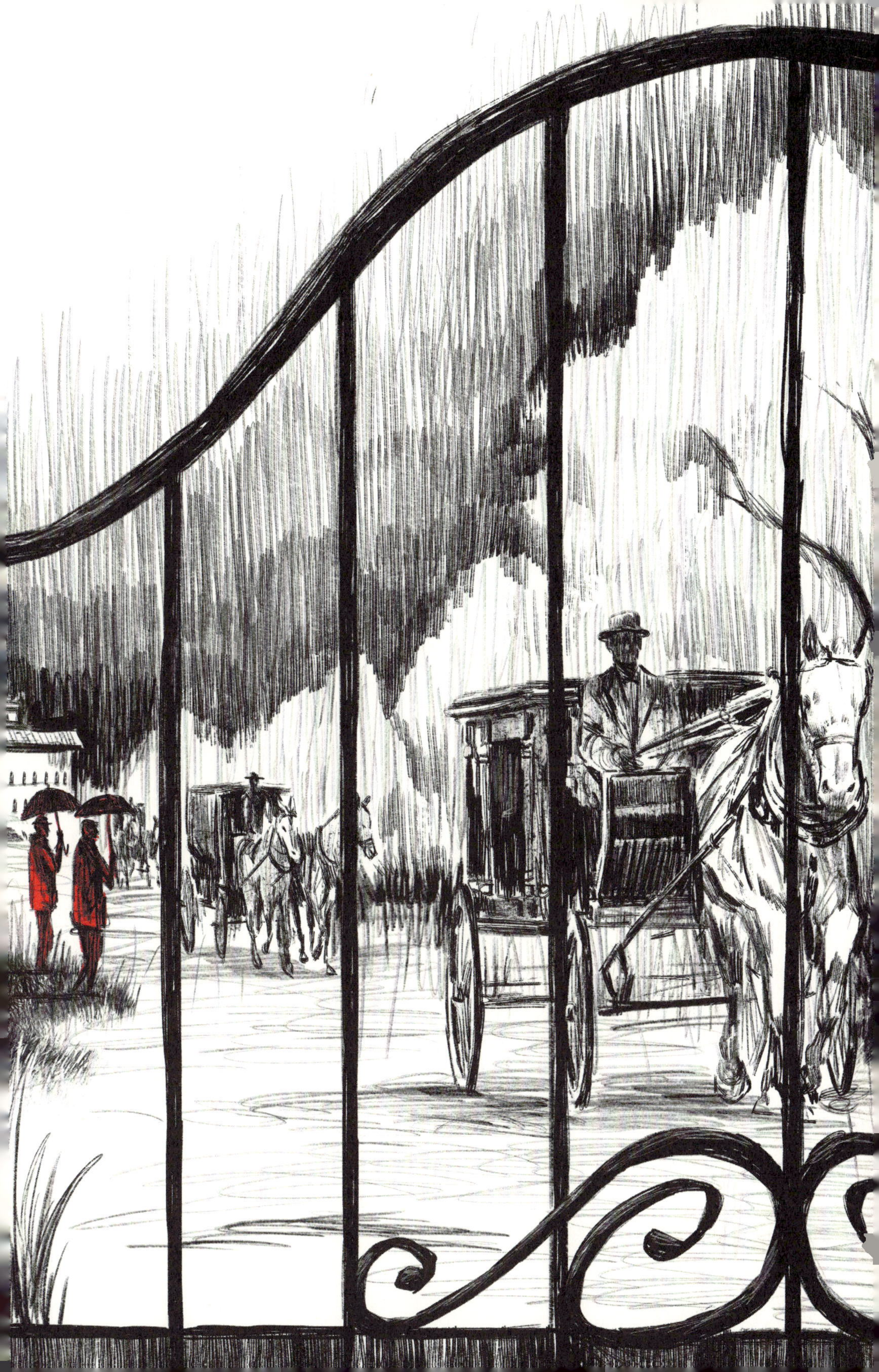

> Falam de forca aqui porque dom Miguel de fato usou enforcamentos para tentar acabar com seus inimigos, ou seja, quem apoiava dom Pedro e dona Maria. No ano de 1829, doze caras que haviam participado de uma rebelião liberal nas cidades do Porto e de Aveiro morreram assim — e ficaram conhecidos como os Mártires da Pátria.

— Pois, primo e amigo, Deus permita que, do nosso encontro, e do mais que se passar, algum bem resulte a esta terra!

Subindo a escada, o meu Príncipe desabafou:

— Este Teotônio é extraordinário! Sabes o que descobri por fim?... Que me toma por um miguelista, e imagina que eu vim para Tormes preparar a restauração de D. Miguel?!

— E tu?

— Eu fiquei tão espantado, que nem o desiludi!

— Pois sabe mais, meu pobre amigo. Todos pensam o mesmo, estão desconfiados, e receiam ver de novo erguidas as **forcas** em Guiães! E corre que tu tens o Príncipe D. Miguel escondido em Tormes, disfarçado em criado. E sabes quem ele é? o Batista!

— Isso é sublime! murmurou Jacinto, com uns grandes olhos abertos.

Na sala, a tia Vicência esperava-nos desconsolada, entre todas as luzes, que ardiam ainda no silêncio e paz do serão debandado:

— Ora uma cousa assim! Nem quererem ficar para tomar um copinho de geleia, um cálice de vinho do Porto!

— Esteve tudo muito desanimado, tia Vicência! exclamei desafogando o meu tédio. Todo esse mulherio emudeceu; os amigos com um ar desconfiado...

Jacinto protestou, muito divertido, muito sincero:

— Não! pelo contrário. Gostei imenso. Excelente gente! E tão simples... Todas estas raparigas me pareceram ótimas. E tão frescas, tão alegres! Vou ter aqui bons amigos, quando verificarem que não sou miguelista.

Então contamos à tia Vicência a prodigiosa história de D. Miguel escondido em Tormes... Ela ria! Que cousa! E mau seria...

— Mas o snr. Jacinto, não é?

— Eu, minha senhora, sou socialista...

Acudi explicando à tia Vicência que socialista era ser pelos pobres. A doce senhora considerava esse partido o melhor, o verdadeiro:

– O meu Afonso, que Deus haja, era liberal... Meu pai também, e até amigo do Duque da Terceira...

Mas um rude trovão rolou, atroou a noite negra: – e uma bátega d'água cantou nos vidros, e nas pedras da varanda.

– Santa Bárbara! gritou a tia Vicência! Ai aquela pobre gente!... Até estou com cuidado... As Rojões, que vão na vitória!

E correu para o quarto, na sua pressa de acender as duas velas costumadas no oratório, ainda antes de ir guardar as pratas, e rezar o terço, com a Gertrudes.

XIV

Ao outro dia, depois d'almoço, eu e Jacinto montamos a cavalo para um grande passeio até à Flor da Malva, a saber de meu tio Adrião, e do seu furúnculo. E sentia uma curiosidade interessada, e até inquieta, de testemunhar a impressão que daria ao meu Príncipe aquela nossa prima Joaninha, que era o orgulho da nossa casa. Já nessa manhã, andando todos no jardim a escolher uma bela rosa-chá para a botoeira do meu Príncipe, a tia Vicência celebrara com tanto fervor a beleza, a graça, a caridade, e a doçura da sua sobrinha toda amada, que eu protestei:

– Oh! tia Vicência, olhe que esses elogios todos competem apenas à Virgem Maria! A tia Vicência está a cair em pecado de idolatria! O Jacinto depois vai encontrar uma criatura apenas humana, e tem um desapontamento tremendo!

E agora, trotando pela fácil estrada de Sandofim, lembrava-me aquela manhã, no 202, em que Jacinto encontrara o retrato dela no meu quarto, e lhe chamara uma *lavradeirona*. Com efeito, era grande e forte a Joaninha. Mas a fotografia datada do seu tempo de viço rústico, quando ela era apenas uma bela, forte e sã planta da serra. Agora entrava nos vinte e cinco, e já pensava, e sentia – e a alma que nela se formara, afinara, amaciara, e espiritualizava o seu esplendor rubicundo.

A manhã, com o céu todo purificado pela trovoada da véspera, e as terras reverdecidas e lavadas pelos chuviscos ligeiros, oferecia uma doçura luminosa, fina, fresca, que tornava doce, como diz o velho **Eurípedes ou o velho Sófocles**, mover o corpo, e deixar a alma preguiçar, sem pressa nem cuidados. A estrada não tinha sombra, mas o sol batia muito de leve, e roçava-nos com uma carícia quase alada. O vale parecia a Jacinto, que nunca ali passara, uma pintura da Escola Francesa do século XVIII, tão graciosamente nele ondulavam as terras verdes, e com tanta paz e frescura corria o risonho Serpão, e tão afáveis e prometedores de fartura e contentamento alvejavam os casais nas verduras tenras! Os nossos cavalos caminhavam num passo pensativo, gozando também a paz da manhã adorável. E não sei, nunca soube, que plantazinhas silvestres e escondidas espalhavam um delicado aroma, que tantas vezes sentira, naquele caminho, ao começar o outono.

8 Eurípedes e Sófocles são poetas da Antiguidade Grega.

– Que delicioso dia! murmurou Jacinto. Este caminho para a Flor da Malva é o caminho do céu... Oh Zé Fernandes, de que é este cheirinho tão doce, tão bom?

Eu sorri, com certo pensamento:

– Não sei... É talvez já o cheiro do céu!

Depois, parando o cavalo, apontei com o chicote para o vale:

– Olha, acolá, onde está aquela fila d'olmos, e há o riacho, já são terras do tio Adrião. Tem ali um pomar, que dá os pêssegos mais deliciosos de Portugal... Hei de pedir à prima Joaninha que te mande um cesto deles. E o doce que ela faz com esses pêssegos, menino, é alguma cousa de celeste. Também lhe hei de pedir que te mande o doce.

Ele ria:

– Será explorar demais a prima Joaninha.

E eu (pôr quê?) recordei e atirei ao meu Príncipe estes dous versos duma balada cavalheiresca, composta em Coimbra pelo meu pobre amigo Procópio:

– Manda-lhe um servo querido,
Bem hajas dona formosa!
E que lhe entregue um anel
E com um anel uma rosa.

Jacinto riu alegremente:
– Zé Fernandes, seria excessivo, só por causa de meia dúzia de pêssegos, e dum **boião** de doce.

Assim ríamos, quando apareceu, à volta da estrada, o longo muro da quinta dos Velosos, e depois a capelinha de S. José de Sandofim. E imediatamente piquei para o largo, para a taberna do Torto, por causa daquele vinhinho branco, que sempre, quando por ali a levo, a minha alma me pede. O meu Príncipe reprovou, indignado:

– Oh! Zé Fernandes, pois tu, a esta hora, depois d'almoço, vais beber vinho branco?

– É um costumezinho antigo... Aqui à taberninha do Torto... Um decilitrozinho... A almazinha assim mo pede.

E paramos; eu gritei pelo Manuel, que apareceu, rebolando a sua grossa pança, sobre as pernas tortas, com a infusa verde, e um copo.

– Dous copos, Torto amigo. Que aqui este cavalheiro também aprecia.

Depois dum pálido protesto, o meu Príncipe também quis, mirou o límpido e dourado vinho ao sol, provou, e esvaziou o copo, com delícia, e um estalinho de alto apreço.

– Delicioso vinho!... Hei de querer deste vinho em Tormes... É perfeito.

– Hein? Fresquinho, leve, aromático, alegrador, todo alma!... Encha lá outra vez os copos, amigo Torto. Este cavalheiro aqui é o snr. D. Jacinto, o fidalgo de Tormes.

Vasilha de boca larga, perfeita para guardar doces e compotas.

Então, de trás da ombreira da taberna, uma grande voz bradou, cavamente, solenemente:

– Bendito seja o Pai dos Pobres!

E um estranho velho, de longos cabelos brancos, barbas brancas, que lhe comiam a face cor de tijolo, assomou no vão da porta, apoiado a um bordão, com uma caixa de lata a tiracolo, e cravou em Jacinto dous olhinhos dum negro, que faiscavam. Era o tio João Torrado, o profeta da Serra... Logo lhe estendi a mão, que ele apertou, sem despegar de Jacinto os olhos, que se dilatavam mais negros. Mandei vir outro copo, apresentei Jacinto, que corara, embaraçado.

– Pois aqui o tem, o senhor de Tormes, que fez por aí todo esse bem à pobreza.

O velho atirou para ele bruscamente o braço, que saía cabeludo e quase negro, duma manga muito curta.

– A mão!

E quando Jacinto lha deu, depois de arrancar vivamente a luva, João Torrado longamente lha reteve com um sacudir lento e pensativo, murmurando:

– Mão real, mão de dar, mão que vem de cima, mão já rara!

Depois tomou o copo, que lhe oferecia o Torto, bebeu com imensa lentidão, limpou as barbas, deu um jeito à correia que lhe prendia a caixa de lata, e batendo com a ponta do cajado no chão:

– Pois louvado seja nosso Senhor Jesus Cristo, que pôr aqui me trouxe, que não perdi o meu dia, e vi um homem!

Eu então debrucei-me para ele, mais em confidência:

– Mas, ó tio João, ouça cá! Sempre é certo você dizer por aí, pelos sítios, que El-Rei D. Sebastião voltara?

O pitoresco velho apoiou as duas mãos sobre o cajado, o queixo d'espalhada barba sobre as mãos, e murmurava, sem nos olhar, como seguindo a percussão dos seus pensamentos:

– Talvez voltasse, talvez não voltasse... Não se sabe quem vai, nem quem vem. A gente vê os corpos, mas não vê as almas que estão dentro. Há corpos d'agora com almas d'outrora. Corpo é vestido, alma é pessoa... Na feira da Roqueirinha quem sabe com quantos reis antigos se topa, quando se anda aos encontrões entre os vaqueiros... Em ruim corpo se esconde bom senhor!

E como ele findara num murmúrio, eu, atirando um olhar a Jacinto, e para gozarmos aqueles estranhos, pitorescos modos de vidente, insisti:

— Mas, ó tio João, você realmente, em sua consciência, pensa que El-Rei D. Sebastião não morreu na batalha?

O velho ergueu para mim a face, que enrugara numa desconfiança:

— Essas cousas são muito antigas. E não calham bem aqui à porta do Torto. O vinho era bom, e v. sa. tem pressa, meu menino! A flor da Flor da Malva lá tem o paizinho doente... Mas o mal já vai pela serra abaixo com a inchação às costas. Dá gosto ver quem dá gosto aos tristes. Por cima de Tormes há uma estrela clara. E é trotar, trotar, que o dia está lindo!

Com a magra mão lançou um gesto para que seguíssemos. E já passávamos o cruzeiro, quando o seu brado ardente de novo reboou, com solenidade cava:

— Bendito seja o Pai dos Pobres!

Direito, no meio da estrada, erguia o cajado como dirigindo as aclamações dum povo. E Jacinto pasmava de que ainda houvesse no reino um Sebastianista.

> A Santa Casa da Misericórdia de Lisboa começou a explorar uma loteria anual para incrementar o caixa dos seus dois hospitais em 1784 e, de lá para cá, continua a ter o monopólio desse tipo de jogo em Portugal.

— Todos o somos ainda em Portugal, Jacinto! Na serra ou na cidade cada um espera o seu D. Sebastião. Até a **loteria da Misericórdia** é uma forma de Sebastianismo. Eu todas as manhãs, mesmo sem ser de nevoeiro, espreito, a ver se chega o meu. Ou antes a minha, porque eu espero uma D. Sebastiana... E tu, felizardo?

— Eu? Uma D. Sebastiana? Estou muito velho, Zé Fernandes... Sou o último Jacinto; Jacinto ponto final... Que casa é aquela com os dois torreões?

— A Flor da Malva.

Jacinto tirou o relógio:

— São três horas. Gastamos hora e meia... Mas foi um belo passeio, e instrutivo. É lindo este sítio.

Sobre um outeirinho, afastada da estrada por arvoredo, que um muro cerrava, e dominando, a Flor da Malva voltava para o Oriente e para o Sol a sua longa fachada com os dous torreões quadrados, onde as janelas, de varanda, eram emolduradas em azulejos. O grande portão de ferro, ladeado por dous bancos de pedra, ficava ao fundo do terreirinho, onde um imenso castanheiro derramava verdura e sombra. Sentado sobre as fortes raízes descarnadas da grande árvore, um pequeno esperava segurando um burro pela **arreata**.

— Está por aí o Manuel da Porta?

— Ainda agora subiu pela alameda.

— Bem: empurra lá o portão.

E subimos, por uma curta avenida de velhas árvores, até outro terreiro, com um alpendre, uma casa de moços, toda coberta d'heras, e uma casota de cão, de onde saltou, com um rumor de corrente arrastada, um **molosso**, o Tritão, que eu logo sosseguei fazendo-lhe reconhecer o seu velho amigo Zé Fernandes. E o Manuel da Porta correu da fonte, onde enchia um grande balde, para nos segurar os cavalos.

— Como está o tio Adrião?

Surdo, o excelente Manuel sorriu, deleitado:

— E então vossa excelência, bem? A snra. D. Joaninha ainda agora andava no laranjal com o pequeno da Josefa.

Seguimos por ruazinhas bem areadas, orladas d'alfazema e **buxo** alto, enquanto eu contava ao meu Príncipe que aquele pequenito da Josefa era um afilhadinho da prima Joana, e agora o seu encanto e o seu cuidado todo.

— Esta minha santa prima, apesar de solteira, tem aí pela freguesia uma verdadeira filharada. E não é só dar-lhes roupas e presentes, e ajudar as mães. Mas até os lava, e os penteia, e lhes trata as tosses. Nunca a encontro sem alguma criancita ao colo... Agora anda na paixão deste Josezinho.

Mas quando chegamos ao laranjal, à beira da larga rua da quinta que levava ao tanque, debalde procurei, e me embrenhei, e até gritei: — Eh, prima Joaninha!...

---

arreata: A corda usada para amarrar o animal a algum lugar ou para puxá-lo.

Molosso: cachorro grande, de guarda.

buxo: O buxo é um arbusto típico de regiões temperadas a tropicais que pode chegar a até cinco metros.

Caneiro: canal feito para escoar água.

🇹 O malmequer é a margarida e o botão d'ouro é uma florzinha que tem tanto o centro quanto as pétalas amarelas.

🇹 A cebola dá debaixo da terra. Quando começa a brotar pra fora do solo uns talinhos verdes, eles chamam aquilo de "cebolo" ou "cebolinho".

— Talvez esteja lá para baixo, para o tanque...

Descemos a rua, entre árvores, que a cobriam com as densas ramas encruzadas. Uma fresca, límpida água de rega corria e luzia num **caneiro** de pedra. Entre os troncos, as roseiras bravas ainda tinham uma frescura de verão. E o pequeno campo, que se avistava para além, rebrilhava com doçura, todo amarelo e branco, dos **malmequeres e botões d'ouro**.

O tanque, redondo, fora esvaziado para se lavar, e agora de novo o repuxo o ia enchendo duma água muito clara, ainda baixa, onde os peixes vermelhos se agitavam na alegria de recuperarem o seu pequeno oceano. Sobre um dos bancos de pedra que circundavam o tanque pousava um cesto cheio de dálias cortadas. E um moço, que sobre uma escada podava as camélias, vira a snra. D. Joana seguir para o lado da parreira.

Marchamos para a parreira, ainda toda carregada de uva preta. Duas mulheres, longe, ensaboavam num lavadoiro, na sombra de grandes nogueiras. Gritei: — Eh lá? Vocês viram pôr aí a snra. D. Joana? Uma das moças esganiçou a voz, que se perdeu no vasto ar luminoso e doce.

— Bem vamos a casa! Não podemos farejar assim, toda a tarde.

— É uma bela quinta, murmurava o meu Príncipe, encantado.

— Magnífica! E bem tratada... O tio Adrião tem um feitor excelente... Não é o teu Melchior. Observa, aprende, lavrador! Olha aquele **cebolinho**!

Passamos pela horta, uma horta ajardinada, como sonhara o meu Príncipe, com os seus talhões debruados d'alfazema, e madressilva enroscada nos pilares de pedra, que faziam ruazinhas frescas toldadas de parra densa. E demos volta à capela, onde crescia aos dous lados da porta uma roseira-chá, com uma rosa única, muito aberta, e uma moita de baunilha, onde Jacinto apanhou um raminho para cheirar. Depois entramos no terraço em frente da casa, com a sua balaustrada de pedra, toda enrodilhada de jasmineiros amarelos. A porta envidraçada estava aberta: e subimos pela escadaria de pedra, no imenso silêncio em que toda a Flor da Malva repousava, até a antecâmara, d'altos tetos apainelados, com longos bancos de pau, onde desmaiavam na sua velha pintura as complicadas armas dos Cerqueiras. Empurrei a porta duma outra sala, que tinha as janelas da varanda abertas, cada uma com a gaiola dum canário.

– É curioso! – exclamou Jacinto. Parece o meu Presépio... E as minhas cadeiras.

E com efeito. Sobre uma cômoda antiga, com bronzes antigos, pousava um presépio semelhante ao da livraria de Jacinto. E as cadeiras de couro lavrado tinham, como as que ele descobrira no sótão, umas **armas** sob um chapéu de Cardeal.

> "Armas" aqui também é referência a brasão de família.

– Oh senhores! exclamei. Não haverá um criado?

Bati as mãos, fortemente. E o mesmo doce silêncio permaneceu, muito largo, todo luminoso e arejado pelo macio ar da quinta, apenas cortado pelo saltitar dos canários nos poleiros das gaiolas.

– É o Palácio da Bela Adormecida no bosque! murmurou Jacinto, quase indignado. Dá um berro!

– Não, caramba! Vou lá dentro!

Mas, à porta, que de repente se abriu, apareceu minha prima Joaninha, corada do passeio e do vivo ar, com um vestido claro um pouco aberto no pescoço, que fundia mais docemente, numa larga claridade, o esplendor branco da sua pele, e o louro ondeado dos seus cabelos – lindamente risonha, na surpresa que alargava os seus largos, luminosos olhos negros, e trazendo ao colo uma criancinha, gorda e cor-de-rosa, apenas coberta com uma camisinha, de grandes laços azuis.

E foi assim que Jacinto, nessa tarde de setembro, na Flor da Malva, viu aquela com quem casou em maio, na capelinha d'azulejos, quando o grande pé de roseira se cobrira todo de rosas.

XV

E agora, entre roseiras que rebentam, e vinhas que se vin-dimam, já cinco anos passaram sobre Tormes e a Serra. O meu Príncipe já não é o último Jacinto, Jacinto ponto final – porque naquele solar que decaíra, correm agora, com soberba vida, uma gorda e vermelha Teresinha, minha afilhada, e um Jacintinho, senhor muito da minha amizade. E, pai de família, principiara a fazer-se monótono, pela perfeição da beleza moral, aquele homem tão pitoresco pela inquietação filosófica, e pelos variados tormentos da fantasia insaciada. Quando ele agora, bom sabedor das cousas da lavoura, percorria comigo a quinta, em sólidas palestras agrícolas, prudentes e sem quimeras – eu quase lamentava esse outro Jacinto que colhia uma teoria em cada ramo d'árvore, e riscando o ar com a bengala, planejava queijeiras de cristal e porcelana, para fabricar queijinhos que custariam duzentos mil-réis cada um!

Também a paternidade lhe despertara a responsabilidade. Jacinto possuía agora um caderno de contas, ainda pequeno, rabiscado a lápis, com falhas, e papeluchos soltos entremeados, mas onde as suas despesas, as suas rendas se alinhavam, como duas hostes disciplinadas. Visitara já as suas propriedades de Montemor, da Beira; e consertava, mobiliava as velhas casas dessas propriedades para que os seus filhos, mais tarde, crescidos, encontrassem "ninhos feitos". Mas onde eu reconheci que definitivamente um perfeito e ditoso equilíbrio se estabelecera na alma do meu Príncipe, foi quando ele, já saído daquele primeiro e ardente fanatismo da Simplicidade – entreabriu a porta de Tormes à Civilização. Dous meses antes de nascer a Teresinha, uma tarde, entrou pela avenida de plátanos uma **chiante e longa fila de carros**, requisitados por toda a freguesia, e **acuculados** de caixotes. Eram os famosos caixotes, por tanto tempo encalhados em Alba de Tormes, e que chegavam, para despejar a Cidade sobre a Serra. Eu pensei: – Mau! o meu pobre Jacinto teve uma recaída! Mas os confortos mais complicados, que continha aquela caixotaria temerosa, foram, com surpresa minha, desviados para os sótãos imensos, para o pó da inutilidade: e o velho solar apenas se regalou com alguns tapetes sobre os seus soalhos, cortinas pelas janelas desabrigadas, e fundas poltronas, fundos sofás, para que os repousos, por que ele suspirara, fossem mais lentos e suaves. Atribuí esta moderação a minha prima Joaninha, que amava Tormes na sua nudez rude. Ela jurou que assim o ordenara o seu Jacinto. Mas, decorridas semanas, tremi. Aparecera, vindo de Lisboa, um **contramestre**, com operários, e mais caixotes, para instalar um telefone!

– Um telefone, em Tormes, Jacinto?

O meu Príncipe explicou, com humildade:

– Para casa de meu sogro!... bem vês.

Era razoável e carinhoso. O telefone porém, sutilmente, mudamente, estendeu outro longo fio, para Valverde. E Jacinto, alargando os braços, quase suplicante:

– Para casa do médico. Compreendes...

Era prudente. Mas, certa manhã, em Guiães, acordei aos berros da tia Vicência! Um homem chegara, misterioso, com outros homens, trazendo arame, para instalar na nossa casa

São carros de boi, viajando pesados, cheios de carga, e fazendo barulho, rangendo, chiando.

Acuculado: com carga além da capacidade.

Contramestre: chefe de um grupo de trabalhadores.

o novo invento. Sosseguei a tia Vicência, jurando que essa máquina nem fazia barulho, nem trazia doenças, nem atraía as trovoadas. Mas corri a Tormes. Jacinto sorriu, encolhendo os ombros:

— Que queres? Em Guiães está o boticário, está o **carniceiro**... E, depois, estás tu!

Era fraternal. Todavia pensei: Estamos perdidos! Dentro dum mês temos a pobre Joana a apertar o vestido por meio duma máquina! Pois não! o Progresso, que, à intimação de Jacinto, subira a Tormes a estabelecer aquela sua maravilha, pensando talvez que conquistara mais um reino para desfear, desceu, silenciosamente, desiludido, e não avistamos mais sobre a serra a sua hirta sombra cor de ferro e de fuligem. Então compreendi que, verdadeiramente, na alma de Jacinto se estabelecera o equilíbrio da vida, e com ele a Grã-Ventura, de que tanto tempo ele fora o Príncipe sem Principado. E uma tarde, no pomar, encontrando o nosso velho Grilo, agora reconciliado com a serra, desde que a serra lhe dera meninos para trazer às **cavaleiras**, observei ao digno preto, que lia o seu *Fígaro*, armado de imensos óculos redondos:

— Pois, Grilo, agora realmente bem podemos dizer que o snr. D. Jacinto está firme.

O Grilo arredou os óculos para a testa, e levantando para o ar os cinco dedos em curva como pétalas duma tulipa:

— S. exca. brotou!

Profundo sempre o digno preto! Sim! Aquele ressequido galho de Cidade, plantado na serra, pegara, chupara o húmus do torrão herdado, criara seiva, afundara raízes, engrossara de tronco, atirara ramos, rebentara em flores, forte, sereno, ditoso, benéfico, nobre, dando frutos, derramando sombra. E abrigados pela grande árvore, e pôr ela nutridos, cem casais em redor a bendiziam.

Carniceiro: açougueiro.

Ou seja, carregava os meninos nos ombros.

XVI

Muitas vezes Jacinto, durante esses anos, falara com prazer num regresso de dous, três meses, ao 202, para mostrar Paris à prima Joaninha. E eu seria o companheiro fiel, para arquivar os espantos da minha serrana ante a Cidade! Depois conveio em esperar que o Jacintinho completasse dous anos, para poder jornadear sem desconforto, e apontando já com o seu dedo para as cousas da Civilização. Mas quando ele, em outubro, fez esses dous anos desejados, a prima Joaninha sentiu uma preguiça imensa, quase aterrada, do comboio, do estridor da Cidade, do 202, e dos seus esplendores. "Estamos aqui tão bem! está um tempo tão lindo!" murmurava, deitando os braços, sempre deslumbrada, ao rijo pescoço do seu Jacinto. Ele desistia logo de Paris, encantado. "Vamos para abril, quando os castanheiros dos Campos Elísios estiverem em flor!" Mas em abril vieram aqueles cansaços que imobilizavam a prima Joaninha no divã, ditosa, risonha, com umas pintas na pele, e o roupão mais solto. Por todo um longo ano estava desfeita a alegre aventura. Eu andava então sofrendo de desocupação. As chuvas de março prometiam uma farta colheita. Uma certa Ana Vaqueira, corada e bem-feita, viúva, que surtia as necessidades do meu coração, partira com o irmão para o Brasil, onde ele dirigia uma venda. Desde o inverno, sentia também no corpo como um começo de ferrugem, que o emperrava, e, certamente, algures, na minha alma, nascera uma pontinha de bolor. Depois a minha égua morreu... Parti eu para Paris.

Logo em **Hendaia**[8], apenas pisei a doce terra de França, o meu pensamento, como pombo a um velho pombal, voou ao 202 – talvez por eu ver um enorme cartaz em que uma mulher nua, com flores bacânticas nas tranças, se estorcia, segurando numa das mãos uma garrafa espumante, e brandindo na outra, para o anunciar ao Mundo, um novo modelo de saca-rolhas. E oh surpresa! eis que, logo adiante, na estação quieta e clara de Saint-Jean-de-Luz, um moço esbelto, de perfeita elegância, entra vivamente no meu compartimento, e, depois de me encarar, grita:

– Eh, Fernandes!

Marizac! O duque de Marizac! Era já o 202... Com que reconhecimento lhe sacudi a mão fina, por ele me ter reconhecido! E, atirando para o canto do vagão um paletó, um maço de jornais, que o escudeiro lhe passara, o bom Marizac exclamava na mesma surpresa alegre:

– E Jacinto?

Contei Tormes, a serra, o seu primeiro amor pela Natureza, o seu outro grande amor por minha prima, e os dous filhos, que ele trazia escarranchados no pescoço.

– Ah que canalha! exclamou Marizac com os olhos espetados em mim. É capaz de ser feliz!

– Espantosamente, loucamente... Qual! Não há advérbios...

– Indecentemente – murmurou Marizac muito sério. Que canalha!

Eu então desejei saber do nosso rancho familiar do 202. Ele encolheu os ombros, acendendo a *cigarette*:

– Todo esse mundo circula...

[8] *Cidadezinha basca à beira-mar, na fronteira da França com a Espanha.*

— Madame d'Oriol?

— Continua.

— Os Trèves? o Efraim?

— Continuam, todos três.

Lançou um gesto lânguido.

— Durante cinco anos, em Paris, tudo continua... As mulheres com um pouco mais de pós d'arroz, e a pele um pouco mais mole, e melada. Os homens com um tanto mais de dispepsia. E tudo segue. Tivemos os Anarquistas. A princesa de Carman abalou com um acrobata do Circo de Inverno... e – e *voilá!*

— Dornan?

— Continua... Não o encontrei mais desde o 202... Mas vejo às vezes o nome dele, no *Boulevard*, com versos preciosos, obscenidades muito apuradas, muito sutis.

— E o Psicólogo?... Ora, como se chamava ele?...

— Continua também. Sempre com as feminices a três francos e cinquenta... Duquesas em camisa, almas nuas... Cousas que se vendem bem!

Mas quando eu, encantado, ia indagar de Todelle, do Grão-Duque, o comboio entrou na estação de Biarritz: – e rapidamente, apanhando o paletó e os jornais, depois de me apertar a mão, o delicioso Marizac saltou pela portinhola, que o seu criado abrira, gritando:

— Até Paris!... Sempre **rue** Cambori.

> "Rua" em francês é rue.

Então, no compartimento solitário, bocejei, com uma estranha sensação de monotonia, de saciedade, como cercado já de gentes muito vistas, murmurando histórias muito sabidas, e cousas muito ditas, através de sorrisos estafados. Dos dous lados do comboio era a longa planície monótona, sem variedade, muito miudamente cultivada, muito miudamente retalhada, dum verde de resedá, verde cinzento e apagado, onde nenhum lampejo, nem tom alegre de flor, nem acidente do solo, desmanchavam a mediocridade discreta e ordeira. Pálidos **choupos**, em **renques** pautados e finos, bordavam canaizinhos muito direitos e claros. Os casais, todos da mesma cor pardacenta, mal se elevavam do solo, mal se destacavam da verdura desbotada, como encolhidos na sua

> Choupo: tipo de árvore.
>
> Renque: fila.

mediocridade e cautela. E o céu, por cima, liso, sem uma nuvem, com um sol descorado, parecia um vasto espelho muito lavado a grande água, até que de todo se lhe safasse o esmalte e o brilho. Adormeci numa doce insipidez.

Com que linda manhã de maio entrei em Paris! Tão fresca e fina, e já macia, que, apesar de cansado, mergulhei com repugnância no profundo, sombrio leito do Grand-Hotel, todo fechado de espessos veludos, grossos cordões, pesadas borlas, como um palanque de gala. Nessa profunda cova de penas sonhei que em Tormes se construíra uma torre Eiffel, e que em volta dela as senhoras da Serra, as mais respeitáveis, a própria tia Albergaria, dançavam, nuas, agitando no ar saca-rolhas imensos. Com as comoções deste pesadelo, e depois o banho, e o desemalar da mala, já se acercavam as duas horas quando enfim emergi do grande portão, pisei, ao cabo de cinco anos, o Boulevard. E imediatamente me pareceu que todos esses cinco anos eu ali permanecera à porta do Grand-Hotel, tão estafadamente conhecido me era aquele estridente rolar da cidade, e as magras árvores, e as grossas tabuletas, e os imensos chapéus emplumados sobre tranças pintadas d'amarelo, e as empertigadas sobrecasacas com grossas **rosetas da legião d'honra**, e os garotos, em voz rouca e baixa, oferecendo **baralhos de cartas obscenas, caixas de fósforos obscenas**... Santo Deus! pensei, há que anos eu estou em Paris! Comprei, então, num **quiosque**, um jornal, a *Voz de Paris*, para que ele me contasse, durante o almoço, as novas da Cidade. A mesa do quiosque desaparecia, alastrada de jornais ilustrados: – e em todos se repetia a mesma mulher, sempre nua, ou meio despida, ora mostrando as costelas magras, de gata faminta, ora voltando para o Leitor duas tremendas nádegas... Eu outra vez murmurei: – Santo Deus! No Café da Paz, o criado lívido, e com um resto de pó de arroz sobre a sua lividez, aconselhou ao meu apetite, por ser tão tarde, um linguado frito e uma costeleta.

– E que vinho, snr. Conde?

– Chablis, snr. Duque!

A Legião de Honra é a mais prestigiosa condecoração francesa. Mas quem recebe esta medalha não vai ficar andando por aí com ela no pescoço, certo? Por isso, a pessoa ganha também uma roseta, um treco que vai na lapela do paletó, representando a honraria.

Era a pornografia de então: fotos ou desenhos de mulheres nuas (ou quase) eram impressos em baralhos ou caixinhas de fósforos.

O quiosque aqui é a banca de jornais e revistas.

Ele sorriu à minha deliciosa pilhéria, – e eu abri, contente, a *Voz de Paris*. Na primeira coluna, através duma prosa muito retorcida, toda em brilhos de joia barata, entrevi uma Princesa nua, e um **Capitão de Dragões**, que soluçava. Saltei a outras colunas, onde se contavam feitos de *cocottes* de nomes sonoros. Na outra página escritores eloquentes celebravam vinhos digestivos e tônicos. Depois eram os crimes do costume. – Não há nada de novo! Pus de parte a *Voz de Paris* – e então foi, entre mim e o linguado, uma luta pavorosa. O miserável, que se frigira rancorosamente contra mim, não consentia que eu descolasse da sua espinha uma febra escassa. Todo ele se ressequira numa sola impenetrável e tostada, onde a faca vergava, impotente e trêmula. Gritei pelo moço lívido, o qual, com faca mais rija, fincando no soalho os sapatos de fivela, arrancou enfim àquele malvado duas tirinhas, finas e curtas como palitos, que engoli juntas, e me esfomearam. Duma garfada findei a costela. E paguei quinze francos com um bom **luís d'ouro**. No troco, que o moço me deu, com a polidez requintada duma civilização muito difundida, havia dous francos falsos. E por aquela doce tarde de maio saí para tomar no terraço um café cor de chapéu-coco, que sabia a fava.

Com o charuto aceso contemplei o Boulevard, àquela hora em toda a pressa e estridor da sua grossa sociabilidade. A densa torrente dos ônibus, calhambeques, carroças, parelhas de luxo, rolava vivamente, como toda uma escura humanidade formigando entre patas e rodas, numa pressa inquieta. Aquele movimento continuado e rude bem depressa entonteceu este espírito, por cinco anos **afeito** à quietação das serras imutáveis. Tentava então, puerilmente, repousar nalguma forma imóvel, ônibus parado, fiacre que **estacara num brusco escorregar da pileca**; mas logo algum dorso apressado se encafuava pela portinhola da tipoia, ou um cacho de figuras escuras trepava sofregamente para o ônibus: – e, rápido, recomeçava o rolar retumbante. Imóveis, decerto, estavam os altos prédios hirtos, **ribas** de pedra e cal, que continham, disciplinavam, aquela torrente ofegante. Mas da rua aos telhados, em cada varanda, por toda a fachada, eram tabuletas encimando tabuletas, que outras tabuletas aperta-

> Vários exércitos tinham regimentos mistos, funcionando ao mesmo tempo como infantaria e cavalaria. Esses grupos eram chamados de dragões. Hoje, ninguém mais vai à guerra em cima do lombo de um animal, mas o nome ficou.

> 8 Moeda francesa antiga, o luís de ouro era, como o nome diz, feita de ouro. Trazia de um lado a cara do rei Luís XIII e, do outro, o brasão real.

> Afeito: acostumado.

> t Parara de repente porque o cavalo magrela (pileca) havia escorregado.

> Riba: ribanceira.

vam: – e mais me cansava o perceber a tenaz incessância do trabalho latente, a devorante canseira do lucro, arquejante por trás das frontarias decorosas e mudas. Então, enquanto fumava o meu charuto, estranhamente se apossaram de mim os sentimentos que Jacinto outrora experimentara no meio da Natureza, e que tanto me divertiam. Ali, à porta do café, entre a indiferença e a pressa da Cidade, também eu senti, como no campo, a vaga tristeza da minha fragilidade e da minha solidão. Bem certamente estava ali como perdido num mundo, que me não era fraternal. Quem me conhecia? Quem se interessaria por Zé Fernandes? Se eu sentisse fome, e o confessasse, ninguém me daria metade do seu pão. Por mais aflitamente que a minha face revelasse uma angústia, ninguém na sua pressa pararia para me consolar. De que me serviriam também as excelências d'alma, que só na alma florescem? Se eu fosse um santo, aquela turba não se importaria com a minha santidade; e se eu abrisse os braços e gritasse, ali no Boulevard – "oh homens, meus irmãos!" os homens, mais ferozes que o lobo ante o Pobrezinho d'Assis, ririam e passariam indiferentes. Dous impulsos únicos, correspondendo a duas funções únicas, parecia estarem vivos naquela multidão – o lucro e o gozo. Isolada entre eles, e ao contágio ambiente da sua influência, em breve a minha alma se contrairia, se tornaria num duro calhau de Egoísmo. Do ser que eu trouxera da Serra só restaria em pouco tempo esse calhau, e nele, vivos, os dous apetites da cidade – encher a bolsa, saciar a carne! E pouco a pouco as mesmas exagerações de Jacinto perante a Natureza me invadiam perante a Cidade. Aquele Boulevard **ressumava** para mim um bafo mortal, extraído dos seus milhões de micróbios. De cada porta me parecia sair um **ardil** para me roubar. Em cada face, avistada à portinhola dum fiacre, suspeitava um bandido em manobra. Todas as mulheres me pareciam caiadas como sepulcros, tendo só podridão por dentro. E considerava duma melancolia funambulesca as formas de toda aquela Multidão, a sua pressa áspera e vã, a afetação das atitudes, as imensas plumas das chapeletas, as expressões postiças e falsas, a pompa dos peitos alteados, o dorso redondo dos velhos olhando as imagens obscenas das vitrines. Ah! tudo isto era pueril, quase cômico da minha parte, mas é o que eu sentia

---

Ressumar: destilar, gotejar.

Ardil: plano para enganar.

no Boulevard, pensando na necessidade de remergulhar na Serra, para que ao seu puro ar se me despegasse a crosta da Cidade, e eu ressurgisse humano, e Zé Fernandico!

Então, para dissipar aquele **pesadume** de solidão, paguei o café e parti, lentamente, a visitar o 202. Ao passar na Madalena, diante da estação dos ônibus, pensei: – Que será feito de Madame Colombe? E, oh miséria! Pelo meu miserável ser subiu uma curta e quente baforada de desejo bruto por aquela besta suja e magra! Era o charco onde eu me envenenara, e que me envolvia nas emanações sutis do seu veneno. Depois, ao dobrar da *rue* Royale para a Praça da Concórdia, topei com um robusto e possante homem, que estacou, ergueu o braço, ergueu o vozeirão, num modo de comando:

> Pesadume: peso, má vontade, desgosto.

– Eh, Fernandes!

O Grão-Duque! O belo Grão-Duque, de jaquetão alvadio e **chapéu tirolês** cor de mel! Apertei com gratidão reverente a mão do Príncipe, que me reconhecera.

> O Tirol era uma região do antigo Império da Áustria. Depois do fim da Primeira Guerra Mundial, em 1918, ele foi separado, uma parte pertencendo à Áustria e a outra à Itália. O chapéu tirolês é bem típico.

– E Jacinto? Em Paris?...

Contei Tormes, a serra, o rejuvenescimento do nosso amigo entre a Natureza, a minha doce prima, e os bravos pequenos, que ele trazia às cavaleiras. O Grão-Duque encolheu os ombros, desolado:

– Oh lá, lá, lá!... **Peuh**! Casado, na aldeia, com filharada... Homem perdido! Ora não há!... E um rapaz útil! Que nos divertia, e tinha gosto! Aquele jantar cor-de-rosa foi uma festa linda... Não se fez, não se tornou a fazer nada tão brilhante em Paris... E Madame d'Oriol... Ainda há dias a vi no Palácio de Gelo... Potável, mulher ainda muito potável... Não é todavia o meu gênero... Adocicada, leitosa, pomadada, **neve *à la vanile***... Ora esse Jacinto!...

> Interjeição típica do francês, correspondente a "arre", "aff" ou coisa assim.

> Clara em neve com uma pitada de baunilha.

– E vossa Alteza, em Paris com demora?

O formidável homem baixou a face, franzida e confidencial:

– Nenhuma. Paris não se aguenta... Está estragado, positivamente estragado... Nem se come! Agora é o Ernest, da Praça Gaillon, o Ernest, que era ***maître-d'hotel*** do Maire...

> É o maître do restaurante, um chefe dos garçons.

Estopada: chatice.

Ou seja, querem uma grana...

Já lá comeu? Um horror. Tudo é o Ernest, agora! Onde se come? No Ernest. Qual! Ainda esta manhã lá almocei... Um horror! Uma salada Chambord... palhada! Não tem, não tem a noção da salada! Paris foi! Teatros, uma **estopada**. Mulheres, hui! **Lambidas** todas. Não há nada! Ainda assim, num dos teatritos de Montmartre, na Roulotte, está uma revista, que se vê: *Para cá as mulheres!* – engraçada, bem despida... A Celestine tem uma cantiga, meio sentimental, meio porca, *o Amor no Water-Closet*, que diverte, tem topete... Onde está, Fernandes?

– No Grand-Hotel, meu senhor.

– Que barraca!... E o seu Rei sempre bom?

Curvei a cabeça:

– Sua Majestade, bem.

– Estimo! Pois, Fernandes, tive prazer... Esse Jacinto é que me desola! Vá ver a Revista... Boas pernas, a Celestine... E tem graça o tal *Amor no Water-Closet*.

Um rijíssimo aperto de mão – e S. Alteza subiu pesadamente para a vitória, ainda com um aceno amável, que me penhorou... Excelente homem, este Grão-Duque! Mais reconciliado com Paris, atravessei para os Campos Elísios. Em toda a sua nobre e formosa largueza, toda verde, com os castanheiros em flor, corriam, subindo, descendo, velocípedes. Parei a contemplar aquela fealdade nova, estes inumeráveis espinhaços arqueados, e gâmbias magras, agitando-se desesperadamente sobre duas rodas. Velhos gordos, de cachaço escarlate, pedalavam, gordamente. **Galfarros** esguios, de tíbias descarnadas, fugiam numa linha esfuziada. E as mulheres, muito pintadas, de bolero curto, calções bufantes, giravam, mais rapidamente ainda, no prazer equívoco da carreira, escarranchadas em hastes de ferro. E a cada instante outras medonhas máquinas passavam, vitórias e *phaétons* **a vapor**, com uma complicação de tubos e caldeiras, torneiras e chaminés, rolando numa trepidação estridente e pesada, espalhando um grosso fedor de petróleo. Segui para o 202, pensando no que diria

Galfarro: pessoa que não faz nada, vadio.

No final dos anos 1700, os motores a vapor viraram de cabeça para baixo o mundo, alterando como as mercadorias eram fabricadas e distribuídas. Nos transportes, ganhamos as locomotivas e os primeiros carros. Muitos desses automóveis pioneiros eram carruagens adaptadas, como o caso dessas aqui.

um grego do tempo de **Fídias**, se visse esta nova beleza e graça do caminhar humano!...

No 202, o porteiro, o velho Vian, quando me reconheceu, mostrou uma alegria enternecedora. Não se fartou de saber do casamento de Jacinto, e daqueles queridos meninos. E era para ele uma felicidade que eu aparecesse, justamente quando tudo se andara limpando para a entrada da primavera. Quando penetrei na amada casa senti mais vivamente a minha solidão. Não restava em toda ela nem um dos costumados aspectos que fizessem reviver a velha camaradagem com o meu Príncipe. Logo na antecâmara grandes lonas cobriam as **tapeçarias** heroicas, e igual lona escondia os estofos das cadeiras e dos muros, e as largas estantes d'ébano da Biblioteca, onde os trinta mil volumes, nobremente enfileirados como Doutores num Concílio, pareciam separados do mundo por aquele pano que sobre eles descera depois de finda a comédia da sua força e da sua autoridade. No gabinete de Jacinto, de sobre a mesa d'escrita, desaparecera aquela confusão de instrumentozinhos, de que eu perdera já a memória; e só a Mecânica suntuosa, por sobre peanhas e pedestais, recentemente espanejada, reluzia, com as suas engrenagens, tubos, rodas,

> Fídias foi um artista grego da Antiguidade que esculpia corpos perfeitos, de deuses, em pedra. O narrador acha que a feiúra daquele povo andando pra cima e pra baixo de bicicleta era exatamente o oposto da beleza perfeita das obras de Fídias.

> A tapeçaria não era só tapete no chão, mas também itens que iam na parede — os tapeceiros reproduziam pinturas e quadros com toda perfeição do mundo, tingindo e entrelaçando lã.

rigidezes de metais, numa frieza inerte, na inatividade definitiva das cousas desusadas, como já dispostas num Museu, para exemplificar a instrumentação caduca dum mundo passado. Tentei mover o telefone, que se não moveu; a mola da eletricidade não acendeu nenhum lume: todas as forças universais tinham abandonado o serviço do 202, como servos despedidos. E então, passeando através das salas, realmente me pareceu que percorria um museu d'antiguidades; e que mais tarde outros homens, com uma compreensão mais pura e exata da Vida e da Felicidade, percorreriam, como eu, longas salas, atulhadas com os instrumentos da Supercivilização, e, como eu, encolheriam desdenhosamente os ombros ante a grande Ilusão que findara, agora para sempre inútil, arrumada como um lixo histórico, guardado debaixo de lona.

Quando saí do 202 tomei um fiacre, subi ao Bosque de Bolonha. E apenas rolara momentos pela Avenida das Acácias, no silêncio decoroso, unicamente cortado pelo tilintar dos freios e pelas rodas vagarosas esmagando a areia, comecei a reconhecer as velhas figuras, sempre com o mesmo sorriso, o mesmo pó d'arroz, as mesmas pálpebras amortecidas, os mesmos olhos farejantes, a mesma imobilidade de cera! O romancista da *Couraça* passou numa vitória, fixou em mim o monóculo defumado, mas permaneceu indiferente. Os bandós negros de Madame Verghane, tapando-lhe as orelhas, pareciam ainda mais furiosamente negros entre a harmonia de todo o branco que a vestia, chapéu, plumas, flores, rendas e corpete, onde o seu peito imenso se empolava como uma onda. No passeio, sob as Acácias, espapado em duas cadeiras, o diretor do *Boulevard* mamava o resto de seu charuto. E num grande *landeau*, Madame de Trèves continuava o seu sorriso de há cinco anos, com duas pregazinhas mais moles aos cantos dos lábios secos.

Abalei para o Grand-Hotel, bocejando – como outrora Jacinto. E findei o meu dia de Paris, no Teatro das Variedades, estonteado com uma comédia muito fina, muito aclamada, toda faiscante do mais vivo parisianismo, em que todo o enredo se enrodilhava à volta duma Cama, onde alternadamente se espojavam mulheres em camisa, sujeitos gordos em ceroulas, um coronel com **papas de linhaça nas nádegas**, cozinheiras de meias de seda bordadas, e ainda mais gente, ruidosa e saltitante, a esfuziar de cio e de pilhéria. Tomei um chá melan-

---

t Modelo de carruagem de luxo feito para rodar na cidade.

t A papa de linhaça é uma espécie de mingau feito com as sementes de linhaça – era aplicada sobre a pele para tentar dar cabo de furúnculos.

cólico no Julien, no meio de um áspero e lúgubre namoro de prostitutas, fariscando a presa. Em duas delas, de pele oleosa e cobreada, olhos oblíquos, cabelos duros e negros como **clinas**, senti o Oriente, a sua provocação felina... Interroguei o criado, um medonho ser, duma obesidade balofa e lívida, d'eunuco. O monstro explicou numa voz roufenha e surda:

– Mulheres de **Madagascar**... Foram importadas quando a França ocupou a ilha!

Arrastei então por Paris dias d'imenso tédio. Ao longo do Boulevard revi nas vitrines todo o luxo, que já me enfartara havia cinco anos, sem uma graça nova, uma curta frescura de invenção. Nas livrarias, sem descobrir um livro, folheava centenas de volumes amarelos, onde, de cada página que ao acaso abria, se exalava um cheiro morno d'alcova, e de pós d'arroz, entre linhas trabalhadas com efeminado **arrebique**, como rendas de camisas. Ao jantar, em qualquer restaurante, encontrava, ornando e disfarçando as carnes ou as aves, o mesmo molho, de cores e sabores de pomada, que já de manhã, noutro restaurante, espelhado e dourejado, me enjoara no peixe e nos legumes. Paguei por grossos preços garrafas do nosso adstringente e rústico vinho de Torres, enobrecido com o título de Château isto, Château aquilo, e pó postiço no gargalo. À noite, nos teatros, encontrava a Cama, a costumada cama, como centro e único fim da vida, atraindo, mais fortemente que **o monturo atrai os moscardos**, todo um enxame de gentes, estonteadas, frementes d'erotismo, zumbindo chacotas senis. Esta sordidez da Planície me levou a procurar melhor aragem d'espírito nas alturas da Colina, em Montmartre; e aí, no meio duma multidão elegante de Senhoras, de Duquesas, de Generais, de todo o alto pessoal da Cidade, eu recebia, do alto do palco, grossos jorros de obscenidades, que faziam estremecer de gozo as orelhas cabeludas de gordos banqueiros, e arfar com delícia os corpetes de Worms e de Doucet, sobre os peitos postiços das nobres damas. E recolhia enjoado com tanto relento d'alcova, vagamente dispéptico com os molhos de pomada do jantar, e sobretudo descontente comigo, por me não divertir, não compreender a Cidade, e errar através dela e da sua Civilização Superior, com a reserva ridícula dum **Censor**,

> Outro jeito de se escrever crina (do cavalo).

> Madagascar, uma ilha no sudeste da África, foi uma colônia francesa de 1885 a 1960.

> Arrebique: jeito afetado, ridículo.

> Traduzindo: o lixo atrai moscas grandes.

> Na Roma Antiga, o censor era responsável por fazer o censo da população (como o IBGE faz hoje) e ainda zelar pelos bons costumes. No caso, o censor era Catão – de quem já falamos em outra notinha, pois ele era também escritor e redigiu um livro sobre agricultura.

> O temporal aqui não é chuva, mas vida terrena, em oposição ao espiritual, que é do espírito, podendo ser religioso ou apenas uma coisa menos palpável, como a filosofia, o pensar. O autor coloca Montparnasse, bairro boêmio, como ligado às coisas terrenas (sexo e desejo, por exemplo) e o Quartier Latin (Bairro Latino), ao intelecto, ao espírito.

> **t** Um tecido típico da Escócia.

> Endefluxado: nariz entupido.

dum Catão austero. Oh senhores! – pensava – pois eu não me divertirei nesta deliciosa cidade? Entrará comigo o bolor da velhice?

Passei as pontes, que separam em Paris o **Temporal do Espiritual**, mergulhei no meu doce Bairro Latino, evoquei, diante de certos cafés, a memória da minha Nini; e, como outrora, preguiçosamente, subi as escadas da Sorbonne. Num anfiteatro, onde sentira um grosso sussurro, um homem magro, com uma testa muito branca e larga, como talhada para alojar pensamentos altos e puros, ensinava, falando das instituições da Cidade Antiga. Mas, mal eu entrara, o seu dizer elegante e límpido foi sufocado por gritos, urros, patadas, um tumulto rancoroso de troça bestial, que saía da mocidade apinhada nos bancos, a mocidade das Escolas, primavera sagrada, em que eu fora flor murcha. O Professor parou, espalhando em redor um olhar frio, e remexendo as suas notas. Quando o grosso grunhido se moderou em sussurro desconfiado, ele recomeçou com alta serenidade. Todas as suas ideias eram frias e substanciais, expressas numa língua pura e forte; mas, imediatamente, rompe uma furiosa rajada de apitos, uivos, relinchos, cacarejos de galo, por entre magras mãos, que se estendiam levantadas para estrangular as ideias. Ao meu lado um velho, encolhido na alta gola dum **macfarlane de xadrezes**, contemplava o tumulto com melancolia, pingando **endefluxado**. Perguntei ao velho:

– Que querem eles? É embirração com o professor... é política?

O velho abanou a cabeça, espirrando:

– Não... É sempre assim, agora, em todos os cursos... Não querem ideias... Creio que queriam cançonetas. É o amor da porcaria e da troça.

Então, indignado, berrei:

– Silêncio, brutos!

E eis que um abortozinho de rapaz, amarelado e sebento, de longas melenas, umas enormes lunetas rebrilhantes, se arrebita, me fita, e me berra:

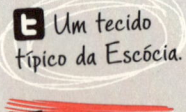

– *Sale Maure*!

Ergui o meu grosso punho serrano – e o desgraçado, numa confusão de melenas, com sangue por toda a face, aluiu, como um montão de trapos moles, ganindo desesperadamente, enquanto o furacão de uivos e cacarejos, guinchos e silvos, envolvia o Professor, que cruzara os braços, esperando, com uma serenidade simples.

Desde esse momento decidi abandonar a fastidiosa Cidade; e o único dia alegre e divertido que nela passei foi o derradeiro, comprando para os meus queridinhos de Tormes brinquedos consideráveis, tremendamente complicados pela Civilização – **vapores de aço e cobre, providos de caldeiras para viajar em tanques; leões de pele verídica rugindo pavorosamente, bonecas vestidas pela Laferrière, com fonógrafo no ventre...**

Finalmente abalei uma tarde, depois de lançar da minha janela, sobre o Boulevard, as minhas despedidas à Cidade:

– Pois adeuzinho, até nunca mais! Na lama do teu vício e na poeira da tua vaidade, outra vez, não me **pilhas**! O que tens de bom, que é o teu **gênio**, elegante e claro, lá o receberei na Serra pelo correio. Adeuzinho!

Na tarde do seguinte domingo, debruçado da janela do comboio, que vagarosamente deslizava pela borda do rio lento, num silêncio todo feito d'azul e sol, avistei, na plataforma da quieta estação da minha aldeia, os Senhores de Tormes, com a minha afilhada Teresa, muito vermelha, arregalando os seus soberbos olhos, e o bravo Jacintinho, que empunhava uma bandeira branca. O alvoroço ditoso com que abracei e beijei aquela tribo bem-amada conviria perfeitamente a quem voltasse vivo duma guerra distante, na **Tartária**. Na alegria de recuperar a Serra, até beijoquei o chefe Pimentinha, que a estalar d'obesidade se açodava gritando ao carregador todo o cuidado com as minhas malas.

Jacinto, magnífico, de grande chapéu serrano e jaqueta, de novo me abraçou:

– E esse Paris?

A tradução do francês é "mouro sujo". Os mouros invadiram e permaneceram na Península Ibérica por oito séculos. Eram muçulmanos vindos de uma região da África que ia do que é hoje o Marrocos até a Argélia. Deixou nos portugueses a herança genética de uma pele mais escura e também uma baita herança cultural que vai desde a música (o fado) até a ciência, passando pela arquitetura e a engenharia naval.

Traduzindo: barquinhos a vapor para brincar num laguinho; leões de brinquedo com pele verdadeira e equipamento que o fazia rugir e bonecas chiques (Madeleine Laferrière era uma estilista famosa da época) com um aparelho interno que reproduzia falas pré-gravadas.

Pilhar: encontrar.

Gênio aqui seria os livros, o pensar.

Região que hoje engloba basicamente a Sibéria, o Turquestão, a Mongólia e a Manchúria.

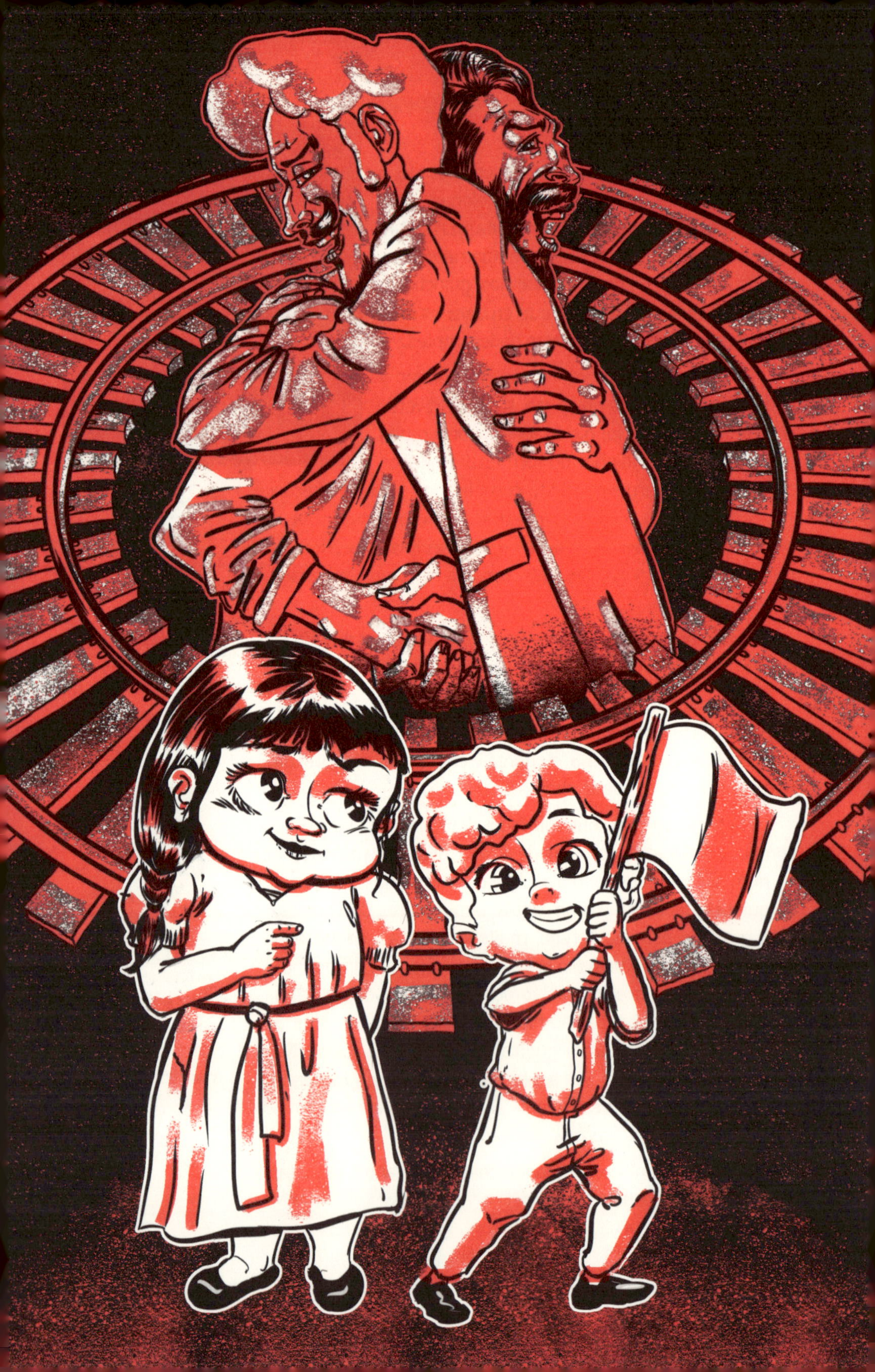

– Medonho!

Abri depois os braços para o bravo Jacintinho.

– Então para que é essa bandeira, meu cavaleiro?

– É a bandeira do Castelo! declarou ele com uma bela seriedade nos seus grandes olhos.

A mãe ria. Desde essa manhã, logo que soubera da chegada do Ti-Zé, apareceu de bandeira, feita pelo Grilo, e não a largara mais; com ela almoçara, com ela descera de Tormes!

– Bravo! E, prima Joaninha, olhe que está magnífica! Eu, também, venho daquelas peles meladas de Paris... Mas acho-a triunfal! E o tio Adrião, e a tia Vicência?

– Tudo ótimo! gritou Jacinto. A serra, Deus louvado, prospera. E agora, para cima! Tu hoje ficas em Tormes. Para contar da Civilização.

No largo por trás da estação, debaixo dos eucaliptos, que revi com gosto, esperavam os três cavalos, e dous belos burros brancos, um com cadeirinha para a Teresa, outro com um cesto de verga, para meter dentro o heroico Jacintinho, um e outro servidos à estribeira por um criado. Eu ajudara a prima Joaninha a montar, quando o carregador apareceu com um maço de jornais e papéis, que eu esquecera na carruagem. Era uma papelada, de que me **sortira** na Estação d'Orleães, toda recheada de mulheres nuas, de historietas sujas, de parisianismo, de erotismo. Jacinto, que as reconhecera, gritou rindo:

Sortir: abastecer.

– Deita isso fora!

E eu atirei, para um montão de lixo, ao canto do Pátio, aquele pútrido **rebotalho** da Civilização. E montei. Mas ao dobrar para o caminho empinado da Serra, ainda me voltei, para gritar adeus ao Pimenta, de quem me esquecera. O digno chefe, debruçado sobre o monturo, apanhava, sacudia, recolhia com amor aquelas belas estampas, que chegavam de Paris, contavam as delícias de Paris, derramavam através do mundo a sedução de Paris.

Rebotalho: refugo, resto, parte que não serve.

Em fila começamos a subir para a Serra. A tarde adoçava o seu esplendor d'**estio**. Uma aragem trazia, como ofertados, perfumes das flores silvestres. As ramagens moviam, com um aceno de doce acolhimento, as suas folhas vivas e

Estio: verão.

reluzentes. Toda a passarinhada cantava, num alvoroço de alegria e de louvor. As águas correntes, saltantes, luzidias, despediam um brilho mais vivo, numa pressa mais animada. Vidraças distantes de casas amáveis flamejavam com um fulgor d'ouro. A Serra toda se ofertava, na sua beleza eterna e verdadeira. E, sempre adiante da nossa fila, por entre a verdura, flutuava no ar a bandeira branca, que o Jacintinho não largava, de dentro do seu cesto, com a haste bem segura na mão. Era a *bandeira do Castelo*, afirmara ele. E na verdade me parecia que, por aqueles caminhos, através da natureza campestre e mansa – o meu Príncipe, atrigueirado nas soalheiras e nos ventos da Serra, a minha prima Joaninha, tão doce e risonha mãe, os dois primeiros representantes da sua abençoada tribo, e eu – tão longe de amarguradas ilusões e de falsas delícias, trilhando um solo eterno, e de eterna solidez, com a alma contente, e Deus contente de nós, serenamente e seguramente subíamos – para o Castelo do Grã-Ventura!

FIM

ADVERTÊNCIA

Desde a página 159, até o final, as provas deste livro não foram revistas pelo autor, arrebatado pela morte antes de haver dado a esta parte da sua escrita aquela última demão, em que habitualmente ele punha a diligência mais perseverante e mais admiravelmente lúcida.

Aquele dos seus amigos e companheiro de letras, a quem foi confiado o trabalho delicado e piedoso de tocar no manuscrito póstumo de Eça de Queirós, ao concluir o desempenho de tal missão, beija com o mais enternecido e saudoso respeito a mão, para todo sempre imobilizada, que traçou estas páginas encantadoras; e faz votos por que a revisão de que se incumbiu não deslustre muito grosseiramente a imortal auréola com que ficará resplandecendo na literatura portuguesa este livro, em que o espírito do grande escritor parece exalar-se da vida num terno suspiro de doçura, de paz, e de puro amor à terra da sua pátria.

24 de abril de 1901.

ILUSTRADORES

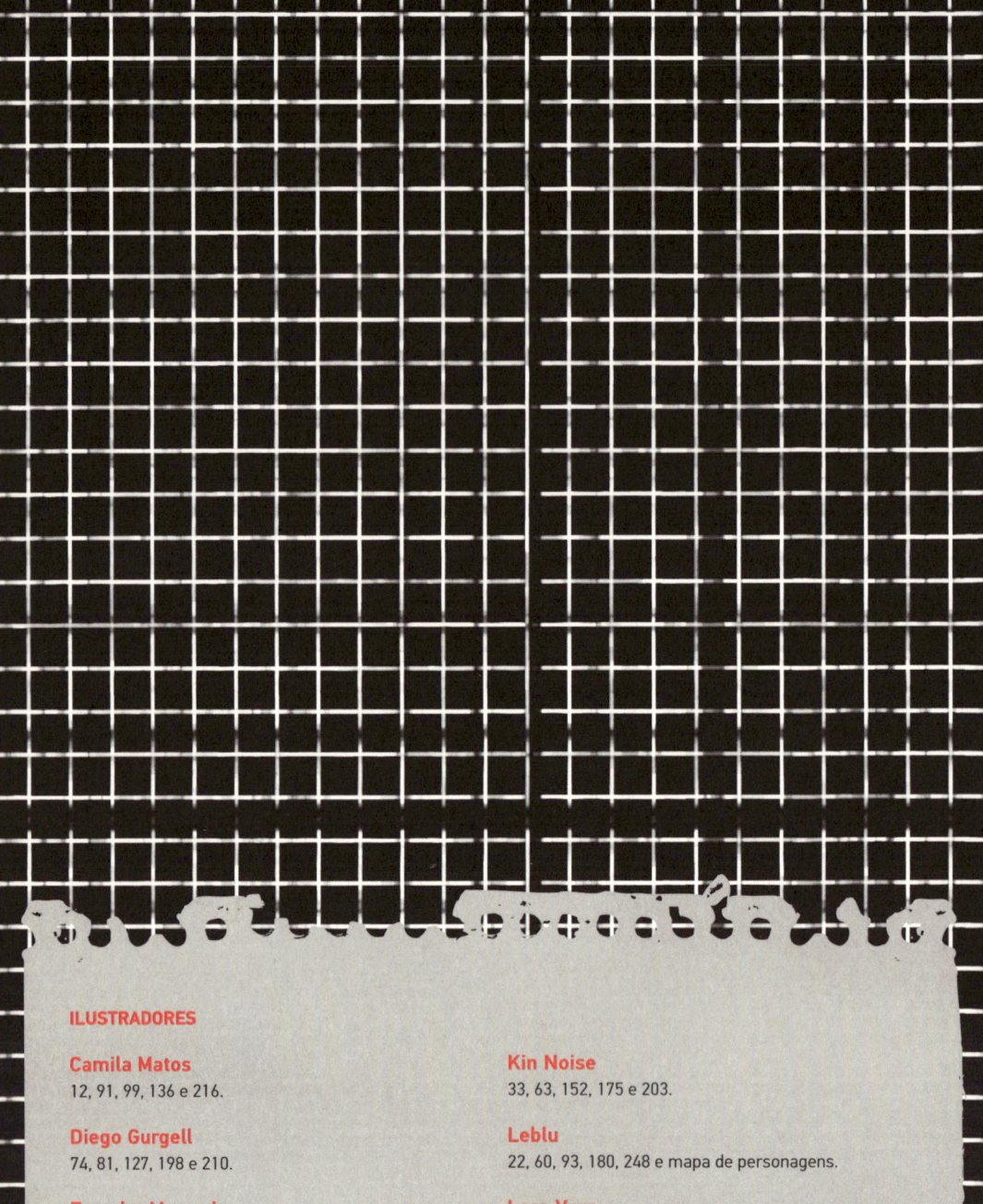

Camila Matos
12, 91, 99, 136 e 216.

Diego Gurgell
74, 81, 127, 198 e 210.

Evandro Marenda
35, 133, 147, 166 e 234.

Galvão
19, 52, 141, 170 e 192.

Guilherme Petreca
48, 77, 161, 183 e 221.

Kin Noise
33, 63, 152, 175 e 203.

Leblu
22, 60, 93, 180, 248 e mapa de personagens.

Loro Verz
28, 104, 121, 150 e 227.

Marcelo Anache
44, 66, 110, 206 e 243.

✔ **Quem é quem no romance de Eça de Queirós**

Mapa dos personagens

Tipos de relações entre os personagens
- ←→ Familiares
- ←→ Amorosas
- ←--→ Amorosas interrompidas
- ←→ Gerais e de convivência

❸ D. Galião ←casados→ ❹ D. Angelina Fafes

❻ Grilo   ❼ Teresinha Velho ←casados→ ❺ Cintinho

❶ Jacinto   ❿ Grão-Duque   ⓫ Madame d'Oriol

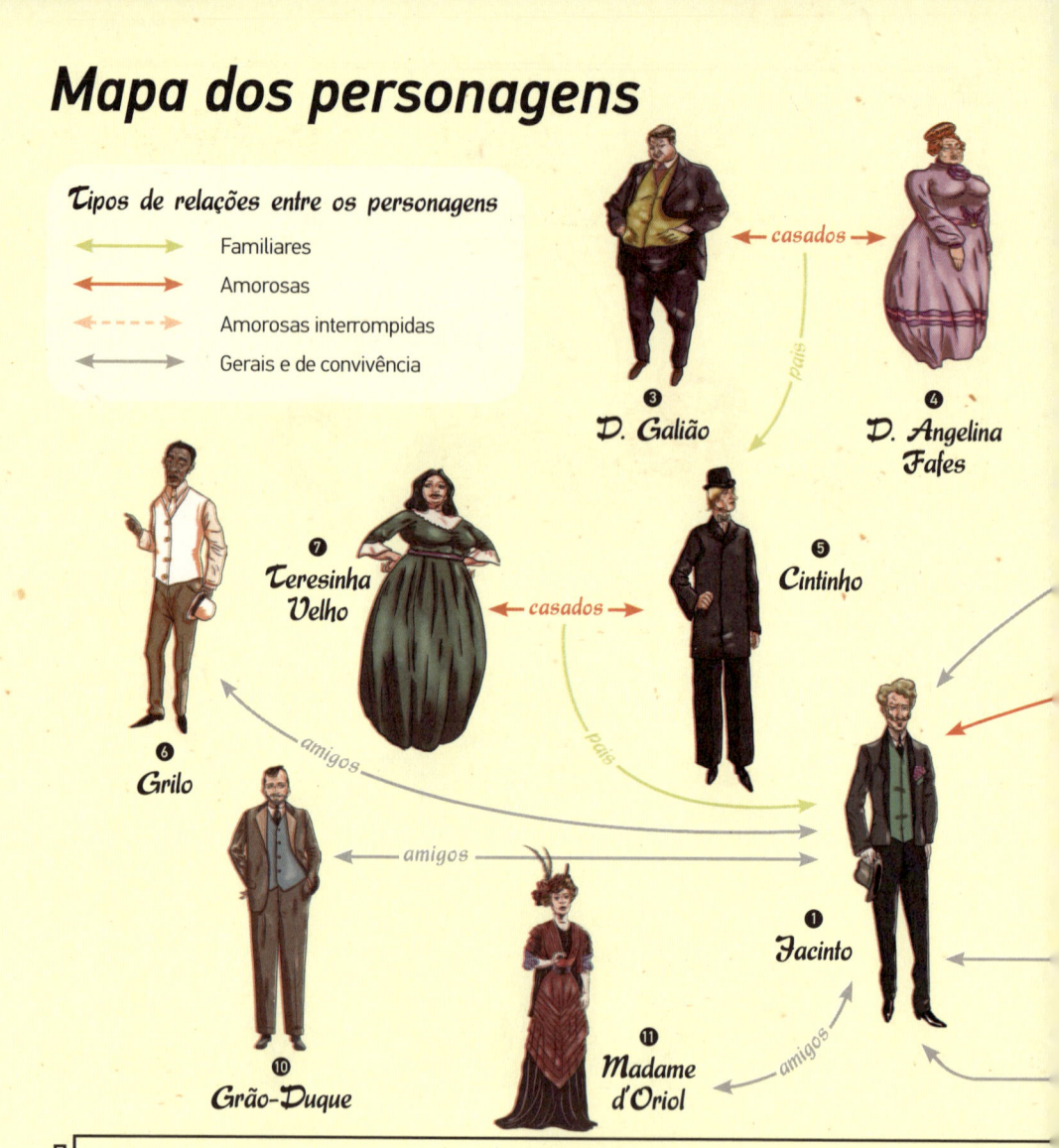

Agora que você terminou de ler o livro (nem pense em pular direto para esta página!), relembre os principais personagens e seus momentos marcantes:

• A história de Jacinto [❶], que nasce rico em um palácio nos Campos Elísios, em Paris, é contada por Zé Fernandes [❷].

• Após d. Miguel ser expulso de Portugal, d. Galião [❸], avô de Jacinto, deixa o país com a esposa, d. Angelina Fafes [❹], seu filho, Cintinho [❺], uma aia e um moleque, o Grilo [❻], que será um fiel escudeiro de Jacinto. Ao chegar à França, d. Galião compra o palacete do 202. Tempos depois, morre. Cintinho, moço adoentado, apaixona-se por Teresinha Velho [❼], casa-se, mas logo morre. Do casório nasce Jacinto, que cresce tão cercado de sorte que é chamado pelos amigos de o Príncipe da Grã-Ventura.

• Jacinto e Zé Fernandes se conhecem nas escolas do Bairro Latino e se tornam grandes amigos. Jacinto é um rapaz que acredita piamente que o homem só é feliz na cidade, na civilização.

• Zé Fernandes tem de voltar para Guiães, em Portugal, para casa de seu tio Afonso [❽] e de sua tia Vicência [❾]. Passados sete anos, ele retorna a Paris, reencontra Jacinto e um 202 superequipado com as mais diversas modernidades. O palacete é frequentado por figuras importantes da sociedade, como o Grão-Duque [❿] e a madame d'Oriol [⓫], uma perfeita flor da civilização. Contudo, as modernidades falham, as pessoas são um tanto hipócritas. Jacinto parece infeliz, cansado, e para ele tudo é uma maçada!

- Jacinto recebe uma carta de Portugal, enviada pelo procurador Silvério [12], contando que a quinta de Tormes havia sido atingida por uma forte chuva e a igreja que guardava os restos mortais de seus antepassados havia sido destruída. Jacinto telegrafa a Silvério, liberando dinheiro para a sua reconstrução.

- Após uma imensa reforma no 202 e uma fase de puro pessimismo, Jacinto resolve ir a Tormes, acompanhar o traslado dos ossos de seus parentes. Manda, então, que a quinta seja arrumada e envia caixas repletas de civilização para as serras.

- Quando Jacinto e Zé Fernandes chegam a Tormes, depois de uma viagem em que tudo dá errado, descobrem, por intermédio do caseiro Melchior [13], que nada do que foi enviado havia chegado, que a reforma ainda estava no início e que nem ao menos sabiam que Jacinto chegaria naquele dia. Ele, então, diz que partirá para Lisboa na manhã seguinte.

- Zé Fernandes vai para Guiães e após um tempo descobre que Jacinto não havia partido de Tormes. A quinta começa a ser arrumada e Jacinto está feliz, encantado com o campo, em uma relação de amor pelas serras tão grande e ideal quanto tinha pela cidade. Contudo, Jacinto descobre que nas serras há miséria e resolve ajudar todos os pobres que habitam suas terras, passando a ser chamado de pai dos pobres.

- Jacinto conhece a prima de Zé Fernandes, Joaninha [14], com quem ele se casa. Cinco anos se passam, Jacinto se torna pai de Teresinha [15] e de Jacintinho [16], e consegue encontrar um equilíbrio entre o campo e a civilização. Zé Fernandes retorna a Paris, que segue cheia de mazelas e indiferença às pessoas. Volta, então, para a serra, onde está a felicidade.

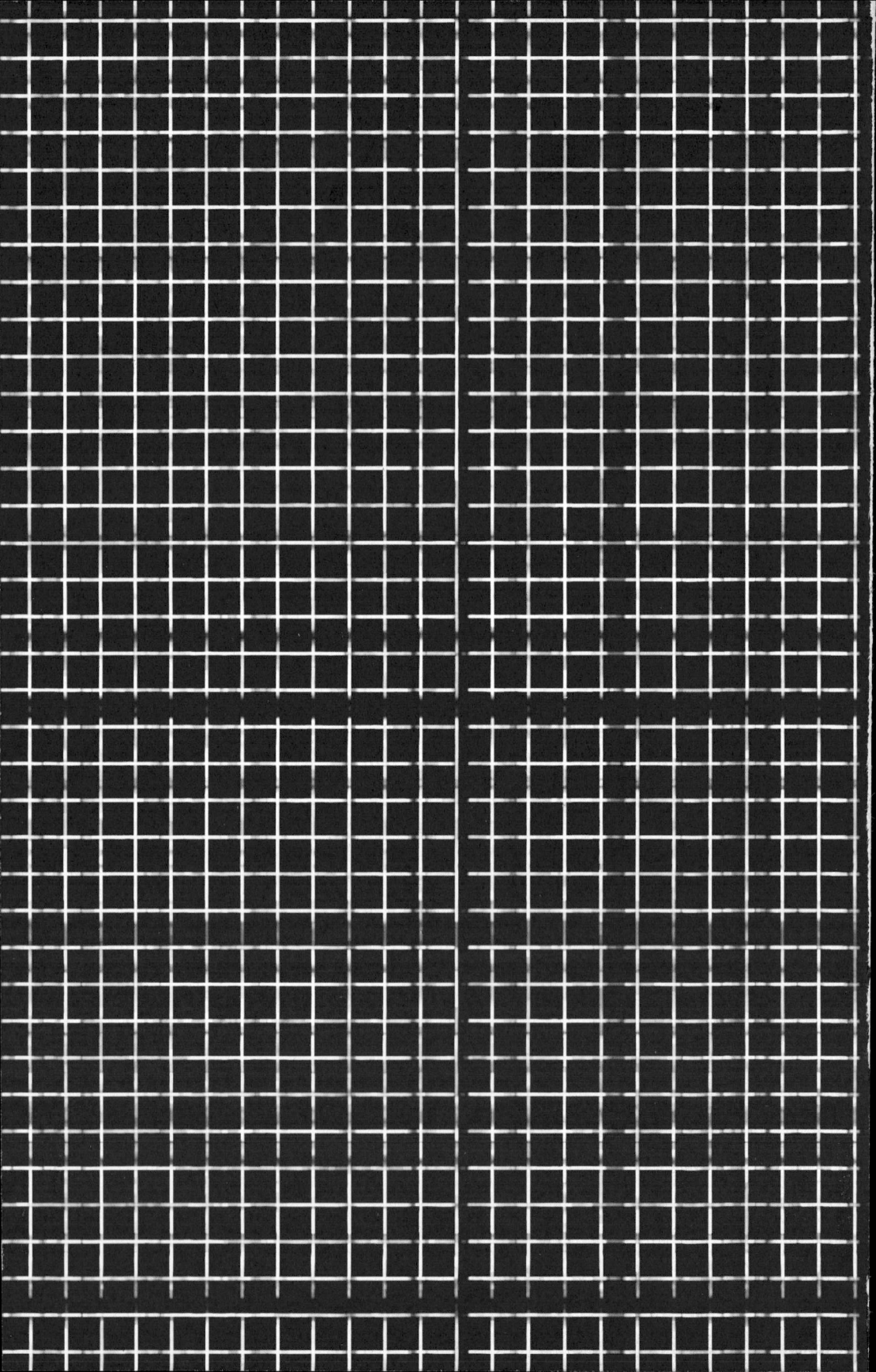